國家社會科學基金重大項目（18ZDA248）
「十四五」國家重點圖書出版規劃項目
國家出版基金資助項目

国家出版基金项目
NATIONAL PUBLICATION FOUNDATION

查清華 主編

東亞唐詩選本叢刊

第一輯 二

中原出版傳媒集團
中原傳媒股份公司
大象出版社
·鄭州·

圖書在版編目(CIP)數據

東亞唐詩選本叢刊. 第一輯. 二 / 查清華主編. —
鄭州 : 大象出版社, 2023. 8
ISBN 978-7-5711-1274-5

Ⅰ. ①東… Ⅱ. ①查… Ⅲ. ①唐詩-詩歌研究-叢刊
Ⅳ. ①I207. 227. 42-55

中國版本圖書館 CIP 數據核字(2021)第 264324 號

東亞唐詩選本叢刊 第一輯 二

出版人 汪林中
項目策劃 張前進 郭一凡
項目統籌 李建平 王軍敏
責任編輯 王軍敏
責任校對 安德華 張紹納 萬冬輝 牛志遠
裝幀設計 王莉娟
出版發行 大象出版社
鄭州市鄭東新區祥盛街27號 郵編450016
印刷 北京匯林印務有限公司
版次 2023年8月第1版第1次印刷
開本 720mm×1020mm 1/16 24.5印張
字數 265千字
定價 98.00元

前言

《東亞唐詩選本叢刊》（第一輯）十册，選入日本江户、明治時代學者注解評釋的唐詩選本十二種：《三體詩備考大成》《唐詩集注》《唐詩解頤》《唐詩選夷考》《唐詩兒訓》《唐詩絶句解》《唐詩通解》《通俗唐詩解》《唐詩句解》《唐詩選講釋》《三體詩評釋》《唐詩正聲箋注》。

這些選本具有一定的代表性。南宋周弼選編的《三體唐詩》不僅流行於元明時期，成書不久亦即傳入日本，因便於讀者學習漢詩創作法則而深受歡迎，遂産生多種新的注解評釋本。熊谷立閑（？—1695）《三體詩備考大成》、野口寧齋（1867—1905）《三體詩評釋》均在此基礎上集注增評。明初，高棅編《唐詩正聲》，在明代影響深遠，《明史·文苑傳》稱：「其所選《唐詩品彙》《唐詩正聲》，終明之世，館閣宗之。」東夢亭（1796—1849）撰《唐詩正聲箋注》，菅晋帥《序》曰：「夫詩規於唐，而此則其正統宗派，足以救時體之冗雜。」明後期，李攀龍編《古今詩删》，並作《唐詩選序》，自豪地宣稱「唐詩盡于此」。該書一度成爲明代格調詩派的範型選本，傳入日本後，受到古文辭學派推崇，服元喬於享保九年（1724）校訂《唐詩選》，即係從該書截取而單行的唐詩部分，此舉居功至偉，以至「海内户誦家傳，以爲模範準繩」。宇士新（1698—1745）、竺顯常（1719—1801）《唐詩集注》，竺顯常《唐詩解頤》，千葉玄之（1727—1792）《唐詩選講釋》，新井白蛾（1725—1792）《唐詩兒訓》《唐詩絶句解》，入江南溟（1682—1769）《唐詩句解》，莫不以服元喬所訂《唐詩選》爲宗，對其進行注解講釋。至明末清初，著名文學批評家金聖歎作

《貫華堂選批唐才子詩》《唱經堂杜詩解》，葛西因是（1764—1823）《通俗唐詩解》所選詩目即多與此二書相重合，其解説也多襲用金氏評語。各選本之間淵源有自，顯示了清晰的理論脉絡和學術統緒，便於我們把握古代日本詩學觀念與學術思潮的變遷。尤其像熊谷立閑《三體詩備考大成》這樣集大成式的選注本，簡册浩瀚，材料富贍，引用了不少國内已佚或罕見之古籍，具有較高的文獻價值。

上述諸書編撰者均爲日本精研漢學的著名儒學家和詩人，編撰《唐詩通解》的皆川淇園（1734—1807）、編撰《唐詩選夷考》的平賀晋民（1721—1792）亦然。他們不僅學殖深厚、創作經驗豐富，還持有異域文化視野，使得這些選本具有獨特的詩學批評和文學理論價值，從而拓展了唐詩的美學藴涵和文化意義。諸人廣參中國自唐至清各代學者對唐詩的選編、注解和評釋，立足於自己的價值取向、美學宗趣，博觀約取，集注彙評，考辨糾謬，發明新意。附著於選本的序跋、凡例、小引及評解，集中體現出接受者對詩作的審美體驗與理性解讀，注重發掘每首詩潛藏的生命意趣、文化信息、風格特徵及典型法則。

這些選本不僅具有較高的學術價值和文化意義，還因其具有蒙學、普及等性質，大都在日本傳播廣泛，影響深遠，極大促進了唐詩在日本的傳播，推進了東亞文明的建設。諸編撰者爲擴大讀者群體，在詩歌選擇、編排體例、語言形式等方面做了大量努力。首先，詩歌選擇名篇佳作。其次，編排格式上，正文、夾注、眉批、尾注、分隔符、字號等的使用錯落有致，標示分明。再次，或在漢文旁添加和訓，方便不諳漢語的日本讀者誦習；或如《唐詩兒訓》《唐詩絶句解》《通俗唐詩解》《唐詩選講釋》《三體詩評釋》等五種選本，除原詩爲漢文外，注解、評釋多用江户時期和文；或如《三體詩評釋》，適時引用日本古代俳句、短歌來與所點評的唐詩相互印證；或如《唐詩選講釋》，在講解官職、計量單位、風俗、名物等語詞時，常以日本相近物事類比。諸如此類的努力直接促成了唐詩的普及，也推進了社會文明的建設，恰如《唐詩兒訓序》所稱：「今爲此訓之易解，户讀家誦，天下從此言詩者益多，更添昭代文明之和氣焉。」

叢刊在整理時，主要做了斷句標點、校勘、和文漢譯的工作，體例上儘量沿用原書格式，保留舊貌，並在每種選本前撰有《整理説明》一篇，簡要介紹編撰者生平著述、時代背景、書名、卷數、編排體例、基本内容、主要特點、學術價值及版本情況等。

本項目的整理研究對象，固爲東亞各國友好交流的歷史文化資源。歷史川流不息，東亞各國人民之間的友誼亦綿延不絶。本輯的編撰，得到日本學界諸多學者的大力支持，也得到日本國立國會圖書館、公文書館、御茶水女子大學、京都大學圖書館、早稻田大學圖書館等機構的無私幫助，讓我們真正領悟到「山川異域，風月同天」的文化意味，在此謹致謝忱。

《東亞唐詩選本叢刊》（第一輯）是國家社科基金重大項目「東亞唐詩學文獻整理與研究」之子項目階段性成果，又幸獲「十四五」國家重點圖書出版規劃項目、國家出版基金資助項目支持，感謝諸位專家的信任和鼓勵，感謝大象出版社各位編輯的艱辛付出。

本團隊各位同人不辭辛勞，通力合作，除書中所列編委及整理者，尚有郁婷婷、徐梅、張波協助校對。克服資料獲取的不便及古日文解讀的困難，歷數年終得第一輯付梓，斷不敢以「校書如掃塵」自寬，但因筆者水平所限，疏誤自然難免，祈請讀者諸君不吝賜教，以便日後修訂再版。

查清華

二〇二三年五月於上海師範大學唐詩學研究中心

目録

※

〔宋〕周弼 選編
〔日〕熊谷立閑 集注

三體詩備考大成（中）

林雅馨
楊君 整理

目録

七言律詩三體家法備考大成卷之三……一四〇

七言律詩三體家法備考大成卷之四……一九四

七言律詩三體家法備考大成卷之五

唐賢七言律詩三體家法備考大成卷之一

雒滏後學荔齊熊谷立閑　編輯

七言律

備考《尋到源頭》卷三曰：「七言詩乃漢柏梁臺成，詔群臣能爲七言者得上坐。後之七言詩始此。」○詳見序注。○李滄溟曰：「七言律詩，又五言八句之變也。在唐以前，沈君攸七言儷句已近其詞，至唐人始專此體。」○王元美曰：「唐七言律，老杜外，王維、李頎、岑參耳。李有風調而不甚麗，岑才甚麗而情不足，王差備矣。六朝之末，衰颯甚矣，然其偶儷頗切，音響稍諧，一變而雄，遂爲唐始。再加整栗，便成沈、宋。人知沈、宋律家正宗，不知其權輿于王、謝，橐鑰于陳、隋也。」○楊仲弘曰：「七言律難於五言律，七言下字較麁實，五言下字較細嫩。七言若可截作五言，便不成詩，須字字去不得方是。所以句要藏字，字要藏意，如聯珠不斷方妙。」○徐師曾《詩體明辨》卷四曰：「按律詩者，梁、陳以下，聲律對偶之詩也。蓋自《邪風》有『覲閔既多，受侮不少』之句，其屬對已工。《堯典》有『聲依永，律和聲』之語，其爲律已甚。梁、陳諸家漸多儷句，唐興，沈、宋之流，研練精切，穩順聲勢[一]，號爲律詩。其後寖盛，雖不及古詩之高遠，然其詩，一、二名起聯，又名發句，三、四名頷聯，五、六名頸聯，七、八名尾聯，又名落句云云。若論其難易，則對句易工，結句難工，發句尤難工。七言視五言爲難，五言不可加、七言不可減爲尤難，學者知之。」○范德機曰：「詩要賦、比、興，或興而兼比，或比而兼興。三百篇多以興、比重複置之章首，唐詩多以比、興就作景聯，古詩則比、興或在起處，或在合處，或在轉處。」

四實　周弼曰：「其説在五言，但造句差長，微有分別。七字當爲一串，不可以五言泛加兩字，最難飽滿，易疏弱，而前後多不相應。自唐大中，工此者亦有數焉，可見其難矣。」

備考　律法見五言註。○紫陽方回《瀛奎律髓》二十六曰：「周伯弼詩體分四實、四虛、前後虛實之異。夫詩止此四體耶？然有大手筆焉，變化不同，用一句説景，用一句説情，或先後，或不測，此一聯既然矣，則彼一聯如何處置。今選于左，併取夫用字虛實輕重，外若不等，而意脉體格實佳，與凡變例之一二書之。」

註　**唐大中**　唐第十七主宣宗年號，總十三年。

【校勘記】

[一]聲：底本脱，據《舊唐書·杜甫傳》補。

同題仙遊觀　韓翃

備考［一］《神仙傳》曰：「河上公授《老子經》而去，失所在，故文帝於西山築臺，謂之仙游觀。」**觀**《字彙》曰：「道宮謂之觀。」○《紀原》卷七曰：「周穆王尚神仙，召尹軌、杜冲居終南山尹真人草樓之所，因號樓觀，蓋道觀之初也。《黄帝内傳》：『西王母授帝白玉元始真容，置於高觀之上。』時人謂之道觀。名觀之義，疑取諸此。隋煬帝改爲玄壇，後復曰觀。注：《續事始》云：『宋廢國學，置總明觀。疑自是以來道家者流擬之，以名其所居也。』」

韓翃　見前。

仙臺初見五城樓，仙臺在長安西山，漢文帝作。《十州記》云：「崑崙山有五城十二樓，黄帝效之而作。」**風物凄凄宿雨收。山色遥連秦樹晚，砧聲近報漢宫秋。疏松影落空壇净，細草春香小洞幽。何用别尋方外去，人間亦自有丹丘。**《楚詞》：「仍羽人於丹丘。」注曰：「丹丘晝夜常明。」

增註《莊子》：「子桑户、孟子反、子琴張三人相友。子桑死，二人編曲，鼓琴而歌。孔子曰：『彼游方之外者。』」

備考　賦而比也。○此篇接項格也。第一、二句，所見之景。第三、四、五、六句，仙觀所見聞之象。至第七、八句，諷君求仙術也。○《唐詩解》曰：「言此臺風景不滅丹丘，是乃人間之仙境也。」○焦弱侯《筆乘》卷三曰：「韓翃《仙游觀》詩：『疏松影落空壇净，細草香生小洞幽。』『香生』俗本作『春香』，非也。『影落』『香生』自是的對，又上句『砧聲近報漢宮秋』，豈當著『春』字邪？」

仙臺　《史記・武帝紀》曰：「方士有言：『黄帝時爲五城十二樓，以候神人。』」○《列仙傳》曰：「西王母所居崑崙之圃，有五城三十里，玉樓十二。」○《玄隴紫微》詩：「神華映仙臺。」

風物　杜甫詩：「風物悲遊子。」

凄凄　《詩・鄭風・風雨篇》曰：「風雨凄凄，雞鳴喈喈。」朱註：「凄凄，寒涼之氣。」○《白頭吟》云：「凄凄重凄凄。」

砧　《字彙》曰：「諸深切，音斟，擣繒石也。」

疏松　虞騫詩：「疏松含白水。」

細草　杜甫詩：「細草微風岸。」王融詩：「翻階没細草。」吴筠詩：「玉階行路生細草。」

方外　《楚辭》曰：「覽方外荒忽。」

註　**《十州記》云云**　《唐詩解》曰：「《十州記》云：『崑崙一角，積金爲天墉城，城上安金臺五所，玉樓十二所。』」

崑崙山　《三才圖會・地理部》卷八曰：「大崑崙山在登州府寧海州東南四十里，與小崑崙連，秀拔爲群山之冠，上有太白頂，中有煙霞洞，本名姑蘇山。《仙經》云：『麻姑嘗於此修道上升，餘迹尚存，故名姑餘，後世訛名崑崙。』《元史》云：『崑崙山，丘處機與馬鈺、譚處端、劉處玄[二]、王處一、郝大通、孫不二同師重陽王真人於此[三]。』」○又曰：「崑崙山在陝西肅州衛西南二百五十里，南與甘州山連，其巔峻極，經夏積雪不消，世呼雪山。」

五城十二樓 李白詩：「天上白玉京，十二樓五城。仙人撫我頂，結髮受長生。」

《楚詞》云云 《楚辭》第五《遠遊篇》曰：「仍羽人於丹丘兮，留不死之舊鄉。」朱註：「仍，因就也。羽人，飛仙也。丹丘，晝夜常明之處也。」

羽人 王子年《拾遺記》曰：「周昭王假寐，夢白雲中一人，服皆羽毛。王求仙術，受絶慾之教，因名羽人。」

增註 **《莊子》云云** 《莊子·大宗師篇》曰：「子桑户、孟子反、子琴張三人相與友，曰：『孰能相與於無相與，相爲於無相爲；孰能登天遊霧，撓挑無極，相忘以生，無所終窮！』三人相視而笑，莫逆於心，遂相與友。莫然有間，而子桑户死，未葬。孔子聞之，使子貢往侍事焉。或編曲，或鼓琴，相和而歌曰：『嗟來桑户乎！嗟來桑户乎！而已反其真，而我猶爲人猗！』子貢趨而進曰：『敢問臨尸而歌，禮乎？』二人相視而笑曰：『是惡知禮意！』子貢反，以告孔子曰：『彼何人者邪？脩行無有而外其形骸，臨尸而歌，顔色不變，無以命之。彼何人者邪？』孔子曰：『彼遊方之外者也，而丘遊方之内者也。外内不相及，而丘使女往吊之，丘則陋矣！』」希逸注：「編曲，織箔也。或編曲，或鼓琴，指孟子反、子張琴而言也。方外、方內，猶今釋氏所謂世間法、出世間法也。」〇疏云：「曲，薄也。或編薄織簾。」

【校勘記】

[一]此處「備考」上有天頭小字注：「《唐詩解》四十四載。」

[二]處：底本脱，據《元史·釋老傳》補。

[三]陽：底本誤作「霞」，據《元史·釋老傳》改。

和樂天早春見寄　　元稹

備考　按此詩元稹貶浙東觀察使，樂天遷杭州太守時作。〇樂天《寄元稹》詩云：「昏昏老去病相和，感物思君嘆又歌。聲早鷄先知夜短，色濃柳最占春多。沙頭雨染斑斑草，江上風驅瑟瑟波。聞説眼前光景惡，其奈故人難見何？」

元稹　見前。

雨香雲淡覺微和，誰送春深入棹歌[一]。**萱近北堂穿土早**，《詩》：「焉得萱草，言樹之背。」注曰：「背，北堂也。萱，忘憂草也。」**柳偏東面受風多**。時微之以李賞之謗，自同州移浙東，樂天守杭在北，故以北萱喻樂天之可忘己憂，以東柳喻己之受侮不少也。**湖添水色消殘雪，江送潮頭湧漫波。同受新年不同賞，無由縮地欲如何**。《神仙傳》：「壺公遺費長房一符，能縮地脉。」

備考 賦也，交股格也。○全篇述早春之景致。「微和」，和氣未十分之意。以「送春深」喻樂天詩，以「入棹歌」喻己所和。言當早春香雨微和之時，樂天幸寄詩來，故稹次答之。春氣漸發，萱草穿土出，樂天在北方，對此可以忘憂。己在異方，雖逢春，受侮不少。西湖春滿，雪已消，可添春水，以喻讒佞既止，可受君澤。己久住浙江畔，日見江水漫漫湧狂波，以喻讒言罔極。謫居相隔，雖得共新年[二]，不得同賞。無壺公縮地之術，兩地深愁，何日寫之乎？

微和 早春和氣未十分之意。○陶潛詩：「春風扇微和。」

棹歌 漢武帝《秋風辭》曰：「簫鼓鳴兮發棹歌。」注：「棹歌，引棹而歌也。」

萱 《本草綱目》十六《濕草部》曰：「一名忘憂，一名療愁，一名丹棘，一名鹿葱，一名鹿劍，一名岐女，一名宜男。時珍曰：萱本作諼，諼，忘也。《詩》云：『焉得諼草，言樹之背。』謂憂思不能自遣，故欲樹此草，玩味以忘憂也。吳人謂之療愁。董子云：『欲忘人之憂，則贈之丹棘，一名忘憂故也。』」

湖 杭州西湖，樂天所居也。

江 浙東浙江，元稹所居也。

漫波　漫，《字彙》曰：「水廣大貌。又水浸淫敗物也。」

註　**《詩》焉得云云**《衛風·伯兮篇》曰：「焉得諼草，言樹之背。願言思伯，使我心痗。」朱註：「諼，忘也。諼草，合歡，食之令人忘憂者。背，北堂也。言焉得忘憂之草，樹之北堂，以忘吾憂乎？然終不忍忘也，是以寧不求此草，而但願言思伯，雖至於心痗而不辭耳。」〇《本草注》曰：「一名鹿葱，其花名宜男，懷胎婦人佩其花生男也。萱草味甘，令人好歡樂忘憂。」〇孔氏曰：「房室所居之地，總謂之堂，房半以北爲北堂，房半以南爲南堂。」〇安成劉氏曰：「北堂背南向北，故謂之背。」

自同州《通鑑》曰：「穆宗長慶二年二月，以元稹同平章事，六月罷爲同州刺史。」

受侮不少《詩·邶風》曰：「覯閔既多，受侮不少。」

《神仙傳》云云《神仙傳》曰：「壺公者，不知其姓名也。今世所有召軍符、召鬼神、治病、玉府符，凡二十餘卷，皆出自公，故總名壺公符。房有神術，能縮地脉，千里在目前，宛然放之，復舒如舊。」

符《紀原》卷七曰：「《龍魚河圖》曰：『天遣玄女下，授黄帝兵信神符，制伏蚩尤。』《黄帝出軍决》曰：『蚩尤無道，帝討之，夢西王母遣人以符授之。帝悟，立壇而請，有玄龜銜符從水中出，置之壇中。』蓋自是始傳符籙也。」

【校勘記】

［一］深：增註本同此，箋註本和《全唐詩》卷四百十七作「聲」。

［二］雖得共新年：底本誤作「共雖得新年」，據文意乙正。

和趙相公登鸛雀樓　殷堯藩

鸛雀樓在河中府，前瞻中條，下瞰大河。

增註 河中府，唐屬河東道，古冀州之域。

備考 鸛，《字彙》曰：「古翫切，音貫。鸛雀似鶴，好水，將雨則鳴。《禽經》：『仰鳴則晴，俯鳴則陰。』《本草注》：『頭無丹，項無烏帶，身似鶴，不善唳，但以喙相擊而鳴。亦有二種：白鸛，烏鸛。』」

註 **中條** 山名。

大河 黄河也。

增註 **冀州** 堯都也。

域 《字彙》曰：「區域也，界局也。」

殷堯藩

備考 《履歷》曰：「秀州人。元和九年登進士第，從李翺長沙幕府，嘗爲永樂令，後以侍御官江南。」

危樓高架泬寥天，《九辯》曰：「泬寥兮天高而氣清。」注曰：「泬寥，曠蕩也。」**上相閑登立綵旃。**

《漢書》：「田蚡爲相，前堂羅鐘鼓，立曲旃。」注曰：「《禮》：『大夫建旃，以旃表士衆。』」**樹色到京三百里，河流歸漢幾千年。**《水經注》：「河出崑崙，吐蕃謂之悶摩黎山，至積石軍，方入中國。四夷稱中國爲漢。」**晴峰聳日當周道，**《詩》：「周道如砥。」**秋穀垂華滿舜田。**舜耕歷山。《輿地廣記》曰：「河中府河東縣故蒲坂，舜之都，有歷山並嬀水。」**雲路何人見高志，最看西面赤欄前。**

增註　京指長安。○漢陸賈謂陳平曰：「足下爲上相，食三萬户侯。」○《禹貢》「冀州」註：「禹鑿龍門山，以疏河水，正屬唐河中府龍門縣。而漢水則在漢中，唐隸山南道，既與河東隔遠，且《經》又無河入漢明文。據王横《禹貢》『九河逆河』註：『今包淪入海，不可尋考。今河所行乃漢河，非古河也。』」此詩「河流歸漢」恐是此意。○凡道路皆稱「周道」，如《孟子》言「君子能由是路」，亦引《詩》「周道如砥」爲證。

備考　賦而比也。○此詩首尾相同格，起句、結句能相應。第一、二句，譬相公振勢青雲天上。中二聯，樓上所見之實事。「周道」「舜田」字，祝時之辭。第七、八句，褒相公之德象也。

高架　架，《字彙》曰：「居亞切，音駕，屋架。又起屋也。又棚也。又以架架物也。」

綵旃　綵，《字彙》曰：「綵繒。」○旃，又曰：「諸延切，音饘。旃曲柄也。」○《周禮》云：「通帛爲旃。」○《爾雅》云：「因章爲旃。」

樹色　朱超詩：「淺深依樹色。」○江淹詩：「風光多樹色。」

雲路　按此樓高聳在雲中，故曰「雲路」。○張正見詩：「龍沙雲路連。」

註　《**九辯**》**曰云云**　《楚辭》第六《九辯篇》，朱註云：「泬寥，曠蕩空虚也。或曰：『蕭條無雲貌，清無垢薉也。』」

《**漢書**》**田蚡云云**　《漢書》列二十二《田蚡傳》曰：「前堂云云。」蘇林曰：「《禮》：『大夫云云。』曲柄，上曲也。」師古曰：「旃旗，曲柄也，所以旃表士衆也。」

鐘　《釋名》：「鐘，空也，空内受氣多，故聲大。」〇《世本》曰：「倕作鐘。」〇《周禮・考工記》：「鳧氏爲鐘，薄厚之所震動，清濁之所由出，侈弇之所由興也。」

鼓　《彙雋》曰：「鼓，伊耆氏作。《風俗通》云：『鼓者，動也，春分之音，萬物皆鼓甲而出，故謂之鼓。』」〇《釋名》云：「鼓，郭也，張皮以冒之，其中空也。」

四夷稱云云　《左傳》曰：「天子有道，守在四夷。」〇《禮記》曰：「東方曰夷，南方曰蠻，西方曰戎，北方曰狄。」〇《稗海全書》載《嬾真子》曰：「今之夷狄謂中國爲漢者，蓋有説也。《西域傳》載武帝《輪臺詔》曰：『匈奴縛馬前後足，言：「秦人，我丐若馬。」』注謂中國人爲秦人，習故言也。今夷狄謂中國爲漢，亦由是也。」〇青藤《路史》曰：「唐者，凡四夷稱中國，不曰漢即曰唐，不可定爲何代。」

舜耕云云　《書・大禹謨》云：「帝初于歷山，往于田，日號泣于旻天、于父母。」〇《史記・五帝本紀》曰：「舜耕歷山，歷山之人皆讓畔；漁雷澤，雷澤之人皆讓居；陶河濱[一]，河濱器皆不苦窳。」

《**輿地廣記**》歐陽忞著，凡三十八卷。

嬀水《書·堯典》云：「釐降二女于嬀汭，嬪于虞。」蔡註：「嬀，水名，在今河中府河東縣，出歷山入海。」

增註　漢陸賈云云《漢書》列四十三《陸賈傳》：「賈謂陳平曰：『足下位爲上相，食三萬户侯，可謂極富貴無欲矣。』」

足下《紀原》曰：「戰國之時，貴賤通稱，皆曰足下。秦、漢始稱天子爲陛下，太子、諸王爲殿下，將爲麾下，使爲節下，公、卿、牧、守爲閣下，父母爲膝下，師傅爲講下，婦人爲簾下，惟比肩稱足下。」〇《事言要玄》曰：「《草木狀》：『東方朔《瑣語》：「木履起晋文公時，介之推逃禄自隱，抱樹而死，公撫木哀嘆，遂以爲履。每思從亡之功，輒俯視其履曰：『悲乎足下！』足下之稱，亦自此始。」』」

户侯《事物紀原》卷四曰：「《晋書·地理志》曰：『古者有分土，無分民。若乃以户口爲差降，略封疆之遠近，所謂分民，自漢始也。』蓋漢艾亡秦，大侯不過萬家，小者五六百户，則封國之以户，漢其始也。」

龍門《後漢》列五十七《李膺傳》註曰：「龍門，河水所下之口，在今絳州龍門縣。水險不通，魚鱉之屬莫能上江海，大魚薄集龍門下數千，不得上，上則爲龍也。」

漢水則在云云　金仁山曰：「漢出今漢中、利路之間兩縣嶓冢山，東南流二千四百二十里，至漢陽軍大別山入江。」

王横《禹貢》云云《漢書·溝洫志》曰：「大司空掾王横言：『九河之地已爲海所漸矣。』」師古曰：

「横，字平中，瑯邪人。」

九河 《書・禹貢》曰：「北，播爲九河，同爲逆河，入于海。」蔡注：「九河，一徒駭，二太史，三馬頰，四覆釜[二]，五胡蘇，六簡潔，七鈎盤，八鬲津，其一則河之經流也。」○《孟子・滕文公上》曰：「禹疏九河。」朱注：「九河，曰徒駭，曰太史，曰馬頰，曰覆釜，曰胡蘇，曰簡，曰潔，曰鈎盤，曰鬲津。」○新安倪氏曰：「蔡氏《書傳》云：『按《爾雅》，九河，一曰徒駭，二曰太史，三曰馬頰，四曰覆釜，五曰胡蘇，六曰簡潔，七曰鈎盤，八曰鬲津，其一則河之經流也。先儒不知河之經流，遂分「簡潔」爲二。』此與《集註》小異。《書傳》經朱子晚年訂正，當以爲定也。」○吴氏程曰：「『曰簡，曰潔。』《集註》與《爾雅》同。而蔡氏則謂《爾雅》合『簡』『潔』爲一，而其一即河之經流，殊不可曉。以水道考之，九河率在河間路滄州境内，今存者尚五六處，何得言盡湮入海？南皮縣明有潔河，未聞與簡河合一，《集註》良是。」

如《孟子》云云 《孟子・萬章下》曰：「夫義，路也；禮，門也。惟君子能由是路，出入是門也。」

《詩》周道云云 《小雅・大東篇》曰：「周道如砥，其直如矢。」朱注：「砥，礪石，言平也。以東方之賦役，莫不由是而西輸於周也。」○輔慶源曰：「周道，只道路之道，與下章『周行』一意，故《集解》以爲東方之賦役莫不由是而西輸於周，是即指道路而言也。然以上四句，平直履視之義，觀之則又似指周之王道而言，豈本意只是指道路而言，而其中亦含此意耶？」

【校勘記】

[一]陶：底本誤作「隝」，據《史記・五帝本紀》改。

[二]覆釜：《尚書通考・禹貢山川貢賦之圖》作「覆鬴」。

凌歊臺　許渾

增註　歊，許驕切，熱氣也。字亦作「熇」。或云：「臺高可以凌滌暑氣。」

備考　《瀛奎律髓》卷三曰：「凌歊臺，當塗縣西，宋高祖築。」

增註　**歊云云**　歊，《字彙》曰：「吁驕切，音鴞，熱氣也。《楊子雲傳》：『散歊烝。』又氣出貌。班孟堅《西都賦》：『吐金景兮歊浮雲[二]。』」

亦作熇　熇，又曰：「吁驕切，音鴞。《廣韻》：『熱貌。』《增韻》：『炎氣熱也。又熾盛也。』」

凌滌　滌，又曰：「杜歷切，音狄，洗也，除也，净也。」

許渾　見前。

宋祖凌歊樂未回，三千歌舞宿層臺。《圖經》曰：「凌歊臺在大平州北黄山上。宋武帝南遊，嘗登此臺，且建離宮。」**湘潭雲盡暮山出，巴蜀雪消春水來。行殿有基荒薺合，寢園無主野棠開。**行殿即離宮殿。漢有寢廟園，於陵上作之，以象平生。**百年便作萬年計，巖畔古碑空緑苔。**按此詩既曰：「有基荒薺合。」又曰：「無主野棠開。」語自合同。但行殿乃生前之殿，寢園乃死後之園，此既不同，則語雖相類，意實異矣。

增註 「三千歌舞」，《職林》云：「自武、元以後，世增淫費，至乃掖庭三千。又武帝起明光宮，發燕趙美女三千充之[三]。」○天子行幸所止曰行殿。○《詩》：「其甘如薺。」注：「味苦，可食之菜。」○寢，堂室也。古者正朝曰路寢，次曰燕寢，又次曰小寢。○野棠即棠梨也。

備考 賦也。歸題格也。○第一、二句，言武帝南遊之樂，刺其奢者也。第三、四句，言今許渾登臺上所見之景，諷樂早盡，哀則來之意者也。第五句，言昔日繁華之地，今日荒廢之景者也。第七、八句，言武帝欲作千萬年持國之計略，而纔宋朝八主六十年而亡矣。今所殘者，古碑緑苔，而諷宋武，而刺當今者也。○《楊升庵集》六十曰：「許渾詩：『湘潭雲盡暮煙出。』今俗本『煙』作『山』，亦是淺。」○《律髓》卷三曰：「劉裕起於布衣，節儉之主，『三千歌舞』之句不近誣否？第四句最玄，上一句似牽强，至如『有基』『無主』一聯，近乎熟套而格卑。許丁卯詩，俗所甚喜，予輒抑之以救俗，其集懷古數詩爲最。」○又卷二十五曰：「拗字詩在老杜集七言律詩中謂之『吴體』。老杜七言律一百五十九首，而此體凡十九出，不止句中拗一字，往往神出鬼没，雖拗字甚多，而骨骼愈峻峭。今江湖學詩者，喜許渾詩『水聲東去市朝變，山勢北來宮殿高』

『湘潭雲盡暮山出，巴蜀雪消春水來』，以爲丁卯句法，殊不知始於老杜，如『負鹽出井此溪女，打鼓發船何郡郎』『寵光蕙葉與多碧，點注桃花舒小紅』之類是也。如趙嘏『殘星幾點雁横塞，長笛一聲人倚樓』，亦是也。唐詩多此類，獨老杜『吴體』之所謂『拗』，則才小者不能爲之矣。五言律亦有拗者，止爲語句要渾成，氣勢要頓挫，則换易一兩字平仄無害也，但不如七言吴體全拗爾。」

湘潭《大明一統志》曰：「湖廣長沙府有湘潭縣。」

巴蜀 杜詩：「巴蜀來多病。」《集註》：「巴蜀，成都府也。」《千家注》：「洙曰：『《成都記》：「其西即隴之南首，故曰隴蜀，以與巴接，復曰巴蜀。」』」

春水 杜詩曰：「舍南舍北皆春水。」

古碑《群談採餘》十曰：「碑者，悲也。古者懸而窆用木，後人書之，以表其功德，因留而不忍去之意。自秦、漢以降，生而有功德政事及民者亦碑之，後人又易之以石，失其稱矣。」〇《宋景文公筆記》曰：「碑者，施於墓則下棺，施於廟則繫牲，古人因刻文其上。今佛寺揭大石鏤文，士大夫皆題曰『碑銘』，何耶？吾所未曉。」〇《圓機活法》六曰：「《尚書故實》：『古者碑皆有圓孔。蓋碑者，悲也。《管子》曰：「無懷氏封太山，刻石紀功。」碑之始也。』」

註　**宋武帝** 武帝姓劉，名裕，彭城人。在晋爲太尉，封宋王，受恭帝禪，建國號宋。

離宫《唐詩訓解》曰：「離宫謂天子行在、别署所至之處。《西都賦》：『離宫别館，三十六所。』」

增註　《**職林**》《職林》二十卷，楊侃撰。又《唐職林》三十卷，馬永錫撰。

自武元　指武帝、元帝。

《詩》其甘云云　《詩·邶風·谷風篇》曰：「誰謂荼苦，其甘如薺。」朱註：「薺，甘菜。」○《本草》曰：「薺，味甘，人取其葉，作俎及羹。」

寢堂室　《字彙》曰：「寢，堂室也。古者正朝曰路寢，次曰燕寢。又寢廟。凡廟前曰廟，後曰寢。又凡居室皆曰寢。《禮·王制》：『庶人祭於寢。』」

野棠即云云　《事文類聚》後集三十曰：「花木以海爲名者，悉從海外來。唯紫綿色者謂之海棠，餘乃棠梨花耳。」○《本草綱目》三十《果部》「棠梨」條下時珍曰：「棠梨，野梨也，處處山林有之。樹似梨而小，葉似蒼朮葉，亦有團者，三叉者，葉邊皆有鋸齒，色頗黲白。二月開白花，結實如小楝子，大霜後可食。其樹接梨甚嘉，有甘酢、赤白二種。按陸機《詩疏》云：『白棠，甘棠也，子多酸美而滑；赤棠子澀而酢，木理亦赤，可作弓幹。』」

【校勘記】

[一]兮：底本脱，據《後漢書·班固傳》、《藝文類聚》卷六十一和《古今事文類聚》續集卷一補。

[二]燕趙：底本訛作「無起」，據附訓本和增註本改。

洛陽城[一]　許渾

河南府有洛陽故城，唐人多有題咏。

增註《史記》：「周成王七年，將營成周居洛邑，使召公先相宅。三月，周公至洛，興工築城。」唐東都乃其故地，又曰神都，又曰東京。按《唐書》，皇城長千八百一十七步，廣千三百七十八步，周四千九百三十步，其崇三丈七尺；宮城在皇城北，長千六百二十步，廣八百五步，周四千九百二十一步，其崇四丈八尺。都城前直伊闕，後據邙山，左瀍右澗，洛水貫其中，以象河漢，東西五千六百一十步，南北五千四百七十步，周二萬五千五十步，其崇丈有八尺，武后號曰金城。

備考《字彙》曰：「洛，歷各切，水名，在河南。東漢都洛陽。」○《説文》云：「水出弘農上洛冢嶺山，東北至河南鞏縣入河。」○《文選·東京賦》曰：「爲之者勞，居之者逸云云。」

註　**河南云云故城**《大明一統志》二十九曰：「河南府洛陽故城，在府城東洛水北，周公所營成周也。漢置縣。東漢、西晉、後魏皆都此。」又云：「洛陽縣附郭，本成周地，居洛水之北，故曰洛陽。」

增註　**邙山**《一統志》曰：「北邙山在河南府城北一十里，綿亘四百餘里，東漢諸陵及唐宋名臣墳多在此。」○《洛城記》曰：「北邙山，連亘四百餘里，東洛九原之地。」○《文選》張景陽詩云：「北邙何累累，高陵有四五。借問誰家墳，皆云漢世主。」

左瀍云云　瀍，《字彙》曰：「呈延切，音蟬，水名，出河南穀城縣潛亭北，東南入於洛。《禹貢》：『東北會于澗瀍。』」

金城　《史記索隱》曰：「金城，言其實且堅也。韓子曰『雖有金城湯池』，《漢書》張良亦曰『關中，所謂金城千里，天府之國』。」

禾黍離離半野蒿，周大夫行役，過故宗廟宮室，盡爲禾黍，故作詩曰：「彼黍離離。」**昔人城此豈知勞**。**水聲東去市朝變**，東周、後漢、元魏皆都洛。**山勢北來宮殿高**。連昌、綉嶺等宮，皆在洛陽。**鴉噪暮雲歸故堞**[二]，堞，女墻也。**雁迷寒雨下空濠**。濠，隍也。**可憐緱嶺登仙子，猶自吹笙醉碧桃**。《史記》：「周靈王太子名晋，遊緱山，夜吹笙作鳳音。鳳至，乃乘鳳升仙。」山在洛陽。王子年《拾遺記》曰：「磅礴山去扶桑五萬里，有桃樹千圍，華皆青黑色。」

增註　《詩》注：「禾，穀連藁秸之總名。黍，禾而粘者。離離，垂也。」○市朝，《周禮》：「匠人營國云云，左祖右社，前朝後市。」○宮殿，按《唐書》，東都洛陽宮，武后號太初宮，又有上陽等宮。○堞，城上垣。○壕，城下池。○東都緱氏縣有緱氏山，在嵩山西。

備考　賦也。○此詩歸題格。全言古今興廢之事。第七、八句，生感慨，明諷先朝，暗譏當今也。○《唐詩鼓吹》註曰：「洛陽城，此周公所築者。此詩言洛陽禾黍離離，一半野蒿。昔周公築此，以逸道使民，而民忘其勞也。今世遠時遷，但聞水聲東流，而市朝已變，山勢北拱，而宮殿空存耳。至於鴉皈古堞，雁下空壕，此景淒涼，能忘悽愴哉！惟緱山仙子吹笙登仙，至今千年後，猶自食碧桃而醉，爲可樂也。不知此城空壞，一至于此，悲夫！」

禾黍　《韻會》曰：「禾，嘉穀也。二月始生，八月而熟，得時之中，故謂之禾。黍，禾屬而黏者也，以大暑而種。」〇崔豹《古今注》曰：「稻之黏者爲黍，亦謂稌爲黍。禾之黏者爲黍，亦謂之穄，亦曰黄黍。」

野蒿　《本草綱目》十五《濕草部》曰：「青蒿，江東人呼爲犼蒿，爲其氣息似犼也，北人呼爲青蒿。《爾雅》云：『蒿，菣也。』孫炎注云：『荆楚之間，謂蒿爲菣。』《别録》曰：『青蒿生華陰川澤。』保昇曰：『《詩》云：「呦呦鹿鳴，食野之蒿。」即此蒿也。』頌曰：『青蒿春生苗葉，極細，可食。至夏，高四五尺。秋後，開細淡黄花，花下便結子如粟米大云云。』」〇《字彙》曰：「蒿類甚多，氣味各異，名亦不同。有蓬蒿，《詩·召南》：『彼茁者蓬。』又青蒿，一名菣，《詩·小雅》：『食野之蒿。』又牡蒿，一名蔚，三月始生，七月始華，如胡麻華而紫赤，八月爲角，似小豆角鋭而長，《詩·小雅》：『匪莪伊蔚。』又白蒿，一名蘩，《詩·召南》：『于以采蘩。』又香蒿，一名蕭，白葉莖粗科生，有香氣，《詩·大雅》：『取蕭祭脂。』又藾蒿，一名華葉，青白色，莖如筋而輕肥，始生香，可食，《詩·小雅》：『食野之苹。』《埤雅》：『晏子曰：「蒿草之高者也。」』《爾雅》：『蘩之醜，秋爲蒿。』郭璞曰：『春時各有種名，至秋老成，皆通呼爲蒿矣。』」

市朝　《論語·憲問篇》曰：「能肆諸市朝。」〇謝朓詩：「寂寞市朝變。」

吹笙《小雅・鹿鳴篇》曰：「吹笙鼓簧。」○嚴華谷曰：「笙以匏爲之，十三管，到匏中而拖簧管端，吹笙則鼓動其簧而發聲。」○《説文》曰：「笙，十三簧，象鳳之身也[三]。」

碧桃《本草綱目》二十九《果部》時珍曰：「桃品甚多，易於栽種，且早結實。五年宜以刀劙其皮，出其脂液，則多延數年。其花有紅紫、白、千葉、二色之殊。其實有紅桃、緋桃、碧桃、緗桃、白桃、烏桃、金桃、銀桃、胭脂桃，皆以色名者也云云。」

註　周大夫云云《毛詩・國風・黍離小序》云：「黍離，閔宗周也。周大夫行役至于宗周，過故宗廟宮室，盡爲禾黍，閔周室之顛覆，彷徨不忍去，而作是詩也。」

宗廟　宗，《字彙》曰：「祖，始也，始受命也。宗，尊也，有德可宗也。」○《古今註》曰：「廟者，貌也，所以髣髴先人之靈貌也。」

彼黍離離《詩・王風・黍離篇》曰：「彼黍離離，彼稷之苗。行邁靡靡，中心摇摇。知我者，謂我心憂，不知我者，謂我何求。悠悠蒼天！此何人哉？」朱註：「黍，穀名。離離，垂貌。」○嚴華谷曰：「黍，似粟而非粟，有二種，米粘者爲秫，可以釀酒；不粘者爲黍。」○《本草》註曰：「黍有數種，又有丹、黑，黑黍謂之秬，丹黍皮赤米黄。」

女墻《古今註》曰：「女墻，城上小墻也，亦名睥睨，言於城上窺人。」

濠隍也　隍，《字彙》曰：「胡光切，音黄，城下池也。有水曰池，無水曰隍。《易・泰》上爻：『城復于隍。』」

《史記》周靈云云 愚按考《史記》無此事。《事文類聚》續集引《列仙傳》云：「王子喬者，周靈王太子晉也，好吹笙作鳳鳴，遊伊、洛间，道士浮丘公接以上嵩山，一云乘鶴去。」〇《廣列仙傳》曰：「王子喬，周靈王太子晋也，好吹笙作鳳鳴，遊伊洛間，道士浮丘公接上嵩山。三十餘年後，來於山上，告桓良曰：『告我家，七月七日待我緱氏山頭。』果乘白鶴駐山頂，望之不得到，舉首謝時人而去。」

緱山 《大明一統志》二十九曰：「河南府緱氏山，在偃師縣西四十里，周靈王太子晋升仙之處，上有石室、飲鶴池。」

扶桑 《十洲記》曰：「扶桑在碧海中，樹長數千丈，一千餘圍，兩幹同根，更相依倚，是以名扶桑。」

〇註：扶桑，即日出處也。

增註　**稾秸** 稾，《字彙》曰：「古老切，音高，禾秆。《六書正譌》：『从禾，高聲。別作「稾」，非。』」〇秸，又曰：「與稭同。」又「稭」字註曰：「訖黠切，音戛，禾稾去其皮，祭天以爲席。《六書正譌》：『或作「鞂」，俗作「秸」「藍」，並非。』」

粘者 粘，又曰：「俗黏字。」又「黏」字註曰：「魚占切，音嚴。《説文》：『相著也，又糊也。』」

《周禮·匠人》云云 《周禮·匠人職》曰：「營國，方九里，旁三門。國中九經九緯，經涂九軌，左祖右社，面朝後市。」鄭注：「營，謂丈尺其大小。天十二門，通十二子。王宮，所居也。祖，宗廟。面，猶鄉也。王宮當中經之涂也。」

【校勘記】

［一］洛陽城：《全唐詩》卷五百三十三作《故洛城》。

［二］故：《全唐詩》卷五百三十三作「古」。

［三］身：底本訛作「音」，據《説文解字》卷五上改。

金陵［一］

許渾

見前注。

增註 建康郡稱。楚威王以其地有王氣，埋金鎮之，故曰金陵。或曰：「以其地接華陽、金壇之陵。」春秋屬吴，戰國屬越，後屬楚。秦改秣陵。漢丹陽郡。吴建業，晋以業爲鄴，後改建康。隋昇州。唐昇州江寧郡，屬江南道。宋建康府。今屬江東道。

備考 山谷詩云：「金陵風景好，豪士集新亭。」〇李白詩云：「金陵夜寂凉風發，獨上高樓望吴越。」註云：「金陵，今之建康，晋南渡都於此。」〇《瀛奎律髓》卷三載此詩，題曰《金陵懷古》。〇《唐詩解》四十四載。

註　**見前註**　見絶句《寄別朱拾遺》詩註。

增註　**秦改秣陵**　秦始皇時望氣者：「吴金陵山，五百年後當出天子。」始皇忌之，因發兵鑿金陵山，断，改稱秣陵。

玉樹歌殘王氣終，陳後主作《玉樹後庭華》曲。王氣終，謂隋並陳，南朝至此而滅也。蘇子由詩自注云：「《矮鷄冠》，即《玉樹後庭華》也。」**景陽兵合戍樓空。**景陽樓，宋元嘉二十二年築。孝武大明中，紫雲出景陽，樓因以名之。《六朝紀勝》云：「今玄寶寺西南遺地猶存，蓋後主與張妃就擒於景陽井。」**楸梧遠近千官塚，禾黍高低六代宫。**六代者，吴、東晋、宋、齊、梁、陳也。《建康實録》云：「吴太初宫即臺城地之西南。晋建康宫在府北五里。宋未央宫在清溪橋東。梁金華宫在清溪東。」**石燕拂雲晴亦雨，**《湘州記》：「零陵有石燕，遇雨則飛。」**江豚吹浪夜還風。**《南越志》：「江豚似猪，居水中。」**英雄一去豪華盡，惟有青山似洛中。**李白《金陵》詩曰：「苑方秦地少，山似洛陽多。」曾景建曰：「洛陽，四山圍，伊洛瀍澗在中。建康亦四山圍，秦淮直瀆在中，故許渾云：『似洛中。』」

增註　景陽宫，陳後主宫，在金陵。白蓮閣下有池，名景陽井。後主爲隋兵所逼，與張貴妃、孔貴嬪投井，即此。〇楸，梓屬。〇《本草》：「江豚魚，鼻爲聲，出没海上，舟人候之，知大風雨。」

備考　賦也。〇皈題格也。「石燕」「江豚」之二句，述金陵所見之實事者也。晴比天下清平，夜比天下暗昧，雨、風比賊黨之蜂起，言天下漸欲清平，又賊徒起，紛亂天下，以刺當世也。〇《律髓》云：「『禾黍高低六代宮』，此一句好。上句所謂『松楸遠近千官塚』，非也。大抵亡國之餘，烏有松楸蔽千官之塚者。五、六却切於江上之景。」〇《唐詩解》曰：「金陵本六朝建都之地，至陳主荒淫，王氣由此而滅，故以《玉樹》發端，遂言主就縛景陽，而戍樓空寂也。雖千官之塚樹猶存，而六代之闕庭已盡，惟餘石燕、江豚作雨吹風而已。然英雄雖去，而青山盤鬱，足爲帝都，徒使我對之而興慨耳。」

戍樓《圓機活法》卷五曰：「戍樓，《說文》云：『从人从戈。』言人荷戈上邊。蓋邊上之樓也。露上無覆曰櫓。」〇庾信詩：「戍樓侵嶺路。」

楸梧《楚辭》曰：「奄離披此梧楸。」〇解曰：「按楸梧，塚上所植。」

千官《荀子》曰：「古者，天子千官，諸侯百官。」

禾黍《詩·王風·小序》曰：「《黍離》，閔宗周也。周大夫行役至於宗周，過故宗廟宮室，盡爲禾黍，而作是詩。」

高低 杜牧《阿房宮賦》：「高低冥迷，不知西東。」

六代宮《文中子》曰：「六代之季，仁義盡矣。」〇解曰：「按六代，吳、晋、宋、齊、梁、陳也，皆都金陵。」〇又曰：「《建康實録》云：『吳太初云云。』又按《一統志》，晋有永安宮，齊有清溪宮，陳有德安宮，已上七宮俱在金陵。」

英雄《唐詩鼓吹》注云：「《異物志》：『草之精秀爲英，獸出群爲雄。張良爲英，韓信爲雄。』」〇《戰國策》注云：「才出萬人曰英。」〇《爾雅注疏》：「德過千人曰英。」〇《禮記疏》曰：「雄，武稱也。獸之將群爲雄，故借名。」

豪華 豪，《字彙》曰：「俠也，英也，强也，健也。又豕名。《山海經》：『豪猪，狀如豚而白毛，大如笄而黑端。』」

註 陳後主云云 《南史·后妃傳》曰：「陳後主以宮人有文學者袁大捨等爲女學士。後主每遊宴，則使諸貴人及女學士與狎客共賦新詩，互相贈答。采其尤艷麗者，以爲曲調，被以新聲。選宮女有容色者以千百數，令習而歌之，其曲有《玉樹後庭花》《臨春樂》等。其略曰：『璧月夜夜滿，瓊樹朝朝新。』大抵美張貴妃之色。」

蘇子由云云 《排韻》曰：「蘇轍，字子由，號潁濱遺老，又號欒城。元豐初，謫監筠州酒稅。元祐初，起爲中書舍人，翰林學士，門下侍郎。」〇蘇子由《鷄冠花》詩云：「後庭花草盛，怜汝繫興亡。」自註：「或曰《矮鷄花》乃《玉樹後庭花》也。」〇誠齋《鷄冠花》詩云：「別有飛來矮人國，化成玉樹後庭花。」

宋元嘉云云 宋文帝元嘉二十三年起景陽樓於華林園。

孝武 孝武帝，文帝第二子，嗣立。

玄寶寺 一本作「法寶寺」。

遺地 指景陽樓遺地。

後主興云云《南史》曰：「陳後主聞隋軍臨江，曰：『王氣在此，虜必自敗。』隋將賀若弼、韓擒虎分兵襲采石，取之。緣江諸戍，望風盡走。擒虎入城内，後主乃逃於井。」〇《六朝事迹》曰：「景陽宫中有井。隋克臺城，陳後主與張麗華、孔貴妃俱入井，隋軍出之。」

在府云云 建康府。

零陵有云云《白孔六帖》曰：「零陵有石燕，風雨則飛翔，如真燕；風雨止，則還爲石。」〇《本草綱目》卷十《石部》曰：「石燕，李勣曰：『石燕出零陵。』宗奭曰：『石燕如蜆蛤之狀，色如土，堅重如石，既無羽翼，焉能飛出？其言近妄。』時珍曰：石燕有二，一種此石類也，狀類燕而有文，圓大者爲雄，長小者爲雌；一種是鍾乳穴中石燕，似蝙蝠者，食乳汁能飛，乃禽類也，見《禽部》。禽石燕食乳，食之補助，與鍾乳同功。」〇《一統志》曰：「常州府有白鶴洞，歲旱，石燕飛出即雨。」

《南越志》 沈氏著，凡八卷。〇《南越志》曰：「江豚似猪，居水中，每於浪間跳躍，風輒起。」

李白《金陵》云云《李白全集》二十二《金陵》詩曰：「六代興亡國，三杯爲爾歌。苑方秦地少，山似洛陽多。古殿吴花草，深宫晋綺羅。併隨人事滅，東逝與滄波。」

增註 **後主爲云云** 陳後主禎明二年，隋文帝開皇九年，韓擒虎軍直入朱雀門，陳主乃從宫人十餘出景陽殿，自投于井。既而軍人窺井呼之，不應，欲下石，乃聞叫聲，以繩引之，驚其太重，及出，乃與張貴妃、孔貴嬪同束而上。

張貴妃　《事物紀原》卷一曰：「宋孝武孝建三年，初置貴妃，位比相國。又齊永明元年，有司奏貴妃、淑妃並加紫綬金章珮于賓玉。」

孔貴嬪　嬪，《字彙》曰：「《爾雅》：『婦也。』又妃嬪，婦官也。」

楸梓屬　楸，又曰：「此由切，音秋，梓屬。《通志》：『梓與楸相似。《爾雅》以爲一物，誤矣。陸璣謂：「楸之疏理白色，而生子者爲梓。」《齊民要術》謂：「白色有角曰梓，無子曰楸。」此皆不辨楸、梓者也，梓與楸自異，生子不生角。』」〇又「梓」字註曰：「祖此切，音子，楸也，木之王也。《爾雅翼》：『按《説文》，椅，梓也。梓，楸也。楸，檟也。一物四名。』」

【校勘記】

［一］金陵：《全唐詩》卷五百三十三作《金陵懷古》。

咸陽城東樓　　許渾

《雍録》曰：「秦咸陽在京兆西微北四十里，本杜縣地。至唐咸陽縣，則在秦都之西二十里，名雖襲秦，非故處矣。」

增註《關中記》：「孝公都咸陽，即渭城，在渭北。始皇都咸陽，即城南大城。名咸陽者，山南曰陽，水北亦曰陽，地在渭水之北，九嵕諸山之南，故曰咸陽。」

備考《唐詩解》四十四載之。○《大明一統志》曰：「陝西西安府咸陽縣在府城西北五十里，本秦舊縣，孝公徙都此。其地在山南水北，山水皆陽，故名咸陽。」○《唐詩鼓吹》載此詩，末聯作「行人莫問前朝事，渭水寒聲晝夜流。」

東樓《字彙》曰：「盧侯切，重屋也。《釋名》：『牖户之間有射孔，樓樓然也。』《孟子》：『可使高於岑樓。』黄帝爲五城十三樓。」○《紀原》卷八曰：「《史記》：『方士言於漢武帝曰：「黄帝爲五城十二樓，以候神人。」帝乃立井幹樓。』然則樓蓋起於黄帝之時。」

題註　《**雍録**》**云云**　宋程大昌著，凡十卷。

渭水《訓解》五注曰：「渭水出隴西首陽縣。」○《一統志》曰：「西安府，渭河在府城北五十里，出臨洮府渭源縣鳥鼠山西北谷，東流經盩厔、興平、咸陽、渭南，至華陰界入黄河。」

一上高城萬里愁，蒹葭楊柳似汀洲。溪雲初起日沉閣，山雨欲來風滿樓。鳥下緑蕪秦苑夕，蟬鳴黄葉漢宮秋。行人莫問當年事，故國東來渭水流。《後漢志》：「隴西郡渭水所出，東流長安。」

增註《詩》注：「蒹似萑而細，荻至秋堅，成則謂之萑。葭，葦也。」

備考 賦而興也。○舊解曰：「此詩歇上生下格。第一、二句，樓上所見之景生愁。第三、四句，雲比讒佞，日比君，風雨比賊黨，以諷今古。第五、六句，樓中所見聞之實事。緑蕪者，指草；黄葉者，指木；鳥下緑蕪，比君子失所；蟬鳴黄葉，比小人得位成讒佞。」○《鼓吹》曰：「此詩覧物懷古。首言高城而望蒹葭、楊柳，似乎江洲日沉閣而溪雲起，風滿樓而山雨來。復見秦苑漢宮，鳥下蟬鳴而已。昔榮華泯滅殆盡，良可哀也。今行路者莫問前朝盛事，惟聞渭水之聲哽咽耳，其業果安在哉！」○《唐詩解》曰：「詩意，咸陽本人煙輻輳之所，今所見惟蒹葭、楊柳，儼然汀也，況雲雨凄其，遍乎樓閣，蟬鳴鳥集，宮巷荒涼，豈復當年巨麗哉？獨渭水東流，猶爲舊物耳。」○《律髓》卷三曰：「一作『行人莫問前朝事，渭水寒光晝夜流』。尾句合用此十四字爲佳，中四句與前詩一同，皆裝景而已。」

高城 何遜詩：「日夕望高城〔二〕。」

楊柳 姚寛《西溪叢語》曰：「楊、柳二種，楊樹葉短，柳樹葉長，花即初發時黄蕊，子爲飛絮。今絮中有小青子，著水泥沙灘上，即生小青，乃柳之苗也。」

沉閤 閤，《字彙》曰：「内中小門。唐制，天子御便殿見群臣，謂之入閤。」○愚按「閤」字當作「閣」，《鼓吹》《律髓》等作「閣」，是也。○閣，《字彙》曰：「樓閣。」○《紀原》卷八曰：「《韓詩外傳》曰：『黄帝時，鳳巢於阿閣。』則閣亦肇於黄帝矣。」

緑蕪 蕪，《字彙》曰：「荒也。又草名。」

秦苑《三輔記》云：「上林苑，秦之舊苑也。」

行人 李陵詩：「行人懷往路。」顏延之詩：「超遥行人遠。」

當年 吴筠詩：「當年翻覆無常定。」

故國 杜甫詩：「故國霜前白雁來。」

渭水《一統志》三十五曰：「鞏昌府，渭水在府城北五里，源出臨洮府渭源山。」

註 **《後漢志》云云** 《後漢書》二十三曰：「《郡國志》云：『隴西郡渭水所出云云。』」

增註 **《詩》註云云** 《詩・秦風・蒹葭篇》：「蒹葭蒼蒼，白露爲霜云云。」朱註：「蒹似萑而細，高數尺，又謂之薕。葭，蘆也。」〇山陰陸氏曰：「今人以爲簾箔，因以得名。葭，蘆也，葦也，又名華，一物而四名。」孔氏云：「初生爲葭，長大爲蘆，成則名葦。萑，菼也，又名離，亦一物而四名。蒹、葭、萑三物，共十一名。」〇蒹，《字彙》曰：「古嫌切，音兼。葭，葦屬。郭璞云：『蒹似雚而細，高數尺。』陸璣云：『水草，堅實，牛食之肥强。青、徐人謂之薕。』陸佃云：『今人以爲簾箔，因此得名。』」〇葭，又曰：「與蕸同。又居牙切，音嘉，蘆也。亦名葦，又名華，一物四名。」

【校勘記】

［一］望：底本訛作「潤」，據《玉臺新咏》卷五改。

晚自東郭留一二遊侶[一]　許渾

備考 此詩，許渾在長安時作也。〇《才子傳》第七曰：「許渾，字仲晦，潤州丹陽人。大和六年進士，爲當塗、太平二縣令。少有清羸之疾，至是以伏枕免，久之，起爲潤州司馬。大中三年，拜監察御史，歷虞部員外郎，睦、郢二州刺史。」

鄉心迢遞宦情微，王夷甫曰：「吾少無宦情。」**吏散尋幽竟落暉。林下草腥巢鷺宿，洞前雲濕雨龍歸。鐘隨野艇回孤棹，**謂鐘聲隨艇則暮矣，故回棹也。**鼓絶山城掩半扉。**謂山城昏鼓絶，則西齋扉半掩矣。**今夜西齋好風月，一瓢春酒莫相違。**

備考 賦也。此詩歸題格。〇愚按第一句，渾自謂。第二句，謂出遊之由。第三、四句，指景物尋幽之體也。第五、六句，應第二句「竟落暉」三字，述暮景。第七、八句，歸題留友之意也。

迢遞 《字彙》曰：「迢遞，遠也。一曰高貌。」〇「《六書正譌》：『別作遰，非也。』」〇謝瞻詩：「迢遞封畿外。」注：「迢遞，遠貌。」

宦情 宦，《字彙》曰：「仕也。又學也。《左傳》：『宦三年矣。』服虔注：『宦，學也，學職事爲官也。又官也。』」

吏散《漢書》師古注曰：「吏，理也，理其縣内。」府史之屬亦曰吏[二]。

落暉 暉，《字彙》曰：「音揮，日光也。」○沈約詩：「落暉映長浦。」

草腥 腥，《字彙》曰：「生肉曰腥。」

野艇 艇，又曰：「小船。《釋名》：『二百斛以上曰艇。』《增韻》：『船小而長。』」

山城 庾信詩：「山城足迴樓。」

好風月 余昌宗《是路録》卷三曰：「南宋謝譓不與人交接，常謂人曰：『入吾室者，惟有清風；伴吾飲者，只有明月耳。』」

一瓢 《論語·雍也篇》：「子曰：『賢哉回也，一簞食，一瓢飲。』」

春酒 陶潛詩：「歡言酌春酒。」

註 **王夷甫云** 《五車韻瑞》引《晉史》阮裕曰：「屢辭王命，非敢以爲高也，吾少無宦情。」

【校勘記】

[一]晚自東郭留一二遊侶：《全唐詩》卷五百三十三作《晚自東郭回留一二遊侶》。

[二]之：底本脱，據《古今韻會舉要》卷十七和《增修互注禮部韻略》卷四補。

題飛泉觀宿龍池[一]　許渾

增註　《四體集》作《重遊飛泉觀故梁道士宿龍池》。

備考　飛泉觀在睦州，梁道士故居也。

增註　**《四體集》**姚合撰，凡一卷，輯三十三家詩。

道士　見絶句注。

西巖泉落水容寬，靈物蜿蜒黑處蟠。松葉正秋琴韻響，菱華初曉鏡光寒。言松韻如琴，菱池如鏡。**雲收星月浮山殿**[二]**，雨過風雷繞石壇。仙客不歸龍亦去，稻畦長滿此池乾。**言自龍去，池化爲田矣。

增註　蜿蜒，龍蟠貌。○魏武帝菱華鏡。○仙客，指梁道。

備考　賦而比，又兼興也。○趙瞻民云：「藏頭格。」○愚按第一、二句，言號宿龍池之由。第三、四句，言池邊之勝景。第五、六句，述觀中所見聞之實事。第七、八句，言梁道士故居荒廢。仙客，指梁道士也。

靈物　靈物指龍。○《禮記·禮運》曰：「麟、鳳、龜、龍，謂之四靈。」

蜿蜒　蜿，《字彙》曰：「於遠切，蜿蜿，龍升貌。」○蜒，又曰：「夷然切，音延，蜿蜒，龍貌。」○愚按「蜒」

作「蜓」，非也。蜓，《字彙》曰：「徒典切，音田，蝘蜓，一名守宮。」

黑處 水深處。

仙客 李德林詩：「壺盛仙客酒。」蕭若靜詩：「已數逢仙客。」

稻畦 畦，《字彙》曰：「音溪，田五十畝曰畦。又區也。」

註 **松韻云云** 李白詩云：「我宿黄山碧溪月，聽言却罷松間琴。」

菱池云云 白樂天詩云：「菱池如鏡净無波，白點花稀青角多。」

增註 **菱華鏡** 《事林廣記》卷八曰：「鏡曰菱花。」○任奉古詩曰：「萍帶凝江上，菱衣似鏡前。」

指梁道 一本「道」字下有「士」字。

【校勘記】

[一]題飛泉觀宿龍池：《全唐詩》卷五百三十四作《重遊飛泉觀題故梁道士宿龍池》。

[二]收：《全唐詩》卷五百三十四作「開」。

咸陽懷古

劉滄[一]

見前注。

備考《律髓》卷三載之，作者爲劉滄。○天隱《履歷》曰：「劉滄，字蘊靈，太中進士第，魯人。」○《唐詩解》四十四載，作者爲劉滄。

經過此地無窮事，一望凄然感廢興。渭水故都秦二世，秦自獻公都櫟陽，孝公作爲咸陽，築冀闕而都焉，地在渭北跨南，而其方則長樂宮西北也。至始皇王天下，二世而亡。**咸陽秋草漢諸陵。**秦舊都以渭水與龍首山皆在其南，故曰咸陽。**天空絶塞聞邊雁，葉盡孤村見夜燈。風景蒼蒼多少恨，寒山半出白雲層。**

增註 秦二世名胡亥，始皇少子，在位三年，爲漢所滅。○漢諸陵，按《漢書》，霸陵、杜陵在京兆，高陵、長陵在馮翊，安陵、茂陵、平陵在扶風。

備考 比也。此詩前體後用格。○愚按第一、二句，言咸陽。第三、四句，應第二句「感廢興」之字。第五、六句，咸陽所聞見之實事。第七、八句，言咸陽風景之荒涼。全篇以秦、漢之事諷時世殊，至末句譏讒人奪君明，寒山比君，白雲比讒人也。○《唐詩解》曰：「唐襲秦、漢舊都，實非故地。咸陽城郭半爲丘墟，故言昔人經此而歷事多矣。我因眺望而有感焉。彼秦之傳世，已是不長，漢之諸陵，亦皆蕪没，所聞者啼雁，所睹者夜燈風景，自足抱悵，但雲山造天，猶爲壯麗，繁華無足道也。」

經過 阮籍詩：「趙李相經過。」

一望 沈約詩：「一望阻漳水。」

凄然 陶潛詩：「臨路凄然。」

廢興 謝靈運詩：「勾踐善廢興。」

渭水云云 《三輔記》曰：「秦始皇并天下，都咸陽，渭水貫都，以象天河。」

秦二世 《史記》：「秦始皇崩，太子胡亥立，是爲二世皇帝。趙高弑之，立子嬰，降於漢，秦遂亡。」

秋草 孫楚詩：「零雨被秋草。」

諸陵 魏文帝《典論》云：「喪亂以來，漢氏諸侯無不發掘。」

絶塞 塞，《字彙》曰：「邊界也。」○《古今註》曰：「塞者，塞也，所以擁塞戎狄也。」

蒼蒼 曹植詩云：「山樹鬱蒼蒼。」○謝朓詩云：「寒渚夜蒼蒼。」

多少 江淹《青苔賦》曰：「吾孰知其多少。」○杜甫詩：「多少材官守涇渭。」《集註》：「多少，言多也。」

寒山 謝靈運詩云：「桂樹陵寒山。」○沈約詩：「寒山望積雪。」

白雲層 謝混詩：「白雲屯層阿[二]。」

註 **秦自獻云云** 《史學提要》註曰：「秦本顓頊之裔。伯益佐舜，掌山澤，爲虞官，賜姓嬴氏，是爲柏翳。非子爲周考王養馬，考王封之於秦，號曰秦嬴。宣王時以非子曾孫秦仲爲大夫，誅西戎國，始大有車馬、禮樂、射御之好。穆公十七世孫孝公立，時河山以東，强國六，小國十餘，以夷狄遇秦，不與會盟。孝公發憤修政，下令求賢。衛公孫鞅聞之，乃入秦，公任之。鞅説孝公定變法之令，廢井田，開阡陌，更爲賦税法行之。孝公卒，惠文君立，遂稱王。時秦已强，諸侯争割地而賂秦。」○考《史記》及《通鑒》曰：「周安王二年，秦簡公卒，惠公立。十五年，惠公卒。十六年，秦出公立。十七年，秦弑出公，立獻公。周顯聖王七年，獻公卒，子孝公立。二十一年，孝公卒，子惠文王立。周赧王四年，惠文王卒，子武王立。九年，武王卒，弟昭襄王立。五十九年，赧王盡獻其邑于秦。東周惠公六年，昭襄王卒，子孝文王立。三日卒，子莊襄王立。元年，東周君盡入其地于秦。三年，莊襄王薨，始皇吕政立。」

冀闕　《史記·秦紀上》曰：「孝公十二年，作爲咸陽，築冀闕。」《正義》曰：「冀，猶記事。闕，即象魏也。」○《古今註》曰：「闕，觀也。古每門樹兩觀宇其前，所以標表宫門也，其上可居，登之則可遠觀，故謂之觀。人臣將朝，至此則思其闕失，故謂之闕。其上皆畫雲氣仙靈奇禽怪獸，以示四方。」

增註　**秦二世**　《史記·始皇本紀》曰：「朕爲始皇帝，後世以計數，二世三世至于萬世，傳之無窮。」

按《漢書》《漢書》二十八《地理志》曰：「京兆尹云云，霸陵、杜陵云云。」

霸陵　葬文帝。**杜陵**　葬宣帝。**高陵**　未詳。**長陵**　葬高祖。**安陵**　葬惠帝。**茂陵**　葬武帝。**平陵**　葬昭帝。

【校勘記】

[一]劉滄：底本、附訓本、增註本均脱漏作者，據元刻本、箋註本和《全唐詩》卷五百八十六補。

[二]屯：底本訛作「長」，據《文選註》卷二十二改。阿：底本訛作「呵」，據《文選註》卷二十二改。

黄陵廟

李群玉[一]

增註 在唐岳州湘陰縣北八十里瀟湘之尾，洞庭之口。○按韓文公《碑》云：「湘旁有廟曰黄陵。自前古立以祠堯之二女，即舜之二妃者云云。元和十四年，余以罪黜爲潮州刺史，其地厲毒，懼不得脱死，過廟禱之。明年，拜國子祭酒，以私錢抵岳州易廟之圮桶腐瓦。」即此。

備考 《律髓》二十八載此詩，作者爲李群玉。○李昌本註云：「東坡《百斛明珠》載李群玉校書過二妃廟，題詩云『小孤洲北浦雲邊云云』，又絶句『黄陵廟前莎草春云云』，其詩在後絶句詩内作『李遠詩』。又一首云：『黄陵廟前春已空，子規啼血淚春風。不知精爽落何處，疑是行雲秋色中。』群玉自己以第三篇『春空』便到『秋色』，踟躕欲改。女俄出焉，群玉悉其所陳而題。後二年，群玉逝。」○《才子傳》第七《李群玉傳》曰：「裴相公休觀察湖南，厚禮延致之云云。休適入相，復論薦，上悦之，敕授弘文館校書郎。李頻使君，呼爲從兄。歸湘中，題詩二妃廟。是暮宿山舍，夢見二女子來，曰：『兒娥皇、女英也。承君佳句，徽珮將遊於汗漫，願相從也。』俄而影滅。群玉自是鬱鬱，歲餘而卒。段成式爲詩哭曰：『曾話黃陵事，今爲白日催。』」〇或云：「其土色黃，故云黃陵也。」

增註　**湘陰縣云云**《方輿勝覽》二十三《湖南路・潭州部》云：「在湘陰北八十里。」

瀟湘云云《韓文》三十一《黃陵廟碑》注：「曾子開曰：『湘水出全，瀟水出道，二水至永，合而爲一，以入洞庭。黃陵廟在瀟湘之尾，洞庭之口。』」

按韓文公云云《韓文》三十一《黃陵廟碑》云：「湘旁有廟曰黃陵。自前古立以祠堯之二女、舜之二妃者。庭有石碑，斷裂分散在地，其文剥缺。考《圖記》言：『漢荆州牧劉表景升之立，題曰「湘夫人碑」。』今驗其文，乃晉太康九年，其額曰『虞帝二妃之碑』。」

元和　唐第十二主憲宗年號，凡十五年。〇《韓文》卷十註曰：「元和十四年，公爲刑部侍郎，上表極諫佛骨事。帝大怒，將抵死，持示宰相崔群、裴度。群、度力言愈忠，願少寬假，以來諫諍。帝稍解，乃責潮州刺史。」

余以　余，指韓退之。

黜《字彙》曰：「音出，貶斥也。」

潮州刺史　刺史，見絶句註。

厲毒　厲，《字彙》曰：「音例，烈也，猛也，虐也，酷也，害也。」〇毒，又曰：「音讀，害人草名，荼莽、治葛之屬。又害也，苦也。」

禱之《字彙》曰：「祈神求福也。」

國子祭酒《周禮·夏官》曰：「諸子，掌國子之倅[二]。」注：「國子，謂諸侯、卿大夫、士之子也。」○《劉氏鴻書》六十二云：「胡廣曰：『官名祭酒者，在位之元長也。賓客得主人饌，則老者一人先舉酒祭地，故以祭酒爲稱。舊説以爲示有先。』」○《紀原》卷五曰：「孫卿在齊爲三老，稱祭酒。漢吴王濞爲劉氏祭酒，又漢博士内聰明有威重者一人爲博士祭酒。胡廣曰：『凡官名祭酒，皆一位之元長。古者得主人饌，則老者一人舉酒以祭地，故以祭酒爲稱。』晉咸寧中初立國子學，始置國子祭酒。《六帖》曰：『《堯典》：「克明峻德，以親九族。九族既睦，平章百姓。」周封兄弟同姓。成王時，彤伯爲祭酒，主親屬。秦、漢因之。』又曰：『高祖七年，自櫟陽徙長安，置祭酒官。《續漢書》有祭酒一人，掌録叙王國嫡庶，及宗親遠近，郡國歲所上宗室名。《通典》云。』」

圮桶 圮，《字彙》曰：「普弭切，音痞，覆也，又毁也。」○桶，愚按恐「楝」字誤歟？

小孤洲北浦雲邊，二女 二女，舜二妃，娥皇、女英。**明妝共儼然。野廟向江春寂寂，古碑無字草芊芊。**《黄陵廟碑記》曰：「庭有石碑，斷裂在地，其文剥缺，晉太康九年立。」**東風近墓吹芳芷，**《郡國志》曰：「舜墓在女英峰下。」《楚詞·湘夫人》歌云：『沅有芷兮澧有蘭，思公子兮未敢言。』」**落日深山哭杜鵑。猶似含顰望巡狩，**舜巡狩死於蒼梧，二妃從之不及，死湘江。蒼梧，今道州。**九疑如黛隔湘川。**

《九疑山圖記》曰：「道州寧遠縣南六十里有九峰：一曰簫韶，二曰女英，三曰石城，四曰娥皇，五曰朱明，六曰桂林，七曰華蓋，八曰巴林，九曰石樓。周回百餘里，其形相似，見者疑之，故名九疑。」詩意謂九峰之碧，如二女眉黛之顰也。

增註 按《詩話總龜》載此詩，「小孤洲」作「小哀洲」。又《詩話》引《湘中故事》：「大哀州在湘陰縣西三十里。《圖經》云：『昔舜南狩，二妃尋之至此，而聞舜葬於九疑。』然既有大哀洲，必有小哀洲。」○九疑山，亦名蒼梧山，九峰相似，望而疑之。九疑如黛，韓文：「粉白黛緑。」○按《禮記·檀弓》載：「舜葬于蒼梧之野。」晋習鑿齒云：「舜葬零陵。」《元和郡縣志》亦云：「九疑，舜之所葬也。」又按太史公曰：「舜南狩行，死於蒼梧之野，歸葬於江南之九疑，是爲零陵。」《山海經》云：「舜之所葬，在今道州零陵縣界。」蒼梧、九疑當是兩處，後人誤引舜死地爲葬所耳。太史公遍歷天下名山大川，必有所據，當從《史記》及《山海經》。

備考 賦也。此詩纖腰格。○愚按第一、二句，言廟中之事。第三、四句，説眼前景物之實事。第五、六句，言舜之廟處所見聞之實事。第七、八句，景物之中含感慨。○《律髓》卷二十八曰：「第六句好。」

儼然 儼，《字彙》曰：「恭也，好貌。」

芊芊 《字彙》曰：「芊芊，草盛貌。」

落日 梁簡文帝詩：「落日芳春莫。」吴務詩：「馬頭要落日。」

含顰 顰，《字彙》曰：「音貧，笑貌。」○韓文《韓弘碑》云：「察其顰呻。」註：「蹙額愁嘆也。」○《東坡詩集》十一曰：「貌妍容有顰。」註：「《莊子・内篇》：『西施病心而顰。』」

如黛 黛，《字彙》曰：「音代，畫眉墨也。《釋名》：『黛，代也，滅去眉毛，以此代其處。』」

注 《楚詞》湘云云 《楚辭》第二《九歌篇・湘夫人》詞曰：「沅有芷兮澧有蘭，思公子兮未敢言。」朱註：「澧水，名見《禹貢》。公子，謂湘夫人也。帝子而又曰公子，猶秦已稱皇帝，而其男女猶曰公子、公主。思之而未敢言者，尊而神之，懼其瀆也。」

沅 《字彙》曰：「遇玄切，音原。水出蜀郡，由牂柯東北過臨沅縣，至長沙入洞庭湖，今以名州。」

有芷 芷，《字彙》曰：「香草，可作面脂，葉曰蒚麻，可用沐浴。《本草》：『一名澤芳，一名虈，一名虈。』《說文》：『楚謂之蘺，晉謂之虈，齊謂之茝，茝即芷也。』」○《本草綱目》十四《芳草部》曰：「白芷。釋名：白茝，一名芳香，一名澤芬，一名苻蘺，一名虈芜，葉名蒚麻葯。弘景曰：『今處處有之，東間甚多，葉可合香。』頌曰：『所在有之，吳地尤多。根長尺餘，粗細不等，白色。枝幹去地五寸以上。春生葉，相對婆娑[三]。紫色，闊三指許，花白微黃，入伏後結子，立秋後苗枯。』」

澧 澧，《字彙》曰：「良以切，音裡，水出衡山，因爲州名。」○澧，又曰：「方中切，音風，出扶風鄠縣東南[四]，北過上林苑。《禹貢》：『澧水攸同。』」○愚按「澧」與「澧」字相似，未決孰是，故存二義。

有蘭 蘭，《字彙》曰：「香草。《左傳》：『蘭有國香。』葉似澤蘭。澤蘭，方莖也。蘭，圓莖，白華，紫蕚。又太史黄氏曰：『一幹一花而香有餘者，蘭；一幹數花而香不足者，蕙，乃今之山蘭也。』」○《本草》十四《芳草部》曰：「春芳者爲春蘭，色深；秋芳者爲秋蘭，色淡。秋蘭難得，開時蒲室盡香，與他花香又別也。」

舜巡狩云云《書·舜典》曰：「歲二月，東巡狩至於岱宗云云。」○《史記·本紀第一》曰：「舜踐帝位三十九年，南巡狩，崩於蒼梧之野，葬於江南九疑，是爲零陵。」註：「舜冢在於零陵營浦縣，其山九谿皆相似，故曰九疑。」

二妃從之云云《山海經》卷五曰：「洞庭之山，其下帝之二女居之。」郭璞註：「天帝之二女，而處江爲神，即《列仙傳》江妃二女也。《離騷》《九歌》所謂『湘夫人』，稱『帝子』者是也。而《河圖玉版》曰：『湘夫人者，帝堯女也。秦始皇浮江至湘山，逢大風，而問博士：「湘君何神？」博士曰：「聞之堯二女，舜妃也，死葬此。」』《列女傳》曰：『二女死于江、湘之間，俗謂爲湘君。』鄭司農亦以舜妃爲湘君説者，皆以舜陟方而死，二妃從之俱溺死，而湘江遂號爲湘夫人。按《九歌》，湘君、夫人自是二神，江、湘之有夫人，猶河、洛之有宓妃也，此之爲靈，與天地並矣，安得謂之堯女？且既謂之堯女，安得復總云湘君哉？何以考之？《禮記》曰：『舜葬蒼梧，二妃不從。』明二妃生不從征，死不從葬，義可知矣。即令從之，二女靈達，鑒通無方，尚能以鳥工龍裳救井廩之難，豈當不能自免於風波，而有雙淪之患乎？假復如此，《傳》曰：『生爲上公，死爲貴神。』《禮》：『五嶽比三公，四瀆比諸侯。』令湘川不及四瀆，無秩于命祀，而二女帝者之后，妃靈神祇，無緣當復下降小水而爲夫人也。參互其義，義既混雜，雜線其理，理無可據，斯不然矣。原其致謬之由乎，俱以帝女爲名，名實相亂，莫矯其失，習非勝是，終古不晤，可悲矣。」

增註　《詩話總龜》宋阮閱著。

《韓文》粉云云　《韓文》十九《送李愿歸盤谷序》曰：「粉白黛緑者，列屋而閑居。」〇《容齋隨筆》卷二曰：「退之爲文章，不肯蹈襲前人一言一句。故其語云：『惟陳言之務去，戛戛乎其難乎！』獨『粉白黛緑』四字，似有因《列子》『周穆王築中天之臺，簡鄭、衛處子娥媌靡曼者，粉白黛黑以滿之。』《戰國策》：『張儀謂楚王曰：「鄭國之女，粉白黛黑，立於衢閭，見者以爲神。」』屈原《大招》：『粉白黛黑，施芳澤只。』司馬相如：『靚妝刻飾。』郭璞曰：『粉白黛黑也。』《淮南子》：『毛嬙、西施施芳澤云云，粉白黛黑，笑目流眺。』韓公以『黑』爲『緑』，其旨則同。」

《禮記》云云舜葬云云　張和仲《千百年眼》卷一曰：「世傳舜葬於蒼梧，此説可疑。或者曰：舜既禪位於禹，何緣復自巡狩至於南蠻之地，且葬于此？後人以《書》有『陟方乃死』一語，傅會之耳。陟方，即升遐上仙之異名。然既曰『陟方』，又曰『乃死』，亦贅。《孟子》不云『舜卒於鳴條』乎？此一大證佐也。按湯與桀戰於鳴條，則去中原不遠。《家語·五帝德篇》曰：『舜陟方岳，死於蒼梧之野而葬焉。』何孟春註云：『陳留縣平丘有鳴條亭，海州東海縣有蒼梧山，去鳴條不遠。乃知所謂蒼梧，非九疑之蒼梧也。以《家語》「方岳」言之，《書》或遺「岳」字。』其説足祛千古之惑。」

晉習鑿齒　《晉書》列五十二曰：「習鑿齒，字彦威，襄陽人。少有志氣，博學洽聞，以文章著稱云云。

鑿齒在郡，著《漢晉春秋》以裁正之，起漢光武，終晉愍帝。」

零陵　《一統志》六十五曰：「永州府有零陵縣及零陵郡。」

太史公曰云云　《史記·五帝本紀》〇《史記集解叙·正義》曰：「司馬遷，字子長，左馮翊人也。漢武帝時爲太史令，撰《史記》一百三十篇云云。」〇《前漢》列三十二：「司馬談爲太史公云云，有子曰遷。遷生龍門，耕牧河山之陽，年十歲則誦古文，二十而游江、淮，上會稽，探禹穴，窺九疑，浮沅、湘，北涉汶、泗，講業齊、魯之都。」

《山海經》曰云云　《山海經》卷十八曰：「南方蒼梧之丘，蒼梧之淵，其中有九疑山，舜之所葬，在長沙零陵界中。」

【校勘記】

［一］李群玉：底本脱，據元刻本、箋註本、增註本和《全唐詩》卷五百六十九補。

［二］子：底本脱，據《周禮·夏官司馬下》補。

［三］對：底本誤作「飲」，據《御定佩文齋廣群芳譜》卷八十八和《香乘》卷四改。

［四］「出」前底本衍「水」，據《禹貢指南》卷二删。「出」後底本衍「又」，據《禹貢指南》卷二删。扶：底本訛作「伏」，據《禹貢指南》卷二改。東南：底本誤作「南東」，據《禹貢指南》卷二乙正。

晚歇湘源縣　張泌

增註《唐書》：「江南道永州零陵郡湘源縣，五代晋改置全州。」

備考　**歇**《字彙》曰：「休息也。」

增註　**五代**謂梁、唐、晋、漢、周。

張泌

備考《履歷》曰：「江南人，南唐内史舍人。」

煙郭遥聞向晚鷄，水平舟静浪聲齊。高林帶雨楊梅熟，曲岸籠雲謝豹啼。張華《博物志》云：「杜宇啼苦，則縣於樹，自呼曰謝豹。」**二女廟荒宫樹老，**即黄陵廟。**九疑山碧楚天低。**見前注。**湘南自古多離怨，**屈原作《離騷》以寓怨，自沉於湘水。**莫動哀吟易慘凄。**

增註《漢書》：「湘南屬長沙國。」注：「衡山在東南。」

備考　賦而興也。○愚按第一、二句，説晚景。第三、四、五、六句，説眼前所聞見之實象也。第七、八句，含蓄無盡感慨意。○舊註曰：「此詩諷世。第一、二句，煙郭比天下不明，鷄比諂諛之臣。第三、四句，楊梅得時熟，謝豹得處啼，各以遂其性，却嘆我違時失其所，猶不如動植。第五、六句，實中含情思之虚，以廟荒比朝廷之喪，以山高比小人居高位，以天低比君子潛下位。第七、八句，思古感今也。」〇《唐詩鼓吹》曰：「此詩末二句，言此湘江之南，多有離別之恨。所以然者何也？蓋自舜没而二女不返，及楚之屈原、漢之賈誼離國之怨，皆在于此[二]。今也慎勿動夫悲哀之吟，以爲吊古之作，吟則令人悽慘，烏能已耶？」

煙郭　郭，《字彙》曰：「内城外郭。《釋名》：『郭，廓也，廓落在城外也。』《説文》：『郭，度也，民所度居也。』」

楊梅　《本草綱目》三十《果部》曰：「楊梅，一名机子。志曰：『楊梅生江南嶺南山谷，樹若荔枝樹，而葉細陰青，子形似水楊子，而生青熟紅，肉在核上，無皮殼。四月、五月采之，南人醃藏爲果，寄至北方。』時珍曰：楊梅樹葉如龍眼及紫瑞香，冬月不凋，二月開花結實，形如楮實子，五月熟，有紅、白、紫三種云云。藏器曰：『張華《博物志》言：「地瘴處多生楊梅。」驗之信然。』」

謝豹　《瑯琊代醉編》卷八引《古今事物考》曰：「《酉陽雜俎》曰：『虢郡有蟲，名謝豹，常在深土中，類蝦蟆，圓如毬，見人以前脚交覆首，如羞狀。能穴地，如鼢鼠，頃刻深尺。或出地聽謝豹鳥聲，則腦裂而死，俗因名之。或曰，謝豹，人也，抱耻死，其魄爲蟲，潛行地中，羞見人。掘之，猶以足覆面，作忍耻狀。』」〇《五雜俎》九曰：「謝豹，蟲也，以羞死，見人則以足覆面，如羞狀。是蟲聞杜鵑聲則死，故謂杜鵑亦曰謝豹。而鵑啼時得蝦，曰謝豹蝦，賣筍則又轉借以爲名，其義愈遠矣。一云，蜀有謝氏子，相思成疾，聞子規啼則怔忡若豹，因呼子規爲謝豹，未知是否。」〇《三才圖會・鳥獸部》卷二曰：「杜鵑，一名子規，一名怨鳥，苦啼血不止，凡始鳴皆北嚮，啼苦則倒懸於樹。《臨海異物志》曰：『䳏鳩，一名杜鵑，至三月鳴，晝夜不止。』《説文》謂：『杜鵑，蜀王望帝所化，至今寄巢生子，百鳥爲哺其雛，尚如君臣。』《爾雅》云：『嶲周即此鳥。』」

宮樹 宋王義恭表云：「周氣降於宮樹。」

慘凄 慘，《字彙》曰：「愠也，愁也，痛也。」○《楚辭》第六《九辯》曰：「霜露慘悽而交下兮。」《音義》曰：「慘，一作憯。」○又曰：「憯悽增欷兮薄寒之中人。」朱注：「憯悽，悲痛貌。」

註　張華 《排韻》曰：「張華，字茂先，博物洽聞，著《博物志》十篇。晋武朝拜侍中、中書，賜金章紫綬。永熙末，少子韙以中台星坼，勸華避位，不聽，竟爲趙王倫所害。」

《博物志》云云 愚按張華《博物志》無此事。《五車韻瑞》引《異物志》云：「杜鵑，鳥名，又嶲周，鳴皆北向，聲哀，吻有血，自縣于樹，自呼曰謝豹。」

屈原 《史記》列傳二十四曰：「屈原者，名平，楚同姓也。博聞强記，明於治亂。入則與王圖議國事，以出號令；出則接遇賓客，應對諸侯。王甚任之。上官大夫與之同列，爭寵而害其能云云。王怒，疏屈平云云。時秦昭王與楚婚，欲與懷王會，懷王欲行，屈平曰：『秦，虎狼之國，不可信，不如無行。』懷王稚子子蘭勸王行：『奈何絶秦歡？』懷王卒行。入武關，秦伏兵絶其後，因留懷王，以求割地。懷王怒，不聽，亡走趙，趙不内，復之秦，竟死於秦。長子頃襄王立，以其弟子蘭爲令尹。子蘭卒使上官大夫短屈原於頃襄王，襄王怒而遷之。屈原至於江濱，被髮行吟澤畔云云。」○洪興祖評《離騷》曰：「《史記》：『屈原，名平。』《文選》以『平』爲字，誤矣。」

作《離騷》　《文選》六十賈誼《吊屈原文》一首並序：「屈原，楚賢臣也，被讒放逐，作《離騷經》，其終篇云：『已矣哉！國無人兮莫我知也。』遂自投汨羅而死。」○《史記》八十四《屈原傳》曰：「平伐其功，曰以爲『非我莫能爲也』。王怒而疏屈平。屈平疾王聽之不聰也，讒諂之蔽明也，邪曲之害公也，方正之不容也，故憂愁幽思而作《離騷》[一]。離騷者，猶離憂也。」注：「《索隱》曰：『音素刀反，一音蕭。應劭曰：「離，遭也。騷，憂也。」又《離騷序》云：「離，別也。騷，愁也。」』」○《楚辭論》曰：「賈島曰：『騷者，愁也。屈原含忠進逆耳之諫，放之湘南，遂爲《離騷》。』」○班固《離騷》注曰：「離，猶遭也。」顔師古曰：「擾動曰騷。」○《貴耳録》曰：「太史公言：『離騷者，遭憂也。』離，訓遭；騷，訓憂。屈原以此命名其文，則賦也，故班固《藝文志》有《屈原賦》二十五篇。梁昭明集《文選》，不併歸賦門，而別名之曰『騷』，後人沿襲，皆以『騷』稱，可謂無義。篇題名義且不知，況文乎？」

增註　**《漢書》云云**　《漢書》二十八《地理志下》曰：「長沙國云云湘南。」注：「《禹貢》：『衡山在東南，荊州山。』」

【校勘記】

［一］此：底本脱，據文意補。

[二]愁：底本脱，據《史記・屈原傳》補。

廢宅　吴融

備考《律髓》卷三載此詩。

吴融 見前。

風飄碧瓦雨摧垣，却有鄰人爲鎖門。幾樹好華閑白晝，滿庭荒草易 一本作「自」。**黄昏。放魚池涸蛙争聚，栖燕梁空雀自喧。不獨凄凉眼前事，咸陽一火便成原。** 項羽燒咸陽，三日火不滅。此言國猶有廢興，况家乎？

增註《淮南子》曰：「薄于虞淵，是爲黄昏。」

備考 賦而比，又兼興也。一意格也。○舊註曰：「第一句，風雨比黨賊。第二句，鄰人比小人在位執權。第三句，好花比君子去位潜幽處。第四句，荒草比小人在朝，黄昏比天下暗昧。第五、六句，放魚、栖燕比君子，蛙、雀比小人。第七、八句，興也，見廢宅，記咸陽之舊事。今世朝廷無道，君子在野，小人在位，猶他日如咸陽可成荒原，必也。感慨見于言外矣。」

荒草 陶潛詩：「荒草何茫茫。」

池涸　涸,《字彙》曰:「水竭也。」

栖燕云云《鼓吹》注曰:「薛道衡詩:『空梁落燕泥。』」〇《事文類聚》曰:「燕,玄鳥也,大如雀而長,布翅岐尾,巢於屋梁間。」〇《文苑彙雋》二十四曰:「紫胸、輕小者是越燕,胸班黑、聲大者是胡燕。」

雀《埤雅》曰:「雀,小鳥也。常躍而不止,依人求食,觜足皆黑,毛羽褐色,長三四寸許。」〇《彙雋》曰:「燕惡艾,雀欲奪其巢,先銜一艾致其巢,燕輒避去,因而有之。」

註　**項羽云云**《史記·項羽本紀》曰:「項羽引兵西屠咸陽,殺秦降王子嬰,燒秦宮室,火三月不滅,收其貨寶、婦女而東。」

增註　《**淮南子**》《事文類聚》前集引《淮南子》曰:「日出于暘谷,浴于咸池,拂于扶桑,是謂晨明云云。薄于虞淵,是謂黄昏。」注:「自暘谷至虞淵,凡十六所,爲九州七舍。」

龍泉寺絶頂[二]　　方干

寺在餘姚。

增註《龍泉寺碑》,虞世南撰,在會稽,方干有舊居。

備考　頂,《字彙》曰:「頭顛也。」

題註　**寺在餘姚**《方輿勝覽》曰：「越州餘姚縣有龍泉井。蘇子瞻詩云：『餘姚古縣亦何有，龍井白泉其勝乳。』王介甫詩曰：『山頭石有千年潤，石眼泉無一日乾。天下蒼生望霖雨，不知龍向此中蟠。』」○《要玄・地集》卷五曰：「浙江紹興府有餘姚，又有會稽山，在府城東南揚州之鎮山也。」

增註　**龍泉寺云云**《會稽志》曰：「《龍泉寺碑》，虞世南撰。方干亦有舊居在會稽。」

方干

備考《履歷》曰：「方干，字雄飛，新定人，一云歙人也。兔缺，號缺唇先生。有司以唇缺，不可與科名[二]。咸通中，隱居鑒湖。一云桐廬人，恣態山野，時號方處士。將薦于朝而卒，門人謚玄英先生。韋莊奏賜及第。一云宰臣張文蔚、中書舍人封舜卿奏名儒不遇者十五人[三]，乞各賜一官[四]，以慰冥魂，干其一也。」

未明先見海底日，良久遠鷄方報晨。《秦山記》：「東巖名日觀，鷄一鳴，見日出高數丈。」**古樹含風常帶雨，寒巖四月始知春。中天氣爽星河近，**李周翰曰：「中天，言及天半。」**下界時豐雷雨均。前後登臨思無盡，年年改換往來人。**

備考　賦也。歸題格。○舊注曰：「第一、二句，說寺之最高，歸題『絕頂』字。『先』字，句中響字也。第三、四句，歸題『龍泉寺』之字。第五、六句，歸題『絕頂』字。第七、八句，含蓄情思也。」

註　**《秦山記》**吳郡都印《三餘贅筆》曰：「《漢封禪記》云：『泰山東山，名曰「日觀」，鷄一鳴時，見日始出。』」○《事文類聚》前集引《漢官儀》云：「太山東南，名曰『日觀』，鷄一鳴時，見日出，長三丈許。」

○愚按《秦山記》「秦」字誤，考《贅筆》《類聚》等，恐當作「泰」字。

【校勘記】

[一]龍泉寺絶頂：《全唐詩》卷六百五十二作《題龍泉寺絶頂》。

[二]與：底本訛作「隨」，據附訓本改。

[三]「五」後底本衍「年」，據附訓本删。

[四]各：底本訛作「吝」，據附訓本改。

已前共十四首

備考 舊註云：「已上十四首，如蟻絲穿九曲，雖曲折，然其意透徹者也。」

和賈至早朝大明宫[一]　　王維

唐制三内，皇城曰西内，大明宫曰東内，興慶宫曰南内。

增註 賈至，字幼鄰，賈曾子，洛陽人。擢明經第，解褐單父尉，玄宗拜爲起居舍人。

備考 此篇《律髓》卷二載之，詩中「乍」字作「纔」字。○又曰：「賈至《早朝大明宮呈兩省僚友》詩云：『銀燭朝天紫陌長，禁城春色曉蒼蒼。千條弱柳垂青瑣，百囀流鶯繞建章。劍佩聲隨玉墀步，衣冠身染御爐香。共沐恩波鳳池裏，朝朝染翰侍君王。』」○《唐詩解》四十二並《唐詩訓解》五載此，題作《和賈至舍人早朝大明宮之作》，評曰：「語不痴重，結歸著賈舍人。」

早朝 《字彙》曰：「朝，覲君之總稱。朝，晨朝也。人君視政，臣下覲君，均貴於早，聲轉爲朝也。」

大明宮 《考索》曰：「大明宮在禁苑之東，正南曰丹鳳門，內正殿曰含元殿。開元時，玄宗東至於此而聽朝也。」○《杜工部千家註》：「鶴曰：『《長安志》：「東內有大明宮。」《會要》云：「貞觀間營永安宮，後改大明宮，又改名蓬萊宮。咸亨初，改蓬萊宮爲含元殿，復改大明宮。」』」○《分類註》云：「元日、冬至，受華夷萬國大明會，即古之外朝也。」

增註 **賈曾** 《訓解·履歷》曰：「河南洛陽人，玄宗時爲諫議大夫，與蘇晉同掌制誥，並以文稱，時號蘇、賈。遷禮部侍郎，卒。」

擢明經第 擢，《字彙》曰：「音濁，拔也，舉也，用也。」○《紀原》卷三曰：「漢始以明經射策取人，以通經多寡補文學掌故。唐乃置明經之科。開元中，崔元瓘上言，問大義十道、時務策三道。宋朝定業三經義三十道也。」

解褐云云 褐，《字彙》曰：「何葛切，音曷，毛布，賤者所服。《張良傳》：『老父衣褐。』陸佃云：『黃黑色，今俗謂之茶褐色。』」○《紀原》卷三曰：「《宋朝會要》曰：『太平興國二年正月十二日，賜新及第進士諸科呂蒙正以下綠袍靴笏。』非常例也。御前釋褐，蓋自是始。吴處厚《青箱雜紀》曰：『世傳潘閬、安鴻漸八才子圖，皆策蹇重戴。』又王禹偁《贈崔遵度及第未脱白》詩曰：『且留重戴士風多。』則國初舉子猶重戴矣，此唐風也。英宗在諒陰，於及第後用其禮云。」○《書言故事》卷八曰：「釋褐，解釋布褐而服藍袍也。褐，毛布，賤者之服，今人呼爲毛段。釋褐，謂解釋去賤服而穿著貴者之服也。」

尉 《字彙》曰：「安也，從上按下也。又火斗曰尉。又官名。楊升庵曰：『字从𡰥，𡰥音夷，平也。後世軍官曰校尉，刑官曰廷尉，皆取從上按下使平之義。尉斗由繒亦使之平，俗加火作熨，贅矣。』」

起居舍人 《紀原》卷五曰：「周有左右史，王言則左史書之，動則右史書之，蓋起居之本也。漢武有禁中起居。後漢馬后自撰《明帝起居注》，則其事似在宮中，古女史之職也，此始有『起居』之名。魏晋以降，著作掌之。後魏有置起居令史，别置修起居注。隋煬帝置起居舍人。唐貞觀二年，於門下省置起居郎。顯慶中，復於中書置起居舍人，以郎爲左史，以舍人爲右史。」○《杜詩分類註》曰：「按唐於高宗顯慶中，中書省復置起居舍人，與門下省起居郎分掌左右。龍朔中，改爲左、右史，每皇帝御殿，對於殿，有命則臨陛聽，退而書之，以爲起居注。又按唐中書令，掌侍從、獻替、制敕、册命、敷奏文表、監起居注，則起居舍人隸中書，正司獻納者也。」

王維 見前。

絳幘鷄人送曉籌，王洙曰：「鷄人，宫中司曉者。曉籌，曉漏也。絳幘者，朱冠以象鷄。東坡云：『余來黄，聞人歌如鷄唱，與朝堂中所聞鷄人傳漏微相似。』」**尚衣方進翠雲裘**。《百官志》：「尚衣掌供冕服。」宋玉賦：「上翠雲之裘。」**九天閶闔開宫殿**，《鷄跖》曰：「九天：一中天，二羨天，三從天，四更天，五晬天，六廓天，七咸天，八沉天，九成天。」薛綜曰：「紫微宫門曰閶闔。」**萬國衣冠拜冕旒**。《禮》：「天子冕有十二旒。」**日色乍臨仙掌動**[二]，仙掌，見前注。**香煙欲傍袞龍浮**。袞衣畫龍其上。**朝罷須裁五色詔**，石虎詔書用五色紙。**珮聲歸向鳳池頭**。鳳池，中書也。晉荀勖爲中書監，除尚書令。人賀之，荀曰：「奪我鳳凰池，何賀耶？」

增註 絳，大赤色。髮有巾曰幘。○《周禮》：「鷄人夜呼旦，以叫百官。」○尚衣，掌御衣之官，曉則進衣，夜則襲衣。○九天，柳文「九天」注：「九者，老陽數之極，積陽爲天。」又引《淮南天文説》：「東皞天，東南陽天，南赤天，西南朱天，西成天，西北幽天，北玄天，東北變天，中央鈞天。」○天門曰閶闔，漢建章宫正門亦曰閶闔。○《漢志》：「冕，廣七寸，長尺二寸，前圓後方，朱緑裏，玄上，前垂四寸，後垂三寸，天子係白珠爲十二旒。」○袞龍，《尚書》「五服」註：「袞冕以龍爲首，龍首卷然，故以袞爲名。」○珮，《説文》：「大帶佩也。」《禮》：「凡帶必有珮玉。」

備考 賦也。○舊註曰：「此詩互换格，貴賤互轉换。賦之第一句言賤，第二句言貴，第三句言賤，第四句言貴，二句俱宫中所見之實事也。第五句言仙人，第六句言天子，亦互貴賤。第七、八句，上言賈至之事，下言列國諸侯之事，此亦別貴賤，所謂全篇互換體也。」○《訓解》曰：「此言天子將早朝，故未旦而鷄人傳漏箭，尚衣進御服。於是宮門開，群臣入拜舞之，禮畢，而始見日出。香浮，朝將罷矣，舍人掌絲綸，故美其退居中書以草詔也。」○顧華玉曰：「右丞此篇直與老杜頡頏，後唯岑參及之，他皆不及，蓋氣象闊大，音律雄渾，句法典重，用字新清，無所不備故也。或猶未全美，以用衣服字太多耳。」

絳幘　蔡邕《獨斷》曰：「幘者，古之卑賤執事，不冠者之所服也。」《方言》云：「覆髻謂之幘。」○《訓解》註：「《漢官儀》云：『衛士候於朱雀門外，著絳幘，專傳鷄唱。』按《周禮》：『鷄人掌夜呼曉叫。』東坡云：『余來黃，聞人歌如鷄唱，與朝堂中所聞鷄人傳漏聲相似。』」

曉籌　籌，《字彙》曰：「除留切，音酬，投壺之矢。又算也。」○《鼓吹》註云：「漢魏故事，軍中傳箭以直更曉籌，宮中五更之初籌。」

尚衣　《紀原》卷五曰：「周有司服爲禮官之屬，戰國始有尚衣、尚冠之職。北齊制丰衣，隋復曰尚衣也。《左氏》曰：『昔虞閼父爲周陶正。』注云：『陶，復陶也。陶正，主君上之衣服。』此尚衣之始也。」○同卷六曰：「《宋朝會要》曰：『宋朝初置內衣庫使，後省內字。』又云：『大中祥符二年七月，改內衣物曰尚衣。』疑取此義也。」○《訓解》注云：「凡掌天子之物曰尚。唐制，宮中有尚衣、尚藥、尚食等官。」

閶闔　《鼓吹》曰：「《漢書》：『遊閶闔，觀王臺。天上有閶闔殿、玉臺觀，故人間帝殿亦名閶闔。』」○《唐詩解》注曰：「閶闔，天門也，紫微宮門曰閶闔，以象天門也。」○許乘曰：「閶闔，升天之門也。」

萬國 《左傳》曰：「禹會諸侯於塗山，執玉帛者萬國。」〇《易》曰：「萬國咸寧。」

冕旒 冕，《字彙》曰：「黄典切。黄帝初作冕，前有垂旒，示不邪視也；旁有黈纊，示不聽讒；後仰前俯，主於恭也。《大戴禮》云：『冕而前旒，所以蔽明；黈纊塞耳，所以揜聽，示無作聰明，虚己以待人之意。古者諸侯大夫皆有冕，但以旒之多寡别耳。』《禮器》：『天子十二旒，諸侯大夫九，上大夫七，下大夫五。』又蔡邕《獨斷》：『三公及諸侯九卿七。』」〇《紀原》卷三曰：「《説文》曰：『黄帝初作冕。』《世本》曰：『黄帝作旃冕。』宋衷云：『冠之垂旒者。』《通典》曰：『黄帝作冕垂旒，目不邪視也；充纊耳，不聽讒言也。』應劭曰：『周始垂旒。』杜佑云：『宋更名平天冕。』故今人亦以爲稱也。」〇旒，《字彙》曰：「音留，以絲繩貫玉垂之前後曰旒。《禮記》：『天子玉藻十有二旒，每各十二玉，玉間相去一寸，旒長尺二寸，而垂齊肩。公九玉九寸，侯、伯七玉七寸，子、男五玉三寸。天子玉五采，朱、白、蒼、黄、玄，自上而下，周而復始。公、侯、伯三采，朱、白、蒼。子、男二采，朱、緑。』後漢明帝時，用曹褒説，皆白旒，非古也。」〇《説文》曰：「旒，垂玉也，冕飾也。」

日色 邢子才詩：「天高日色淺。」

香煙 陳公讓詩：「香煙百和吐。」

衮龍 《禮記》曰：「天子龍衮。」注：「畫龍於衮衣也。」

朝罷 《史記・袁盎傳》曰：「絳侯朝罷趨出。」

珮聲　潘岳《西征賦》云：「想珮聲之遺響。」

註　王洙　《要玄·地集》五十一曰：「趙宋王洙，知徐州，政爲京東第一。」

《百官志》　《唐書·百官志》。

宋玉賦云云　宋玉《風賦》，出《文選》。

《鷄跖》　《鷄跖集》，凡二十卷。

九天　《前漢書》二十五注：「師古曰：『九天者，謂中央鈞天、東方蒼天、東北旻天、北方玄天、西北幽天、西方浩天、西南朱天、南方炎天、東南陽天，其説見《淮南子》。一説云：東方旻天、東南陽天、南方赤天、西南朱天、西方成天、西北幽天、北方玄天、東北變天、中央鈞天也。』」〇《五雜俎》曰：「數起於一而成於九。九，陽數也，故曰九天、九霄、九垠、九垓、九閡、九有、九野、九關、九氣、九位、九域之類，非必實有九也，猶號物之數，謂之萬耳。聖人則之，分地爲九州，别人爲九族，序官爲九流、九卿、九府。天子門曰九重，亦取九垓之義也。」〇《訓解》注云：「九天，謂中央八方也。一云，九爲陽數之極，凡言九者，皆指其極也，猶言九泉之類。」

《禮》天子云云　《禮記·玉藻篇》。

衮衣畫云云　愚按「衮衣」字恐有誤，當作「龍」字。

石虎云云　按東晋元帝太興二年，石勒號趙王，稱元年，是爲後趙。勒卒，太子弘立。明年，其弟石虎弒弘自立。〇《書言故事》卷一曰：「天子詔書，謂之鳳詔。後趙石季龍季龍名虎，後趙主石勒母養子，後篡位。置戲馬觀，上安詔書，用五色紙銜於木鳳之口而頒行之。」〇《鄴中記》云：「後趙王石虎詔書用五色紙，著木鳳口中銜出。」

晉荀勖云云 《晉書》曰：「荀勖，字公曾，潁川潁陰人。武帝受禪，拜中書監，後守尚書令。勖久在中書，專管機事，及失之，甚悵恨。或有賀之者，勖曰：『奪我鳳凰池，諸君賀我耶？』」〇《紀原》卷六曰：「世謂中書曰鳳池者。按晉荀勖爲中書監，遷尚書令。勖久在中書，失之甚恚，有賀之者，怒曰：『奪我鳳凰池，何賀？』故今以爲稱池。」

中書監 《初學記》十一曰：「秘書監，後漢桓帝置也，掌圖書秘記，故曰秘書，後省之。至獻帝建安二十一年，魏武爲魏王，置秘書令。按《漢官》及《齊職儀》，秦、漢置尚書，通掌圖書秘記章奏之事。漢武罷尚書官，置中書掌其事。漢武罷中書官，又罷尚書。漢獻帝置秘書令，典尚書奏事，當中書之任，則知中書本尚書之任，秘書本中書之任。」

尚書令 《類函》三十八曰：「殷湯制，官有冢宰，君薨，則百官總己以聽冢宰。周之冢宰爲天官，掌邦之理，六卿職總屬焉，於百官無所不主。至秦，置尚書令。尚，主也。漢因之，銅印青綬。武帝用宦者爲中書謁者令。成帝去中書謁者令官，更以士人爲尚書令。」〇《初學記》曰：「尚書令者，秦官。《漢官》云：『漢初並用士人爲尚書令，秩二千石。』」〇《後漢書・百官志》云：「尚書令一人。」本注曰：「秦所置。」荀綽《晉百官表注》曰：「尚書令，唐虞官也。」

賀之 賀，《字彙》曰：「以禮物相慶曰賀，勞也。」

增註

《漢志》冕云云 《後漢書》三十《輿服志下》曰：「冕，廣七寸，長尺二寸，前圓後方，朱緑裹，玄上，前垂四寸，後垂三寸，係白玉珠爲十二旒，以其綬采色爲組纓。」

《尚書》五服云云 《書・皋陶謨篇》曰：「天命有德，五服五章哉。」蔡註：「五服，五等之服，自九章以至一章是也。」○又《益稷篇》曰：「以五采彰施于五色，作服。」蔡註：「衮冕九章，以龍爲首。」○《周禮・春官・司服》云：「王之吉服，享先王則衮冕。」衮冕，卷龍衣也。○《字彙》曰：「衮，衣裳，九章：一曰龍；二曰山；三曰華蟲，雉也；四曰火；五曰宗彝，虎蜼也。——皆繢於衣。六曰藻，七曰粉米，八曰黼，九曰黻，皆綉於裳。天子之龍，一升一降，上公但有降龍，以龍首卷然，故謂之衮也。」

《禮》凡云云 《玉藻篇》曰：「凡帶必有佩玉，唯喪否。」

【校勘記】

[一]和賈至早朝大明宮：《全唐詩》卷一百二十八作《和賈舍人早朝大明宮之作》。

[二]乍：附訓本和增註本同此，元刻本、箋註本和《全唐詩》卷一百二十八作「纔」。

又和賈至早朝大明宮[一]　岑參

備考　《唐詩解》四十三載，《唐詩訓解》卷五載之。○《律髓》卷二載此詩，並載賈至、杜子美、王右丞、岑參四人詩，注：「按此四詩倡和在乾元元年戊戌之春。唐肅宗至德二載丁酉九月，廣平王復長安。子美以是年夏間道奔鳳翔，六月除左拾遺。十月，肅宗入京師，居大明宮，賈至爲中書舍人，岑參爲右補闕。十二月，六等定罪，王維降授太子中允[二]。四人早朝之作俱偉麗可喜，不但東坡所賞子美『龍蛇』『燕雀』一聯也。然京師喋血之後，瘡痍未復，四人雖詩美朝儀，不已泰乎？」

岑參　見前。

鷄鳴紫陌曙光寒，鶯囀皇州春色闌。金闕曉鐘開萬户，建章宫千門萬户。**玉階仙仗擁千官**。《唐志》：「凡朝會之仗，三衛番上，分爲五仗。」**華迎劍佩星初落，柳拂旌旗露未乾。獨有鳳凰池上客，陽春一曲和皆難**。《襄陽耆舊傳》云：「宋玉曰：『楚有善歌者，始而曰《下里》《巴人》，國中唱而和之者數萬人；中而曰《陽阿》《采菱》[三]，國中唱而和之者數百人；既而曰《陽春》《白雪》《朝日》《魚離》[四]，國人和者不過數人。其唱彌高，其和彌寡。』」

增註　東魏時，官陌曰紫陌，又曰綉陌。○《秦紀》：「洛陽殿玉爲階。」○仙仗，御前儀仗也。○《周禮》：「折羽爲旌，五綵繫之，熊虎爲旗畫，以示猛。」

備考 賦也。此詩交股格。〇舊註曰：「第一、二、三、四句，禁中所見聞之實事景象也。第五、六句，説早朝之象，實中含虛。不曰『旌旗拂柳』，而曰『柳拂旌旗』者，詩人妙語也。第七、八句，又述禁中之景物，並歸賈至身上矣。」〇《訓解》云：「此言趨朝而鷄始唱，故曙光猶寒，既而聞鶯聲，則知光將暮矣。斯時也，鐘鳴而宮門闢，仗出而朝班齊。花柳芬菲，星沉露滴，早朝之景麗矣。然能賦此景者，其惟鳳池之舍人乎？舍人之詩，真《陽春》寡和者也。按乾元一年，肅宗初還京時，參爲補闕，甫爲拾遺，維爲右丞，至爲舍人，同時唱和，其詩並入選。然岑、王矯矯不相下，舍人則雁行，少陵當退舍。蓋尺有所短，寸有所長，不當以一詩議優劣也。」〇同評云：「『紫』『皇』假對。諸公唱和，此當爲首，惜『寒』『闌』『乾』『難』四字不佳耳。」〇顧華玉曰：「岑參最善七言，興意、音律不減王維，乃盛唐宗匠。此篇頡頏王、杜，千古膾炙。中二聯分大小景，貴乎皆見『早朝』二字。結引故事，親切條暢。」〇楊廷秀曰：「七言褒頌功德，如賈至諸公唱和大明宮乃爲典重，和此詩者，惟岑參『花迎劍佩星初落，柳拂旌旗露未乾』一聯最佳。」〇《詩林廣記》前集二曰：「楊誠齋云：『七言褒頌功德，如少陵、賈至諸人唱和朝大明宮，乃爲典雅重大，和此詩者，如岑參「花迎劍佩」一聯最佳。』」

鷄鳴 《鼓吹》注云：「鷄屬火，應陽而鳴，故五更陽動則鳴。」〇《詩・國風》曰：「女曰鷄鳴。」

紫陌 陌，《字彙》曰：「市中街曰陌。」〇《訓解》五賈至詩「銀燭朝天紫陌長」注云：「顏延之詩：『朝駕守禁城，天有紫微垣。』人主之宫象之，故宫曰紫宫，又曰紫禁殿，曰紫宸。京都之衢曰紫陌。」〇劉孝綽詩：「紆餘出紫陌。」

曙光 盧思道詩：「旌門曙光轉。」〇唐太宗詩：「傾壺待曙光。」

鶯轉 梁元帝詩：「新鶯隱葉囀。」

皇州 《訓解》注：「鮑照詩：『表裏望皇州。』皇州，帝都也。」〇謝朓詩：「春色滿皇州。」

金闕 梁武帝詩：「珠珮婐妮戲金闕。」

曉鐘 劉緩《照鏡賦》云：「夜籌已竭，曉鐘將絶。」〇孔德紹詩：「臨風聽曉鐘。」

玉階 《西都賦》曰：「玉階彤庭。」

擁千官 擁，《字彙》曰：「挾抱也，衛也，群從也。」〇《荀子》曰：「天子千官。」

柳拂云云 《鼓吹》註曰：「君早朝，諸殿外俱建大旗，殿外多植柳，故云『柳拂旌旗』。」

註　建章宫云云 《前漢書·武帝紀》曰：「二月起建章宫。」注：「文穎曰：『越巫名勇謂帝曰：「越國有火災，即復大起宫室以厭勝之。」故帝作建章宫。』師古曰：『在未央宫西，今長安故城西，俗所呼「貞女樓」者，即建章宫之闕也。』」〇《山堂考索》云：「建章宫本於越巫厭勝之説。東方朔有言曰：『今陛下以城中爲小，圖起建章，左鳳闕，右神明，號千門萬户。其奢麗又爲何如？』」〇《訓解》五：「王維詩：『鑾輿迴出千門柳。』」注：「李頎詩：『歸鴻欲度千門雪。』盧綸詩：『却望千門草色間。』此詩並建章宫千門也。」〇又李頎詩注：「建章宫爲千門萬户，在未央宫西，長安城外。」

《唐志》凡云云《通鑒綱目·唐高宗紀》：「《集覽》云：『案唐制，侍御親兵及殿前兩司號曰三衛，三衛番上，分爲五仗，一曰供奉仗，二曰親仗，三曰勳仗，四曰翊仗，五曰散手仗，皆帶刀捉仗，列坐東西廊下。』」〇《唐·儀衛志》云：「朝會每月以四十六人立内廊閤外[五]，號曰内仗。朝罷放仗。」〇《字彙》曰：「仗，音長，兵器，刀戟總名。唐制，殿下兵衛曰仗。」

宋玉曰楚云云《書言故事》十一曰：「褒詩詞高，《陽春》《白雪》之歌。《文選》有：『歌於郢中者，如爲《下里》《巴人》，《下里》《巴人》，詩曲名。國中和者數千人；今爲《陽阿》《薤露》，和者數百人；爲《陽春》《白雪》，和者數十人；引商刻羽，雜以流徵，和者不過數人。其曲彌高，其和彌寡。』」〇《唐詩解》註曰：「《下里》《巴人》，下曲名也；《陽春》《白雪》，高曲名也。」

【校勘記】

[一]又和賈至早朝大明宫：《全唐詩》卷二百一作《奉和中書舍人賈至早朝大明宫》。

[二]中：底本脱，據《瀛奎律髓》卷二改。

[三]菱：底本訛作「美」，據元刻本、箋註本、附訓本和增註本改。

[四]離：《樂書》卷一百六十一和《藝文類聚》卷四十三均作「麗」。

[五]閤：底本脱，據《新唐書·儀衛志》補。

酬暢當嵩山尋麻道士見寄[一]　盧綸

增註　嵩山在洛陽，五岳之中岳。大而高曰嵩。有三十六峰，東曰太室，西曰少室，嵩其總名也。

備考　**暢當**　《才子傳》第四曰：「暢當，河東人，大曆七年張式榜及第。當少諳武事，生亂離間，盤馬彎弓，摶沙寫陳，人曾伏之。時山東有寇，以子弟被召參軍。貞元初，爲太常博士，仕終果州刺史。與李司馬、司空郎中有膠漆之契，多往來嵩、華間，結念方外，頗參禪道，故多松桂之興，深存不死之志。」

嵩山　《三才圖會·地理部》卷九曰：「按嵩，高山者，五岳之中嶽也，在河南府[二]。《釋名》云：『嵩字，或爲崧，山大而高曰嵩。』《白虎通》云：『中央之嶽，獨加高字者何？嶽居四方之中而高，故曰嵩高山。』漢武帝登中嶽，聞有呼萬歲聲，於是以三百户封奉祠，命曰崇高邑。至後漢靈帝，復改『崇高』爲『嵩高』焉。戴延之《西征記》云：『其山東謂太室，西謂少室，相去十七里，嵩其總名也。謂之室者，以其下各有石室焉。少室高八百六十丈，上方十里，與太室相次。』」○《韻會》曰：「大而高曰崧，不主中嶽而言。通作『嵩』，非。」「嵩，中嶽。嵩，高山也。俗謂中嶽『崧山』者，非。」

盧綸　見前。

聞逐樵夫閑看棋，王質事。**忽逢人世是秦時**。桃源事。**開雲種玉嫌山淺**，《搜神記》：「王雍伯致義漿饋行者。有一人飲訖，懷中出石子一升與之，謂曰：『種此生好玉。』後得雙璧。」**渡海傳書怪鶴遲**。**陰洞石幢微有字**，《河南志》：「後魏時，有樵夫劉會入洛陽石龍洞，得石，上有字。」**古壇松樹半無枝**[三]。**煩君遠示青囊録**，《郭璞傳》：「郭公以《青囊中書》九卷與璞，後門人竊囊，未及讀，火焚。」**願得相從一問師**。

增註 晋樵者王質，入山見二童子弈棋，以斧坐觀。與質一物如棗核，含之竟不飢。看局未終，童子曰：「斧柯爛矣。」質歸鄉，已百年。今衢州常山縣有爛柯山。〇傳書，唐柳毅下第，歸至涇陽，見一女牧羊，曰：「妾洞庭君少女，嫁涇陽次子。得罪姑舅，居此。聞君還，寄書洞庭君。」君化龍。取女歸。

備考 賦而比也。舊解曰：「此詩用後體。前四句用後四句體。言道士境界與所以當寄詩之事也。」〇按第四句「傳書」之事，增註引「洞庭君」之一條，義不通。言道士與神仙通，故使鶴書信通海上仙山，鶴回遲，故怪之。鶴傳書之故實未考之雜記，然天子招隱之詔曰「鶴書」。又古詩有「華表露柱得鶴信」之句。第五、六句，言嵩山，實興也。

樵夫 樵，《字彙》曰：「音譙，取薪者曰樵。又柴也。」

石洞 季昌本註：「嵩山有司馬子微玄默洞天，石勢如旌幢，石上有字，漫滅難認。」〇幢，《字彙》曰：「助莊切，音牀，幡幢。《説文》：『旌旂之屬。』《方言》：『幢，翳也。楚曰翿，關東西曰幢。』《釋名》：『幢，容也，施之車蓋童童然，以隱蔽形容也。』」

問師 師，指麻道士。○《釋氏要覽》曰：「師，模範也。《周禮》『師氏』註云：『教以道之稱也。』」○《字彙》曰：「法也，人之模範也。《揚子》：『教人以道之稱也。』」

註　王質事 見《述異記》，出絶句註。

桃源事 見陶淵明《桃花源記》，出絶句註。

《搜神記》云云 《搜神記》曰：「雍伯汲水作義漿於陂頭，行者共飲之。三年，有一人就飲，以石子一斗與之，使至高平好地有石處種之，玉當生其中。又語：『汝後當得好婦。』種其石數處，時時往視，玉子生。有徐氏，右北平著姓，女甚有名，時人求，多不許。雍伯乃試求徐氏，徐氏因戲云：『白璧一雙來，當聽爲婚。』雍伯至所種石中，得五雙白璧，以贄。徐氏遂以女妻雍伯。天子異之，拜爲大夫。於種玉處四角作大石柱，各一丈，中央一頃地，名曰『玉田』。」

義漿 《書言故事》卷一曰：「《搜神記》：『陽公雍伯致義漿給行人。』註：義，施設不取錢也。漿，米糊湯也。」○《釋名》曰：「漿，將也。飲之，寒温多少，與體相將順也。」

《郭璞傳》 《晉書》曰：「郭璞，字景純，博學而妙於陰陽曆算。有郭公者，定居河東，精於卜筮，從之受業。公以《青囊中書》九卷與之，遂洞五行、天文、卜筮之事。」

增註　唐柳毅云云 按此一條見《異聞集》並《太平廣記》。○唐儀鳳中有儒生柳毅者，應舉下第，將還湘濱，見有婦人牧羊于道畔。毅怪，視之，乃殊色也。毅詰之曰：「子何苦而自辱如是？」婦泣對曰：

「妾，洞庭龍君小女也。父母配嫁涇川次子，而夫婿樂逸，爲婢僕所惑，毀黜至此。」言訖流涕。「聞君將還吴，密邇洞庭，或以尺書寄託侍者，可乎？」

姑舅　姑，《字彙》曰：「婦稱夫之母曰姑。又父之姊妹曰姑。」○舅，又曰：「母之兄弟爲舅。又妻之父曰外舅。又婦謂夫之父亦曰舅。」

【校勘記】

[一]酬暢當嵩山尋麻道士見寄：《全唐詩》卷二百七十六作《酬暢當尋嵩岳麻道士見寄》。

[二]在：底本脱，據《三才圖會·地理部》卷九補。

[三]壇：底本訛作「檀」，據元刻本、箋註本、附訓本、增註本和《全唐詩》卷二百七十六改。

七言律詩備考卷一終

七言律詩三體詩備考大成卷之二

吴中别嚴士元[一]　　劉長卿[二]

備考《唐詩解》四十三載，題作《贈别嚴士元》。○舊解云：「《才子傳》云：『盧綸，字允言，河中人。避天寶亂來客鄱陽云云。』然則此時吴中以此詩送别士元。」

吴中　吴郡名。

春風倚棹闔閭城，《越絶書》云：「闔閭使子胥相土嘗水，築爲大城，開八門以象八風。」**水國春寒陰復晴。細雨濕衣看不見，閑華落地聽無聲。日斜江上孤帆影，草緑湖南萬里情。東道若逢相識問，青袍今已誤儒生。**

增註《左傳》：「燭之武説鄭云：『君舍鄭以爲東道主。』」

備考　賦而比，又兼興也。此詩接項格也。○愚按第一、二句，闔閭城，吴城，吴王闔閭之所築也。言嚴士元當春風之時，棹孤舟，出闔閭城赴京。吳地，舊水國，而到春猶寒，故陰晴未定。今幸得清朗之日發此地，比士元初受讒言服流罪，然拜詔再歸朝廷也。第三、四句，吳中所見聞實事。上句應「陰復晴」三字，比佞人讒言，君前毀人。下句枝上，無風花落地，故無聲也，比蒙讒省身無罪。第五、六句，豫言別後之景象。言只今江上相別之後，君遥棹扁舟去，我留此地，猶到斜日，可望孤帆。當此時，情思罔極，偏羡君歸期，空嘆湖南萬里，海路之隔，暫對緑草，可寫我愁。含古詞「王孫遊兮不歸，春草生兮萋萋」之意。日斜比世亂，草緑比君子。第七、八句，寄言之意也。〇《鼓吹》註云：「『日斜江上孤帆影，草緑湖南萬里情。』今與君別，日斜則見孤帆之影，草長則供萬里之情。此二句言途之景也。」〇《全唐詩話》曰：「長卿爲監察御史，爲吳仲孺所誣，奏貶播州南巴尉，道經闔閭城，因別嚴士元，賦此自嘆，言泊舟於此，而當春寒乍雨乍晴之時，於是因所見以爲比。細雨沾衣，初則不見，久而自濕，正猶譖言漸漬人不覺也。若朝廷輕棄賢才，則如閑花之落而不以爲意，故我無罪而被放也。今既飄零於江上，而又送此孤帆，對此芳草，離情萬里，愈難堪矣。此時嚴蓋東行，故言相識問我[三]，當云爲青袍所誤耳。」

春風　王德詩：「春風復蕩漾。」

倚棹　江淹詩：「倚棹泛涇渭。」

闔閭城　陸廣微《吳地記》曰：「闔閭城，周敬王六年，伍子胥築。」

水國　顏延之詩：「水國周地險。」

春寒 庾肩吾詩：「春寒偏著手。」○杜甫詩：「春寒花較遲。」

細雨 杜甫詩：「細雨魚兒出。」梁簡文帝詩：「細雨階前入。」梁元帝詩：「從風疑細雨。」吴筠詩：「莓莓看細雨。」

無聲 《詩》曰：「無聲無臭。」○《胡笳》：「哭無聲兮氣將咽。」○《楚辭》：「蟬寂寞而無聲。」

日斜 費昶詩：「日斜天欲暮。」

孤帆 朱超道詩：「孤帆遠逼天。」

草緑 柳惲詩：「草緑晨芳歸。」

萬里 《管子》曰：「步者百日，萬里之情通門庭。」○庾信詩：「共此無期別，俱知萬里情。」

相識 劉庭芝詩：「一朝卧病無相識。」○謝尚詩：「車馬不相識。」

青袍 袍，《字彙》曰：「音庖，長襦也。又纊爲襺，緼爲袍。纊，新綿。緼，舊絮。今朝服亦曰袍。」○古詩：「青袍似青草。」○杜甫詩：「青袍白馬有何意。」《集註》：「青袍，九品服。」

儒生 《史記》曰：「叔孫通之降漢，從儒生弟子百餘人。」○鮑照詩：「南國有儒生。」

註 **《越絶書》云云** 《鼓吹》註曰：「《越絶書》：『吴王闔閭築城，周四十七里。陸門八，象八風；水門八，象八卦。』」

增註 **《左傳》云云** 《左傳・僖公三十年》曰：「晉、秦圍鄭，鄭燭之武鄭大夫。夜縋而出，見秦伯，曰：『焉用亡鄭以陪鄰？鄰之厚，君之薄也。若舍鄭以爲東道主，行李之往來，共其乏困，君亦無所害。』秦伯説，與鄭人盟，乃還。」○都穆《聽雨紀談》曰：「稱主人曰東道，蓋本鄭人謂秦盍舍鄭以爲東道主，蓋以鄭在秦之東故也。漢光武時，常山太守鄧晨請從擊邯鄲，光武曰：『不如以一郡爲我北道。』但知有東道主，而鮮知有北道主人者。」

【校勘記】

［一］吴中别嚴士元：《全唐詩》卷一百五十一作《别嚴士元》。

［二］劉長卿：底本脱，附訓本、增註本亦脱，據元刻本和箋註本補。按此詩下本有作者劉長卿之名，但日本諸本均脱。因前詩作者爲盧綸，日本諸本遂誤以此詩爲盧綸作。今補之，以正其誤。

［三］問：底本脱，據詩文和《唐詩解》卷四十三補。

送王李二少府貶潭峽［一］　　高適［二］

增註《職官分紀》云：「縣尉曰少府。」峽州，唐屬山南道，今屬湖北道。

備考《律髓》四十三載此詩，題與此同，作者爲高適，註云：「兩謫客，李峽中、王長沙。中四句指土俗所尚，末句開以早還。亦一體也。」○《唐詩鼓吹》載之，題作《送李少府貶峽中王少府貶長沙》，作者爲高適。〇又《唐詩解》四十三並《訓解》五載，題與《鼓吹》同，作者爲高適，評云：「二人同時共一題妙。」

少府 《後漢書・百官志》曰：「少府，卿一人，中二千石。」註曰：「掌服御諸物，衣服、寶貨、珍膳之屬。」〇《漢官》曰：「員吏三十四人，其一人四科，一人二百石，五人百石，四人斗食，三人佐，六人騎吏，十三人學事，一人官醫。少者，小也，小故稱少府。王者以租税爲公用，山澤陂池之税以供王之私用，古皆作小府。」〇《紀原》卷五曰：「秦置少府，漢以來爲九卿。後魏孝文太和中易官品，改少府曰太府。隋煬帝大業五年，又分太府監。蓋少府之名本起於秦，而爲監自隋始也。秦掌山海池澤之税，其屬官有尚方，典工作事。今少府所職，乃漢尚方之事云。」〇同卷六曰：「秦置少府而不治府，漢始有之。隋煬帝大業五年，始曰少府監也。」〇《要玄・人集》卷六曰：「少府監，考工。少昊氏五雉爲五工正。唐虞共工，周官考工，皆其職也。秦有將作小府，掌治宮室。又別有少府，掌山海池澤之税，以給共養。唐武德分將作爲少府監，龍朔改内府監，光宅改尚方監。開元初，分甲、鎧、弓、弩，別置軍器監。」

貶 《字彙》曰：「謫也，減損也，抑也。」

潭 潭州，秦長沙郡。隋置潭州。

峽 見註。

嗟君此別意何如，駐馬銜杯問謫居。巫峽啼猿數行淚，《荆州記》：「古歌曰：『巴東三峽巫峽長，猿鳴三聲淚沾裳。』」**衡陽歸雁幾封書。**《蘇武傳》：「天子上林射雁，得帛書繫雁足。」**青楓江上秋**

天遠，《楚詞》：「江水湛湛兮上有楓。」**白帝城邊古木疏**。公孫述築白帝城，今夔州。**聖代祇今多雨露**，《詩・蓼蕭》注曰：「雨露者，天所潤萬物，喻王者恩澤。」**暫時分手莫躊躇**。

增註　衡陽近潭州，有回雁峰，雁至此不過，遇春而回。

備考　賦也，此篇交股格。〇愚按初二句慰別。中四句，言潭、峽二州之實事。末二句，豫祝歸期也。〇《訓解》注云：「此因二君遠謫而慰之以詩也。言二君以遷謫而別，意將不堪，故駐馬飲之以酒，且問謫居之處也。既又各舉所往之地與所遇之景，以寫羈客之懷，而因慰之曰：『聖恩如雨露，無物不沾。二君不久當被召，則此行亦暫別，而勿以爲意也。』」〇評云：「中聯以二人謫地分説，却好切峽中、長沙事，何等工確？且就中便含別態。末復收拾，以應首句。」

嗟君　嗟，《字彙》曰：「嘆也，咨也。一曰痛惜也。又《詩》：『猗嗟。』注：『猗者，心内不平。嗟是心中噎啞。皆傷嘆之聲。』《釋名》：『嗟，佐也，言之不足以盡意，故發此聲以自佐也。』」

此別　顔延之詩：「良時爲此別。」

駐馬　温子昇詩：「相逢狹斜路，駐馬詣當壚。」〇《開元遺事》曰：「長安俠少每春時並轡往來，使僕徒執杯而隨之，遇好花則駐馬而飲。」

銜杯　劉伶《酒德頌》云：「銜杯漱醪。」

謫居　謫，《文選》註：「善曰：『《通俗文》曰：「罰罪曰謫，丈厄切[三]。」』」〇《史記・賈誼傳》曰：

「賈生適居長沙」。「適」與「謫」同。

巫峽 《鼓吹》注云：「巫峽，峽中也，即蜀夔州也。」〇《荆州記》曰：「峽長七百里，兩岸連山，略無闕處[四]，重巖叠嶂，隱天蔽日，常有高猿長嘯，屬引清遠。」

衡陽 《鼓吹》注曰：「衡陽，長沙也，湖廣潭州也。長沙有青楓。」

歸雁 潘岳詩：「歸雁映蘭畤。」

青楓云云 《鼓吹》註：「長沙有青楓江。」

秋天 蕭愨詩：「秋天擬文學[五]。」

白帝城 《鼓吹》註：「白帝城在峽中，即公孫述所築，古夔子國也。後先主改爲永安。《方輿勝覽》：『昔有白龍自此升去，遂名白帝城。一説西屬金，色白，故名，尤有理。』」〇《唐詩選》注曰：「白帝。漢光武時，公孫述據成都，自稱白帝，以蜀居四方之西，白，西方色也，因更名巴郡曰白帝城。唐改夔州。」〇《元和志》云：「白帝即夔州城所據，與赤平山相接。初，公孫述殿前井有白龍出，因號曰白帝山。」〇杜甫《白帝城》詩云：「白帝城中雲出門，白帝城下雨傾盆。高江急峽雷霆門，古木長藤日月昏云云。」

古木 劉斌詩：「摧殘古木秋。」

聖代 張載《酃酒賦》云：「播殊美于聖代。」

雨露 《唐書》制曰：「朕以恩澤者，帝王之雨露也。」〇賀敳詩：「恩榮雨露濡。」

暫時　費昶詩：「紅顔本暫時。」

分手　江總詩云：「分手關山長。」〇又云：「分手路悠悠。」〇沈約詩：「分手易前期。」

躊躇　《字彙》曰：「躊躇，猶豫也。又住足也。宋玉《九辯》：『淹留而躊躇。』」〇《莊子・養生主篇》曰：「爲之四顧，躊躇滿志。」希逸註：「躊躇者，從容也，即自得意也。」〇《文選》五十七謝希逸誄註：「躊躇，行止貌。」〇《訓解》曰：「《韓詩》：『搔首躊躇。』躊躇，躑躅也。」〇何劭詩：「携手共躊躇。」〇《玉篇》曰：「躊躇，猶豫也。」

註　**《蘇武傳》天子云云**　《前漢》列二十四曰：「蘇武，字子卿，杜陵人。武帝時以中郎將持節使匈奴。單于欲降之，迺幽武置大窖中，絶不飲食。天雨雪，武卧齧雪，與氊毛並咽之，數月不死。匈奴以爲神，乃徙武北海上，使牧羝，羝乳乃得歸。武杖漢節牧羊，卧起操持，節旄盡落。昭帝立，匈奴與漢和親，漢求武等，匈奴詭言武死。常惠教漢使者言：『天子射上林中得雁，足有係帛書，言在某澤中。』由是得還，拜爲典屬國，秩中二千石云云。」〇《千百年眼》十一曰：「雁足書，世傳爲蘇武事，但武實未嘗以書縛雁足，蓋漢使者常惠托言耳。元中統間，有宣慰副使郝經充信使使宋，宋留之真州，十六年不還。有以雁獻經者，經畜之，雁見經輒鼓翼，引吭似有所訴。經感悟，擇日率從者具香案北向拜，舁雁至前，手書一詩于尺帛，繫雁足而縱之。其詩曰：『露落風高恣所如，歸期回首是春初。上林天子援弓繳，窮海纍臣有帛書。』復書于左：『中統十五年九月一日放雁，獲者勿殺，國信大使郝經書於真州忠勇軍營新館。』虞人獲之以獻，元主惻然曰：『四十騎留江南，曾無一人雁比乎？』遂進師南伐，越二年，宋亡。此又效蘇武而爲之也。然武留胡中十九年始還，漢家不能爲武問罪於胡；經留宋十六年始還，而元主卒以此滅宋，爲之一嘆。」

《楚詞》江云云 《楚辭》第七《招魂篇》曰：「湛湛江水兮上有楓，目極千里兮傷春心。」註：「楓，木名也，似白楊。葉圓而岐，有脂而香。厚葉弱枝，善摇。至霜後，葉丹可愛，故騷人多稱之。」

湛湛 《字彙》曰：「湛湛，露盛貌。又澄也，澹也。又水貌。」

公孫述云云 《後漢》列三曰：「公孫述，字子陽云云。」〇《杜工部五言集解》「白帝城」詩註云：「公孫述僭位，更名曰白帝城，唐改夔城。」

《詩・蓼蕭》云云 《詩・小雅・蓼蕭》章曰：「蓼彼蕭斯，零露湑兮云云。」朱註：「興也。蓼，長大貌。蕭，蒿也。諸侯朝于天子，天子與之燕，以示慈惠，故歌此詩。」〇鄭玄箋曰：「蕭者，香物之微者，喻四海之諸侯亦國君之賤者。露者，天所以潤萬物，喻王者恩澤。」

回雁峰 《地記》云：「衡山一峰極高，故名回雁峰。」〇《訓解》五沈佺期詩注：「衡陽有回雁峰，雁至此不南去，今衡州府城南。」

【校勘記】

［一］送王李二少府貶潭峽：《全唐詩》卷二百十四作《送李少府貶峽中王少府貶長沙》。

[二]高適：底本脱，附訓本、增註本亦脱，據元刻本和箋註本補。
[三]丈：底本誤作「虐」，據《文選註》卷五十一改。
[四]闕處：底本誤作「絶虚」，據《水經注》卷三十四改。
[五]學：底本訛作「字」，據《古詩紀》卷一百二十和一百三十五改。

西塞山[一]　劉禹錫

增註　一作《金陵懷古》。《方輿勝覽》：「西塞山在壽昌軍武昌縣東百三十里。東坡《西塞風雨》詩注云：『西塞乃湖州磁湖鎮道士磯也。』按《鑒戒録》載：『元微之、劉夢得、韋楚客會於白樂天之居，各賦《金陵懷古》詩。夢得騁其材，略無遜意，滿引一揮而成。白公覽詩曰：「四子探驪龍，吾子先得珠，其餘鱗甲將何爲？」三公於是罷吟。』」

備考　《律髓》卷三載此詩，題作《西塞山懷古》，詩中「旗」字作「幡」。○《鼓吹》題亦作《西塞山懷古》，注：「山在金陵西，孫策擊黄祖子射于此。」

增註　**《方輿勝覽》**祝穆著，凡七十卷。

探驪龍　《莊子・列禦寇篇》曰：「河上有家貧者，其子没於淵，得千金之珠。其父謂其子曰：『取石來鍛之！夫千金之珠，必在九重之淵而驪龍頷下，子能得者，必遭其睡也。使驪龍而寤，子尚奚微之有哉！』」〇驪，《字彙》曰：「鄰溪切，音離，馬純黑色。」

劉禹錫 見前。

西晋樓船下益州，金陵王氣漠然收。孫皓都金陵。**千尋鐵鎖沉江底，一片降旗出石頭。**晋王濬爲益州刺史，濬作大船連舫攻吳，吳人於江磧要害處，以鐵鎖横截之，以拒船。濬作大炬，灌油燒之，鎖皆斷絶，順流徑入石頭城，孫皓乃備亡國之禮，造壘門降。**人世幾回傷往事，山形依舊枕寒流。今逢四海爲家日，故壘蕭蕭蘆荻秋。**

備考 賦也。〇舊解曰：「兩重格，舉晋與吳言。前四句説水軍之實象。第五、六句，言此金陵興廢，只非晋與吳如此而已，自古亦然。末二句，暗諷世態。」

樓船 《前漢·武帝本紀》應劭云：「作大船，上施樓，故號曰樓船。」〇《三才圖會》續集四曰：「樓船者，船上建樓三重，列女墻、戰格，樹幡幟，開弩窗、矛穴，外施毡革禦火，置礮車、礨石[二]、鐵汁，狀如壘。」

益州 《一統志》六十曰：「成都府有益州。」

漠然 漠，《字彙》曰：「廣也，大也。」

千尋 尋，又曰：「《小爾雅》：『四尺謂之仞，倍仞謂之尋。』又六尺曰尋。又八尺曰尋。又長也。」

一片 張説詩：「南湖一片明。」

寒流　謝朓詩：「寒流自清泚。」

四海《博物志》曰：「天地四方皆海水相通，地在其中，蓋無幾也。七戎、六蠻、九夷、八狄，形類不同，總而言之，謂之四海，言皆近於海也。」〇《周禮·馭夫》：「凡將事於四海山川。」註：「四海，猶四方也。」

爲家日《漢書》曰：「以四海爲一家。」〇《過秦論》曰：「以六合爲家。」

故壘　壘，《字彙》曰：「軍壁也。」〇按故壘，即故城也。

蕭蕭《訓解》卷三常建詩云：「蕭蕭北風厲。」注：「蕭蕭，風聲也。」〇古詩：「蕭蕭愁殺人。」〇《楚詞》云：「風颯颯兮木蕭蕭。」

註　**晉王濬云云**《晉書》列十二曰：「王濬，字士治，弘農湖人。博涉墳典，疏通亮達，恢廓有大志。後再刺史益州。武帝謀伐吴，詔濬修舟艦云云。」〇季昌本註曰：「晉王濬鎮益州，武帝謀伐吴，使治水軍，詔作船。濬作大艦，長一百三十步，受二千餘人，以木爲城，起樓櫓其上，以守禦四望。太康元年攻吴，順流而下，所向皆克。吴以江磧要害處，並以鐵鎖横截之以拒船。濬作大炬燒融，船無所碍，鼓譟入石頭城。吴王孫皓面縛輿櫬，詣軍門降。濬解縛焚櫬，承制封歸命侯。」

江磧　磧，《字彙》曰：「水渚有石者。又虜中沙漠亦曰磧。」

要害　顔師古曰：「在我爲要，於敵爲害也。」

大炬《禮部韻》曰：「束蘆燒之曰炬。」

【校勘記】

［一］西塞山：《全唐詩》卷三百五十九作《西塞山懷古》。

［二］壘：底本誤作「檽」，據《通典》卷一百六十改。

已前共六首

備考 舊解曰：「典雅重大體。」〇一説：「已上六首，起句、結句之體相似。」

早春五門西望［一］　王建

王建 見前。

百官朝下五門西，天子五門，皋門，庫門，雉門，應門，路門。**塵起春風滿御堤**。**黄帕蓋鞍呈了馬，紅羅纏項鬥回鷄**。鬥鷄，民間之戲，明皇愛之，始置坊教習。**館松枝重墻頭出，渠柳條長水面齊**。《資暇集》云：「長安御溝，植楊於上。」**惟有教坊南草色**，元宗開元初，於蓬萊宮側立教坊，置使領之。**古**

城陰處冷凄凄。

增註　杜詩：「赤汗微生白雪毛，銀鞍却覆香羅帕。」〇明皇樂民間清明鬥鷄戲。有賈昌者善養鷄，爲五百小兒長，甚愛幸之。當時爲之歌曰：「生時不用識文字，鬥鷄走馬勝讀書。賈家小兒年十三，富貴榮華代不如。能令金距期勝負，白錦綉衫隨軟輿。」

備考　賦也。舊解曰：「併用格。前四句，宮中之實事也。一、二句，以含玄宗全盛之時，百官朝參，車馬之風塵都成禄山兵塵，紛亂天下之意。三、四句，以諷玄宗貪無用之奢靡。第五、六句，五門邊所見實象也。第七句受『館松』『渠柳』句言。第八句結前全句，以感天寶一亂世之變衰，全不似玄宗太平之時，長安風氣，百官富榮。春來空在，教坊之南草生，緑色滿長安古城，陰處物象之荒凉，不可勝嘆也。」

百官　《書·説命篇》中曰：「惟説命總百官。」〇《論語·憲問篇》曰：「百官總己聽於冢宰。」

御堤　御，《字彙》曰：「天子所止謂之御前。書曰御書，服曰御服，皆取統御四海之義。」〇堤，又曰：「典禮切，音邸，壅也，滯也，塞也。後人相承作『隄』字，非。郭恕先曰：『以堤滯之堤作隄防之隄，其順非有如此者。』」〇又「隄」字註曰：「都黎切，音低，防也，塘也，岸也。俗用『堤』，乃丁禮切，滯也。」

黄帕　帕，《字彙》曰：「紅絹抹額爲帕。」

呈　《字彙》曰：「《廣韻》：『示也。』今人以下情陳於上曰呈。」

渠柳　渠，又曰：「溝渠也。」

註　天子五門云云《詩·大雅·文王篇·緜》章曰：「迺立臯門，臯門有伉。迺立應門，應門將將。」朱註：「王之郭門曰臯門，王之正門曰應門。」○《大全·考索》曰：「天子五門：臯者，遠也，明最在外，故曰臯；庫門，則有藏于此故也；雉門者，取其文明也；應門者，則居此以應治也；路門，則取其大也。此五門各有其義。然《書》又有『畢門』『南門』，則路門之別名也。《周禮》又有『中門』，則雉門之別名也。《爾雅》有『正門』，則應門之別名也。若諸侯三門，鄭氏以爲庫、雉、路也。」

鬥鷄云云《紀原》卷九曰：「《列子》有紀渻子爲周宣王養鬥鷄之事，《左傳》述『季郈之鷄鬥，季氏芥其羽，郈氏爲之金距』，推此則玆戲之始，當出於周也。」

置坊教　愚按「坊教」字，恐當作「鷄坊」。

《資暇集》　隴西李濟翁撰，凡三卷。

長安御云云《古今註》曰：「長安御溝謂之楊溝，謂植高楊於其上也。一曰羊溝，謂羊喜抵觸垣墻，故爲溝以隔之，故曰羊溝也。」○《訓解》曰：「《中華古今注》：『長安御溝謂之楊溝，謂植高楊于其上也。曰禁溝，引終南山水從宮内過，所謂御溝。』」

元宗云云立教坊　見絶句註。

蓬萊宮《訓解》註曰：「蓬萊在東海中，以黄金、白銀爲宮闕，乃神仙遊息之所。唐大明宮，貞觀八年置，高宗改曰蓬萊宮。」

增註　**《杜詩》云云**　《杜詩》第二《驄馬行》曰：「赤汗微生白雪毛，銀鞍却覆香羅帕。」

明皇樂云云　《太平廣記》曰：「賈昌者，長安宣陽里人，生于開元。年七歲，趫捷過人，能搏柱乘梁。善應對，解鳥語音。玄宗在藩邸時，樂民間清明節鬥鷄戲。及即位，立鷄坊于兩宮間。索長安雄鷄，金毫鐵距，高冠昂尾千數，養千鷄坊。選六軍小兒五百人，使訓擾教飼。諸王貴戚以下，聞風而化。帝出遊，見昌弄木鷄于雲龍門旁，召入爲鷄坊小兒。昌入鷄群，如狎群小，壯者弱者，勇者怯者，水穀之時，疾病之候，悉能知之。鷄畏而馴，使令如人。帝召而試之。即日爲五百小兒長。寵賜日隆，天下號爲神鷄童。時人爲之語曰：『生兒不用識文字，鬥鷄走馬勝讀書。賈家小兒年十三，富貴榮華代不如云云。』」

金距　距，《字彙》曰：「鷄距，凡刀鋒倒刺皆曰距。」

【校勘記】

［一］早春五門西望：《全唐詩》卷三百作《春日五門西望》。

錦瑟

李商隱

增註　瑟本伏羲氏所作。杜詩：「暫醉佳人錦瑟傍。」注：「彩繪，其紋如錦也。」

備考《律髓》二十七載此詩。《緗素雜記》謂：「東坡云：『中四句，適、怨、清、和也。凡前輩琴、阮、箏、瑟、琵等詩，少有律體而多古句，大率譬喻亦不過如此耳。』備見《漁隱叢話》。」○《事文類聚》續集二十二引《緗素雜記》曰：「義山《錦瑟》詩，錦瑟之爲器也，其弦五十，其柱如之，其聲也適、怨、清、和。案李詩『莊生曉夢迷蝴蝶』，適也；『望帝春心託杜鵑』，怨也；『滄海月明珠有淚』，清也；『藍田日暖玉生煙』，和也。一篇之中，曲盡其意，史稱其瑰邁奇古，信然。」○又見《詩人玉屑》卷六。○《詩林廣記》前集五載之。○《名賢詩評》卷六載此詩。《藝苑卮言》云：「李義山《錦瑟》，中二聯是麗語，作適、怨、清、和解甚通。然不解則涉無謂，既解則意味都盡，以此知詩之難也。」

增註　**瑟本伏羲云云**《紀原》卷二曰：「《世本》曰：『伏羲造瑟。』王子年《拾遺記》曰：『庖犧氏弦桑爲瑟。』《世本》又曰：『庖犧氏作瑟五十弦，後黄帝使素女鼓瑟，哀不自勝，破爲二十五弦，具二均聲。』《帝王世紀》曰：『伏犧作瑟三十六弦。』《隋・音樂志》曰：『瑟二十七弦，伏犧所作者也。』《高氏小史》曰：『太昊作二十五弦之瑟。』《西都賦》曰：『神農造瑟。』《吕氏春秋》曰：『朱襄氏之王天下，爲風陽氣畜積，果實不成，故王建作五弦之瑟。』高誘曰：『王建，朱襄之臣。瞽叟制爲十五弦，舜益以八弦，爲二十三弦。』《山海經》曰：『晏龍始爲琴。』數説雖異，以《世本》之説爲得。」○《白虎通》曰：「瑟者，閉也，所以懲忿窒欲，正人之德也。」

杜詩云云《杜詩》第四《曲江值雨》詩曰：「何時詔此金錢會，暫醉佳人錦瑟傍。」○《分類》薛註曰：

「佳人，妓也。樂器有名錦瑟者，以錦囊盛瑟，猶寶瑟、瑶瑟之謂也。」

李商隱

備考 按李商隱，字義山。令狐楚愛其才，奏爲集賢校理云云。

錦瑟無端五十弦，《古今樂志》云：「錦瑟之爲器也，其弦五十，其柱如之，其聲適、怨、清、和。」**一弦一柱思華年。莊生曉夢迷蝴蝶，**適也。《莊子》曰：「昔者莊周夢爲蝴蝶，栩栩適志。」**望帝春心託杜鵑。**怨也。事見前注。**滄海月明珠有淚，**清也。海賈云：「中秋有月，則是歲多珠而圓。」**藍田日暖玉生煙。**和也。戴容州曰：「詩家景如『藍田日暖』『良玉生煙』。」**此情可待成追憶，只是當時已惘然。**前輩謂：「商隱情有所屬，託之錦瑟。」

增註《吴都賦》：「蚌蛤珠胎，與月虧全。」〇《前漢・地理志》：「藍田山出美玉。」又《許彦周詩話》云：「李商隱《錦瑟》詩云云。昔令狐楚侍人能彈此四曲[二]。詩中四句，蓋狀四曲也。」〇或云：「錦瑟，令狐楚妾。」

備考 賦而興也。〇舊解曰：「此詩外剥格也。起句、結句虚，有憶侍人之情思。中間之四句實。第一、二句，令狐楚侍人錦瑟事，五十弦者言錦瑟年。第三、四句，錦瑟之實事，言昔侍人彈錦瑟之時，奏適之曲，有快然忘我之思；奏怨之曲，生哀怨有餘之意。第五、六句，含彼侍人錦瑟華年美麗之姿。」〇《鼓吹》註曰：「此詩首言錦瑟無端而用五十弦，其聲悲甚，一弦而乘一柱，情思在妙年女子之所彈者。而瑟之聲有適、怨、清、和四者之音也，其瑟音之妙如此，令人思之不暇。今當取而彈之，何可待于他年而成追憶哉？奈今思之不見，惘然而自失耳。」

春心 王臺卿詩云：「處處動春心。」○《楚詞》曰：「目極千里兮傷春心[二]。」

滄海 《十洲記》曰：「島在北海中，海四面繞島，水皆蒼色，仙人謂之滄海也。」

藍田 《杜詩分類注》云：「藍田，在長安東南華州去八十里。」○《前漢書・地理志上》曰：「『藍田』註：『山出美玉，有虎候山祠，秦公置也。』」

惘然 《字彙》曰：「失志貌。」

註《莊子》曰云云 《莊子・齊物論篇》曰：「昔者莊周夢爲蝴蝶，栩栩然胡蝶也，自喻適志與，不知周也。俄然覺，則蘧蘧然周也。不知周之夢爲胡蝶與？胡蝶之夢爲周與？周與胡蝶，則必有分矣。此之謂物化。」希逸註：「栩栩，蝶飛貌。自喻，自樂也。適志，快意也。言夢中之爲胡蝶，不勝快意，不復知有我矣，故曰：『不知周也。』蘧蘧，僵直之貌。」

前輩謂云云 《宜齋野乘》十八曰：「即今人預稱秀才等謂『綉衣公』『進士公』之義，乃書簡中『書郎』『狀元郎[三]』『三元』『儲元』之類。伶人致語一宰相之子中狀元者曰：『昔年隨侍常爲宰相郎君，今日登科又是狀元先輩。』『先輩』即狀元之別號也。司馬温公《勸學》詩云：『一朝雲路果然登，姓名亞等呼先輩。』言亞等者呼狀元爲『先輩』也。總而言之，則凡登科者皆可呼『先輩』。」○《詩林廣記》前集五《劉貢父詩話》謂：「錦瑟乃當時貴人愛姬之名也，義山以寓意，非也。」

增註 **《吳都賦》云云** 《文選》卷五左思《吳都賦》曰：「蚌蛤珠胎云云。」呂向曰：「蚌蛤珠胎皆盈虧之物，月滿則珠全，月欠則珠缺。」〇《事類捷録》曰：「蚌胎，《格物志》：『珠生于老蚌。』」〇《桂海虞衡志》曰：「珠，出合浦海中。有珠池，蜑户投水採蚌取之。歲有豐耗，多得謂之珠熟。相傳海底有處所如城郭，大蚌居其中，有怪物守之，不可近。蚌之細碎蔓延於外者，始得而采。」〇《聞見近録[四]》曰：「廣東老媪江邊得巨蚌，剖之得大珠，歸而藏之絮中。夜輒飛去，及曉復還。媪懼失去，以大釜煮之，至夜有光燭天，鄰里驚之，以爲火也，競往赴之。光自釜出，乃珠也。明日，納于官府。今在韶州軍資庫，予嘗見之，其大如彈丸，狀如水精，非蚌珠也，其中有北斗七星隱然而見。煮之半枯矣，故郡不敢貢于朝。」

令狐楚 《唐詩選》六云：「令狐楚，字慤士，燉煌人，自號白雲孺子。元和中相。中唐作者。」

四曲 適、怨、清、和也。

【校勘記】

[一]侍：底本訛作「詩」，據附訓本、增註本、後文和《彥周詩話》改。

[二]極：底本誤作「歸」，據《楚辭章句·招魂》改。

[三]元：底本脱，據後文之「狀元」補。

[四]近：底本誤作「雜」，據《聞見近録》改。

江亭春霽　李郢

備考　此詩，李郢在杭州作也。○《才子傳》曰：「李郢，字楚望。初居餘杭，出有山水之興，入有琴書之娛云云。」

李郢　見前。

江蘺漠漠荇田田，《説文》曰：「江蘺，蘼蕪也。」郭璞曰：「似水薺。」**江上雲亭霽景鮮。蜀客帆檣背歸燕，楚山華木怨啼鵑。春風掩映千門柳，晚色凄凉萬井煙**[二]。**金磬泠泠水南寺，上方臺殿翠微連。**陸倕《石闕銘》曰：「上連翠微。」注曰：「翠微，天邊氣也。」

增註　《本草》：「蘼蕪，一名江蘺，芎藭苗也。陶隱居云：『葉似蛇床而香。』《爾雅》：『香草，葉如蘁狀[三]。』」○山未及頂上，在旁坡陀之處名翠微。又山腰也。一説，山氣青縹色，故曰翠微。

備考　賦也。續腰體。肩一聯不言春景，腰一聯初言春也。全篇亭上所見聞之實象也。

江蘺　王逸曰：「蘺草生江中，故曰江蘺是也。」

漠漠　《廣韻》曰：「漠，茂也。」

荇《字彙》曰：「何梗切，音杏，接余也。根生水底，莖如釵股，上青下白，花黄葉紫赤，圓徑寸餘，浮在水面。」

田田 草連貌。

帆檣 檣，《字彙》曰：「船帆柱也。」

萬井煙 井，《字彙》曰：「伯益作井。又市井。市，交易之處；井，共汲之所。古於汲水處爲市，故稱市井。」〇《説文》曰：「八家爲一井。市井，邑居爲市，野廬爲井。古者二十畝爲一井，因爲市交易，故稱市井。」〇《周禮》曰：「百里爲一同，積萬井其中。」〇《漢書·刑法志》曰：「天子畿内，提封百萬井。」

金磬《爾雅》曰：「大磬謂之馨，徒擊磬謂之蹇。」《三禮圖》云：「股廣三寸，長尺三寸半。」〇《世本》曰：「堯之臣無句作磬。」

泠泠《韻會》曰：「泉聲也。」〇謝靈運詩：「泠泠朝露滴。」劉琨詩：「泠泠澗水流。」

上方《修辭指南》曰：「《翼奉傳》孟康曰：『上方謂北與東，陽氣所萌生，故爲上方；下方謂南與西也，陰氣所萌生，故爲下方。』」

翠微《訓解》曰：「《爾雅》：『山未極上曰翠微。』凡山遠望之則翠，近之則翠漸微，故曰翠微。」

註　**陸倕** 劉璠《梁典》曰：「陸倕，字佐公，吴郡人也。少篤學，善屬文，仕至太常卿云云。」

《石闕銘》云云《文選》五十六陸倕《石闕銘》云：「旁映重疊，上連翠微。」注：「濟曰：『翠微，天邊氣也。」」

增註

《本草》蘼蕪云云 《本草綱目》十四《芳草部》「蘼蕪」：「《别録》曰：『芎藭葉名蘼蕪。』又曰：『蘼蕪，一名江蘺，芎藭苗也，生雍州川澤及冤句。』恭曰：『此有二種，一種似芹葉，一種似蛇床，香氣相似，用亦不殊。』時珍曰：《别録》言：『蘼蕪，一名江蘺，芎藭苗也。』而司馬相如《子虛賦》稱：『芎藭菖蒲，江蘺蘼蕪。』《上林賦》曰：『被以江蘺，揉以蘼蕪。』似非一物，何耶？蓋嫩苗未結根時則爲蘼蕪，既結根後乃爲芎藭，大葉似芹者爲江蘺，細葉似蛇床者爲蘼蕪，如此自分明矣。《淮南子》曰：『亂人者，若芎藭之與槀木，蛇床之與蘼蕪。』亦指細葉者言也。《廣志》曰：『蘼蕪，香草，可藏衣中。』」〇《爾雅・釋草》曰：「蘄茝，蘼蕪。」注：「香草，葉小如萎狀。《淮南子》云：『似蛇床。』《山海經》云：『臭如蘼蕪。』陶云：『似蛇床而香。』郭云：『香草，葉小如萎狀者，言如萎蕤之狀也。』」

《爾雅》香云云姜狀 愚按考《爾雅》，「姜」作「萎」，增註作「姜」，誤也。〇萎，《字彙》曰：「烏魁切，音威，藥草，葉似竹。大者如箭竿，有節，葉狹而長，表白裏青，根大如指，長一二尺，可啖。又名熒。又蓄縮貌。」

芎藭 《本草綱目》十四《芳草部》「芎藭」：「一名胡藭，一名川芎，一名香草，一名山鞠藭。《别録》曰：『芎藭葉名蘼蕪。』弘景曰：『武功、斜谷、西嶺，俱近長安，今出歷陽，處處亦有，人家多種之。葉似蛇床而香，節大莖細，狀如馬銜，謂之馬銜。芎藭，蜀中亦有而細。』」

蛇床　又曰：「蛇床，一名蛇粟，一名蛇米，一名虺床，一名馬床，一名墻蘼。保昇曰：『葉似小葉芎藭，花白，子如黍粒，黄白色，生下濕地，所在皆在以揚州、襄州者爲良。』時珍曰：蛇虺喜卧于下食其子，故有蛇虺、蛇粟諸名。」

陂陀　《字彙》「陂」字註曰：「普禾切，音坡。《爾雅》：『陂者曰阪。』郭璞注：『陂陀，不平。』」〇愚按考《字彙》，「陂」音「坡」，然則「坡」與「陂」通，「陁」與「陀」同。

青縹　縹，《字彙》曰：「帛青白色。」

【校勘記】

[一]晚：元刻本、箋註本、附訓本、增註本同此，然四庫本、《全唐詩》卷五百九十作「曉」。

[二]狀：底本訛作「牀」，據增註本和後文改。

送人之嶺南

李郢

增註　大庾、始安、臨賀、桂陽、揭陽，是爲五嶺。嶺南，則自五嶺以南也。

備考　**嶺南**　《一統志》八十三曰：「廣西[二]，古百粵地。唐以其地隸嶺南道，後爲嶺南西道。」

○按此詩送人謫交州作也。交州屬嶺南，故曰之嶺南。○《鼓吹》載此詩，「姹女」作「素女」。

註　**五嶺**《廣州記》曰：「大庾、始安、臨賀、桂陽、揭陽，是爲五嶺。」○杜甫詩：「五嶺皆炎熱。」《集註》曰：「五嶺，始安、越城、臨賀、大庾、臘嶺是也。始安嶺在今廣西桂林府城西；越城嶺在桂林府興安縣北；臨賀嶺在平樂府賀縣境内；大庾嶺即梅嶺，在廣東南雄府城北；臘嶺在廣東韶州府乳源縣西。」○又杜甫詩：「雲山兼五嶺。」《集注》曰：「塞上嶺，一也；騎歸嶺，二也；都龐嶺，三也；略緒嶺，四也；越城嶺，五也。自北而南，入越之道，必由嶺焉。」

關山迢遞古交州，漢交州，南海、蒼梧、鬱林、合浦、交趾、九真、日南皆屬焉。**歲晏憐君走馬遊**。**謝氏海邊逢姹女**，《發蒙記》曰：「侯官謝端於海上得大螺，中有美女曰：『我天漢中白水素女，天矜卿貧，令我爲卿妻。』」《漢書》曰：「河間姹女工數錢。」**越王潭上見青牛**。《南越志》：「綏安縣北有連山。昔越王建德伐木爲舡，以童男女三十牽之，既而人舡俱墮於潭。時聞附舡有唱喚督進之聲，往往有青牛馳回與舡俱，蓋神靈之至。」**嵩臺月照啼猿樹**，《南越志》：「高要有竦石，廣六十餘丈，高二百仞，土人謂之嵩臺。」**石室煙涵古桂秋**[二]。《南越志》：「高要石室南北二門，狀若人功，意者仙都。」**回望長安五千里，刺桐華下莫淹留**。《嶺南異物志》：「刺桐華，南海至福州皆有之，繁茂不如福建。梧州城外止有三四株，未嘗見華，反以名郡，亦未喻也。」

增註　交州，屬嶺南，古百粵地。吳孫休置交州，即今廣州。○果州南充縣謝氏女名自然，泛海詣蓬萊求師。舟爲風所飄，至嶺南。山中見道人，教以爐煉之法，後於果州金泉山白日上昇。○按《真一經》「河上姹女」及漢真人《大丹訣》「姹女隱在丹砂中」，並云汞也。又《本草》：「水銀，殺金銀毒，詫女也。」蓋水銀即汞也。杜詩：「姹女縈新裹。」注同上，且云：「非神仙人。」又道家四象諭：「西方庚辛金，淑女之異名，故有詫女、黄婆、嬰兒之號。」○《晋安海物異名記》：「刺桐，其華丹，枝幹有刺，華附幹而生，側敷如掌形，若金鳳，葉如桐。」

備考 賦也。節節生意格。中二聯，嶺南途中所見之景推言之。○《鼓吹》註云：「此詩末二句，言自此回首而望長安，不過五千里之遠耳，須及時回朝以贊國政，勿淹留于刺桐花下，徒耽風景而負此功名之會可也。」

青牛 《玄中記》曰：「千歲之樹精化爲青羊，萬歲之樹精化爲青牛。秦始皇使人伐大樹，有青牛躍出，走入豐水。」○《嵩山記》曰：「嵩山有大松樹千歲，其精化爲青牛、爲伏龜。」

淹留 王褒詩：「青樓臨大道，游俠盡淹留。」○《楚詞》曰：「淹留而無成。」

註　**漢交州云云** 《前漢書·地理志下》曰：「南海郡，秦置。秦敗尉陀王此地。武帝元鼎六年開，屬交州。鬱林郡，故秦桂林郡，屬尉佗。武帝元鼎六年開，更名。有小谿川水七，並行三千一百一十里。莽曰鬱平。屬交州。蒼梧郡，武帝元鼎六年開。莽曰新廣。屬交州，有離水關。交趾郡，武帝元鼎六年開，屬交州。合浦郡，武帝元鼎六年開。莽曰桓合，屬交州。九真郡，武帝元鼎六年開。有小水五十二，並行八千五百六十里。日南郡。故秦象郡。武帝元鼎六年開，更名。有小水十六，並行三千一百八十里，屬交州。師古曰：『言其在日之南，所謂開北户以向日者。』」○《一統志》九十曰：「安南，古南交之地。越置交趾、九真、日南三郡，兼置交趾刺史。」

侯官謝端云云 《鼓吹》註曰：「謝端，福州侯官人。少喪父母，鄰人養之，恭謹自守。端於海邊得一螺，如三升壺。貯瓮中。端每耕作還，飯飲湯火，如有人所爲，疑之。早出，從籬外窺之，見一少女從瓮中出。端入問之，女倉卒欲入瓮，不得，答曰：『我天漢中白水素女也。天帝哀卿孤慎，使我炊烹。君得婦，我自當去。』端娶後，天忽風雨，翕然而去。」

大螺 螺，《字彙》曰：「俗蠃字。」又「蠃」字註曰：「郎何切，音羅，蚌屬。《六書正譌》：『俗作螺，非。』」

爲舡 舡，又曰：「音香，艂舡，吴船名。俗以爲『船』字，誤。《佩觿集》：『艂舡之舡爲舟船，其順非有如此者。』」

往往 《文選・甘泉賦》註：「李善曰：『往往，言非一也。』」○《前漢書》八十七《楊雄傳》註：「師古曰：『往往，言所往之處則有之。』」○《便覽》曰：「往往，猶處處也。」

《南越志》高要云云 《廣輿記》曰：「肇慶府有高要縣，府城北有定山，又名石室山，上有石室，南北二門，號神山，下都旁一石峭立，高二百餘仞，曰崧臺。」

《嶺南異物志》《韓文》注：「孟琯，元和五年進士。」《唐書・藝文志》有琯《嶺南異物志》一卷。其嶺南人歟？

增註　**百粵**《訓解》五柳宗元詩曰：「共來百粵文身地。」注：「粵」與「越」同，吴越、南越、閩越之總名。百粵非一種，若今言百蠻也。○《史記》註：「韋昭曰：『越有百邑。』」

果州南充云云《太平廣記》引《集仙録》曰：「謝自然，果州謝褁女也，性穎異，不食葷血。家在大方山下，頂有古像老君，自然因拜禮，乃徙居山頂，自此常誦《道德經》《黄庭内篇》。年十四云云。」

蓬萊　見後《馬嵬》詩備考。

道人《漢書・京房傳》曰：「涌水已出，道人當逐死。」註：「道人，有道術之人也。」

河上奼女云云《字彙》「奼」字註曰：「奼，美女也。又河上奼女，水銀也。《六書正譌》：『別作姹，非。』」○《韻府》「董韻」云：「汞，胡孔切，本作澒，水銀也。」又「語」韻云：「《丹砂訣》：『河上奼女得火則飛。』」註：「真汞也。」○又「車」字註云：「陰真君《金液丹歌》曰：『北方正氣名河車，二名河車是水，取水一斗鐺中，以火炙之，致聖石九兩其中，初成姹女，後成紫色，名紫河車。』」○又季昌本註云：「姹女，神女也，善燒煉，因得乘煙仙去。」

又《本草》云云《本草綱目》卷五《水銀部》曰：「一名汞，一名澒，一名靈液，一名姹女，殺金銀銅錫毒，鎔化還復爲丹，久服神仙不死。時珍曰：其狀如水如銀，故名水銀。」○「《抱朴子》曰：『丹燒之成水銀，積變又還成丹砂。』」○「時珍曰：汞出於砂爲真汞。雷斅言：『有草汞。』陶弘景言：『有沙地汞。』《淮南子》言：『弱士之氣生於白礜石，礜石生白澒。』蘇頌言：『陶說者不聞有之。』按陳霆《墨談》云：『拂林國當日没之處，地有水銀海，周圍四五十里，國人取之。近海十里許，掘坑井數十，乃使健大駿馬皆貼金箔行近海邊。日照金光晃耀，則水銀瀼沸如潮而來，其勢若粘裹。其人即回馬疾馳，水銀隨起。若行緩，則人馬但撲滅也。人馬行速，則水銀勢遠力微，遇坑塹而溜積於中，然後取之，用香草同煎，則成花銀。此與中國所産不同。』按此說似與陶氏沙地所出相合云云。蓋外番多丹砂，其液自流爲水銀，不獨煉砂取出，信矣。」○「又與陳藏器言『人服水銀，病拘攣，但炙金物熨之，則水銀必出蝕金』之說相符。」

道家四象云云 《養生論》曰：「雖有嬰兒、奼女，須藉黃婆。嬰兒，心血。奼女，腎精。黃婆，脾中涎。」

【校勘記】

[一]西：底本誤作「東」，據《明一統志》卷八十三改。

[二]涵：《全唐詩》卷五百九十作「含」。

九日登仙臺呈劉明府[一]

崔曙

備考 仙臺，見註。○《訓解》五載此詩，注：「臺在河南陝州。」○又《唐詩選》五並《唐詩解》四十載。

明府 杜甫詩：「明府豈辭滿。」○《千家注》洙曰：「《後漢・張湛傳》『明府』註：『郡所居曰府。明府者，尊高之稱。』」○《賓退録》曰：「明府本以稱太守。」○詳見絶句雍陶詩備考。

崔曙

備考《履歷》曰：「開元二十六年第進士。」

漢文皇帝有高臺，《神仙傳》：「河上公授帝《老子》而去，失所在。帝於西山築臺望之。」**此日登臨曙色開。三晉雲山皆北向，**三晉，韓、魏、趙。**二陵風雨自東來。**《左傳》：「肴有二陵焉，其一文王所以避風雨也。」《輿地廣記》曰：「肴山在河南府永寧縣北二十八里。」**關門令尹誰能識，**《神仙傳》：「老子去周，關令尹喜知之，見老子，老子授以長生之術。」**河上仙翁去不回。**《神仙傳》：「河上翁，漢文帝時結草菴河上。帝讀《老子》，有不解，遣問之。公曰：『道尊德貴，非可遥問。』帝幸其菴，問曰：『普天之下，莫非王臣。不能自屈，無乃高乎？』公即坐躍，冉冉在空，去地數丈，曰：『余上不至天，中不至人，下不至地，何臣民之有？』帝乃下車稽首。公授素書一卷，遂失所在。」**且欲近尋彭澤宰，陶然一醉菊華杯。**陶彭澤九日坐東籬，對菊華，適王弘送酒至，遂醉而歸，以比劉明府。

增註 晉本唐國，周成王封弟叔虞於唐，即太原、晉陽、中山之地，堯始都，此詩所謂此晉也。而謂之唐，有堯之遺風焉。南有晉水，叔虞之子燮改爲晉。傳至周安王時，爲韓虔、趙籍、魏斯三大夫共滅其國而三分其地，故曰三晉。○關令尹名喜，字公度，蜀之青城人，爲函谷關令尹。候氣知真人西遊當過此，果見老子乘青牛薄版車出關，喜曰：「子將隱矣，爲我著書。」乃作《道德經》二篇。函谷關在弘農。

備考 賦而比，又興也。○此篇節節生意格。中二聯，臺上所見之實事。第五、六句，含譏世主不知人。第七、八句，以己比王弘，以明府比淵明，言當今之世知人者無之，知我者其唯明府乎？故共同遊，欲盡醉也。○《訓解》注云：「此言神仙恍惚，人當自適其志也。言漢文作此臺以望仙，今我登臨，適當曙景，所見惟三晉之雲山、二陵之風雨，所謂仙者，竟安在耶？倘有潛迹人境，如關門令尹者，我則不能識。至沖舉雲霄如河上仙翁者，則又去而不返矣。神仙既不可期，且尋吾友如陶彭澤者，與之同醉花間，以樂今夕，何必寄情方外乎。」○顧華玉曰：「句律典重，情景分明。又一意直下，固足爲法，但意律不渾雅，絶似中唐。」○《選》曰：「結處了九日呈劉明府。」

高臺 《嘯賦》：「登高臺以臨遠。」曹植詩云：「高臺多悲風。」

登臨 王臺卿詩：「登臨歡豫多。」○陰鏗詩：「登臨情不極。」

曙色 蕭愨詩：「野禽喧曙色。」○陳後主詩：「啼侵曙色早。」○杜甫詩：「秋窗猶曙色。」《集註》：「曙色，將旦時也。」

三晉 《漢書·地理志》曰：「晉文公後十六世，爲韓、魏、趙所滅，三家皆自立爲諸侯，是爲三晉。」

去不回 李那詩：「朝雲去不迴。」

近尋 范曄詩：「游情無近尋。」

宰《類聚》外集十四曰：「縣邑之長曰宰、曰尹。」

陶然 陶，《字彙》曰：「化也，喜也。陶陶，樂而自適之貌。」○陶潛詩：「揮茲一觴，陶然自樂。」

一醉 庾信詩：「此時逢一醉。」

註《神仙傳》云云 《訓解》注：「《神仙傳》云：『河上公，漢文帝時結廬于河之濱。帝讀《老子》，有不解，因幸其庵，下車稽首。公授素書《老子章句》二卷，遂失所在。帝築臺以望祭之。』」

授帝 漢文帝。

韓趙魏 韓虔，魏斯，趙籍。

《左傳》肴云云 《左傳・僖公三十一年》曰：「秦襲鄭，蹇叔曰：『勞師以襲遠，非所聞也。』其子與師，哭而送之曰：『晋人禦師必於殽，有二陵焉，其南陵夏后皋之墓也，其北陵文王之所避風雨也，必死其間。』」

普天云云 《詩・小雅・北山篇》曰：「普天之下，莫非王土。率土之濱，莫非王臣。」

冉冉 《字彙》曰：「《楚辭》：『老冉冉其將至兮。』注：『冉冉，行貌。』」

稽首 《尋到源頭》卷四曰：「九拜之義，據《周禮・大祝職》云：『辨九摻與「拜」同，一曰稽首。』」

○《野客叢書》二十三曰：「《周禮》『辨九拜』之儀：『一曰稽首云云。』註：『稽首，拜頭至地也。』」

公授素書 太原劉寅《三略直解》曰：「宋張商英又云：『《素書》乃黃石公所授子房書也。世人多以

《三略》爲是，蓋傳之者誤耳。《素書》者，晉亂有盗發子房塚，於枕中獲之。上有秘戒，不許傳於不神不聖之人。』若《素書》果出於子房塚中，而隋唐以來名儒碩士何故無一言及之？恐是後人依倣而爲之者。」○《續博物志》曰：「按葛仙公云，《素書》乃河上公以授漢文帝也，黄石公所授張子房多云《陰符》，非也。」

陶彭澤云云 《續晉陽秋》曰：「陶潛嘗九月九日無酒出宅邊，菊叢中摘菊盈把，坐其久之，望見白衣至，乃王弘送酒也，即便就酌，醉而後歸。」

增註　周成王云云 《史記・周本紀》曰：「武王崩，太子誦代立，是爲成王。」○劉向《説苑・君道篇》曰：「成王與唐叔虞燕居，剪梧桐葉以爲圭而授唐叔虞曰：『余以此封汝。』唐叔虞喜，以告周公。周公以請曰[二]：『天子封虞耶？』成王曰：『余與虞戲也。』周公對曰：『天子無戲言。言則史書之，工誦之，士稱之。』於是遂封唐叔虞於晉。周公旦可謂善説矣。」○《史記・晉世家》曰：「成王與叔虞戲，削桐葉爲圭以與叔虞，曰：『以此封若。』史佚因請擇日立叔虞。成王曰：『吾與之戲耳。』史佚曰：『天子無戲言。言則史書之，禮成之，樂歌之。』於是遂封叔虞於唐。」○《史記》註：「《索隱》曰：『唐叔虞者，周武王子而成王弟。唐叔以夢及手文而名曰虞。至成王誅唐之後，封之「叔」字也，故曰唐叔虞。』」

有堯之遺風 《十八史》曰：「帝堯，陶唐氏《書傳》：「堯初爲唐侯，後爲天子，都陶，故號陶唐氏。」伊祈姓。或曰：『名放勳云云。』」○《毛詩・唐風・蟋蟀序》云：「晉也而謂之唐，本其風俗憂深思遠，儉而用禮，乃有堯之遺風焉。」

安王《十八史》曰：「威烈王崩，子安王驕立，齊田氏始侯。」

三分《論語・泰伯篇》曰：「三分天下。」

【校勘記】

［一］九日登仙臺呈劉明府：《全唐詩》卷一百五十五作《九日登望仙臺呈劉明府容》。

［二］周公：底本脱，據《説苑》卷一補。

叢臺［一］　李遠

增註《又玄集》作《聽話叢臺》。

備考《漢書》：「高后元年，叢臺灾。」注：「師古曰：『連聚非一，故名叢臺。蓋本六國時趙武靈王故臺也，在邯鄲城中。』」〇《一統志》曰：「叢臺，趙武靈王之臺也，在廣平府邯鄲縣北。」〇《律髓》卷三載此詩，題曰《聽人話叢臺》。《鼓吹》載之，「去」作「盡」，「地裏」作「掌上」，「消息」作「踪迹」。

增註　《**又玄集**》韋莊撰。

李遠

備考《履歷》曰：「字求古[二]，大中建州刺史，又宣宗大中十二年，丞相令狐綯擬遠杭州刺史云云。」

有客新從趙地回，自言曾上古叢臺。叢臺在磁州東北二里[三]，趙武靈王所築，屬邯鄲縣。**雲遮襄國天邊去，**春秋時邢國，漢置邢州，後爲襄國郡。**樹繞漳河地裏來。**漳河在邢州任縣。**弦管變成山鳥哢，綺羅留作野華開。金輿玉輦無消息，**趙及後趙、北齊皆都趙地。**風雨惟知長緑苔。**

備考 賦而比也。此詩聞説格。第三、四句，叢臺所見之實象。第五、六句，臺上所聞見之實事。第七、八句，結旅客之語如此也。○《律髓》云：「平熟但頗近套，不收或謂遺材也。」

天邊 庾信詩：「不知何處天邊。」○何遜詩：「天邊看獨樹。」

哢 《字彙》曰：「音弄，鳥吟聲。」

綺羅 綺，又曰：「音起。《説文》：『繒也。』師古曰：『今細綾。』」

金輿 杜甫詩云：「當時侍金輿。」○《史記·禮書》曰：「人體安駕乘，爲之金輿錯衡以繁其飾。」

玉輦 盧照鄰詩曰：「玉輦縱横過主第。」○《事物紀原》二曰：「《宋朝會要》曰：『《周官》巾車氏有輦車[四]，以人組挽之[五]，宮中從容所乘。』」○杜氏《通典》云：「秦以輦爲人君之乘，漢因以彫玉爲之，方徑六尺。」

無消息 薛道衡詩：「一去無消息。」○《要玄·事集》卷二：「《涉筆》曰：音問之謂消息，猶言安否善惡。消，消耗也。息，生息也。《後漢書·竇后紀》：『數呼相工問息耗。』息耗，即消息也。今或顚言息，或顯言耗，浸失其義。」○《字彙》曰：「消息，音信也。《記·月令》『消息』注：『陽生爲息，陰死爲消。』」

註　趙武靈云云《史記·趙世家》曰：「武靈王十七年爲野臺，以望齊中山之境。」註：「野，一作『望』。《正義》曰：『野臺，一名義臺。』」

邯鄲《唐書·地理志》曰：「惠州有邯鄲縣。」

漳河在云云《一統志》曰：「漳水今在鄴縣。西門豹引漳水溉鄴，以富魏之河内。」○又曰：「漳河其源有二：一出山西路州長縣，名濁漳；一出平定州樂平縣，名清漳。俱東，至林縣合流，入衛河。」

趙及云云　前趙劉淵，新興匈奴人。後趙石勒，上黨羯人。北齊宣帝名洋，渤海人。

【校勘記】

［一］叢臺：《全唐詩》卷五百十九作《聽話叢臺》。

［二］求：底本訛作「來」，據元刻本、箋註本和附訓本改。

［三］北：底本誤作「地」，據元刻本、箋註本和增註本改。

［四］輦車：底本脱「車」字，據《事物紀原》卷二補。

［五］挽：底本脱，據《事物紀原》卷二補。

寒食[一]　來鵬

增註 清明前三日曰寒食。劉向《新序》云：「晉文公反國，召咎犯而將之，召文陸而相之。介子推無爵，遂去而之介山之上。文公求之不得，焚其山。不出而死。」俗傳因子推此日被焚，禁火也。按《左傳》並《史記》並無此事。又按《周禮》：「司烜氏仲春以木鐸修火禁于國中。」注：「爲季春將出火也。」今寒食節是春末，清明之初則禁火，蓋則之舊制。子推之説，流傳之訛耳。

備考 寒食説詳見絶句註並出題註。○或曰：「此詩可維揚逆旅之作。」

題註　**司烜氏**《字彙》曰：「烜音毁，取火於日也。又舉火也。《周禮》有司烜氏。又况遠切，喧上聲，又光明也。」

木鐸《論語・八佾篇》朱註曰：「木鐸，金口木舌，施政教時所振，以警衆者也。」○齊氏曰：「木鐸，金口木舌。若金鐸，則金口金舌。春用木，秋用金。文用木，武用金。時與事不同也。」○《四書燃犀》云：「木鐸，大鈴也。木舌曰木鐸，金舌曰金鐸。金鐸，司馬行軍執之。木鐸，國有大戒振之，以徇行道路，儆衆听也。」

來鵬

備考《才子傳》曰：「來鵬，豫章人，家徐孺子亭邊，林園自樂，師韓、柳爲文[二]。大中、咸通間，才名籍甚。鵬工詩，蓄鋭既久，自傷年長，家貧不達，頗亦忿忿，故多寓意譏訕。韋岫尚書獨賞其才，携以遊蜀。時遭廣明庚子亂，鵬避地遊荆、襄，艱難險阻，南返。中和，客死於維揚逆旅。」○《履歷》云：「昭宗時人，詩思清麗。福建韋尚書岫愛其才，欲以女妻之，不果。」

獨把一杯山館中，每驚時節恨飄蓬。侵階草色連朝雨，滿地梨華昨夜風。蜀魄啼來春寂寞，蜀魄，子規也。**楚魂吟後月朦朧。分明記得還家夢，徐孺宅前湖水東。**徐孺子墓，在洪州東湖上。

增註古詩：「轉蓬離本根，飄飄畏長風。」言流落如蓬之隨風，在其飄轉也。○楚魂，鳥名，一曰亡魂，出《古今注》。或云：「楚懷王與秦昭王會武關，爲秦所囚，不得歸，卒於秦。後於寒食月夜，人見於楚，吟詩云：『流水涓涓芹發芽，織鳥雙飛客還家。荒村無人作寒食，殯宫空對棠梨華。』」按《酉陽雜俎》載此詩乃鬼詩。○徐孺子名穉，東漢人，宅在洪州。按《圖經》：「章水經南昌城西，歷白社，其西有孺子墓。又北歷南塘，其東爲東湖。其南小洲上有孺子宅，號孺子臺。」

備考賦而興，又兼比也。此詩前體後用格。第三、四句，獨在山館中所見之景象。上句比小人得意上位，下句比己落第遺時。第五、六句，山館中所見聞之實事也。

恨飄蓬《韻會》曰：「蓬，蒿也。陸佃云：『草之不理者，葉散生，遇風輒拔而旋。古者觀轉蓬爲輪。』」○《史記・老子傳》註：「蓬，其狀若皤蒿，細葉，蔓生於沙漠中，風吹則根斷，隨風轉移也。」○張正見詩云：「鬢似雪飄蓬。」

寂寞《莊子》曰：「恬淡寂寞，道德之質也。」

增註　**按《酉陽》云云**《玉屑》二十一《靈異部》引《洪駒父詩話》曰：「《酉陽雜俎》載鬼詩兩篇，山谷喜道之。其一曰：『長安女兒踏春陽，無處春陽不斷腸。舞袖弓彎渾忘却，蛾眉空帶九秋霜。』其二曰：『流水涓涓芹吐芽，織烏西飛客還家。荒村無人作寒食，殯宮明月空梨花。』」○按此註所引小異。

徐孺子云云《後漢書》四十三曰：「徐穉字孺子，南昌人。家貧，常自耕稼，非其力不食。恭儉義讓，所居人服其德。太守陳蕃特設榻以禮之。累舉皆不就，築臺隱居，時稱南州高士。」

【校勘記】

[一]寒食：《全唐詩》卷六百四十二作《寒食山館書情》。

[二]爲：底本誤作「學」，據《唐才子傳》卷六改。

已前共七首

備考　舊解曰：「第一聯輕婉而第二聯重大，第三聯稍輕至銖，第四聯其輕婉與第一聯相同者也。」

四虚　周弼曰：「其説在五言，然比於五言，終是稍近於實而不全虚。蓋句長而全虚則恐流於柔弱，要須於景物之中而情思通貫，斯爲得矣。」

隋宮　李商隱

隋煬帝大業元年，自長安至江都，置離宮四十餘所。

備考　**註**　**隋煬帝云云**《少微通鑒》十二《隋煬帝紀》曰：「煬帝名廣，小字阿摩，文帝第二子，初封晋，未幾殺兄，謀爲皇太子。」〇「大業元年，敕宇文愷與舍人封德彝等營顯仁宮，顯仁宮在河南洛陽縣。南接皂澗，北跨洛濱。發大江以南、五嶺以北奇材異石，輸之洛陽。又求海内嘉禾異草、珍禽奇獸以實園苑。自長安至江都，置離宮四十餘所。又遣黄門侍郎王弘等往江南，造龍舟及雜船數萬艘。東京官吏督役嚴急，役于死者什四五，所司以車載死丁，東至成皐，北至河陽，成皐、河陽，二縣名。相望於道。」〇「五月築西苑，周二百里。其内爲海，周十餘里，爲方丈、蓬萊諸山，高出百餘尺。臺觀宮殿，羅絡山上，向背如神。堂殿樓觀，窮極華麗。宮樹秋冬彫落，則剪綵爲花葉，綴於枝條，色渝則易以新者，常如陽春云云。八月，上行幸江都，江都，縣名，屬直隸揚州府。發顯仁宫，出洛口，地名，在河南府城東。御龍舟。挽船士八萬餘人，舳艫相接二百里，照曜川陸。騎兵翊兩岸而行，旌旗蔽野。所過州縣，五百里内皆令獻食，多者一州至百轝，極水陸珍奇。後宫厭飫，將發之際，多棄埋之。」〇「五年，是時天下凡有郡一百九十，縣一千二百五十五，户八百九十萬有奇。東西九千三百里，南北一萬四千八百一十五里。隋氏之盛，極於此矣。」

長安《大明一統志》三十二曰：「西安府，長安故城，在府城西北二十里，本秦離宫，漢高帝自櫟陽徙都于此。惠帝城長安，周圍六十五里，南爲南斗形，北爲北斗形。」

李商隱 見前。

紫泉宫殿鎖煙霞，司馬相如曰：「獨不聞天子之上林乎？丹水更其南，紫淵徑其北。」師古曰：「『丹水更其南，紫泉徑其北。』皆謂苑外。」師古唐人，諱「淵」曰「泉」，義山用之。蓋隋都關中，「鎖煙霞」者，言煬帝棄國南遊。**欲取蕪城作帝家**。沈約《宋書》曰：「鮑明遠爲臨海王子頊參軍，至廣陵，子頊叛逆。」照見故城荒蕪，乃吴王濞所都，遂作《蕪城賦》。煬帝以廣陵爲江都。[一] **玉璽不緣歸日角，錦帆應是到天涯**。《北齊·辛術傳》曰：「傳國璽，秦所制。」漢光武龍顔日角，而唐太宗亦天日之表。《南部煙華録》云：「煬帝御龍舟，蕭妃乘鳳舸，錦帆綵纜。」詩意謂，使隋之神器不爲太宗所取，則煬帝遊幸應至天涯，豈止江都而已。**于今腐草無螢火**，《禮記》：「腐草化爲螢。」又煬帝於景華宫徵求螢火數斛[二]，夜出遊山，放之，光遍山谷。**終古垂楊有暮鴉**。大業元年，開邗溝。自山陽至江，廣數十步，無螢火。有暮鴉者，虐焰雖滅，惡聲常在也。**地下若逢陳後主，豈宜重問《後庭華》**。《伽藍記》曰：「帝嘗行吴公臺下，恍惚遇陳後主。帝請張麗華舞《玉樹後庭華》，後主曰：『每憶與張妃憑臨春閣，作《璧月詞》未終，見韓擒虎領萬騎直來撞入，便至今日。始謂殿下治在堯、舜之上，今日還此逸遊，曩日何見罪之深耶？』帝叱之，不見。」此言「地下」者，蓋煬帝既弑，葬吴公臺下。

增註 蕪城，隋煬帝大業元年，御龍舟行幸，欲遷都於此。○玉璽，印也，信也，古者尊卑共之。自秦、漢以來，唯至尊以爲信。《漢・輿服志》：「璽皆玉螭虎鈕，文曰『皇帝行璽』『皇帝之璽[三]』『皇帝信璽』『天子行璽』『天子之璽』『天子信璽』，凡六。」《唐志》：「天子有傳國璽及八璽，皆玉爲之。初，太宗刻受命玄璽，玉爲螭者，文曰：『皇天景命，有德者昌。』至武后，改諸璽皆爲寶。中宗復爲璽。」○日角，朱建平《相書》：「額有龍犀入鬢。左角日、右角月在者，王天下。」注曰：「角，謂庭中骨起狀如角。」

備考 賦而比也。○《律髓》卷三載此詩，註云：「『日角』『天涯』巧。」

紫泉宫 《鼓吹》註云：「秦始皇掘此宫而地色紫，故名紫泉宫。」

玉璽 璽，《字彙》曰：「想里切，音徙，印也。古者尊卑共之，秦以惟至尊稱璽。蔡邕《獨斷》：『皇帝六璽，皆玉螭虎紐文。』《説文》从玉，所以主玉。籀文玉，今从之。」○《紀原》卷三曰：「《春秋運斗樞》曰：『舜爲天子，黄龍負圖封兩瑞，有璽文曰「天皇符璽」。』《後漢・祭祀志》曰：『三王彫文，詐僞漸興，始有璽符，以檢姦萌。』是印璽之起肇於三代也。應劭曰：『璽，信也，古者尊卑共之。』《月令》云：『固封璽。』《左傳》：『襄公在楚，武子之使季治問璽書而與之。』是也。衛宏曰：『秦已前，民亦以金玉爲印，龍虎鈕。秦始天子稱璽，又以玉，群臣莫敢用也。唐武后改曰寶。』章衡《編年通載》曰：『開元六年十一月乙巳，改傳國璽曰寶也。』」

日角 《鼓吹》註曰：「《唐書》：『王儉説秦王建大計曰：「公日角龍庭。」』」○日角者，額上兩角生「日」字。

終古 《楚辭》第一《離騷》曰：「余焉能忍而與此終古。」朱註：「終古者，古之所終，謂來日之無窮也。」

地下 杜甫詩：「地下無朝燭。」

豈宜 豈，《字彙》曰：「非然之辭。《廣韻》：『焉也。』」

註　司馬云云 《前漢》列二十七載《司馬相如傳》。○《文選》第八司馬相如《上林賦》曰：「獨不聞天子之上林乎？左蒼梧，右西極。丹水更其南，紫淵徑其北。」注：「丹水，水名。紫淵，紫澤也。更，亦徑也。」

上林 《三輔黃圖》曰：「上林苑，周迴三百里，離宮七十所，皆容千乘萬騎。《漢宮殿疏》云：『方三百四十里。』《漢舊儀》云：『上林苑方三百里，苑中養百獸，天子秋冬射獵取之。』帝初修上林苑，群臣遠方，各獻名果三千餘，種植其中。」

沈約《宋書》云云　《南史》云：「鮑照，字明遠，東海人，文辭贍逸，宋文帝以爲中書舍人云云。」○《文選》十一載鮑照《蕪城賦》，李周翰曰：「沈約《宋書》曰：『鮑照，字明遠，東海人也，文辭贍逸。至孝武帝時，臨海王子頊鎮荆州，明遠爲其下參軍，隨至廣陵。子頊反逆。』照見廣陵故城荒蕪，乃漢吴王濞所都，濞亦叛逆，爲漢所滅。照以子頊事同於濞，遂感爲此賦以諷之。」

龍顔日角　《書言故事》卷五曰：「日角珠庭。」註：「《光武紀》註：『日角，謂庭中骨起伏如日。角，額。角庭，天庭，額之中也。角如日，庭如珠，言圓也。』」

御龍舟　《穆天子傳》曰：「天子乘鳥舟、龍舟浮于大沼。」注：「舟以龍、鳥爲形製，猶今吴青雀舫。」

鳳舸　舸，《字彙》曰：「大船爲舸。」

神器　《文選》曰：「竊弄神器。」

《禮記》腐草云云　《禮記·月令》曰：「季夏之月，温風始至。蟋蟀居壁，鷹乃學習，腐草爲螢。」○杜甫《螢火》詩云：「幸因腐草出。」《集註》：「腐草，腐爛之草，得暑熱之氣而化爲螢。」

煬帝於云云　《事文類聚》後集曰：「隋煬帝大業末，天下已盜起。帝於景華宫徵求螢火數斛，夜出遊山，如放火光遍巖谷。」

螢火　《文苑彙雋》二十四曰：「螢乃腐草及爛竹所化，初猶未如虫，腹下已有光，數日便化而能飛。然生陰濕地，在大暑前後得大火之氣而此光明也。」

數斛《字彙》曰：「十斗曰斛。」

惡聲 韓愈《答張籍書》云：「夫子，聖人也，且曰：『自吾得由，惡言不聞於耳。』」〇《家語》引此作「惡聲」。

《伽藍記》 後魏楊衒之著，凡五卷。

帝嘗 帝，煬帝也。

吴公臺 在揚州。

恍惚《字彙》曰：「恍惚，失意也。楊子《法言》：『神心恍惚。』」

張麗華 張妃也。

《璧月詞》《玉樹後庭華》略云：「璧月夜夜滿，瓊樹朝朝新。」

殿下《紀原》卷二曰：「漢以來，皇太子、諸王稱殿下，漢之前未聞。唐初，百官於皇太后亦稱之。百官洎東宮官，對皇太子亦呼之。今雖親王，亦避也，始於漢。《續事始》曰：『漢以前未有此呼。』《魏志》：『太祖定漢中，杜襲始呼之。時操封魏王，故襲呼殿下。』按此自杜襲始也。《酉陽雜俎》曰：『秦、漢以來，於天子言陛下，皇太子言殿下，將言麾下，使者言節下、轂下，二千石長吏言閣下，父母言膝下，通類相呼言足下。』」

增註

行幸 見絶句《華清宮》詩備考。

玉螭　螭，《字彙》曰：「抽知切，音鴟，似蛟無角，似龍而黄。」

虎紐　紐，又曰：「音鈕，結會也。」

皇帝　《群談採餘》十曰：「皇帝者，至尊之稱。皇者，煌也，盛德煇煌，無所不照。帝者，諦也，能行天下道，事天審諦，故曰皇帝。」

中宗　唐第五主，諱顯，高宗第七子。母曰則天順聖皇后。在位六年，壽五十五。

【校勘記】

［一］底本此頁天頭有註：丹水，《水經》曰：「丹水出京兆上洛縣西南冢嶺山。」

［二］「求螢火數斛」前底本衍「求」，據元刻本、箋註本和增註本删。

［三］皇帝之璽：底本脱，據附訓本和增註本補。

馬嵬

李商隱

馬嵬故城在興平縣西北二十三里，本馬嵬所築以避難，有驛。

增註　在咸陽西，楊貴妃所瘞之地。按史，玄宗以後宮數千，無當意者。或云壽王妃楊氏之美，絶世無雙。上見而悦之，使高力士取於壽邸，度爲女道士，號太真，使納太真宮。天寶四載，册爲貴妃。時宰相李林甫嫌儒臣，欲忖邊師入朝請專用，蕃將安禄山以邊功幸用。妃方有寵，禄山請爲妃養兒，遂出入宮掖不禁。李林甫、楊國忠更持權柄，綱紀大亂。禄山計天下可取，遂謀反。上與貴妃等幸蜀。至馬嵬，將士飢疲，皆憤怒。左龍武大將軍陳玄禮等以天下計，誅國忠。六軍駐馬不發，上遣高力士問故，答曰：「賊本尚在[一]，願陛下割恩正法。」帝不得已，與妃訣。力士縊之路祠堂下，以紫茵裹尸瘞道旁。時天寶十五載六月丁酉日也。

備考　**馬嵬**　《一統志》曰：「馬嵬坡在西安府興平縣西二十五里。」○《律髓》卷三，又《詩林廣記》前集卷五載之，題曰《馬嵬驛》。○《唐詩解》四十四載。

註　**有驛**　驛，《字彙》曰：「音亦，置驛，今之遞馬也，又傳舍也。」

增註　**所瘞**　瘞，又曰：「埋也，藏也。」

後宮　《西都賦》曰：「後宮乘輚。」《纂註》：「後宮，后妃之宮。」

上　見絶句註。

壽王云云　《物類相感志》曰：「楊妃，小字玉環，弘農華陰人。父玄琰，爲蜀州司户。妃生於蜀，嘗誤墜池中，後人呼爲落妃池。妃早孤，養於叔父河南府士曹玄珪家。開元二十二年十一月册爲壽王妃。壽王者，玄宗第十八子也。玄宗自武惠妃即世，後庭無當意者。或言壽王妃之美。二十八年十月，上使高力士取妃於壽邸，度爲女道士，號太真，住内太真宫。天寶四載七月，册左衛中郎將韋訓女配壽邸。是月，於鳳凰園册太真宫女道士楊氏爲貴妃。」

册《綱目集覽》曰：「册，王言也。王言之制有七：一曰册書，立皇后、皇太子，封諸王，納妃嬪，臨軒册命則用之，中書令讀，侍郎持授之。」○《字彙》：「恥格切，音拆，符命諸侯者，以竹爲之，而聯以繩。」

爲貴妃《紀原》卷一曰：「宋孝武孝建三年，初置貴妃，位比相國。又齊永明元年，有司奏貴妃、淑妃並加紫綬金章，珮于窴玉。」

宰相《事言要玄·人集》四曰：「唐世宰相，名尤不正。初以三省長官中書令、侍中、尚書令共議朝政[二]，此丞相職也。其後以太宗嘗爲尚書令，臣下避，不敢居其職，由是僕射爲尚書省長官，與侍中、中書令號爲宰相。品位不欲輕授，嘗以他官加同中書門下三品及平章事，參知政事、參知機務[三]、參與政事及平章事、軍國重事之名是也。」

蕃將　胡人爲將。

安禄山《唐書》列百五十曰：「營州柳城胡也，本姓康。母阿史德，爲覡，居突厥中，禱子於軋犖山，虜所謂鬥戰神者。既妊，及生，有光照穹廬，野獸盡鳴。望氣者言其祥，范陽節度使張仁愿遣搜廬帳[四]，欲盡殺之，匿而免。母以神所命，遂字軋犖山。少孤，隨母嫁盧將安延偃，乃冒姓安，更名禄山。及長，忮忍多智，善億測人情云云。」

宮掖 掖，《字彙》曰：「門旁小門也。師古曰：『掖門在兩旁，如人臂掖。』」○《杜詩分類註》云：「省中左右門曰掖。」

權柄 《字彙》曰：「權，稱錘也，所以稱物之輕重而得其平者也。又權柄，權是稱權，柄是斧柄，居人上者所執，不可下移也。」

綱紀 《詩·大雅·棫樸篇》曰：「綱紀四方。」注：「張之爲綱，理之爲紀。」○《字彙》曰：「綱紀，大曰綱，小曰紀。總之曰綱，周之曰紀。」

遂謀反 《唐書·玄宗本紀》曰：「天寶十四載十一月，安禄山反，陷河北諸郡。十二月，禄山陷靈昌、陷陳留、陷滎陽。丙申，封常清及安禄山戰于罌子谷，敗績。丁酉，陷東京云云。」

憤怒 憤，《字彙》曰：「懣也，怒也，心求通而未得之意。」

陛下 《紀原》卷一曰：「周以前天子無『陛下』之呼。《史記》秦李斯議事，始呼之耳。陛，階也，所以陞堂。天子必有近臣階側，以戒不虞。臣與天子言，不敢指斥，但呼在陛下者與之言，因卑達尊之義。則此號，秦禮也。漢霍光奏太后，亦曰陛下也。」

縊 《字彙》曰：「音医，絞也，自經死也。」

祠堂下 《性理大全》十九曰：「劉氏垓孫曰：『伊川先生云：「古者庶人祭於寢，士大夫祭廟。庶人無廟，可立影堂。」今文公先生乃曰祠堂者，蓋伊川先生謂祭時不可用影，故改影堂曰祠堂云。』」○文公《家禮》，丘瓊山「祠堂」註：「古之廟制，不見於經。且今士庶人之賤亦有所不得爲者[五]，故時以祠堂名之。祠堂制，三間或一間，詳具圖。」

海外徒聞更九州，自註曰：「鄒衍云：『九州之外更有九州。』」**他生未卜此生休**。《仙傳拾遺》曰：「楊妃死，帝召楊什伍於行在。考召，至三日夜，奏曰：『人寰之中，十州三島之内，求之不得。』後於東海上蓬萊頂見妃，謂什伍曰：『此後一紀當相見，願保聖體毋憶念也。』」商隱用此，謂帝徒聞妃在九州之外，若他生相見未可知，此生休矣。**空聞虎旅鳴宵柝，無復鷄人報曉籌**。虎旅，衛士也。《漢舊儀》曰：「夜漏起周廬擊木柝，鷄人傳曉以警寢也。」《仙傳拾遺》曰：「玄宗幸蜀，自馬嵬之後，屬念貴妃，往往輟食忘寐。」詩意用此，謂帝不寐而聞柝者[六]，非因鷄人之警也。此詩第三句與第五句詞同而意異。**此日六軍同駐馬**，舊史云：「禄山反，上出延秋門至馬嵬驛，軍士飢憒圍驛，縛楊國忠，斬之。是日，貴妃縊死。」**當時七夕笑牽牛**。《楊妃外傳》云：「玄宗與妃在驪山宮，七月牛女之夕，夜半，妃獨侍上，上凭肩密誓：『願世世生生爲夫婦。』」**如何四紀爲天子**，明皇幸西内，驚墜馬。高力士叱衛士曰：「五十年太平天子，汝欲何爲？」**不及盧家有莫愁**。梁武帝《河中之水歌》曰：「洛陽女子名莫愁，十五嫁爲盧家婦。」

增註　虎旅，《周禮》：「虎賁氏，王在國則守王宮，有大故則守王門。旅賁氏執戈盾，夾王車而趍。」張衡《西京賦》：「陳虎旅於飛廉。」○《唐書·百官志》：「左、右龍武，左、右神武，左、右神策，號六軍。」駐馬，詳見前題下注。○四紀，天子十二年爲一紀。《太平廣記》載：「開元末，於弘農古函谷關得寶符，白石赤文，成『乘』字。識者解之云：『乘者，四十八，所以示聖人御曆數也。』及帝幸蜀之來歲，正四十八。得寶時，天下歌之曰：『得寶耶？弘農耶？』遂改元天寶。」

備考 賦也。節節生意格。○《律髓》曰：「『六軍』『七夕』『駐馬』『牽牛』，巧甚。善能鬥湊，崑體也。」○《詩林廣記》曰：「《詩眼》云：『文章貴衆中傑出。如同賦一事，工拙尤易見。』馬嵬驛，唐詩甚多，如劉夢得『緑野扶風道』篇，人頗誦之，其淺近乃兒童所能。義山此詩，『海外徒聞更九州，他生未卜此生休』，語既清切高雅，故不用『愁』『墮』『淚』等字而聞者爲之深悲。『空聞虎云云曉籌』，如親扈明皇，寫出當時物色意味也。『此日云云當時七夕笑牽牛[七]』，益奇。」○「胡苕溪云：『李義山詩，楊大年諸公皆深喜之，然淺近者亦多，「如何四紀爲云云莫愁」，似此等語，庸非淺近者乎？』」○《唐詩解》曰：「海外九州，事屬虚誕，帝乃求妃之神於方外乎？他生未必可期，此生已不可作，帝復廢寢思耶？虎旅、鷄人幾於虚設矣。吾想六軍駐馬之禍始於七夕牽牛之約，以五十年之天子求保一婦人而不可得，反不如盧家之有莫愁，何哉？讀此，堪爲人君色荒者之戒。」

海外徒云云 《玉屑》卷七曰：「有意用事，有語用事。李義山『海外徒聞更九州』，其意則用楊妃在蓬萊山，其語則用鄒子云『九州之外更有九州』，如此然後深穩健麗。」

六軍 《字彙》曰：「萬二千五百人爲軍。《周禮》：『五師爲軍。』周制，天子六軍，諸侯大國三軍，次國二軍，小國一軍。」

註　**鄒衍云云**《史記》七十四《鄒衍傳》曰：「儒者所謂中國者，於天下乃八十一分居其一分耳。中國名曰赤縣神州，内自有九州是也。中國外如赤縣神州者九，所謂九州也。」

行在《群談採餘》十曰：「行在者，天子所至之處曰行在。」○《書言故事》卷九曰：「天子所至處曰行在所。蔡邕《獨斷》：『天子以天下爲家，不以京師宮室居處爲常，則當乘車輿以行天下，車輿所至去處皆曰行在。』車輿所至之處及奏事之處，故曰行在。漢武帝舉獨行之君子，徵詣行在所。」○《漢書・武帝紀》「行在所」注：「師古曰：『天子或在京師，或出巡狩，不豫定，故言行在所司。』」

人寰《字彙》曰：「寰，音環，天子封畿内縣也。又叶胡涓切，音玄。白樂天《悟真寺》詩：『聞名不可到，處所非人寰。』」

十洲《全書備考》曰：「海上十洲：祖洲、瀛洲北海、長洲南海、生洲、神洲俱東海、流洲西海、元洲北海、炎洲南海、鳳麟洲西海、象窟洲西海。」○《書言故事》卷四曰：「《十洲記》：『漢武帝既見西王母，言八方巨海之中有祖洲、瀛洲、玄洲、炎洲、長洲、元洲、流洲、生洲、鳳麟洲、聚窟洲，並是人迹稀絶處。』」

三島《全書備考》曰：「海上三島：崑崙山、蓬丘、方丈。」○《書言故事》卷四曰：「《郊祀志》：『蓬萊、方丈、瀛洲三神山在渤海，金銀爲宮闕。』」

蓬萊頂《三才圖會・地理部》卷八曰：「蓬萊山，一名蓬丘山，一名雲萊，在東海中，高一千里，地方三千里，上有金臺玉闕，乃神仙之都，上帝遊息之地。海水正黑而爲溟渤，無風而波浪萬丈，不可往來，惟飛仙間有能到者。禹治洪水既畢，乘轎車度弱水而到此山，祠上帝於北阿，歸大功於九天。又禹經諸五岳，使工刻石，識其里數高下。其字科斗書，非漢人所可曉，今丈尺里數皆禹時書。」

木柝 柝，《字彙》曰：「他各切，音託，夜行所擊者。」

往往 見前李郢詩備考。

舊史云云 陳鴻《長恨歌傳》曰：「安禄山引兵向闕。翠華南幸，次馬嵬亭。六軍徘徊，持戟不進。上問之。當時敢言者，請以貴妃塞天下怒。上知不免，使牽去之，就絶於尺組之下。」

玄宗與妃云云 《鼓吹》註曰：「《楊妃外傳》：『明皇避暑于驪山宫。七日牛女渡河之夕，夜半，上倚妃肩而立，因仰天感牛女一年一會，不如己終歲相守，乃密誓世世爲夫婦。』」

驪山 《一統志》三十二曰：「陝西西安府，驪山在臨潼縣東南三里，因驪戎所居，故名。山之麓，温泉所出。」〇又曰：「華清宫在驪山下，唐太宗建，以温湯所在，初名温泉宫，玄宗改曰華清宫。」〇愚按驪山宫即華清宫，玄宗每十月臨幸。

牛女 《文苑彙雋》曰：「七月七夕，牽牛織女相會。牽牛星，天河之西，與參俱出。織女星在天河之東，居氐之下。」

明皇幸云云 《明皇雜録》曰：「上爲皇孫，嘗叱武攸暨。武后曰：『此兒當爲太平天子。』嘗私謁萬回，回撫其背曰：『五十年太平天子，可自愛。』」〇《唐書·宦者傳》曰：「李輔國從太上皇入禁中，高力士厲聲曰：『五十年太平天子，輔國欲何事？』」〇按十二年爲一紀，玄宗在位四十七年。

梁武帝云云 季昌本註曰：「梁武帝《河中之水歌》曰：『河中之水向東流，洛陽女兒名莫愁。莫愁十三能織綺，十四採桑南陌頭。十五嫁爲盧家婦，十六生兒似阿侯。』」

莫愁 《古今樂録》曰：「石城女子名莫愁，善歌。」〇《一統志》曰：「莫愁村在安陸州漢江西石城。盧家有女子名莫愁，善歌唱，常進入楚宫，後人以其名名村。」〇《韻府》云：「石城女子名莫愁，善歌。」

增註　**虎賁氏** 《書·牧誓》註疏曰：「《周禮》虎賁氏之官，其屬有虎士八百人，是『虎賁』爲勇士稱也。若虎之賁走逐獸，言其猛也。此『虎賁』必是軍内驍勇選而爲之，當時謂之『虎賁』。《樂記》云：『虎賁之士。』」

張衡云云 《文選》卷三張平子《西京賦》曰：「陳虎旅於飛廉[八]。」濟曰：「飛廉，館名。」

《太平廣記》云云 宋李昉撰。

【校勘記】

[一]本尚：底本誤作「尚本」，據增註本乙正。

[二]侍中、尚書令：底本脱，據《新唐書·百官志》補。

[三]務：底本脱，據《通典》卷十九補。

[四]使：底本脱，據《新唐書・逆臣傳》補。帳：底本訛作「張」，據《新唐書・逆臣傳》改。
[五]士：底本脱，據《家禮》第一補。
[六]寐：底本訛作「寢」，據箋註本、附訓本和增註本改。
[七]當：底本誤作「他」，據《詩林廣記》前集卷六改。
[八]虎：底本脱，據《文選註》卷二補。

籌筆驛　李商隱

在利州綿谷縣，去州北九十九里。諸葛孔明出師，嘗駐此。

備考　舊解曰：「籌，策也。昔孔明於此驛作簡書，故曰籌筆驛。」

題註　**利州**《一統志》曰：「四川保寧府廣元縣，秦爲葭萌縣，西魏、唐爲利州。」

綿谷縣　同六十八曰：「四川保寧府廢綿谷縣，在烏奴城北，本東晋興安縣，隋改爲綿谷縣，義城郡治此，元以嘉州縣省入，今廢。」

諸葛云云《蜀志》卷五曰：「諸葛亮，字孔明，瑯琊人，漢諸葛豐之後。亮躬耕隴畝，好爲《梁父吟》。身長八尺，每自比管仲、樂毅，時人莫之許也，惟穎川徐庶與崔州平謂爲信然。先主劉備在荆州，訪士於襄陽司馬徽，徽曰：『識時務者在乎俊傑。此間自有伏龍、鳳雛。』先主問爲誰，曰：『諸葛孔明、龐士元也。』徐庶亦謂先主曰：『諸葛孔明，卧龍也。將軍豈願見之乎？』先主曰：『君與俱來。』庶曰：『此人可就見，不可屈致也。將軍宜枉駕顧之。』先主由是詣亮，凡三往，乃見云云。先主於是與亮情好日密。關羽、張飛不悦，先主解之曰：『孤之有孔明，猶魚之有水也。願諸君勿復言。』羽、飛乃止。章武三年，先主病篤，召亮屬以後事，曰：『君才十倍曹丕，必能定大事。若嗣子可輔，輔之。如其不才，君可自取。』亮涕泣曰：『臣敢竭股肱之力，效忠貞之節，繼之以死。』先主勑後主曰：『汝與丞相從事，事之如父。』建興元年，封亮武鄉侯。頃之，領益州牧。南中諸郡皆叛，亮以新遭大喪，未使加兵，且遣使聘吴，因結和親，遂爲與國。三年春，亮南征。五年，北駐漢中，臨發，上疏云云。」

出師　出，《韻會》：「去聲，寘韻。」「出」字註曰：「凡物自出則入聲，使之出則去聲。」〇師，《字彙》曰：「五旅爲師，二千五百人。凡行軍多謂之軍，次謂之師，少則曰旅。又春秋之兵雖累萬之衆，皆稱師。」

魚鳥猶疑畏簡書，風雲長爲護儲胥。管仲曰：「豈不懷歸，畏此簡書[一]。」《長楊賦》：「木擁槍纍，爲儲胥。」注曰：「木槍相纍爲栅。」《詩眼》云：「簡書，軍中法令約束，言號令嚴明，雖百千年，魚鳥猶畏之。儲胥，軍中蕃籬，言忠賢神明，風雲猶護其壘[二]。」**徒令上將揮神筆**，上將，諸葛亮也。杜牧《籌筆驛》詩云：「永安宮受詔，籌筆驛沉思。畫地乾坤在，濡毫勝負知。」**終見降王走傳車**。孔明死後，蜀政益衰，魏代蜀。炎興元年，後主輿櫬自縛[三]，詣鄧艾軍降。師古曰：「傳，若今之驛。古者以車，謂之傳車，其後置單馬，曰驛騎。」**管樂有才終不忝，關張無命欲何如。**《亮傳》云：「亮躬耕隴畝，好爲《梁甫吟》。每自比管仲、樂毅。」關羽、張飛皆蜀將。羽死建安二十四年，飛死先主章武元年，皆不及見武侯總戎矣。**他年錦里經祠廟，**《成都記》云：「錦里城呼爲錦城，以江山明麗，錯雜如錦。」又曰：「武侯廟在先主廟西。」**梁甫吟成恨有餘。**謂今日經公之祠，一吟《梁甫》，猶爲公有餘恨也。

增註 傳車，漢律，四馬高足爲置傳，四馬中足爲馳傳，四馬下足爲乘傳，一馬二馬爲軺傳[四]，急者乘一乘傳。○管樂有才，《史記》：「管仲名夷吾，少常與鮑叔遊。鮑叔知其賢，進於桓公，任政於齊，齊國以霸。樂毅，魏將，樂羊之子孫，爲魏使至燕，昭王以客禮待之，遂委質爲臣。及伐齊，以毅爲上將軍。五歲下齊七十餘城。」○關張無命，按《三國紀》，關羽，字雲長，河東解人。亡命奔先主，爲前將軍，率衆攻魏曹仁。南郡太守糜芳、將軍傅士仁皆素嫌羽輕己，陰迎權擊羽，斬于臨沮。張飛，字益德，涿郡人。與關羽俱事先主，爲前將軍。飛愛敬君子而不恤小人。及伐吴，臨發，帳下將張達、范彊殺飛，持其首奔孫權。○梁甫，山名，在唐河南兖州。《梁甫吟》，山東之音也。《三齊略記》載孔明《梁甫吟》曰：「步出齊東門，遥望蕩陰里。里中有三墳，纍纍正相似。借問誰家冢，田疆古冶氏。力能耕南山，文能絶地紀。一朝被讒言，二桃殺三士。誰能爲此謀，國相齊晏子。」

備考 賦而興也。此詩節節生意格。○《律髓》卷三載此，詩中「終」字作「真」，注云：「起句十四字壯哉，五、六痛恨至矣！」○《詩人玉屑》曰：「義山詩云：『魚鳥猶疑畏簡書，風雲長爲護儲胥。』言號令嚴明，雖千百年之後，魚鳥猶畏之也。」忠義貫神明，風雲猶爲護其壁壘也。誦此兩句，使人凜然復見孔明風烈。至於『管樂有才終不忝，關張無命欲何如』，屬對親切，又自有議論，他人亦不及也。」

風雲《史記・天官書》太史公曰：「雲風，此天之客氣，其發見亦有大運。」○杜詩：「故國風雲氣[五]。」註：「《史記》云云。雲從龍，風從虎。此喻君之會。」

神筆 愚按神，神明之意。○《群談採餘》卷七曰：「筆，述也，述事而書之。楚謂之聿，吳謂之不律，燕謂之弗，秦謂之筆。蒙恬始製造精妙，至今人用之。蓋古非無筆，故《禮》曰：『史載筆。』《春秋》曰：『夫子絕筆。』古多以竹爲之，如今木匠所用木斗竹筆耳[六]，故其字從竹。但用羊毛竹管，則自蒙恬始也。」

註

管仲曰云云《左傳・閔公元年》曰：「狄人伐邢。管敬仲即管仲。言于齊侯桓公也。曰：『戎狄豺狼，不可厭。諸夏親暱，不可棄也。宴安酖毒，不可懷也。《詩》云：「豈不懷皈，畏此簡書。」簡書，同惡相恤之謂也。請救邢以從簡書。』齊人救邢。」○《詩・小雅・出車篇》曰：「豈不懷皈，畏此簡書。」注：「簡書，戒命也。或曰，簡書，策命臨遣之詞也。」○《紀原》卷二曰：「《詩・出車》曰：『畏此簡書。』簡書者，治竹煞青，作簡以書爾。今人直用紙，名曰簡，以通慶吊問候之禮，取簡書之義，尺牘類也。《錦帶前書》曰：『書版曰牘，書竹曰簡。』」

《長楊賦》云云《漢書》八十七《楊雄傳》：「《長楊賦》曰：『搤熊羆，拖豪猪。木擁槍纍，以爲儲胥。』」註：「蘇林曰：『木擁柵其外，又以竹槍纍爲外，儲也。』服虔曰：『儲胥，猶言有餘也。』師古曰：

『儲，待也。胥，須也。以木擁槍及纍繩連結以爲儲胥，言以待所須也。』」○《文選》卷九楊子雲《長楊賦》曰：「木擁槍纍，以爲儲胥。」濟曰：「槍纍，作木槍相纍爲栅。」

木擁 擁，《字彙》曰：「音勇，抱也，衛也。」

槍櫐 槍，又曰：「千羊切，音鏘，距也，稍也。又剡木傷盗曰槍。」○櫐，《漢書》《文選》作「纍」。○《字彙》「纍」字註曰：「音雷，繫也。又聯絡貌。又魯偉切，與『絫』同，又與『櫐』同。楊子雲《長楊賦》：『木擁槍纍，以爲儲胥。』」

爲栅 栅，《字彙》曰：「恥格切，音拆，寨栅編木爲之。又所晏切，音訕，籬也，與『笧』同。」

約束 《韻會・嘯韻》曰：「約，契也。《禮記・學記》：『大信不約。』注：『於要切。』《周禮》：『司約。』注：『約，言語之約束也。』亦有兩音。《前・禮志》：『治本約。』師古讀曰：『要，又藥韻。』」○《字彙》曰：「約束，謂圍繞束縛也。又言語戒令、檢束皆曰約束。」○《前漢・高祖紀》曰：「待諸侯至而定要束耳。」註：「師古曰：『要亦約。』」

詔 《文心雕龍》曰：「唐虞同稱曰命。其在三代[七]，事兼誥誓。」詔，誥也，教也，所以告教百姓。三代無文，起於秦、漢。《史記》：「秦始皇二十六年，李斯議命爲制，令爲詔。」歷代因之，李義府作《古今詔集》百卷。

魏代蜀 一本作「伐蜀」。

輿櫬《綱目集覽》云：「輿，共舉也。」〇櫬，《字彙》曰：「初覲切，棺謂之櫬，親身棺也。」〇《鼓吹》註云：「劉禪銜璧輿櫬降，遂傳送洛陽。」

詣鄧艾軍《魏志》二十八曰：「鄧艾字士載，義陽棘陽人。少家貧，每見高山大澤，輒規度指畫軍營處所，時人多笑焉。後爲尚書郎云云累遷。征蜀，大破之。劉禪降，以勳進太尉。鍾會忌其威名，構成其事，遂見害。」

《**亮傳**》**云**　見《蜀志》卷五。

建安　建安，後漢獻帝年號也。

章武　章武，蜀先主年號，凡三年。

總戎　戎，《字彙》曰：「五戎，弓、殳、矛、戈、戟也。」

錦里城云云《杜詩分類》曰：「成都府號錦城、錦里、錦水，其名不一。」〇《一統志》六十七曰：「成都府，錦城，郡名，以蜀有錦官，故名亦曰錦里。」〇《東坡詩集》卷一注曰：「《水經》云：『錦工織錦，則濯之江流，而錦鮮明，濯以他江，則錦色弱矣，遂命爲錦里。』」

武侯廟《杜詩千家註》云：「諸葛武侯廟在成都西南。」〇按《一統志》，武侯廟處處有之。考蜀地成都府城南二里先主廟右附諸葛廟。

先主廟《一統志》七十曰：「夔州府，先主廟在府治東十里。」

增註　**傳車云云置傳**　置，《韻會》曰：「竹吏切。《增韻》：『驛傳也。馬遞曰置，步遞曰郵。』《漢・烏孫傳》：『有便宜，因騎置以聞。』師古曰：『即今鋪馬也。』」○傳，又曰：「驛遞也。《左傳・成公五年》云：『晉侯以傳召伯宗。』《釋名》云：『傳，傳也，人所止息，去後復來，轉轉相傳，無常人也。』」○《前漢・酈食其傳》曰：「酈食其次高陽傳舍。」注：「郵馬曰傳。古者以軍駕馬乘詣京師，謂之驛騎，若今遞馬，凡四馬中足爲馳傳，四馬下足爲乘傳，一馬二馬爲軺傳。」

《史記》管仲云云　《史記》六十二曰：「管仲夷吾者，潁上人也云云。」《正義》曰：「韋昭云：『夷吾，姬姓之後，管嚴之子敬仲也。』」

樂毅　同八十列九曰：「樂毅者，其先祖曰樂羊云云。」

委質　質，《字彙》曰：「支義切，音至。《孟子》：『不傳質爲臣。』《六書正譌》：『執禮物相見之意。後人以此爲「形質」字，通用「摯」，別作「贄」，非。』」

爲上將軍　《紀原》卷五云：「《史記》曰：『義帝以宋義爲上將軍，漢以呂禄爲上將軍。』魏黄初中有上大將軍[八]，唐貞元二年九月諸衛上將軍也。《老子》曰：『君子用兵則貴右，是以偏將軍處左，上將軍處右。』《説苑》：『田忌奔楚，王問：「齊、楚相並，奈何？」對曰：「齊使申孺將，則楚發五萬人，使上將軍將之。」』則是春秋逮戰國始有上將軍之官也。」

關羽　《蜀志》卷六曰：「關羽字雲長，本字長生，河東解人也。亡命奔涿郡。先主於鄉里合徒衆，而羽與張爲之侮禦。先主爲平原相，以羽、飛別將司馬，分統部曲。先主與二人寢則同床，恩若兄弟。而稠人廣坐，侍立終日[九]，隨先主周旋，不避艱難云云。權先使朱然、潘璋斷其徑路。璋司馬馬忠獲羽及子平于章鄉[一〇]，斬之臨沮，定荆州。」

張飛 同六曰：「張飛字益德，涿郡人。與關羽俱事先主，雄壯威猛，爲世虎臣云云。」

孫權 《吴志》卷二曰：「孫權字仲謀云云。」

孔明《梁甫吟》云云 《古文》前集十載《梁甫吟》，「東門」作「城門」，「耕」作「排」，「地紀」作「地理」。

○題注：「齊景公有勇士陳開疆、顧冶子、公孫接三人。晏嬰曰：『大王摘三桃，自食其一。名令説：「功高者賜一顆。」』陳、顧二人食之，公孫自刎，而陳、顧懷慚亦從而刎焉。諸葛孔明步齊城而見三墳，作是吟以嘆之。」

【校勘記】

[一]請：底本訛作「諸」，據元刻本、箋註本、附訓本和增註本改。邢：底本訛作「刑」，據元刻本、箋註本、附訓本和增註本改。

[二]梟：元刻本、箋註本、附訓本同此，然增註本作「壘」。

[三]輿櫬自縛：底本誤作「與櫬自而縛」，據元刻本和箋註本改。

［四］二馬：底本脱，據附訓本、增註本、《漢書·高帝紀》和後文補。

［五］氣：底本誤作「郡」，據《補註杜詩》卷三十、《杜詩詳注》卷十七和《集千家註杜工部詩集》卷十七改。

［六］竹：底本脱，據《古今事文類聚》别集卷十四補。

［七］代：底本誤作「王」，據《文心雕龍》卷四改。

［八］魏：底本脱，據《事物紀原》卷五補。

［九］日：底本脱，據《三國志·蜀志·關羽傳》補。

［一〇］馬：底本脱，據《三國志·吴志·孫權傳》補。

七言律詩卷二終

七言律詩三體家法備考大成卷之三

聞歌　　李商隱

備考 本集題下曰：「婦喪夫而歌，因聞此歌而作。」

斂笑凝眸意欲歌，高雲不動碧嵯峨。《列子》曰：「秦青悲歌，聲振林木，響遏行雲。」**銅臺罷望歸何處，**陸機《吊魏武文》云：「魏武遺令曰：『吾使伃妓人，皆著銅雀臺中。月朝十五〔二〕，向帷作妓樂，時時登臺，望吾西陵墓田。』」**玉輦忘還事幾多。**《拾遺記》：「周穆王御黄金碧玉輦。又穆王與西王母宴於瑶池，歌謳忘歸，諸侯遂叛。」**青塚路邊南雁盡，**昭君嫁匈奴，恨死胡中，胡人葬之。胡地草白而塚草獨青，故曰青塚。石崇《昭君詞》曰：「願假飛鴻翼，乘之以遐征。飛鴻不我顧，佇立以屏營。」**細腰宫裏北人過。**《漢·馬廖傳》：「楚王好細腰，宫中多餓死。」**此聲腸斷非今日，香灺燈光奈爾何。**《釋文》曰：「灺，燼也。」項羽既敗，與虞美人歌曰：「虞兮虞兮奈爾何！」

增註 玉輦忘還，隋煬帝大業間築西苑，周二百里。緣渠作十六院，每院以四品夫人主之。乘輿行幸，競以殽羞精麗求市恩寵。上好以月夜從宮女數千騎遊，作《清夜遊》曲，於馬上奏之。後行幸江都，爲令狐行達縊殺，玉輦竟忘還。○腸斷，唐武宗疾篤，孟才人者以歌獲寵，請歌一曲《河滿子》，氣亟立殞。上令毉候之，曰：「脉尚温，而腸已斷。」○炧，以者切，香煤也。

備考 賦而興也。續腰格也。

斂笑 梁王筠詩：「含嬌起斜眄，斂笑動微顰。」

嵯峨 《字彙》曰：「嵯峨，山高大貌。」○《楚辭》曰：「山氣巃嵸兮石嵯峨。」注：「嵯峨，高貌。」

香炧 《文苑彙雋》十八曰：「香最多品類，出廣及海南諸國。然秦、漢以前，惟稱蘭蕙椒桂而已，至隋唐，海南諸品畢至。」

註 **《列子》曰云云** 《列子·湯問篇》曰：「薛譚學謳於秦青，未窮青之技，自謂盡之，遂辭歸。秦青弗止，餞於郊衢，撫節悲歌，聲振林木，響遏行雲。薛譚乃謝求反，終身不敢言皈。」

妓人 《彙雋·人品門》曰：「娼優、樂女、娼婦皆曰妓，且妓字之義比在十奴之下，極賤女也。」

又穆王云云 《列子》曰：「周穆王命駕遠遊，升崑崙之丘，遂賓于王母，觴於瑤池之上。」○《十八史略》卷一曰：「周穆王滿立，有造父者以善御幸於王，得八駿馬遊行天下，將皆有車轍馬迹。王還世，傳王以此時觴西王母瑤池上，池在崑崙。樂而忘歸。徐偃王作亂，造父御，王長驅歸，救亂，告楚伐徐，徐敗云云。」

昭君嫁云云　《野客叢書》卷四曰：「明妃事，《前漢·匈奴傳》所載甚略，但曰：『竟寧元年，單于入朝，願婿漢氏。元帝以後宮良家子王嬙字昭君賜單于，單于歡喜。』如此而已。《西京雜記》曰：『元帝後宮既多，不得常見，乃使畫工圖形，按圖召幸之。皆賂畫工，多者十萬，少者亦不減五萬，獨王嬙不肯，不得見。後匈奴入朝求美人爲閼氏，於是上按圖以昭君行。及去，召見，貌爲後宮第一，善應對，舉止閑雅。帝悔之，而名籍已定。帝重失信於外國，故不復更人，乃窮竟其事，畫工毛延壽等棄市。』《後漢·匈奴傳》載此，與記小異，曰：『初，元帝時，以良家子選入掖庭。時呼韓邪來朝，帝敕以宮女五人賜之。昭君入宮數歲，不得見御，積悲怨，乃請掖庭令求行。呼韓邪臨辭大會，帝召五女示之。昭君豐容靚飾，光明漢宮，顧景裴回，竦動左右。帝見大驚，意欲留之，而難失於信。』如《雜記》，則是昭君因不賂畫工之故，致元帝誤選己而行。如《後漢》所記，則是昭君因久不得見御，故發憤自請而行。二說既不同，而《後漢》且不聞毛延壽之說。《樂府解題》所記近《西京雜記》，《琴操》所記近《後漢·匈奴傳》，然其間又自有不同。」

青塚　《一統志》二十一曰：「大同府昭君墓在古豐州西六十里，地多白草，此塚獨青，故名青塚。」

○《杜詩分類註》曰：「後以單于既死，子達立，昭君謂達曰：『將爲漢？將爲胡？』曰：『爲胡。』於是昭君服毒而死。胡地草白，惟昭君塚獨青。」

石崇　《名賢詩評》卷三曰：「石崇字季倫，渤海人。年二十餘，爲城陽太守。伐吴有功，封安陽鄉侯。

累遷侍中。出爲南中郎將、荆州刺史，領南蠻校尉。致富不訾。後拜太僕校尉，與貴戚王愷等以奢侈相尚。有愛妓名緑珠，孫秀使人求之不得，遂勸趙王倫誅族其家。」

《昭君詞》同三曰：「《王明君辭》並序，按《佚録》：「《王昭君詞》，石崇所造，乃相和歌詞之吟難嘆曲也。」序曰：『王明君者，本是王昭君，以觸文帝諱，改焉。匈奴盛，請婚於漢。元帝以後宫良家子昭君配焉。昔公主嫁烏孫，令琵琶馬上作樂，以慰其道路之思。其送明君，亦必爾也。其造新曲，多哀怨之聲，故叙之於紙云。』詩曰：『我本漢家子，將適單于庭云云。願假飛鴻翼[二]，乘之以遐征[三]。飛鴻不我顧，佇立以屏營。昔爲匣中玉，今爲糞上英。朝華不足歡，甘與秋草並。傳語後世人，遠嫁難爲情。』」○又《文選》二十七載焉。

佇立 《詩・邶風・燕燕篇》曰：「瞻望弗及，佇立以泣。」朱注：「佇立，久立也。」

屏營 《文選》庾元規《讓中書令表》曰：「憂惶屏營，不知所厝。」○《柳文》三十五註曰：「屏營，恐懼貌。」○《後漢・清河王傳》：「夙夜屏營。」又《楊子》：「卒之屏營。」注：「屏，音平，旁皇不安貌。」

漢馬廖云云 《後漢書・馬廖傳》曰：「章帝建初二年，馬廖上疏曰：『傳云：「楚王好細腰，宫中多餓死。」』」○《墨子》云：「楚王好細腰而國多餓死。」○《戰國策》曰：「莫敖子華對威王曰：『昔者，先君靈王好小腰，楚士約食，馮而能立，式而能起。』」○宋剡川姚寬《西溪叢語》曰：「《墨子》曰：『楚靈王好細腰，故其臣皆三飯爲節，脅息然後帶，緣墻然後起。』《韓非子》云：『楚莊王好細腰，一國有飢色。』劉禹錫《踏歌行》云：『爲是襄王故宮地，至今猶自細腰多。』未知孰是。」

餓死　《杜詩分類》曰：「絶粒曰餓。」

項羽既云云　《史記·項羽紀》曰：「漢軍及諸侯兵圍之數重，夜聞漢軍四面皆楚歌，項王乃大驚曰：『漢皆已得楚乎？是何楚人之多也！』項王則夜起，飲帳中。有美人名虞，常幸從；駿馬名騅，常騎之。於是項王乃悲歌忼慨，自爲詩曰：『力拔山兮氣蓋世，時不利兮騅不逝。騅不逝兮可奈何，虞兮虞兮奈若何！』歌數闋，美人和之云云。」○《名賢詩評》卷一載此歌，題曰《垓下歌》，注：「《漢書》曰：『高祖圍項羽垓下，是夜聞漢軍云云。』」

增註　**四品夫人**　《紀原》卷一曰：「唐虞夏商，公侯之妻尚無夫人之號。由周克商，列爵惟五，於其封國皆稱君，其妻皆爲夫人，其事雜見於《詩》《禮》。雖皆命於天子，亦無封册之禮。漢崔篆母師氏通經學百家之言，王莽寵以殊禮，賜號『義成夫人』，則夫人之封自王莽始也。蓋自魯昭公娶於吳，爲同姓夫人，始不命於天子，至莽乃加封號云。」

乘輿　《孟子·梁惠王下》曰：「今乘輿已駕矣。」朱注：「乘輿，君車也。」○《書言故事》卷九曰：「御駕曰乘輿。蔡邕曰：『天子至尊，臣下不敢渫瀆言之，故託乘輿以言。乘，猶載也。輿，猶車也。故稱天子曰乘輿，或曰車駕。』又稱天子爲車駕。」

殽羞　殽，《字彙》曰：「何交切，音肴，與『肴』同。又肉帶骨曰殽。」又「肴」字註曰：「何交切，葅醢也，俎實也。凡非穀而食皆謂之肴。」○羞，又曰：「音脩，薦也，又膳也。《周禮》『亨人』注：『牛羊豕，調以五味，盛於鉶器謂之鉶羹，盛之於豆謂之庶羞。』」

孟才人 《紀原》卷一曰：「《南史》：『晉武帝采漢魏之制，三夫人外有才人。』又云：『晉武所置。』而《通典・內官職》：『漢有才人。』則疑漢置。」

立殞 殞，《字彙》曰：「音磒，殁也。」

【校勘記】

[一]朝：底本訛作「朔」，據元刻本、箋註本、附訓本和《文選註》卷六十改。

[二]飛：底本誤作「雙」，據《文選註》卷二十七改。

[三]以：底本訛作「亦」，據《文選註》卷二十七改。

茂陵　　李商隱

漢武所葬，在興平縣北。師古曰：「本槐里縣茂鄉，故曰茂陵。」《雍録》曰：「在興平縣北七里[一]。」

備考 《前漢・武帝紀》曰：「三月甲申，葬茂陵。」注：「臣瓚曰：『自崩至葬，凡十八日。茂陵，在長安西北八十里也。』」《一統志》曰：「西安府有茂陵城。」

漢家天馬出蒲梢，苜蓿榴華遍近郊。武帝聞宛有善馬，求之不得，使李廣利伐破之，取其馬以歸。《張騫傳》曰：「帝初得烏孫馬，名天馬。及得宛馬，更名烏孫曰西極馬，宛馬曰天馬。」《西域傳》贊曰：「蒲梢、龍文、魚目、汗血之馬，充於黃門。」又《漢書》：「大宛馬嗜苜蓿，張騫持千金請宛馬，采苜蓿歸，種之離宮別館。」陸機《與弟書》曰：「張騫使外國十八年，得塗林安石榴種。」此二句蓋譏武帝勤遠略。**内苑只知銜鳳觜**，《十洲記》：「麟洲上多鳳麟，煮麟角鳳觜爲膠，可連斷弦。」《仙傳拾遺》曰：「武帝天漢三年北巡，西王母使使獻靈膠二兩。帝射虎華林苑，弩弦斷，使者口濡膠一分以續之。」「只知」，猶專務也。「銜鳳觜」，口濡膠也。蓋譏武帝好獵。**屬車無復插鷄翹**[二]。胡廣《制度》曰：「大駕屬車八十一乘。」蔡邕《獨斷》曰：「鸞旗者，編羽毛，列繫幢傍，民或謂之鷄翹。」按天子出則鸞旗在前，屬車在後。此言「無復插鷄翹」者，蓋譏帝好爲期門微行。**玉桃偷得憐方朔**，《漢武故事》曰：「西王母降[三]，出桃七枚，曰：『此桃三千年一華，三千年結子。』指方朔曰：『此兒已三竊吾桃矣。』」此句蓋譏帝好仙。**金屋妝成貯阿嬌**。《漢武故事》：「帝年五歲，長公主抱問曰：『兒欲得婦否？』曰：『欲得。』指女阿嬌曰：『阿嬌好否？』帝曰：『若得阿嬌，當作金屋貯之。』」此句蓋譏帝好内。**誰料蘇卿老歸國，茂陵松柏雨蕭蕭**。蘇武，字子卿，武帝天漢元年使匈奴，昭帝始元六年歸至京師，詔武奉太牢，謁武帝園廟。此詩前六句極道武帝之多欲，而結句意謂誰料百年之後但陵柏蕭蕭，其雄心侈志，今安在哉？

增註 武帝元鼎中，南陽新野人景利長遭刑，屯田於渥洼，見郡馬飲水，中有奇者。先作土人持勒絆立，其後馬慣習。久之，利長因依土人，收馬以獻帝。欲神異之，云從水中出，乃作《天馬之歌》。渥洼在三危山下，燉煌界。○苜蓿，草名，可爲菜。漢馬援伐西域取歸。《前漢・西域傳》：「宛馬嗜苜蓿。」《本草衍義》引李白詩：「天馬常銜苜蓿華。」○内苑，漢制，天子内中曰行内，猶禁中也。苑，所以養禽獸。○銜鳳觜，《鄴中記》：「詔書用五色紙，著于木鳳口中，飛下端門，謂之鳳詔。」屬車，《漢書》：「副車曰屬，言相連屬也。」

備考 賦而興也。節節生意格。○愚按全篇譏武帝。第一、二句，言武帝之實事。第三、四句，譏武帝微行好獵。第五、六句，毀武帝好仙耽色之事。第七、八句，明言茂陵之實事，暗譏武帝之行事也。○《律髓》二十八載此詩，註：「義山詩織組有餘，細味之，格律亦不爲高。此詩譏誚漢武甚矣，謂驕侈如此，終歸於盡也。」

註 **武帝聞云云**《漢書・武帝紀》曰：「太初四年，廣利斬大宛王首，獲汗血馬來。」註：「大宛舊有天馬種，汗血，汗從前肩髆出如血，號日千里。」

《張騫傳》云云《前漢》列三十一，《史記》六十一有傳，漢中人。

宛馬曰天馬《釋常談》曰：「馬謂之大宛。《漢書》：『李廣爲貳師將軍，領兵伐大宛國，得汗血。武帝遂作《天馬歌》，因號馬爲大宛也。』」○《漢・禮樂志》曰：「《天馬歌》：『天馬徠，龍之媒。』」注：「天馬者，神龍之類。」

《西域傳》《漢書·西域傳》贊曰：「蒲梢、龍文、魚目、汗血之馬，充於黄門。」註：「孟康曰：『四駿馬名也。』」○《漢宫故事》曰：「武帝伐大宛，得千里馬，名蒲梢。」

苜蓿《韻會》曰：「苜蓿，草名。《史記》曰：『大宛國馬嗜苜蓿。漢使所得，種於離宫。一名光風，生罽賓國。』《爾雅翼》云：『似灰藋，今謂之鶴頂草。』」○《瑯邪代醉編》四十曰：「苜蓿，生罽賓國。貳師伐宛，將種皈中國。」《西京雜記》：「樂遊苑中自生玫瑰，樹下多苜蓿。一名懷風，時或謂之光風。風在其間，常蕭蕭然。日照其花[四]，有光彩，故名。茂陵人謂之連枝草。」○《東坡詩集》二十次公註曰：「苜蓿，草名，本出西域。《史記》：『大宛馬嗜苜蓿。』蓋草之美者。張騫得其種來中原，亦可以爲葅。薛令之所謂苜蓿槃者是也。」○《本草》二十曰：「釋名：木粟。《綱目》：光風草。時珍曰：苜蓿，郭璞作『牧宿』，謂其宿根自生，可飼牧牛馬。又羅願《爾雅翼》作『木粟』，言其米可炊飯也。」

安石榴《本草綱目》三十曰：「張華《博物志》云：『漢張騫出使西域，得塗林安石國榴種以皈，故名安石榴。』又案《齊民要術》云：『凡植榴者，須安僵石枯骨于根下，即花實繁茂。則安石之名義或取此也。』」○「頌曰：『安石榴，本出西域，今處處有之。木不甚高大，枝柯附幹，自地便生作叢，種極易息，折其條盤土中便出也。花有黄、赤二色，實有甘、酢二種。』時珍曰：榴五月開花，有紅、黄、白三色。單葉者結實，千葉者不結實。」

千金 《史記》卷七《項羽本紀》曰：「項王乃曰：『吾聞漢購我頭千金。』」《正義》曰：「漢以一斤金爲千金，當一萬錢也。」

遠略 略，《字彙》曰：「巡行曰略。又行取曰略。」

鳳觜 觜，《字彙》曰：「遵爲切，頭上角也。周伯温曰：『俗用作鳥喙之觜，非也。』」

爲膠 膠，又曰：「居肴切，音交，黏膏也。」

大駕 《紀原》卷二曰：「《易》言黄帝服牛乘馬，則馬駕之初也。至陶唐氏始乘彤車白馬，則齊毫之始也。《通典》以堯乘白馬，駕馬之始。《古史考》以禹時奚仲駕馬，誤矣。《世本》曰：『黄帝之臣胲作服牛，相土作駕馬。』《吕氏春秋》曰：『乘時作駕，主永作服牛也。』《高氏小史》云：『太昊服牛乘馬。』」

屬車 又曰：「周末諸侯有貳車九乘，貳車即屬車也，亦周制所有。秦滅九國，兼其車服，故八十一乘。」

鸞旗 又曰：「《通典》曰：『鸞旗車，漢制，編羽旄列繫幡傍。』胡廣曰：『以銅作鸞鳥於車衡上。』《宋朝會要》曰：『漢制爲前驅，上載赤旗，綉鸞也。』《皇祐大饗明堂記》曰：『景祐五年，重制此旗，赤質綉鸞，載以車也。』」

幢傍 愚按考《紀原》，「幢」作「幡」。○幢，《字彙》曰：「幡幢。《説文》：『旌旗之屬。』《方言》：『幢，翳也。楚曰翿，關東西曰幢。』《釋名》：『幢，容也，施之車，蓋童童然，以隱蔽形容也。』」○幡，又曰：

「拭布。《禮記》所謂帉帨是也。一曰幟也。」

期門云云《綱目》云：「武帝建元三年，上始爲微行，與左右能騎射者期諸殿門，常入南山下射獵，馳鶩禾稼之地，民皆號呼罵詈。」○《漢書·東方朔傳》曰：「初建元三年，微行始出，北至池陽，西至黄山，南獵長楊，東游宜春。微行常用飲酎已。八九月中，與侍中、常侍、武騎及待詔，隴西、北地良家子能騎射者期諸殿門，故有期門之號自此始。」○同《百官表》曰：「期門掌執兵送從，武帝建元三年初置，比郎，無員，多至千人。有僕射，秩比千石。平帝元始元年更名虎賁郎。置中郎將，秩比二千石[五]，羽林掌送從[六]，次期門。」○《後漢》列十《銚期傳》曰：「帝嘗輕與期門近出。」注：「前書，武帝將出，必與北地良家子期於殿門，故曰『期門』。」○《焦氏續筆乘》曰：「期門即今之錦衣。」

《漢武故事》班固著，凡二卷。○《彙苑詳註》卷一曰：「《漢武故事》：『武帝爲太子，長公主欲以女配帝。時帝尚小，長公主指女問帝曰：「得阿嬌好不？」帝曰：「若得阿嬌，以金屋貯之。」主大喜，乃以配帝，是曰陳皇后。阿嬌，后字也。』」

長公主《漢書·外戚傳》曰：「孝武陳皇后，長公主嫖女也。陳午尚長公主，生女，及帝即位，立爲皇后。」○長公主，文帝女也。○《紀原》卷一曰：「《春秋公羊傳》曰：『天子嫁女於諸侯，至尊不自主，婚必使同姓者主之，謂之公主。』蓋周事也。《史記》曰：『公叔相魏，尚魏公主，文侯時也，蓋僭天子之女也。』《春秋指掌碎玉》曰：『天子嫁女，秦、漢以來，使三公主之，故呼公主也。』《續事始》曰：『自古至周，天子之女未有封邑。至周中葉，使同姓諸侯主之，始謂之公主也。』」〇又曰：「蔡邕曰：『漢帝女爲公主，姊妹爲長公主。』《職林》曰：『漢制，皇女皆封縣公主，儀服同列侯，其尊崇者，加號長公主，儀服同藩王。前漢婁敬説高祖以長公主妻單于，武帝女亦稱衛長公主，此爲長公主之始矣。《漢書·昭帝紀》：「後元二年二月戊辰，帝即位，鄂邑公主益邑爲長公主。」即帝姊妹爲長公主也。建武十五年，光武封武陽公主爲長公主，即尊崇之制云。宋朝但帝姊妹乃封長公主。』」

好内《韻會》曰：「房室曰内。」

昭帝 武帝少子，繼武帝立。

太牢《字彙》曰：「牛曰太牢。」〇《野客叢書》曰：「太牢者，謂牛羊豕具；少牢者，謂去牛惟用羊豕云云。」

增註　武帝元鼎云云《前漢書·武帝紀》曰：「元鼎四年，馬生渥洼之水中，作《寶鼎天馬》之歌。」注：「李斐曰：『南陽新野有暴利長，當武帝時遭刑，屯田燉煌界。數於此水旁見群馬，中有奇異者，與凡馬來飲此水。利長先作土人，持勒靽於水旁，後馬玩習。久之，代土人持勒靽，少得其馬，獻之。欲神異此馬，云從水中出。』蘇林曰：『洼，音窒，曲之窒。』師古曰：『渥，音握。洼，音於佳反。』」

景利長 按考《漢書》，「景」當作「暴」。

郡馬 又按「郡」當作「群」。

勒絆 勒，《字彙》曰：「馬鑣銜也。有銜曰勒，無銜曰羈。《釋名》：『絡也，絡其頭而引之也。』」○絆，又曰：「馬縶也。繫足曰絆，絡首曰羈。」○愚按《漢書》「絆」作「靽」。考《字彙》曰：「靽，駕馬具在後曰靽。」義亦通。

《天馬之歌》 見《漢書・禮樂志》。

禁中 蔡邕《獨斷》曰：「禁中者，門户有禁，非侍御者不得入，故曰禁中。孝元皇后父大司馬陽平侯名禁，當時避之，故曰省中。今宜改，後遂無言之者。」

端門 《漢書・李尋傳》曰：「太白出端門，臣有不臣者。」注：「孟康曰：『端門，太微正南門。』」太微，天之南宫也。

【校勘記】

[一]北：底本誤作「百」，據元刻本、箋註本和增註本改。

[二]插：底本訛作「捕」，據元刻本、箋註本、附訓本、增註本和《全唐詩》卷五百四十改，下同。

[三]降：底本訛作「際」，據元刻本、箋註本、附訓本和增註本改。

[四]日：底本脱，據《西京雜記》卷一補。

[五]比：底本脱，據《漢書・百官公卿表》補。

［六］從：底本脱，據《漢書·百官公卿表》補。

已前共五首

備考 已前五首者，專含譏諷之詩也。

早秋京口旅泊［一］

李嘉祐

京口，鎮江府。

備考 本集題作《蔣侍御寄書相問因贈之》。○李昌本題下註：「京口，屬潤州。」○嘉祐在潤州時，揚州刺史劉展謀叛，陷潤州。嘉祐避亂京口，蔣侍御以書問安否，以此詩答。

李嘉祐

備考 《履歷》曰：「别名從一。或曰：從一，字也。袁州人。初爲江陰令，上元中台州刺史，大曆刺袁州。」

移家避寇逐行舟，厭見南徐江水流。吴地征徭非舊日，征，税也。徭，役也。**秣陵凋弊不宜秋。**秦始皇以金陵有王氣，掘斷其地，改金陵曰秣陵。**千家閉户無砧杵，七夕何人望斗牛。惟有同**

時驄馬客[二]，桓典爲御史，乘驄馬。本集云：「章侍御寄書相問。」**偏題尺牘問窮愁**。廣武君曰：「奉咫尺之書[三]。」注曰：「簡牘長咫尺者。」

增註 避寇及吴地、秣陵等事，以時考之。按史：上元元年，揚州刺史劉展反，陷潤州、昇州，二年伏誅。是時恐嘉祐在潤州避此寇亂。蓋嘉祐嘗有《潤州送蔣侍御收兵歸揚州》等詩，此末句云「驄馬客」，亦恐指蔣侍御也。○南徐即潤州。晉元帝渡江，而淮北地皆陷於胡。後幽、并、青、徐、兖、冀之流人相率過江，帝並僑立諸縣，以司牧之，名仍其舊號，而爲南北之別，於京口僑置南徐州。宋以南徐治京口。隋文帝於南徐置潤州，取潤浦以爲名。

備考 賦也。前體後用格。○《鼓吹》註曰：「末句言避亂他鄉，見此寥落，有不勝其愁，又無親朋慰問，獨有同時驄馬之客，走尺牘以問窮途之愁耳，其感之義當何如耶？」

避寇 寇，《字彙》曰：「寇賊群行，攻劫曰寇，殺人曰賊。又仇也，暴也。又《方言》：『凡物盛多謂之寇。』郭璞曰：『今江東有小鳧，其多無數，俗謂之寇。』《説文》：『从攴从完，當其完聚而寇之也。攴，擊也。會意。』俗作『宼』，非。」

行舟 樂府古詞云：「三山隱行舟。」

征徭 《史記》卷七《項羽本紀》曰：「故徭使屯戍過秦中。」○《字彙》曰：「徭，役也。」○愚按征徭，徭使義也。

砧杵 砧，《字彙》曰：「擣繒石也。」

窮愁《史記》曰：「虞卿非窮愁，不能著書以自見於後世。」

註　**桓典云云**《後漢》列二十七《桓榮附傳》曰：「桓典，字公雅，沛郡龍亢人，太傅榮玄孫。拜侍御史。時宦官秉權[四]，典執政無所回避。常乘驄馬，京師畏憚，爲之語曰：『行行且止，避驄馬御史。』後以忤宦官[五]，七年不調。獻帝時，爲光禄勳。」

驄馬 驄，《字彙》曰：「馬青白色。」

廣武君云云《史記》：「廣武君曰：『奉一介咫尺之書。』」〇《書言故事》十一曰：「《叙通書》云：『奉咫尺之書。《漢・韓信傳》：「李左車曰：『發一乘之使，奉咫尺之書。』」』」

咫尺 咫，《韻會》曰：「掌氏切，婦人手長八寸謂之咫，周尺也。」

簡牘 牘，《字彙》曰：「書版也。」

增註　**上元** 唐第三主高宗年號[六]，凡二年。

晉元帝《少微通鑑・元宗紀》曰：「名睿，字景文，宣帝曾孫，琅琊王覲之子。初爲安東將軍，及愍帝遇害，乃即位建康。在位六年，壽四十六。」

隋文帝 同《文帝紀》曰：「名堅，小字那罗延，姓楊氏，弘農華陰人。漢太尉震之裔。父忠，事魏及周，封隋公。至堅，進爵爲王，明年稱帝，都長安。在位二十四年，爲太子廣所弑，壽六十四。」

【校勘記】

[一]早秋京口旅泊：《全唐詩》卷二百七作《早秋京口旅泊章侍御寄書相問因以贈之時七夕》。
[二]惟：《全唐詩》卷二百七作「祇」。
[三]奉：底本訛作「秦」，據元刻本、箋註本、附訓本和增註本改。
[四]宧：底本脱，據《後漢書・桓榮丁鴻傳》補。
[五]宧：底本脱，據《後漢書・桓榮丁鴻傳》補。
[六]號：底本脱，據文意補。

晚次鄂州　盧綸

增註　鄂州，自周夷王時入于楚。漢置鄂縣，吴名武昌，晋武昌隸江州，宋立郢州，隋、宋并鄂州，唐鄂州江夏郡屬江南道，今屬湖北道。

備考《唐詩解》四十四載。○《一統志》曰：「湖廣武昌府，楚熊渠封其子紅爲鄂王，始名鄂。吴置武昌郡。隋平陳，改置鄂州，唐因之。」○季昌本註曰：「此詩以末二句考之，盧綸本河中蒲人，避禄山亂客鄱陽，而至德間永王璘反，復陷鄱陽。又代宗大曆五年，湖南兵馬使臧玠以兵殺其觀察使崔瓘，遂據潭州。」

次《字彙》曰：「《左傳》：『凡行師再宿爲信，過宿爲次。』」

鄂州《一統志》五十九曰：「湖廣武昌府，唐時爲鄂州。」

題註　**夷王**《十八史》曰：「孝王子夷王燮立，下堂而見諸侯，楚始僭稱王。」

郢州 考《一統志》曰：「郢，楚地，即湖廣承天府、武昌府等是也。」

盧綸 見前。

雲開遠見漢陽城，猶是孤帆一日程。估客晝眠知浪静，舟人夜語覺潮生。三湘愁鬢逢秋色，三湘，湘潭、湘鄉、湘源。**萬里歸心對月明。舊業已隨征戰盡，**本集題下自注云：「至德中作。」綸，河中人，時安、史方亂三河。**更堪江上鼓鼙聲。**

增註「估」一作「賈」。○唐鄂州漢陽縣本沔州漢陽郡。○三湘，一云：湘潭、湘川、湘中也。

備考 賦也。一意格。○《鼓吹》註曰：「潮生，江漲也。舟人夜覺潮生，則緩其纜索。」○《唐詩解》曰：「此亦傷亂之詩，蓋將赴漢陽而作也。言前途雖不遠，而舟行則已久矣，是以習知估客舟人之事，而我之客懷可勝道哉！愁鬢逢秋而愈凋，歸心對月而彌切也。況舊業蕩盡，兵戈不息，歸期詎有日耶？」

漢陽城《唐詩解》曰：「漢陽府屬湖廣。」

孤帆 朱超道詩云：「孤帆漸逼天。」○杜甫詩：「疏燈自照孤帆宿[二]。」

估客 估，《字彙》曰：「音古，市税。又論價也。」○杜甫詩：「幸君因估客。」《集註》：「『估』與『賈』

通用。」○梁元帝詩：「莫復臨時不寄人[二]，漫道江中無估客。」

舟人 木華《海賦》云：「舟人漁子，徂南極東。」

三湘 顔延之詩：「三湘淪洞庭。」○《山海經》注曰：「巴陵縣有洞庭陂，江、湘、沅水皆共會巴陵，號三江口。」

秋色 荀仲舉詩：「高臺秋色晚。」

歸心 王正長詩：「邊馬有歸心。」○《史記·魯仲連傳》曰：「民無所歸心。」

舊業 業，《毛詩·閟宮》註疏曰：「當時所爲謂之事，後人所祖謂之業[三]。」又凡所攻治者皆曰業。

鼓鼙 鼙，《字彙》曰：「蒲糜切，音皮，騎上鼓也。《吕氏春秋》：『帝嚳令人作鼙鼓之樂。』《六書正譌》：『從鼓，卑聲。』」○《漢書·師丹傳》曰：「若乃器人于絲竹鼓鼙之間。」鼙，騎鼓也。○《禮記》曰：「君子聽鼓鞞之聲，則思將帥之臣。」○裴子野詩：「明君思將帥，方聽鼓鼙聲。」

註 **至德** 唐第八主肅宗年號，凡二年。

安史 共見《新唐書》列傳百五十《逆臣傳》。

【校勘記】

[一]宿：底本訛作「疾」，據《杜工部草堂詩箋》卷三十六、《分門集註杜工部詩》卷三、《九家集註杜

詩》卷三十一和《補註杜詩》卷三十一改。

[二]復：底本訛作「傷」，據《藝文類聚》卷三十二和《漢魏六朝百三家集》卷八十四改。

[三]「後人所祖謂之業」後底本衍「事也」，據《毛詩註疏・閟宮》刪。

赴武陵寒食次松滋渡[一]　竇常

常元和中自水部員外郎爲朗州刺史。

增註　《衆妙集》於本題下又有「先寄劉員外禹錫」七字。○松滋渡，在唐江陵松滋縣。

備考　武陵，朗州縣名也。竇常元和中爲朗州刺史，此詩疑其時作也。

註　**元和**　唐第十二主憲宗年號，凡十五年。

水部員外郎　《紀原》卷五曰：「《周禮・夏官》有：『司險掌溝塗。』蓋水部之職也。魏尚書始有水部郎。」○又曰：「隋開皇三年，尚書二十四司各置員外郎一人，以司其曹帳籍。則郎置員外，自隋文帝始也。按《漢書》：『惠帝即位，賜爵。外郎滿六歲二級。』則隋置員外郎亦取漢事云爾。韋述《唐兩京記》曰：『晉宋以來，始置員外郎。』」○《新唐書・百官志》三十六曰：「工部尚書一人，正三品；侍郎一人，正四品下。掌山澤、屯田、工匠、諸司公廨紙筆墨之事。其屬有四：一曰工部，二曰屯田[二]，三曰虞部，四曰水部。工部郎中[三]、員外郎各一人，掌城池土木之工役程式，爲尚書、侍郎之貳。」

增註　《**衆妙集**》趙師秀撰[四]。

松滋渡《唐詩選》注曰：「松滋江在荆州府松滋縣北，岷江至此分爲三派，下流三十里，復合爲一[五]，達於江陵，即今川江也。」

江陵府《一統志》六十二曰：「湖廣路荆州府。《禹貢》：『荆州之域云云。』天寶初，改江陵郡。上元初，又改江陵府。」

竇常　見前。

杏華榆莢曉風前，雲際離離上峽船。江轉數程淹驛騎，驛騎見前注。**楚曾三户少人煙。**三户亭在南郡穰縣安密鄉，即南公所謂「楚雖三户，亡秦必楚」者也。**看春又過清明節，算老重經癸巳年。**癸巳，元和八年。**幸得柱山當郡舍，在朝長咏卜居篇。**宋元嘉七年大水，武陵柱山陷。《相州記》：「柱山在郡東十七里，今德山是。屈原有《卜居》詞。」

增註　峽指三峽，蓋江陵上通巴蜀。○癸巳年，以竇常之時考之，玄宗天寶十二年癸巳，至憲宗元和八年又是癸巳。又十餘年，當敬宗寶曆中，竇常爲國子祭酒，致仕，卒。

備考　賦而興也。接項格。○《鼓吹》注曰：「此詩，竇常未至武陵任先寄禹錫，時鎮湖廣，故首言杏華與榆莢落於曉風之前，望峽中，見船離離然自雲際而來此。予自江而轉數程之遠，乃淹留于馹騎之中，言念昔楚有三户之津，今亦少人煙矣。客中所見，青春已過，而華甲重逢，仕途未已，良可慨嗟。但幸柱山當郡，得此栖止，足慰吾往日在朝卜居之意，此僅協吾願耳。蓋言柱山爲賢者所居之地，今幸居此云。」

榆莢 榆，《字彙》曰：「雲俱切，音于，白枌。先生葉，後生莢。三月落莢，如小錢。陸璣云：『榆類十餘種，葉皆相似，皮及理異。』陳藏器云：『江南有刺榆，無大榆，北方有之。』」

上峽 峽，《字彙》曰：「山峭夾水曰峽。」

人煙 曹植詩云：「千里無人煙。」

清明 見前。

註　**南公** 《鼓吹》註曰：「《漢書》：『楚雖三户，亡秦必楚。』注：楚曾三户最强，蓋昭奚恤、屈原、景差此三户也。又《項羽傳》：『項梁起兵，范增勸梁立楚後，曰：「秦滅六國，楚最無罪。」南公曰：「楚雖三户，亡秦必楚。」』劉、項皆楚人，共滅秦。三户津，地名，屬楚。」

屈原云云 季昌本註云：「楚屈原被讒，佯爲不知善惡之所在，假託蓍龜以決之，乃往太卜鄭詹尹家，卜己宜何所居，因述其詞曰《卜居》。」〇《楚辭》第五《卜居》題注曰：「《卜居》者，屈原之所作也。屈原哀憫當世之人習安邪佞，違背正直，故陽爲不知二者之是非可否，而將假蓍龜以決之，遂爲此詞，發其取舍之端，以警世俗。說者乃謂原實未能無疑於此，而始將問諸卜人，則亦誤矣。」

增註　**三峽** 《一統志》七十四曰：「川夔州府巫峽，在巫山縣東三十里，與西陵峽、歸峽並稱三峽。」

又曰：「西陵峽，府城東瞿塘峽也，舊名西陵峽，乃三峽之門。」○按考《一統志》，四川重慶府、湖廣岳州府亦各有三峽。

玄宗 唐第七主。

天寶 凡十四年。

憲宗 唐第十二主。

敬宗 唐第十四主。

寶曆 凡二年。

國子祭酒 見前。

致仕 《紀原》卷四曰：「《尚書・咸有一德》曰：『伊尹既復政厥辟，告歸。』疏云：『告老致政事於君，此臣下致仕之初也。至周乃有大夫七十致仕之禮。其事自伊尹始。』」

【校勘記】

［一］赴武陵寒食次松滋渡：《全唐詩》卷二百七十一作《之任武陵寒食日途次松滋渡先寄劉員外禹錫》。

［二］曰：底本誤作「部」，據《新唐書・百官志》改。

［三］郎：底本脱，據《新唐書·百官志》補。
［四］趙師秀：底本誤作「殷璠」，據《衆妙集》改。
［五］一：底本脱，據《明一統志》卷六十二補。

鄂州寓嚴澗宅[一]　　元稹

備考《才子傳》曰：「元稹，字微之，河南人。元和初，對策第一。拜左拾遺。數上書言利害，當路惡之，出爲河南尉，除武昌節度使，卒云云。」○按武昌即鄂州也。此詩欲移武昌節度使治，先寓嚴澗舊宅時作也。

元稹　見前。

鳳有高梧鶴有松，《韓詩外傳》曰：「鳳止黃帝東園，集梧桐，食竹實。」**偶來江外寄行踪。華枝滿院空啼鳥，塵榻無人憶卧龍。**徐庶謂先主曰：「諸葛孔明，卧龍也。」**心想夜閑惟足夢，眼看春盡不相逢。何時最是思君處，月入斜窗曉寺鐘。**

備考　賦而興也。首尾互換格。○第一、二句，暗含鳳凰非梧桐不栖，何我身罹讒言，謫武昌節度使，寓此舊宅？感慨有餘。第三、四句，兼虛實。第五、六句，擬揆句法，上句承第四句，下句承第三句。第七、八句，思舊知之意無限也。

梧《月令廣義》曰：「《遁甲》註：『梧桐以知日月正閏。生十二葉，一邊有六葉。從下數，一葉爲一月，有閏則十三葉。視葉小者，則知閏何月也。』」

鶴《文苑彙雋》曰：「鶴，陽鳥也。鶴之上相，瘦頭朱頂，露眼黑睛，高鼻短喙。鳴則聞于天，飛則一舉千里。鶴二年落子，毛易黑點。三年産伏。復七年，飛薄雲漢。復七年，舞應節。復七年，晝夜十二時鳴中律。復百六十年，不食生物。復百六十年，大毛落茸，毛生或雪白或純黑，泥水不污。復百六十年，雌雄相視，因睛不轉而孕。千百六十年後，飲而不食，鸞鳳同成群。」

江外　指武昌。

卧龍　指嚴㵎。

思君　指嚴㵎。

註　《**韓詩**》云云　《韓詩外傳》卷八曰：「黄帝即位，施惠承天，一道修德，惟仁是行，宇内和平，未見鳳凰，惟思其象，夙寐晨興，乃召天老而問之曰：『鳳象何如？』天老對曰：『夫鳳象，鴻前鱗後，蛇頸而魚尾，龍文而龜身，燕頷而鷄喙。戴德負仁，抱忠挾義。小音金，大音鼓。延頸奮翼，五彩備明；舉動八風，氣應時雨。食有質，飲有儀。往即文始，來即嘉成。惟鳳爲能通天祉，應地靈，律五音，覽九德。天下有道，得鳳象之一，則鳳過之；得鳳象之二，則鳳翔之；得鳳象之三，則鳳集之；得鳳象之四，則鳳春秋下之；得鳳象之五，則鳳没身居之。』黄帝曰：『於戲！允哉！朕何敢與焉。』於是黄帝乃服黄衣，戴黄冕，致齋于宫，鳳乃蔽日而至。黄帝降于東階，西面再拜稽首，曰：『皇天降祉，不敢不承命。』鳳乃止帝東園，集帝梧桐，食帝竹實，没身不去。」

竹實《本草綱目》三十七《苞木部》曰：「竹實，通神明，輕身益氣。弘景曰：『竹實出藍田。江東而無實，頃來班班有實，狀如小麥，可爲飯食。』陳承曰：『舊有竹實，鸞鳳所食。今近道竹間，時見開花小白如棗花，亦結實如小麥子，無氣味而澀。江浙人號爲竹米，以爲荒年之兆，其竹即死，必非鸞鳳所食者。』近有餘干人言：『竹實大如鷄子，竹葉層層包裹，味甘勝蜜，食之令人心膈清凉，生深竹林茂盛蒙密處。頃因得之，但日久汁枯乾，而味尚存爾。乃知鸞鳳所食，非常物也。』」

諸葛云云《蜀志》列傳卷五曰：「時先主屯新野，徐庶見之，謂曰：『諸葛孔明，卧龍也。將軍豈願見之乎？此人可就見，不可屈致，宜枉駕顧之。』」

【校勘記】

［一］鄂州寓嚴澗宅：《全唐詩》卷四百十四作《鄂州寓館嚴澗宅》。

九日齊山登高　杜牧

齊山在池州貴池縣南五里。王哲《齊山記》曰：「山有五十餘峰，其高等，故名齊山。」杜牧嘗守池。

增註　《續齊諧記》：「汝南桓景隨費長房遊學，長房謂曰：『九月九日，汝家有灾，急令家人作絳囊，盛茱萸繫臂，登高山，飲菊華酒，可免。』景如其言，舉家登山。夕還，見鷄犬牛羊一時暴死。長房曰：『代之矣。』今人每至九日登高飲酒，蓋起於此。」

備考　**九日**　見絶句王維詩備考。○《詩林廣記》前集六載之，題曰《九日齊山》，無「登高」二字。

○按此詩，杜牧守池州時作也。

註　**貴池縣**　見絶句備考。

增註　**費長房**　見絶句備考。

杜牧　見前。

江涵秋影雁初飛，與客携壺上翠微。《爾雅·釋山》曰：「山未及上曰翠微。」注曰：「一説山氣清縹色曰翠微。」**人世難逢開口笑，**盜跖曰：「一月之間，開口而笑者，正無幾日。」**菊華須插滿頭歸。**

但將酩酊酬佳節，不用登臨怨落暉。古往今來只如此，牛山何必獨沾衣。牛山在青州臨淄縣。

《列子》：「齊景公遊於牛山，臨其國城，流涕曰：『美哉國乎！若何去此而死？』」

增註 酩酊，甚醉貌，字亦作「茗艼」，晋山簡「茗艼無所知」。○《孟子》：「牛山之木常美矣。」注：「齊之東南山也。」

備考 賦而興也。一意格。○舊註曰：「第一、二句實事；第三、四句，上句全虛，下句兼虛實；第五、六句虛；第七、八句，上句虛，下句實也。暗諷當時也。」

携壺 壺，《字彙》曰：「酒器。又投壺。」註：「壺頸修七寸，腹修五寸，徑一寸半，容斗五升。」

古往云云 張藴古《大寶箴》云：「今來古往，俯察仰觀。」○潘岳《西征賦》云：「古往今來，邈矣悠哉。」○《尸子》曰：「天地四方曰宇，古往今來曰宙。」

註 **盜跖曰云云** 《莊子·盜跖篇》曰：「人上壽百歲，中壽八十，下壽六十，除病瘐喪死憂患，其中開口而笑者，一月之中，不過四五日而已矣。」

《列子》云云 《列子·力命篇》曰：「齊景公游於牛山，北臨其國城而流涕曰：『美哉國乎！鬱鬱芊芊，若何滴滴，去此國而死乎？使古無死者，寡人將去斯而之何？』史孔、梁丘據皆從而泣曰：『臣賴君之賜，疏食惡肉可得而食，駑馬稜車可得而乘也，且猶不欲死，而況吾君乎？』晏子獨笑於旁。公雪涕而顧晏子曰：『寡人今日之游悲，孔與據皆從寡人而泣，子獨笑，何也？』晏子對曰：『使賢者常守之，則太公、桓公將常守之矣；使有勇者常守之，則莊公、靈公將常守之矣。數君者將守之，吾君方將披蓑笠而立乎畎畝中，唯事之恤，何暇念死乎？則吾君又安得此位而立焉？以其迭處之，迭去之，至於君也，而獨爲之流涕，是不仁也。見不仁之君，見諂諛之臣。臣見此二者，臣之所爲獨竊笑也。』景公慚焉，舉觴自罰，罰二臣者各二觴焉。」

晋山簡云云《晋書》列十三曰：「山簡，字季倫，司徒濤之子，温雅有父風。永嘉懷帝年號。中爲征南將軍，鎮襄陽，四方寇亂，天下分崩，朝野危懼。簡優游卒歲，唯酒是耽。諸習氏，荆土豪族，有佳園池。簡每出，多之池上，置酒輒醉，名之曰高陽池。時有童兒歌曰：『山公出何許，往至高陽池。日夕倒載歸，酩酊無所知。時時能騎馬，倒著白接䍦。舉鞭向葛彊，何如并州兒？』」

《孟子》云云《孟子・告子篇》曰：「牛山之木嘗美矣，以其郊於大國也，斧斤伐之，可以爲美乎？」朱註：「牛山，齊東南山也。」

贈王尊師　姚合

備考 按尊師，道士褒號也。

姚合 見前。

先生自說瀛洲路，東方朔《十州記》曰：「瀛洲在東海東，上有聖芝靈草。」**多在青松白石間。海**

岸夜中常見日，仙宮深處却無山。犬隨鶴去遊諸洞，龍作人來問大還。《真仙傳》曰：「有小還丹、大還丹。」舊史曰：「高宗令劉道士合大還丹。」**今日偶聞塵外事，朝簪未擲復何顔。**左思《招隱》詩：「聊欲投吾簪。」注曰：「欲投棄冠簪而隱。」

增註 犬隨鶴。漢淮南王劉安仙去，餘藥鷄犬舐之，亦得上昇。○龍作人。晋孫思邈隱居終南山，時大旱，西域僧請於昆明池結壇祈雨。凡七日，池水縮數尺，龍化爲老人，至孫室請救[一]。孫就求仙方二十[二]，乃授以大還之術，由是池水漲，龍得還生。○擲朝簪。擲，投也。卿大夫致仕閑散者謂之投簪。魏胡昭應辟不仕，摯虞贊曰：「投簪卷帶，韜声匿迹。」

備考 賦而興也。見聞格。○第三、四句兼虛實，第五、六句虛。前六句，即王尊師所説也。末二句，姚合所自説也。

先生 指王尊師。○《野客叢書》卷二十二曰：「今稱先生之語，古者亦有單稱一字爲禮者。叔孫通與諸弟子共爲朝儀，曰：『叔孫生，聖人也。』梅福曰：『叔孫先，非不忠也。』師古注：『先猶言先生。』又觀張釋之、龔遂等傳，所謂王先結襪，公卿數言鄧先、張談先，皆此意也。賈誼《新書》載：『懷王問賈君曰：「人之謂知道者爲先生，何也？」賈曰：「此博號也。上者在王，中者在卿大夫[三]，下者在布衣之士，乃其正名。非爲先生，爲先醒也，取其俱醉獨先醒之義。」』」○《禮記・曲禮上》曰：「先生。」註：「呂氏曰：『先生者，父兄稱。有齒德可爲人師者，猶父兄也，故亦稱先生。』」○《韓詩外傳》曰：「古之謂知道者曰先生，何也？

猶先醒。不聞道術之人，眊眊乎其猶醉。」

海岸夜中云云《三餘贅筆》曰：「《漢封禪記》云：『泰山東山，名曰日觀，時見日始出。』近閱《島夷志》云：『琉球國有大崎山，極高峻。夜半登之，望暘谷日出，紅光燭天，山頂爲之俱明。』又《宋學士集》云：『補怛洛迦山，在東大洋海中，鷄初號，遥見東方日出，輪赤如火，流光燭海波，閃爍不定。』唐人詩云：『海岸夜深嘗見日。』非虚語也。」

註　**東方朔云云**　漢東方朔《海内十洲記》曰：「瀛洲在東海中，地方四千里，大抵是對會稽，去西岸七十萬里。上生神芝仙草。又有玉石，高且千丈。出泉如酒，味甘，名之爲玉醴泉，飲之數升輒醉，令人長生。洲上多仙家，風俗似吴人，山川如中國也。」

小還丹云云　杜詩：「還丹日月遲。」邵註：「還丹，九轉丹也。」〇按九轉丹，九遍循環，然後成就。

左思云云《文選》二十二左太冲《招隱》詩云：「躊躇足力煩，聊欲投吾簪。」李周翰注曰：「欲投棄冠簪而隱於此中。」

投簪《文選》四十三《北山移文》曰：「昔聞投簪逸海岸。」李善註曰：「投，棄也。謂疏廣棄官而歸東海也。」〇簪，《字彙》曰：「側林切，篸也，首笄。《釋名》：『連冠於髪也。』」

增註　**漢淮南云云**《神仙傳》曰：「漢淮南王安，高帝之孫也云云。安臨去時，餘藥器置中庭，鷄犬舐啄之，盡得昇天，故鷄鳴天上，犬吠雲中。」〇詳見《太平廣記》。

晉孫思邈 《太平廣記》曰：「孫思邈，雍州華原人也云云。開元中，復有人見隱于終南山[四]。時大旱，西域僧請于昆明池結壇祈雨，詔有司備香燈，凡七日，縮水數尺。忽有老人夜詣宣律師求救曰：『弟子昆明池龍也。無雨時久，匪由弟子，胡僧利弟子腦，將爲藥，欺天子言祈雨，命在旦夕，乞和尚法力救護。』宣公辭曰：『貧道持律而已，可求孫先生。』老人因至，思邈謂曰：『我知昆明龍宮有仙方三十首，若能示予，予將救汝。』老人曰：『此方上帝不許妄傳。今急矣，固無所吝。』有頃，捧方而至，思邈曰：『爾但還，無慮胡僧也。』自此池水忽漲，數日溢岸，胡僧羞恚而死。」〇詳見《仙傳拾遺》及《宣室志》等。

西域 天竺國，又曰身篤，對東土，故曰西域。

昆明池 杜甫詩：「昆明池水漢時功。」《分類》曰：「昆明，漢武帝元狩二年，發吏卒穿明池，在長安西南。帝欲征越嶲、昆明，夷國有滇池方三百里，漢使求通身毒國而爲昆明所蔽，欲往伐之，故作池象之以習水戰，周迴四十里，諸國俱在。今雲南交趾界。」

終南山 《一統志》三十二曰：「西安府，終南山在府城南五十里。」

閑散 韓退之《進學解》云：「投閑置散。」

【校勘記】

［一］室：底本訛作「至」，據附訓本和增註本改。

［二］二：增註本作「三」。
［三］在：底本脱，據《野客叢書》卷二十二補。
［四］隱：底本脱，據《太平廣記》卷二十一補。

贈王山人　許渾

備考　舊註曰：「太和六年，在長安作。山人來訪許渾家，許未到山人之家，其心看結句。此義見《續萬花谷》十一卷評。」

許渾　見前。

貰酒携琴訪我頻，始知城市有閑人。君臣藥在寧憂病，《本草》：「藥有君、臣、佐、使。」**子母錢成豈患貧。**《搜神記》：「青蚨似蟬稍大，生子草間，如蚕。取其子［二］，母即飛來。以母血塗錢八十一文，子血塗錢八十一文，每市物，或先用母錢，或先用子錢，皆復飛歸，循環無已。」**年長每勞推甲子，**甲子，見前注。**夜寒初共守庚申。**《洛中記異》曰：「道士程紫霄，有朝士夜會太乙觀，拱師共守庚申。」《酉陽雜俎》曰：「凡庚申日，三尸言人過。七守庚申三尸滅，三守庚申三尸伏。」**近來聞説燒丹處，玉洞桃華萬樹春。**

增註 貫，賒也。司馬相如以鷫鸘裘貫酒。○甲子，言時節也。《左傳・襄公三十年》：「晉悼夫人食輿人之城杞者，絳縣老人與於食云云。『臣生之歲，正月甲子朔，四百有四十五甲子矣。』」

備考 賦也。一意格。○舊解曰：「第一、二句實事，第三、四句兼虛實，第五、六句虛，第七、八句兼虛實。」

王洞云云 季昌本註曰：「許栖筠下第出劍閣墮馬，至太乙元君素室玉洞，有碧桃萬株，命二女飲以玉髓。」

註 **《本草》云云**《東坡集》十八註云：「《本草》：『藥有君、臣、佐、使。處方者，當一君、二臣、三佐、五使。』」

青蚨《字彙》曰：「青蚨，蟲，子母不相離。《淮南子萬畢》云：『以母血塗八十一錢，子血塗八十一錢，置母用子，置子用母，皆自還也，故人謂錢爲青蚨。』」

蚕 又曰：「他典切，蜿蟺，即寒蚓也。俗用爲『蠶』字，非。」

八十一文《書言故事》卷十二引此一件注曰：「八十一者，九九之類也。」

循環《類書纂要》曰：「循，轉運也，言四時流行不息，如圓環轉運無窮也[三]。」

三尸《瑯琊代醉》卷五曰：「人身有三尸，上尸青姑，中尸白姑，下尸血姑。每月庚申甲子日，言人過于上帝。一曰三尸謂之三彭，上尸彭踞，中尸彭躓，下尸彭蹻。」

庚申《群談採餘》曰：「道家言人身有三尸蟲，謂之三彭，每庚申日，乘人睡，以其過惡陳之上帝，故學道者遇是夕輒不睡，許郢州詩云『夜寒初共守庚申』是也。《柳子厚集》有《駡三尸蟲文》，吴淵穎有《三彭傳》，則儒亦以爲有是物矣。嘗記《避暑録話》程紫霄詩云：『不守庚申亦不疑，此心嘗與道相依。玉皇已自知行止，任爾三彭説是非。』此近道，得孔子禱久之意也。」○《太平廣記·僧契虚傳》曰：「因問三彭之仇，對曰：『彭者，三屍之姓，常居人中，伺察其罪。每至庚申日，籍于上帝。故學仙者當先絶三屍，如是則神仙可得。』」

增註　**鷫鷞**　鷞，《字彙》：「與『鷞』同。」又「鷞」字註云：「鷫鷞，西方神鳥也。《淮南子》：『長頸緑色似雁。』」

司馬云云《西京雜記》曰：「司馬相如初與卓文君還成都，居貧愁懣，以所著鷫鷞裘就市人陽昌貰酒，與文君爲懽。」

《左傳》云云　見絶句《送宋處士歸山》詩註。

【校勘記】

［一］取：底本訛作「收」，據《搜神記》卷十三改。

［二］無：底本脱，據文意補。

湘中送友人[一]　　李頻

增註 湘中，潭州郡稱。

備考《唐詩解》四十四載。○湘中，三湘之一也。○愚按此詩，疑頻欲移建州之時，友人奉召皈京，湘中送行之作歟？

增註　**潭州**《一統志》曰：「長沙府，唐爲潭州。」

李頻

備考《履歷》曰：「李頻，字德新，睦州壽昌人，一作遂安人。大中八年擢進士第，調秘書郎。乾符中，以工部郎中表爲建州刺史，卒于官。」

中流欲暮見湘煙，岸葦無窮接楚田。去雁作「落雁」者非，今從本集。**遠銜雲夢雪，**「雪」或作「澤」者，非，今從本集。雲、夢二澤在鄂州。雲澤在江北，夢澤在江南。**離人獨上洞庭船。風波盡日依山轉，星漢通宵向水連。零落梅華過殘臘，**一作「回首羡君偏有我」。**故園歸去醉新年。**

備考 賦而比也。歇上下續體。○按第一、二句，湘中送友之時所見之實事。一句比唐室欲晚，二句比國家之荒廢。第三、四句，語實意虛，去雁比己之建州，羡友人獨上京。第五、六句虛，二句以比世波之難。第七、八句，祝友人之語，梅花零落，自比已漂泊也。○《唐詩解》曰：「首紀別之時，次紀別之路，因言雁之銜雪已不勝寒，人之登舟消魂殆甚，又況涉風波而窺星漢乎？洞庭之險足慮也。且梅花已落，殘臘將盡，君至故園當及新年，睽隔之思，安有窮耶？」

中流 漢武帝《秋風辭》曰：「横中流兮揚素波。」

雲夢 《一統志》云：「雲夢澤在沔陽州城東。」

離人 梁元帝詩：「若使月光無近遠，應照離人今夜啼。」

洞庭 《勝覽》二十九曰：「岳州洞庭湖。」註云：「在巴陵西，西吞赤沙，南連青草，横亘七八百里，日月出没其中。」

零落 晏子歌曰：「秋風至兮殫零落。」

殘臈 臈，《字彙》曰：「俗臘字。」又「臘」字註曰：「歲終，合祭諸神之名。蔡中郎《獨斷》：『夏曰嘉平，殷曰清祀，周曰大蜡，漢曰臘。曆家以運墓爲臘。漢火運，火墓於戌，故以大寒後戌日爲臘。』《風俗通》：『臘者，獵也，言獵取獸以祭其先祖也。』又曰：『臘者，接也，新故交接，狎獵大祭以報功也。』」

註　**雲夢二云云** 《書・禹貢》曰：「雲土、夢爲治。」註：「孔安國曰：『雲夢之澤在江南。』《索隱》曰：『按雲土、夢本二澤名，蓋人以二澤相近，或合稱雲夢耳。』」

【校勘記】

[一]湘中送友人：《全唐詩》卷五百八十七作《湘口送友人》。

元達上人種藥[一]　皮日休

皮日休

備考《履歷》曰：「皮日休，字襲美，一字逸少，襄陽人。咸通八年，登進士第一云。咸通中，爲太常博士，遭亂歸吴中。」

雨滌煙鋤傴破籬，紺芽紅甲兩三畦。藥名却笑桐君少，桐君山在嚴州，有人採藥結廬桐木下，指桐爲姓，故山得名。陶隱居《本草序》有「桐君藥録」。詩意謂桐君所録，不如上人種者之多。**年紀翻嫌竹祖低。**《竹譜》云：「竹祖，最初所種之竹。」唐人詩有「祖竹叢新笋」，又「祖竹護龍孫」。**白石净敲蒸朮火，**紫微夫人撰《朮序》云[二]：「察草木之益己者，並不及朮，古人名爲山精之卉、山薑之精。」**清泉閑洗種華泥。怪來昨日休持鉢，**僧律持鉢乞食。**一尺雕胡似掌齊。**《本草》：「菰米，臺中黑者謂之茭烏，結實乃雕胡黑米。」

增註《漢武帝内傳》：「封君達，隴西人，號青牛師。服水銀百餘年，還鄉里，如二十人。常乘青牛。路上有死者，便以竹管藥救之，或下針，應手皆活，人呼爲竹祖。」

備考　賦也。皈題格。○第一、二句，上人之實事，皈意題上「種藥」二字。已下三聯亦各一句皈題字，第三、四句兼虚實，第五、六句虚。

紺芽　紺，《字彙》曰：「深青赤色。《釋名》：『紺，含也，謂青而含赤色也。』」○芽，又曰：「萌芽也。」

紅甲　《韻會》云：「草木初生曰甲。」

畦　《字彙》曰：「田五十畝曰畦，又區也。」

年紀　紀，《字彙》曰：「十二年爲一紀，取歲星一周天之義。」

註　**《竹譜》**戴凱之撰，一卷。

祖微云云　《本草綱目》十二「朮」條下云：「時珍曰：按《吐納經》云：『紫微夫人《朮序》云：「吾察草木之勝速益于己者，並不及朮之多驗也，可以長生久視，遠而更靈。山林隱逸得服朮者，五嶽比肩。」』」

山精云云山薑　白朮，《本草》曰：「山精。又一名山薊，一名山薑，一名山連。久服，輕身、延年、不飢。」○《韻府》曰：「白朮，一名山薑。」

僧律《釋氏要覽》曰：「《律妙解題》曰：『佛言善解一字名律師。一字者，「律」字也。』」

持鉢 又曰：「梵云鉢多羅，此云應器，今略云鉢，又呼鉢盂，即華、梵兼名也。鉢者，乃是三根，人資身要急之物，佛聽用二種，注之如左。」

乞食 又曰：「善見曰分衛，此云乞食。法集云：『出家爲成道，行乞食者破一切憍慢，故《寶雲經》云：凡乞食分爲四分：一分奉同梵行者，一與窮乞人，一與諸鬼神，一分自食。』肇法師曰：『乞食略有四意：一爲福利生，二爲折伏憍慢，三爲知身有苦，四爲除去滯者。』」

菰米云云 菰，《字彙》曰：「與苽同。」○又「茭」字註曰：「音交，名牛蘄，似芹，可食，葉細鋭，子入藥，又曰雕苽。《韻會》曰：『雕苽，一名蔣。《西京雜記》及古詩多作「雕胡」。《禮記・内則》：「蝸醢而苽食。」注：「雕胡也。劉註：『作彫胡，亦作安胡，今所食茭苗米也，米可作飯。』」』」○《西京雜記》云：「菰米，一名彫胡，生池中，至秋，實如米，其米黑色。」○又云：「太液池中有彫菰、紫蘀，緑節、鳧雛、雁子唼喋其間。」

服水銀 《本草綱目》卷九《石部》「水銀」條下曰：「弘景曰：『還復爲丹，事出《仙經》，酒和日暴，服之長生。』權曰：『水銀有大毒，朱砂中液也。乃還丹之元母，神仙不死之藥也，能伏鍊五金爲泥。』《抱朴子》曰：『丹砂燒之成水銀，積變又還成丹砂，其去凡草木遠矣，故能令人長生云云。』宗奭曰：『水銀入藥，雖各有法，極須審謹，有毒故也。婦人多服絶娠。今有水銀燒成丹砂，醫人不曉誤用，不可不謹。唐韓愈云：「太學士李干遇方士柳泌，能燒水銀爲不死藥。以鉛滿一鼎，按中爲空，實以水銀，蓋封四際，燒爲丹砂。服之下血，四年病益急，乃死。余不知服食説自何世起，殺人不可計，而世慕尚之益至，此其惑也。在文書所記，耳聞者不説。今直取目見，親與之游，而以藥敗者六七公，以爲世誡。工部尚書歸登，自説服水銀得病，有若燒鐵杖自顛貫其下，摧而爲火，射竅節以出，狂痛呼號泣絶。其裀席得水銀，發且止，唾血十數年以斃。殿中御史李虚中，疽發其背死。刑部尚書李遜謂余曰：『我爲藥誤。』遂死。刑部侍郎李建，一旦無病死云云。此皆可爲戒者也。蘄不死，乃速得死，謂之智，可不可也？云云。」』時珍曰：六朝以下貪生者服食，致成廢篤而喪厥軀，不知若干人矣。方士固不足道，《本草》其可妄言哉？水銀但不可服食爾，而其治病之功，不可掩也。」

【校勘記】

[一]元達上人種藥：《全唐詩》卷六百十三作《重玄寺元達年逾八十好種名藥凡所植者多至自天台四明包山句曲叢翠紛糅各可指名余奇而訪之因題二章》，此爲其一。

[二]紫：底本誤作「祖」，據《太平御覽》卷六百六十九改。撰：底本訛作「服」，據《太平御覽》卷六百六十九改。

已上共九首

備考 已上九首者，四虛，中肩聯虛實相兼者也。

前虛後實 周弼曰：「其說在五言，但五言人多留意於景聯、頷聯之分，或守之太過。至七言，則自廢其說，音節諧婉者甚寡，故標此以待識者。」

備考　註　景聯 景聯，腰一聯，指五、六句。

頷聯 頷聯，胸一聯，指三、四句。

諧婉 諧，《字彙》曰：「和也，合也，偶也。」○婉，又曰：「順也，美也。」

標此 標，又曰：「木杪也。又舉也。又表也，立木爲表，繫綵於上，爲標記也。」

待識者 識者，指達識律詩之法者。

黃鶴樓　崔顥

增註 在鄂州子城西北間黃鶴山上[二]。張南軒云：「黃鶴樓，以山得名也。」

備考 《唐詩選》五、《唐詩歸》十二並《唐詩解》四十載，詩中「淒淒」作「萋萋」。又《訓解》五載此詩，題註云：「在武昌城西南隅黃鶴磯上。世傳費禕登仙，駕黃鶴憩此。」○詩中「乘白雲」作「乘黃鶴」，注：

「『黃鶴』，諸本作『白雲』，非。」○愚按今傳本皆作「白雲」，考《訓解》題注並《圖繪》等所載禕駕黃鶴之事，當以《訓解》爲正。○《三才圖會・地理部》九曰：「黃鶴樓在武昌府城西南。《圖經》云：『費禕登仙，嘗駕黃鶴返憩于此，遂以名樓云云。上倚河漢，下臨江流，重檐翼舒，四闥霞敞，坐窺井邑，俯拍雲煙，亦荆、吴形勝之最。』」○《詩林廣記》前集三載此詩：「《江夏辨疑》云：『州之有樓，著稱於江湖之間，如江之庾公，岳之岳陽，鄂之黃鶴是也。然黃鶴多以費禕昇仙之地，故閻伯埕爲之記曰：「費禕登仙，駕黃鶴反憩于此，遂以名樓。」』予按《蜀志》，費禕爲魏降人郭循所害，禕固不得其終，安有駕鶴而憩此者邪？不知《辨疑》何以爲據？州城之東十里，有山多鳥，是爲黃鶴山。《方輿記》云：『昔有仙人子安乘黃鶴過此，因得名。樓以西臨崖，有石如磯焉，爲黃鶴磯。後人建樓，托俯磯上，故不更別名耳。崔顥之詩，亦以費禕昇仙之地，蓋承襲謬誤，不復考正耳。』」○《述異記》曰：「荀環好道術，嘗東遊，憩江夏黃鶴樓上，望西南，有物飄然降霄漢，迺駕鶴之仙也。鶴止石側，仙者就席，賓主驩對。已而辭去，跨鶴騰空，渺然煙滅。」○季昌本註曰：「按連相《善惡報應録》載：『江夏郡辛氏沽酒爲業，有一先生魁偉藍縷，入坐謂辛曰：「有好酒飲吾否？」辛飲以巨杯。明日復來，辛不待索而與之。如此半歲，辛無倦意。一日，謂辛曰：「多負酒債，無錢酬汝。」遂取小籃橘皮於壁畫鶴，謂：「客來飲酒，但令拍手歌之，其鶴必舞，將此酬酒債。」後客至，如其言，鶴果翩躚而舞，回旋宛轉，良中音律，爲橘皮所畫，色黃，人謂之黃鶴，莫不異之，飲觀者可費千金。十年間，家置巨萬。一日，先生至，曰：「向飯酒所答薄否？」辛謝曰：「賴先生畫鶴，今至百倍。如少留，當舉家供備灑掃。」先生笑曰：「吾豈爲此。」取笛吹數弄，須臾，白雲自空下，所畫鶴飛先生前，遂跨鶴乘雲而去。辛氏後於飛昇處建樓，名黃鶴樓。』」

增註　**子城**《古今韻會[二]》曰：「子城，《括地志》曰：『在渭州莘城縣。』」

張南軒《宋鑒》曰：「張栻，字敬夫，綿竹人，浚之子。穎悟夙成，以古聖賢自期。仕爲直秘閣。浚開府治戎，栻内贊密謀，外參庶務，間以軍事入奏。孝宗異其對，召爲吏部侍郎。每召對，皆修身務學、畏天恤民等事。後知江陵府。卒，謚曰『宣』。栻聞道甚早，與朱熹爲友，熹嘗稱其卓然。所著《論》《孟》《太極説》諸書。學者稱爲南軒先生。淳祐初，從祀孔子廟庭。」

崔顥

備考《才子傳》曰：「崔顥，汴州人。開元十一年，源少良下及進士第。天寶中，爲尚書司勳員外郎。後遊武昌，登黃鶴樓，感慨賦詩。后李白來，曰：『眼前有景道不得，崔顥題詩在上頭。』無作而去，爲哲匠斂手云。」

昔人已乘白雲去，此地空餘黃鶴樓。《齊諧志》：「黃鶴山者，仙人子安乘黃鶴過此，上有黃鶴樓。」**黃鶴一去不復返，白雲千載空悠悠。晴川歷歷漢陽樹，芳草凄凄鸚鵡洲。**黃祖殺禰衡，埋於洲上，後人號曰鸚鵡洲，以衡嘗爲《鸚鵡賦》。**日暮鄉關何處是，煙波江上使人愁。**

增註《詩話》：「煙波江在江夏西北，屬漢陽縣。」

備考　賦而興也。古詩體。○第三、四句情思而虚，第五、六句景物而實，中含情思虚，第七、八句兼虚實也。○《律髓》卷一載此詩曰：「此詩前四句不拘對偶，氣勢雄大，李白讀之不敢再題此樓，乃去而賦金陵鳳凰臺者也。」○《訓解》註云：「此詩訪古而思鄉也。言昔人於此跨鶴，故是樓有黃鶴之名。然黃鶴無返期，惟白雲長在而已。於是登樓遠眺，則見漢陽之樹遍于晴川，鸚鵡之洲盡爲芳草，古人于此作賦者亦安在耶？悵望之極，因思鄉關不可見，而江上之煙波空使我觸目而生愁也。」○同評云：「前四句叙樓名之由，後四句寓感慨之情。」○嚴滄浪曰：「唐人七言律詩當以崔顥《黃鶴樓》爲第一。」○顧華玉曰：「此篇太白所推服，一氣渾成。太白所以見屈，想是一時登臨，高興流出，未必常有此作。」○劉會孟曰：「但以滔滔莽莽，有疏宕之氣，故勝巧思。」○田子藝曰：「篇中凡疊十字，只以四十六字成章，尤奇尤妙。」○范德機曰：「絶句若先得後二句，律詩先得中聯，此最作詩大病。有起而後有承，有承而後有轉，有轉而後有合，此秩然之序也。若先得後二句，則於起承必不貫串，先得中聯而後得首尾，則起語必不出於自然。且如老杜『一片花云云愁人。且看欲盡云云入脣』『朝回日云云盡醉歸。酒債云云古來稀』『老去云云盡君懽。羞將云云爲正冠[三]』『愛汝云云相鮮新。有時云云漁樵人[四]』『霜黃云云後鳥啼。客子云云風凄凄』，前四句皆一氣而成，此豈先得中聯者？又如『昔人已云云黃鶴樓。黃鶴云云空悠悠』『一百五云云參差開。行人云云真可哀』，此亦豈先作中聯者？作詩最難得起句，中聯但要得體，工拙不必甚論。」○《唐詩歸》曰：「譚元春云：『此詩妙在寬然有餘，無不寫。使他人以歌行爲之，尤覺不舒。太白廢筆，虛心可敬。而今人猶云作《黃鶴樓》，恥心蕩然矣。』」○「鍾云：『此非初唐高手不能。讀太白《鳳凰臺》作，自不當作《黃鶴樓》詩矣。』」○五、六句。「鍾云：『清迴。』」

不復返 荆軻歌云：「壯士一去兮不復還。」

悠悠 陸機詩：「悠悠行邁遠[五]。」注：「悠悠，遠貌。」

晴川 袁嶠之詩：「俯仰晴川涣。」

歷歷 《字彙》曰：「傳也，次也，行也。」○《古詩》：「衆星何歷歷。」○杜詩：「歷歷開元事。」《集註》：「歷歷，分明也。」

漢陽 《左傳》曰：「漢陽諸姬，楚實盡之。」○《唐書·地理志》曰：「鄂州江夏郡有漢陽縣，今爲府，屬湖廣。」○《訓解》注云：「漢陽東。按武昌隔江七里。」

芳草 《古詩》：「蘭澤多芳草。」

鸚鵡洲 同云：「鸚鵡洲尾正黄鶴磯，黄祖殺捕衡處，衡嘗作《鸚鵡賦》，故遇害。」

鄉關 《庾信傳》曰：「信雖位望通顯，常有鄉關之思。」

煙波 江總詩：「日迥煙波長。」

江上 鮑照詩：「夕聽江上波。」

註 禰衡云云 《後漢書》：「禰衡字正平，少有才辨，尚氣剛傲。曹操送與劉表，表送與江夏太守黄祖，祖性急，衡言不遜，遂殺之。」

《**鸚鵡賦**》在《文選》第十三卷。

【校勘記】

［一］間：增註本作「隅」。按似當以「隅」爲是。

［二］古今韻會：底本誤作「□神韻會」，據《古今韻會舉要》卷十一改。

［三］云云：底本脱，據上下文補。

［四］漁樵：底本誤作「隱想」，據《集千家註杜工部詩集》卷四改。

［五］邁：底本脱，據《文選註》卷三十補。

自蘇臺至望亭驛人家盡空［一］　李嘉祐

蘇臺，即蘇州姑蘇臺。

備考《律髓》三十二載此詩，題中無「望」字。○季昌本註曰：「蘇臺在蘇州吴縣。」又曰：「以此詩並前《早秋京口旅泊》詩參考之，恐李嘉祐避寇復歸吴也。」○愚按此詩賦亂後之景象也。

題註　**姑蘇臺**《方輿勝覽》二曰：「姑蘇山在吴縣西三十里，或曰姑胥，或曰姑餘。」

李嘉祐見前。

南浦菰蒲覆白蘋，東吴黎庶逐黄巾。漢靈帝中平元年，鉅鹿人張角自稱黄天，其部有三十六萬，皆著黄巾，同日反叛。嘉祐，玄、肅時人，此詩蓋作於劉展、張景起亂，浙西平盧軍大掠之後。**野棠自發空流水，**謂棠華無人，空流於水也。**江燕初歸不見人。遠樹依依如送客，平田渺渺獨傷春。那堪回首長洲苑，**苑，見前注。**烽火年年報虜塵。**

增註 東吴，即蘇州。《史記》：「武王得仲雍曾孫周章，封之東吴。」○烽火，唐鎮戍烽候所至，大率相去三十里。其逼邊者，築城以置之。其放煙有一炬、二炬、三炬、四炬，每日初夜舉一炬，謂之平安火，餘則隨賊多少而爲差。又詳見前《過蕭關》詩。○年年虜塵，是時，安、史反叛後，復有吐蕃、回紇等亂。

備考 賦而比也。一意格。○舊解曰：「第一、二句實事，菰蒲比小人，白蘋比賢人君子。第三、四句虚。第五、六句，所見之實景。第七、八句，所見之實事，含感慨。」○《鼓吹》註曰：「此詩，見春物有傷懷感事而作也。首言春日南浦菰蒲之盛，蓋覆白蘋之草，因此感事，而見東吴之蘇州黎民群庶盡逐而爲黄巾之盜也。」

南浦 吴江南浦。○《楚詞》曰：「送美人兮南浦。」○江淹《别賦》：「送君南浦[二]，傷如之何。」

東吴 即蘇州，三吴之一也。○《韻會》「吴」字註曰：「吴郡、吴興、丹陽爲三吴。」又「蘇」字註曰：「姑蘇吴郡，隋平陳，改蘇州。」

黎庶 黎，《字彙》曰：「憐題切，黑水名。」○庶，又曰：「衆也。」○按黎庶猶言黎民也。

遠樹　梁元帝詩：「惟看遠樹來。」

依依　《小雅·鹿鳴·采薇篇》曰：「昔我往矣，楊柳依依。」〇《文選》四十一李少卿《答蘇武書》曰：「望風懷想，能不依依？」翰曰：「依依，愁思也。」〇江淹賦云：「嗟青苔之依依。」

渺渺　《楚詞》云：「路渺渺之默默。」

回首　王粲詩：「回首望長安。」

長洲苑　在姑蘇南，太湖北。〇《寰宇記》：「蘇州長洲縣，吴長洲苑也。《圖經》曰：『在西南七十里。』孟康曰：『以江水洲爲苑。』」

烽火　《字彙》曰：「邊方備寇，作高土櫓，櫓上作桔槔，桔槔頭兜零，以薪草置其中，常低之。有寇即火燃舉之以相告曰烽。又多積薪，寇至即燃之以望其煙曰燧。顔師古曰：『晝則燔燧，夜則舉烽。』」

虜塵　虜，《字彙》曰：「掠也。又尊虜也，北狄曰虜，以其習尚虜掠也。」

註　**漢靈帝云云**　《後漢》卷八《靈帝紀》曰：「靈帝，後漢第十三王。諱宏，肅宗玄孫也，在位二十二年。」〇《通鑑綱目》卷十二《後漢靈帝紀》曰：「中平元年春二月，黄巾賊張角等起。」〇「初，鉅鹿張角奉事黄、老，以妖術教授衆，其神之徒衆數十萬，凡三十六萬。角弟子唐周上書告之，有詔追捕角等，角敕諸方俱起，皆著黄巾以爲標幟，故時人謂之黄巾賊。京師震動，帝召群臣會議。」

其部　部，《字彙》曰：「屬也，統也。《增韻》：『部曲也。』」

玄肅 玄宗，諱隆基，睿宗第三子。○肅宗，諱亨，玄宗第三子。

大掠 掠，《字彙》曰：「音略，劫奪也。《廣韻》：『抄掠劫人財物也。』《增韻》：『掠取也，拂過也。』」

增註 **仲雍** 《吴越春秋》曰：「古公三子，古公，周大王之本號，後乃尊爲大王，名亶父。長曰泰伯，次曰仲雍，一名虞仲。少曰季歷。」

唐鎮云云平安火 此語見《唐六典》。

烽候 《後漢書·光武紀》曰：「築亭候，修烽燧。」注：「亭候，伺侯望敵之所。十里一亭，亭有長。」

吐蕃云云 《通鑑綱目·唐代宗紀》曰：「永泰元年，回紇、吐蕃雜虜入寇，郭子儀屯涇陽，子儀曰：『今衆寡不敵，難以力勝。昔與回紇約甚厚，不若挺身説之，可不戰而下也。』遂與數騎出，使人傳呼曰：『令公來。』回紇大驚，大帥藥葛羅執弓注矢立於陳前。子儀免胄釋甲投鎗而進，諸尊長相顧同是也，皆下馬羅拜，子儀亦下馬，前執藥葛羅手，議之曰：『汝回紇有大功於唐，唐之報汝亦不薄。奈何負約，深入吾地，棄前功，結後怨，背恩德，助叛臣乎？』藥葛羅曰：『請爲公盡力，以謝過。』使子儀先執酒爲誓，子儀酬地誓，回紇又酬地誓，於是諸首長大喜，遂與定約而退。」

【校勘記】

［一］自蘇臺至望亭驛人家盡空：《全唐詩》卷二百七作《自蘇臺至望亭驛人家盡空春物增思悵然有作

因寄從弟紓》。

［二］君：底本脱，據《江文通集》卷一補。

與僧話舊　劉滄

劉滄

備考《履歷》曰：「劉滄，字藴靈，大中進士第，魯人。」

巾舄同時下翠微，舊遊因話事多違。南朝古寺幾僧在，西嶺空林惟鳥歸。莎徑晚煙凝竹塢，石池春水染苔衣。《爾雅》曰：「苔，水衣也。」**此時相見又相别，即是關河朔雁飛。**

增註　蔡邕《獨斷》曰：「古幘無巾，王莽頭秃，乃始施巾。」又東坡《巾》詩云：「轉覓周家新樣俗。」注：「頭巾起自後周。」○舄，複底曰舄。○南朝寺，西嶺，坡詩：「欲款南朝寺。」注：「山中寺，多是六朝行宫。又吴孫權有故宫苑，在武昌。」

備考　賦而興也。歸題格。○第一、二句，實中含虚，三、四句虚，五、六句言南朝寺院實象，七、八句實事，言含已東漂西泊不遇時，無限感慨之意。

南朝　宋，齊，梁，陳。

空林 謝靈運詩云：「卧痾對空林。」

西嶺 庾闡詩：「拂駕升西嶺。」

竹塢 《字彙》「隖」字註曰：「安古切，音烏，山阿也，壘壁也。一曰庳城。《六書正譌》：『俗作塢，非。』」

關河 陶潛詩：「關河不可踰。」

註 《**爾雅**》云云 《爾雅・釋草》。○老杜詩云：「崩石欹山樹，清漣曳水衣。」注：「水衣，苔也。」

蔡邕《**獨斷**》 凡二卷。

古幘云云 《事物紀原》曰：「《隋・禮儀志》曰：『幘，按董巴云：「起於秦人，施於武將，初爲絳帕，以表貴賤。漢文時加以高顔。孝元額有壯髮，不欲人見，乃始進幘。」』」○《劉氏鴻書》八十一曰：「頭巾，古所未有。漢王莽頭禿，始施巾，或以白羅裹髮，因有此製，與今式不同。自後，宋製漸繁，始有圓象天、方象地者。」

舄複底云云 《古今註》曰：「舄以木置履下，乾腊不畏泥濕，故曰舄。」

長洲懷古　劉滄

題見前注。

增註《吴地志》：「長洲在姑蘇南、太湖北，吴王闔閭所遊處也。」

野燒空原盡荻灰，吴王此地有樓臺。《越絶書》曰：「吴王闔廬起姑蘇臺，三年聚材，五年乃成，高見三百里。」**千年事往人何在，半夜月明潮自來。白鳥影從江樹没，清猿聲入楚雲哀。停車日晚薦蘋藻，**《左傳》：「蘋、蘩、蕰、藻之菜，可薦於鬼神。」**風静寒塘華正開。**

增註 薦蘋藻，祭吴王墓也，墓在虎丘山下。《左傳》注：「薦，祭也。」

備考 賦而興也。前體後用格。○第一、二句長洲之實事，三、四句虚，五、六句長洲所見聞之實景，七、八句實事也。《律髓》卷三載此詩，曰：「劉蘊靈，大中八年進士。其詩乃尚有大曆以前風味，所以高於許渾者無他，渾太工而貪對偶，劉却自然頓挫耳。」

白鳥 杜甫詩：「黄鳥時兼白鳥飛。」

薦《禮記・王制》曰：「大夫、士宗廟之祭，有田則祭，無田則薦。庶人春薦韭，夏薦麥，秋薦黍，冬薦稻。」陳澔註曰：「祭有常禮、有常時。薦非正祭，但遇時物即薦，然亦不過四時各一舉而已。」○何休曰：

「有牲曰祭，無牲曰薦。」

寒塘 何遜詩：「露濕寒塘草。」

註 《**越絶書**》吴平撰，凡十六卷。

《**左傳**》**云云** 《左傳·隱公三年》曰：「苟有明信，澗、谿、沼、沚之毛，蘋、蘩、薀、藻之菜，筐、筥、錡、釜之器，潢汙、行潦之水，可薦於鬼神，可羞於王公。」註：「薦，享也。」

備考三終

七言律詩三體家法備考大成卷之四

煬帝行宮[一]　　劉滄

增註 隋煬帝開汴河泛艦，爲江都之遊。項昇進新宮圖，帝愛之，即圖營建。

備考 《律髓》卷三載此詩，題曰《經煬帝行宮》。○行宮，江都行在所之宮也。

註 **泛艦** 艦，《字彙》曰：「戰船，四方施版以禦矢者。」

此地曾經翠輦過，浮雲流水竟如何。香銷南國美人盡，怨入東風芳草多。煬帝在江都，盛集美女，有終身不得幸、怨而作詩自縊者。**殘柳宮前空露葉，**見前註。**夕陽江上浩煙波。行人遥起廣陵思，古渡月明聞棹歌。**煬帝鑿河，自造《水調歌》。公孫蒲寓秦中，月夜聞人吴音棹歌，浩然有歸思。

增註 廣陵，即揚州。

備考 賦而興，又兼比。接項格。○第一、二句，行宮實事。三、四句虚，以比己不關朝思。五、六句，行宮所見之實事，以殘柳帶露比小人傲朝恩，夕陽比世衰，煙波比小人之多。七、八句實，經過感慨之間，頻生己憶故國歸隱之意。〇《鼓吹》註曰：「此詩言煬帝淫蕩而亡也。首言此揚州曾經帝王遊幸，今觀帝王之業，如雲之浮散、木之漂流，終奈之何哉？其南宮多積美人，今已散滅。三聯言但見宮前楊柳，而不見其離宮聲色之娛；但見江上煙波，而不見其龍舟鳳舸之樂。是以萬古行人遙動廣陵歌曲之思，一聞古渡棹歌之聲，寧無傷心懷古乎？棹歌聲即《水調歌》也。一説：行人，滄自謂也。吾動廣陵之思者，正聞棹歌于古渡月明之時也。又一説：就指昔日公孫蒲之起廣陵思，乃在古渡棹歌月明之時，而聞《水調歌》也。」〇楊仲弘曰：「詩要煉字。字者，眼也。如劉滄詩云：『香銷南國美人盡，怨入東風芳草多。』是煉『銷』『入』字。『殘柳宮前空露葉，夕陽川上浩煙波。』是煉『空』『浩』二字，最是妙處。」

美人 《詩·邶風·簡兮篇》曰：「云誰之思？西方美人。彼美人兮，西方之人兮。」

煙波 蕭琛詩：「煙波千里通。」

古渡 庾信詩：「含風摇古渡。」

註 **《水調歌》**《訓解》卷七張子容《水調歌》第一疊註：「商調曲，隋煬帝幸江都所製。」

增註 **揚州** 《緗素雜記》曰：「唐李濟翁嘗謂揚州者，以其土俗輕揚，故名其州，今作『楊柳』之『楊』，誤也。」

【校勘記】

［一］煬帝行宮：《全唐詩》卷五百八十六作《經煬帝行宮》。

經故丁補闕郊居　許渾

增註《職林》：「補闕、拾遺，垂拱中置二人，以掌供奉諷諫。自開元已來，猶爲清選，左、右補闕各二人。」

備考　**題註**　**補闕**《詩・大雅・烝民篇》曰：「袞職有闕，維仲山甫補之。」

拾遺見後。

垂拱唐第四主則天皇后年號，凡四年。

許渾見前。

死酬知己道終全，《戰國策》：「士爲知己者死。」**波暖孤冰且自堅。鵩上承塵纔一日**，賈誼謫長沙，有鵩入其舍，占之曰：「野鳥入室，主人將去。」誼果死。《搜神記》曰：「長安張氏處室，有鵩上于床。張氏祝曰：『爲禍即飛上承塵，爲福即飛入我懷。』」又《說文》曰：「承塵，壁衣也。」**鶴歸華表已千年。**

《續搜神記》：「遼東華表柱上有鶴，人言曰：『有鳥有鳥丁令威，學仙千年今始歸。城郭是兮人民非，何不學仙塚纍纍。』」**風吹藥蔓迷樵徑，水暗蘆華失釣船。四尺孤墳何處是，**孔子封其母墳，崇四尺。**闔閭城外草連天。**

備考 賦也。歸題格。○第一、二句實，三、四句虛，五、六句實事，七、八句兼虛實。○《鼓吹》曰：「首二句謂補闕忠貞之節，不隨俗俯仰，始終無變也。此詩過丁山居有感而作，然補闕必爲友而致死，故首言死酬知己以全交道，如孤冰之堅，雖暖波不散。古謂『士爲知己者死』是也。噫！公之死，如賈逢鵩而亡，如令威化鶴而去矣。丁用本姓極佳，故昔之樵徑釣船，今爲藥所蔽，爲蘆所掩，物雖在而人不存，安得不增感恨乎？然不知公之孤墳在于何處，空望闔閭城外，荒草連天而已。既不能吊公之死，又不能哀公之墳，悲矣。」○《律髓》卷三載此詩曰：「故居舊宅有傷惋之言，附諸懷古。事有興必有廢，勢有成必有衰，國然家亦然也。惡人而富貴，賢人而終貧賤，亦不免遺迹爲後人所嘆，第是是非非自不同耳。」

知己 《史記》：「越石父曰：『君子詘于不知己，而信於知己者。』」○秦宓詩云：「巖穴非我鄰，林麓無知己。」

鵩 《爾雅翼》曰：「鴞，惡聲之鳥也。一名鵩，一名梟，一名鴟。」○《格物總論》曰：「梟，不孝鳥也，聲惡形怪，當晝不見，夜則飛行。」

承塵 《豫章文集》別集六曰：「坐上承塵曰帟。」

華表　杜詩曰：「天寒白鶴歸華表。」《分類註》曰：「橋前二柱曰華表。」

孤墳　孔融詩：「孤墳在西北。」

註　《**戰國策**》**云云**　《史記·刺客傳》：「豫讓曰：『嗟乎！士爲知己者死，女爲悦己者容。』」

賈誼云云　《前漢》列十八曰：「賈誼，洛陽人云云。天子以誼任公卿之位，絳、灌之屬害之，於是亦疏之，不用其議，以爲長沙王太傅。三年，有鵩飛入其舍，止於坐隅。鵩，不祥鳥也。誼既謫居，長沙卑濕，自傷悼，以爲壽不得長，迺爲賦以自廣。歲餘，帝思誼，徵之入見。上云云。死，年三十三。」

《**搜神記**》**云云**　《三輔决録》曰：「扶風張氏之先，爲郡功曹，晨起當朝，有鳩從承塵上飛下几前，功曹曰：『鳩何來？爲禍飛上承塵，爲福飛入我懷。』開懷待之，鳩乃飛入懷中，探得銅鈎，帶之，官至數郡太守、九卿。有蜀客至長安，私賂張氏婢，婢賣鈎與蜀客，客家喪禍，懼而還張氏。張氏得鈎，復爲二千石。後失鈎，張氏遂衰。」

《**續搜神記**》**云云**　《神仙傳》曰：「遼東城門外有華表柱。一日，忽有白鶴來柱上，時有小童張弓欲射，鶴乃飛去，於空中歌云：『有鳥有鳥丁令威，去家千年初來皈。城郭如故人民非，何不學仙塚纍纍？』後人以木爲鶴形，置柱上。」

華表柱　《一統志》二十五曰：「山東、遼東都指揮使司華表柱，在都司城内鼓樓東，舊有石柱湮没，有道觀久廢爲倉。昔丁令威家此，學道得仙，化鶴來歸，止華表柱，以咮畫表云：『有鳥云云。』」

孔子封云云《禮記·檀弓上》曰：「孔子既得合葬於防，曰：『吾聞之，古也墓而不墳；今丘也，東西南北之人也，不可以弗識也。』於是封之，崇四尺。」

贈蕭兵曹[一]

李嘉祐[二]

增註 兵曹。魏尚書分五曹，内有五兵曹。晋亦有此職。隋改爲六部侍郎，亦有兵曹郎。又漢、魏以下同隸州郡，皆有司户兵職等曹員。

備考 舊解曰：「蕭兵曹，未知何人。以渾詩中語考之，此人舊蜀郡人，久居揚州，其後之楚國，今又歸隱揚州也。」

註 **兵曹魏云云**《事文類聚》曰：「兵部尚書，周之夏官大司馬卿也[三]。漢置五曹，未有主兵之任。魏置五兵尚書，謂之中兵、外兵、騎兵、别兵、都兵也。晋太始中有五兵尚書。隋改兵部尚書。兵部侍郎，周夏官，小司馬中大夫也。漢以來有侍郎，隋置兵部侍郎，唐因之。又周大司馬屬官，有軍司馬下大夫，蓋郎中之任也。魏有五兵郎曹，晋有七兵，皆置郎中。梁、陳有左、右中兵，左、右外兵郎曹，皆置侍郎，亦郎中任也。隋初爲兵部侍郎，又改兵曹郎，唐因之。」

兵曹郎《紀原》卷六曰：「漢公府掾史有兵曹，主兵事。司隸屬官有兵曹從事史，郡國爲使。北齊同諸曹爲參軍。今又獨置於開封府也。」

李嘉祐 見前。

廣陵堤上昔離居，帆轉瀟湘萬里餘。楚澤病時無鵩鳥，見前註。**越鄉歸去有鱸魚。**晉張翰爲齊王掾，見秋風起，思松江蓴羹、鱸魚膾，嘆曰：「何能羈宦千里？」遂東歸。**潮生水國蒹葭響，**《爾雅・釋草》云：「蒹葭，蘆葦也。」**雨過山城橘柚疏。聞説携琴兼載酒，邑人争識馬相如。**司馬相如過臨邛，令王吉、邑富人卓氏、程鄭相謂曰：「令有貴客，爲具召之。」酒酣，令前奏琴，曰：「竊聞長卿好之，願以自娱。」

備考 賦而比也。互換格。

離居 《詩・小雅・雨無正篇》曰：「離居。」朱註：「離居，蓋以饑饉散去而因以避讒譖之禍也。」○《尚書》曰：「蕩析離居。」○古詩：「儂歡獨離居。」○顔延之詩：「離居殊年載。」

橘柚 《書・禹貢篇》曰：「厥包橘柚。」註：「小曰橘，大曰柚。」○《本草綱目》三十《果部》「橘」條下曰：「《別録》曰：『橘、柚生江南及山南山谷，十月采。』恭曰：『柚之皮厚，味甘，不似橘皮味辛苦。其肉亦如橘，有甘有酸。酸者名胡柑。今俗謂橙爲柚，非矣。』郭璞云：『柚似橙而實酢，大于橘。』孔安國云：『小曰橘，大曰柚，皆爲柑也。』宗奭曰：『橘、柚自是兩種。』《本草》云：『一名橘皮。後人誤加柚字，妄生分別。且青橘、黄橘治療尚殊，况柚爲別種乎？云云。』時珍曰：橘、柚，蘇恭所説甚是。蘇頌不知青橘即橘之未黄者，乃以爲柚，誤矣。夫橘、柚、柑三者相類而不同。橘實小，其瓣味微酢，其皮薄而紅，味辛而苦。柑大于橘，其瓣味甘，其皮稍厚而黄，味辛而甘。柚大小皆如橙，其瓣味酢，其皮最厚而黄，味甘而不甚辛，如此分之，即不誤矣。」○「《事類合璧》云：『橘樹高丈許，枝多生刺。其葉兩頭尖，緑色光面，大寸餘，長二寸許。四月著小白花，甚香。結實至冬黄熟，大者如杯，包中有瓣，瓣中有核也。』」○柚，同「柚」條下曰：「恭曰：『柚皮厚，味甘，不似橘皮薄，味辛而苦。其肉亦如橘，有甘有酸，酸者名壺柑。一名櫾，一名條，一名壺柑，一名臭橙，一名朱欒。』」○「案《吕氏春秋》云：『果之美者，江浦之橘，雲夢之柚云云。』頌曰：『閩中、嶺外、江南皆有柚，比橘黄白色而大。襄、唐間柚，色青黄而實小。其味皆酢，皮厚。』時珍曰：柚，樹、葉皆似橙。其實有大、小二種：小者如柑、如橙，大者如瓜、如升，有圍及尺餘者，亦橙之類也。」

註　**晋張翰云云**《晋書》列六十二《文苑傳》：「張翰，字季鷹，吴人。有清才，善屬文，而縱任不拘，時人號爲江東步兵。既入洛，齊王冏辟爲大司馬東曹掾。翰因見秋風起，乃思吴中菰菜、蓴羹、鱸魚膾，曰：『人生貴得適志，何能羈宧數千里以要名爵乎？』遂命駕而歸。俄而冏敗，人皆謂之見機。」

松江《大明一統志》九「松江府」：「松江在府城北七十二里，一名吴松江也。」

司馬云《史記》列傳五十七曰：「司馬相如者，蜀郡成都人，字長卿。少時好讀書，學擊劍，故其親名之曰犬子云云。」

【校勘記】

［一］贈蕭兵曹：《全唐詩》卷五百三十三作《贈蕭兵曹先輩》，作者爲許渾。

［二］李嘉祐：附訓本、增註本同此，元刻本、箋註本和《全唐詩》卷五百三十三作「許渾」。

［三］大司馬：底本脱，據《古今事文類聚》新集卷十四補。

已前共七首

備考 右七首。前虛，二句體面帶實而情思老古；後實，二句景意雖著實，體面流麗者也。

酬張芬赦後見寄［一］　司空曙［二］

司空曙

增註 此詩，以司空曙之時考之。按史：大曆十四年，德宗即位；又德宗興元元年；又永貞元年正月，順宗即位；凡三赦天下改元。德宗之末十年無赦，群臣以微過譴逐者皆不復敘用［三］，至是始得量移。

備考 《才子傳》曰：「司空曙，自流寓長沙，遷謫江右，多結契雙林，暗傷流景。」

註　**大曆** 唐第九主代宗年號，凡十四年。

德宗 唐第十主，諱适，代宗長子。母曰睿貞皇后沈氏。在位二十六年，壽六十四。

興元 凡一年。

永貞 唐第十一主順宗年號，凡一年。

順宗 諱誦，德宗長子。母曰昭德皇后王氏。在位一年，壽四十六。

改元 《游宦紀聞》曰：「改元始於共和，紀號創於漢武，後世遵用之云云。」

無赦 赦，《字彙》曰：「宥也，釋也。」

譴逐 譴，又曰：「問也，責也，怒也，誚也。」

司空曙 見前。

紫鳳朝銜五色書，後趙石虎詔書用五色紙，銜于木鳳之口而頒行之[四]。**陽春忽布網羅除**。**已將心變寒灰後**，《莊子》：「心固可使爲死灰。」**豈料光生腐草餘**。腐草，見前註。**建水風煙收客淚**，**杜陵華竹夢郊居**。**勞君故有詩人贈**，**欲報瓊瑤愧不如**。《詩》：「投我以木桃，報之以瓊瑤。」

增註 唐嶺南道瀧州開陽郡有建水縣。又建水在江陵府荆門縣。〇宋沈嘗約佺素，立宅，常爲《郊居賦》，以序其事。

備考 賦也。皈題格。

風煙 謝朓詩：「風煙四時犯。」○韋鼎詩：「萬里風煙異。」

客淚 謝朓詩：「侵淫客淚垂。」

註 **《莊子》心云云** 《莊子・齊物論》曰：「形固可使如槁木，而心固可使如死灰乎？」

《詩》投我云云 《詩・衛風・木瓜篇》曰：「投我以木桃，報之以瓊瑤。匪報也，永以爲好也。」朱註：「瓊，玉之美者。瑤，美玉也。」○《述異記》曰：「桃之大者爲木桃。」

增註 **宋沈嘗約云云** 《一統志・應天府・古迹下》曰：「沈約宅在府東八里，約居處儉素，立宅東田，嘗爲《郊居賦》以自叙。」○愚按以《一統志》考之，今本「嘗」字恐衍字歟？「佺」當作「儉」，「常」當作「嘗」。

【校勘記】

[一]酬張芬赦後見寄：《全唐詩》卷二百九十二作《酬張芬有赦後見贈》。

[二]司空曙：增註本同此；元刻本作「司空圖」，但有剜改痕迹，「圖」原爲「曙」字；附訓本、箋註本作「司空圖」。

[三]用：底本訛作「向」，據增註本改。

[四]而：底本訛作「血」，據元刻本、箋註本、附訓本和增註本改。

答竇拾遺卧病見寄　包佶

增註 竇群，德宗朝爲左拾遺。

備考 《律髓》四十四載此詩，「塵埃」作「埃塵」。○此詩答包佶卧病、竇群見寄之作也。

拾遺 《書言故事》曰：「拾遺，古無其官，出入禁闕，補過拾遺。」○又見《類聚》新集二十一。

包佶

備考 《才子傳》第三曰：「包佶，字幼正，潤州延陵人。天寶六年楊護榜進士。累遷秘書監。坐善光載，貶嶺南。劉晏起爲汴東兩税使。及晏罷，以佶爲諸道鹽鐵等使。未幾，拜諫議大夫、御史中丞。晚歲沾風痺之疾，辭寵樂高，不及榮利。卒，封丹陽公。有詩集行于世。」

今春扶病移滄海，幾度承恩對白華。送客屢聞簷外鵲，陸賈曰：「烏鵲噪而行人至。」**消愁已辨酒中蛇。**樂廣有親客久不來，廣問之，答曰：「前蒙賜酒，杯中有蛇影而疾。」時廳壁有弓，樂意謂弓影，乃置酒前處，問曰：「有見否？」答曰：「如前。」乃告所以，客豁然頓愈。**瓶收枸杞懸泉水，**《續神仙傳》：「朱孺子汲溪，見二華犬入枸杞叢中。掘之，根形如二犬，食而身輕，飛于峰上。」**鼎鍊芙蓉伏火砂。**《本草》：「光明砂火者，謂之芙蓉砂。《大洞煉真寶經》曰：『將丹砂修煉，伏火後鼓成白銀，一返也。將白銀化出砂，伏火鼓之爲黄金，二返也。』」**誤入塵埃牽吏役，羞將簿領到君家。**王播每視簿領紛積於前[二]，反爲樂。

增註 淵明詩：「有政非簿領。」

備考 賦而興也。一意格。〇《律髓》曰：「詩欲新而不陳。『已辨酒中蛇』，則無疑矣。『已辨』二字佳，事故而意新。『枸杞懸泉水』『芙蓉伏火砂』，亦新。」

白華 殿名。

枸杞 《本草綱目》三十六《灌木部》曰：「枸杞，一名枸檵，一名枸棘，一名苦杞，一名地骨，一名地仙，一名却老，一名仙人杖。頌曰：『今處處有之。春生苗，葉如石榴葉而軟薄堪食，俗呼爲甜菜。其莖幹高三五丈，作叢。六月、七月生小紅紫花。隨便結紅實，形微長如棗核。其根名地骨。《詩·小雅》云：「集于苞杞。」陸機《詩疏》云：「一名苦杞。春生，作羹茹微苦。其莖似莓。其子秋熟，正赤。莖、葉及子服之，輕身益氣云云。」』」〇又曰：「世傳蓬萊縣南丘村多枸杞，高者一二丈，其根盤結甚固。其鄉人多壽考，亦飲食其水土之氣使然。又潤州開元寺大井旁生枸杞，歲久，土人目爲枸杞井，云：『飲其水，甚益人也。』」

註 **陸賈云云** 《事文類聚》後集引陸賈《新語》曰：「乾鵲噪而行人至。」

樂廣 《晉書》列十三曰：「樂廣，字彦輔，南陽淯陽人，遷河南尹。嘗有親客，久闊不復來，廣問其故，答曰：『前在坐，蒙賜酒，方飲，忽見杯中有蛇，意甚惡之，既飲而疾。』于時，河南廳事壁上有角弓，漆畫作蛇，廣意杯中蛇即角弓影也。復置酒於前處，謂客曰：『杯中復有所見不？』答曰：『所見如初。』廣乃告其所以，客豁然意解，沉疴頓愈。」〇《卮言》曰：「杯中蛇影，人知有樂廣，而不知有南皮令應郴。余讀《風俗通》：『應彬爲汲令，以夏至日見主簿杜宣，賜酒。時北壁上有懸赤弩，照于杯，形如蛇，宣畏惡之，然不敢不飲，其日便得胸腹痛切，妨損飲食。郴復於故處設酒，杯中故復有蛇，因謂宣曰：「此壁上弩影耳。」遂愈。』」

廳 《字彙》曰：「他經切，音汀，屋也。古者治官處謂之聽事。毛氏曰：『聽事，言受事察訟於是。』漢、晋皆作『聽』，六朝以來始加『广』。」

《續仙傳》云云 《書言故事》曰：「《列仙傳》：『朱孺子幼事道士王元正，居巖下。一日，汲于溪上，見二華犬相趁走也，逐之，入於枸杞叢下。掘之，根形如二犬。烹而食之，忽覺身輕，飛于峰上，雲氣擁之而去。元正食其餘，亦得不死。因號童子峰。』」〇《五雜俎》十一曰：「千年人參根作人形，千年枸杞根作犬形，中夜時出遊戲。烹而食之，能成地仙。然二物固難遇，亦難識也。」

華犬 《事言要玄・犬部》曰：「《古今詩話》：『淳化中，合州貢桃華犬，甚小而性急。』」〇愚按華犬者，如犬有文彩毛，花有黄白色，即桃華犬類歟？

芙蓉砂 《要玄・丹砂部》曰：「《彙苑》：『生符陵山谷。今出辰州、宣州、階州，而辰州最勝，謂之辰砂。出深山石崖間，土人採之，穴地數十尺始見其苗，乃白石耳，謂之硃砂床。砂生石上，狀如芙蓉頭[二]，以箭鏃連床者，紫黯若鐵色，而光明瑩徹[三]，碎之嶄巖作墻壁[四]，又似雲母片可析者，真辰砂也，無石者彌佳也。』」○《升庵文集》六十六《李德裕黄冶論》曰：「光明砂者，天地自然之寶，在石室之間，生雪床之上。如初生芙蓉，紅苞未坼，細者環拱，大者處中，有辰居之象，有君臣之位。光明外徹，採之者尋石脉而求，此造化之所鑄也。儻有至人道奥者，用天地之精，合陰陽之粹，濟以神術，或能成之。藥石鎔鑄，術則疏矣。光明砂，今方士亦未嘗見之，漫書於此，以訊之好道術者。」

鼓　鼓，《字彙》曰：「音古，動蕩之也。又冶鑄之時，扇熾其火，謂之鼓鑄。」

成白銀云云　《要玄·人集》十二曰：「《漢武内傳》：『李少君上言：「臣能凝澒成白銀，飛丹砂成黄金，服之白日昇天。」』」

王播云云　《唐書》：「王播，字明敭，太原人。舉賢良方正，補盩厔尉。善治獄，累京兆尹。穆宗立以刑部尚書，拜相。」

簿領　簿，《字彙》曰：「籍也，領也，又手版也。《周禮》：『司書。』注疏：『古以簡策記事。若對君，以笏記之。後代用簿。簿，今手版。』」○領，又曰：「統理也，承上令下，謂之領。」○《紀原》卷一曰：「《周禮》：『司民掌登萬民之數，自生齒已上，皆書於版。』太宰聽閭里以版圖，今州縣有丁口版簿，即此。蓋始於周也。」

【校勘記】

[一]領：底本訛作「嶺」，據元刻本、箋註本、附訓本和增註本改。

[二]頭：底本脱，據《證類本草》卷三補。

[三]明：底本脱，據《證類本草》卷三補。

[四]齗：底本脱，據《證類本草》卷三補。

寄樂天　　元稹

備考　此時樂天守在杭州，元稹謫在同州。

元稹　見前。

榮辱升沉影與身，世情誰是舊雷陳。後漢雷義與陳仲友，人語曰：「膠膝雖堅，不如雷與陳。」**惟應鮑叔偏憐我**[二]，管仲曰：「生我者父母，知我者鮑叔。」史謂稹與樂天友善，樂天嘗上疏理之。**自保曾參不殺人**。甘茂謂秦王曰：「昔曾參有與同姓名者殺人，人告其母，母曰：『吾子不殺人。』又頃，一人來。有頃，又一人來。其母投杼而走。夫以曾參之賢，其母信之，然三人則母惧。今疑臣者非特三人，臣恐大王之投杼也。」微之長慶二年爲相時，王庭湊圍牛元翼於深州，積以天子非次拔己，欲立功報上。有于方言於積曰：「有奇士王昭、王友明，嘗客燕趙，與賊黨通，可以反間出元翼。」積然之。李賞知其謀，告裴度曰：「于方爲積結客刺公。」度隱而不發。及神策中尉奏于方之事，詔三司訊鞫，而害裴之事無驗，積與度遂俱罷，出積爲同州刺史。**山入白樓沙苑暮**，同州白樓，令狐楚作賦刻其上。李吉甫《郡國圖》曰：「沙苑，一名沙阜，在同州馮翊縣南十二里。」**潮生滄海野塘春**。錢塘有潮。樂天時守杭。**老逢佳景惟惆悵，兩地各傷無限神**[二]。

備考 賦而興也。一意格。

榮辱 《莊子》曰：「辨乎榮辱之境。」

世情 陶潛詩：「園林無世情。」

惆悵 何遜詩：「一上一惆悵。」○《楚詞》曰：「惆悵兮而私自憐。」註：「惆悵，自失貌。」

註 **後漢雷云云** 《後漢》列七十《獨行傳》，雷、陳附同傳。○陳重，字景公，豫章宜春人。少與鄱陽雷義爲友。義字仲公。太守舉重孝廉，重以讓義，太守不聽。義明年舉孝廉，俱在郎署，後俱拜尚書郎。義代同時人受罪，以此黜退。重見義去，亦以病免。義後舉茂才，讓於重，不應命。鄉里爲之語曰：「膠漆自謂堅，不如陳與雷。」三府同時俱辟，並至侍御史。

管仲曰云云 《史記》列傳第二曰：「管仲夷吾者，潁上人也云云。『生我者父母，知我者鮑子也。』鮑叔既進管仲，以身下之。」

甘茂云云 《史記》列傳十一曰：「甘茂者，下蔡人也。『昔曾參之處費，魯人有與曾參同姓名者殺人，人告其母曰「曾參殺人」，其織自若也。頃之，一人又告之曰「曾參殺人」，其母尚織自若。又一人告之曰「曾參殺人」，其母投杼下機，踰墻而走。夫以曾參之賢與其母信之也，三人疑之，其母懼焉。今臣之賢不若曾參，王之信臣又不如曾參之母信曾參也[三]，疑臣者非特三人，臣恐大王之投杼也。』」

投杼 杼，《字彙》曰：「機之持緯者，即梭也。」

王庭湊云云《通鑑綱目》四十九《穆宗紀》曰：「長慶元年，王庭湊殺節度使田弘正。詔諸道計王庭湊，以元翼爲深冀節度使。」〇「二年，庭湊圍牛元翼於深州，官軍三面救之，皆以乏糧不能進。」〇「元稹同平章事和王傅，于方言於元稹，請遣客間説賊黨，使出元翼，仍賂兵、吏部，令史爲出告身二十通，以便宜給賜，稹皆然之。有李賞者知其謀，乃告裴度曰：『方爲稹結客刺度。』度隱而不發，賞請神策告之。詔僕射韓臯等鞫按，事皆無驗。六月，度及稹皆罷相。諫官言度無罪，不當免相，稹爲邪謀，責之太輕。上不得已，削稹長春宮使爲同州刺史。」

神策云云 《紀原》曰：「自西魏始作府兵，而其法備於隋唐。《唐・兵志》曰：『唐有天下，兵勢三變。其始盛時，有府兵，已而廢爲彍騎，又廢爲方镇。及其末也，强臣悍將兵布天下，而天子亦置兵於京師，曰禁兵。』又曰：『唐承隋制，置十二衛府兵。及罷，始置神策、神武等軍，曰禁軍。』此禁兵之始也。」

中尉　杜氏《通典》曰：「中尉司武事。」

詔三司　《要玄・人集》六曰：「宋曾肇記：『御史臺與尚書、謁者並謂三臺大夫，更爲三公。而中丞爲臺，率與尚書令、司隸校尉朝會，皆專席，爲三獨坐[四]。隋唐遂置大夫，天下有冤而無告者，得與中書、門下省詰之，謂之三司[五]。』」〇《名義考》曰：「三法司。《唐・百官志》：『凡冤而無告者，三司詰之。三司，謂御史大夫、中書、門下也。』《六典》：『高宗、武后之際，當時大獄以尚書、刑部御史臺、大理寺推案，謂之三司。』今刑部、都察院、大理寺爲三法司，唐制也。」

訊鞫　訊，《字彙》曰：「音信，問也，告也。」〇鞫，又曰：「音菊，推窮罪也。」

沙苑一云云同州　《要玄・地集》曰：「三峽西安府有同州，右馮翊。又有朝邑，又有邑。沙苑城在朝邑南，唐置監，牧牛羊。」〇《杜甫集註》曰：「沙苑在同州。同州爲京師近輔。」〇《唐書・地理志》曰：「同州馮翊縣有沙苑。」〇《寰宇記》曰：「沙苑，一名沙阜，在同州平翊縣南，今屬陝西西安府。」

錢塘有湖　《劉氏鴻書》卷五引《臨安志》曰：「武林之錢塘，在縣東一里許，郡曹華信家議立此塘以防海水。始開幕，有能致一斛土者即與錢一千。旬月之間，來者雲集，塘未成而不復取，於是載土石者皆棄而去，塘以之成，故名錢塘。」〇《輟耕録》卷九曰：「『錢唐』二字，其來甚遠。按《史記・始皇本紀》：『至雲夢，浮江下，過丹陽[六]，至錢唐，臨浙江，上會稽，立石刻，頌秦德。』《西漢・地理志》亦有錢唐縣。今唐字从土，則誤矣。蓋此錢易土及捐錢築塘等事，皆傅會之辭。自註《世説》者已然，況後世乎？」〇《三才圖會・

地理部》卷九曰：「西湖在杭州府城外，武林多山，而語山之極高者，南、北二峰與孤山爲最云云。舊志云：『西湖本通海，東至沙河塘，南向大江也云云。西湖，故明聖湖，周繞三十里。漢時，金牛見湖中，人言明聖之瑞，遂稱明聖湖。介于錢塘，又稱錢塘，又稱錢湖。負郭而西，又稱西湖云也。』」

【校勘記】

［一］偏：《全唐詩》卷四百十六作「猶」。

［二］無：《全唐詩》卷四百十六作「何」。

［三］王之信臣又不如曾參：底本脱，據《史記・甘茂傳》補。

［四］與尚書令、司隸校尉朝會，皆專席，爲三獨坐：底本脱，據《宋文鑒》卷八十三補。

［五］謂之：底本脱，據《宋文鑒》卷八十三補。

［六］過：底本脱，據《史記・秦始皇本紀》補。

秋居病中　　雍陶

備考《律髓》四十四載此詩。〇按考《陶傳》，此詩在廬山時作也。

雍陶

備考《才子傳》曰：「雍陶，字國鈞，成都人。工於詞賦。少貧，遭蜀中亂後，播越羈旅。大和八年，進士及第。大中六年，授國子《毛詩》博士，留長安。大中末，出刺簡州。後爲雅州刺史。竟辭榮，閑居廬嶽，養痾傲世。」

幽居悄悄何人到，落日清涼滿樹梢。新句有時愁裏得，古方無效病來抛。荒簷數蝶懸蛛網，空屋孤螢入燕巢。獨臥南窗秋色晚，一庭紅葉掩衡茅。 茅屋而衡門。

備考 賦而比也。交股格。○舊解曰：「第一、二句，秋居實事，含傷世衰之意。『幽居』比天下，『落日』比世末。三、四句虛，下句比雖學聖人書，世無道則不遇，故放下四書六經。五、六句，秋居所見之實事，『數蝶懸蛛網』比賢人君子罹禍，『孤螢入燕巢』比小人犯官位。七、八句實，此二句比世衰道微、萬事荒廢也。」

幽居 陶潛詩云：「豈無他好，樂是幽居。」

悄悄 悄，《字彙》曰：「急也，靜也。」

註 **衡門** 《詩·陳風·衡門篇》曰：「衡門之下，可以栖遲。」朱註：「衡門，横木爲門也。門之深者，有阿塾堂宇，此惟衡木爲之。」○孔氏曰：「衡，古文横字。此横木爲門，言其淺也。」

送崔約下第歸揚州　姚合

增註《禹貢》：「淮海惟揚州，春秋屬吴越。」漢吴王國，景帝更江都，武帝更廣陵，隋揚州，唐揚州廣陵郡屬淮南道，今屬淮東道。

姚合　見前。

滿座詩人吟送酒，離城此會亦應稀。春風下第時稱屈，《唐史》：「劉蕡下第，物論囂然稱屈[一]。」**秋卷呈親自束歸。**《摭言》云：「唐進士下第，退而隸業，謂之過夏；執業以出，謂之秋卷。」**日晚山華當馬落，天陰水鳥傍船飛。江邊道路多苔蘚，塵土無由得上衣。**

備考　賦而比也。一意格。○第一、二句實，三、四句虚，五、六句揚州行路實事，「日晚」比暗君，「華落」比落第，「天陰」比世衰蒙昧，「鳥飛」比不才之人及第、得意登高位。七、八句，上句實，下句虚也。

離城　按離城，離場之意。

稱屈　屈，《字彙》曰：「鬱也。」

山華　袁奭詩：「山華發早叢。」

註　**唐史劉蕡云云**《綱目》四十九：「文宗大和二年，春三月，親策制舉人。自元和之末，宦官益橫建置，天子在其掌握，威權出人主之右，人莫敢言。三月，上親策制舉人、賢良方正。昌平劉蕡對策，極言其禍，其略曰：『陛下宜先憂者，宫闈將變，社稷將危，天下將傾，海内將亂。』又曰：『忠賢無腹心之寄，閽寺持廢立之權。陷先君不得正其終，陛下不得正其始。』考官散騎常侍馮宿等見蕡策皆嘆服，而畏宦官，不敢取。裴休、李郃、杜牧、崔慎田等二十二人中第，皆除官。詔下，物論囂然稱屈。諫官、御史欲論奏，執政抑之。李郃曰：『劉蕡下第，我輩登科，能無厚顔！』乃上疏曰：『蕡所對策，漢魏以來無與爲比。乞回臣所授以旌蕡直。』不報，蕡由是不得仕於朝，終於使府御史。宦人深疾蕡，誣以罪，貶柳州司户。卒後，贈左諫議大夫。」

《摭言》南唐何晦著，凡十五卷。

唐進士云云《書言故事》八曰：「《遯齋閑覽》：『長安舉子，六月後落第者不出京謂之過夏，多借静坊廟院作文書曰夏課，時語曰：「槐華黄，舉子忙。」』」

肄業肄，《字彙》曰：「與『肆』同。」又「肄」字註曰：「音異。《説文》曰：『習。』」

【校勘記】

［一］論：底本誤作「總」，據元刻本、箋註本和增註本改。

旅館書懷　　劉滄

備考 舊解曰：「大中中，與弟劉季其下第之北海時作也。」〇《履歷》云：「劉滄，字藴靈，大中進士第，魯人。」〇《才子傳》云：「大中八年，禮部侍郎鄭薰下進士云云。」

劉滄 見前。

忽看庭樹换風煙〔一〕，**兄弟飄零寄海邊。客計倦行分陝路**，《公羊》曰：「自陝而東者，周公主之；自陝而西者，召公主之。」故《曲水詩序》曰：「分陝流勿翦之歡。」**家貧休種汶陽田**。杜預曰：「鄆、讙、龜陰三邑之田，皆汶陽田。」**雲低遠塞鳴寒雁，雨歇空山噪暮蟬。落葉蟲絲滿窗户，秋堂獨坐思悠然**。

增註 春秋，汶陽屬齊，公賜季友汶陽之田，後爲晋所侵。魯成公八年，晋歸汶陽之田於齊。又《論語》：「汶上。」註：「水名，在齊南、魯北境。《詩》：『汶水湯湯。』」

備考 賦而興也。歸題格。〇第一、二句，以旅館之實事比唐室漸將衰，故己兄弟有才而不用。三、四句虚。五、六句，旅舍所見聞之實事，「噪暮蟬」比小人之多口，「鳴寒雁」比兄弟寓旅中成悲。七、八句實也。

庭樹 曹植詩云：「庭樹微銷落。」○潘岳《秋興賦》云：「庭樹摵以灑落。」

空山 江淹詩：「攬涕吊空山。」

秋堂 鮑照詩：「秋堂泣征客。」

悠然 陶潛詩：「悠然見南山。」

註　**陜**《韻會》曰：「陜，失冉切，从阜夾聲。州名，周、召伯分陜之地。漢弘農陜縣，後魏改陜州。又古洽切。《集韻》：『地名，周、召所分，與「陜」「陿」字各出，録以俟正。』」○《一統志》二十九曰：「河南府陜州在府城西三百里。」

《曲水詩序》《文選》四十六王元長《曲水詩序》曰：「繼踵乎周南[二]，分陜流勿翦之歡，周、召公分陜界，而治人皆悦，故《詩》：『蔽芾甘棠云云。』」

勿翦《詩・召南》曰：「蔽芾甘棠，勿翦勿伐，召伯所茇。」朱註：「召伯循行南國，以布文王之政，或舍甘棠之下。其後人思其德，故愛其樹而不忍傷也。」

增註　**春秋汶陽**《左傳・僖公元年》曰：「公子友帥師敗莒師于酈，公賜季友汶陽之田及費。」註：「汶水，北地。」

《論語》《雍也篇》曰：「閔子騫曰：『善爲我辭焉！如有復我者，則吾必在汶上矣。』」朱註：「汶，水名，在齊南、魯北竟上。」

《詩》汶水　《詩·齊風·載驅篇》曰：「汶水湯湯，行人彭彭。」註：「汶水在齊南、魯北二國之境。湯湯，水盛貌。」○《地理志》云：「汶水出泰山來，蓋西南入齊南、魯北。」○《一統志》二十三曰：「山東兖州府汶上縣，在州東南六十里。」同：「汶水源發泰安州西南，流至本府，經寧陽平陰汶上縣界。」

【校勘記】

［一］忽：《全唐詩》卷五百八十六作「秋」。

［二］乎：底本訛作「於」，據《文選註》卷四十六改。

潁州客舍［一］　　姚揆

增註　唐潁州汝陰郡屬河南道，今屬中京路。

備考　**題註**　**河南道**　《一統志》二十六曰：「河南古豫州地云云。唐於此置河南道。開元中，置都畿、河南、河北三道云云。」

姚揆　《履歷》無傳。

素琴孤劍尚閑遊，誰共芳樽話唱酧。鄉夢有時生枕上，客情終日在眉頭。庾信《愁賦》曰：

「眉頭那時伸。」**雲拖雨脚連天去，樹夾河聲繞郡流。回首帝京歸未得，不堪吟倚夕陽樓。**

備考　賦而比也。一意格。〇第一句實，二句虚，三、四句虚，五、六句實。「連天去」比小人帥黨上朝廷，「繞郡流」比小人餘黨盈國家，漫振聲名。七、八句，語虚而意實，句中含蓄，無限感慨也。

孤劍　劍，《字彙》曰：「兵器。《釋名》：『劍，檢也，所以防檢非常也。』」〇《紀原》卷九曰：「《管子》曰：『昔葛天盧之山發而出金，蚩尤受而制之以爲劍、鎧、矛、戟，此劍甲之始也。』」

唱酧　唱，《字彙》曰：「導也，引也，先也。又發歌謂之唱。」〇酧，又曰：「俗作『酬』，古無此字。」又「酬」字下曰：「與『醻』同。」又「醻」字下曰：「主人進酒於客曰獻，客答主人曰酢，復酌客曰醻。」

回首　王粲詩云：「回首望長安。」

帝京　江淹詩：「秣馬辭帝京。」〇梁鴻《五噫歌》云：「顧覽帝京兮[二]，噫！」〇漢武帝《秋風辭》小序：「顧視帝京。」

註　**庾信**　《排韻》曰：「庾信，字子山，爲文綺麗，盛爲都下所稱，與徐陵齊名，號『徐庾體』。」〇按《庾信傳》詳見《北史》。

【校勘記】

［一］潁州客舍：《全唐詩》卷七百七十四作《潁川客舍》。

[二]覽：底本脱，據《後漢書・梁鴻傳》補。

春日長安即事　　崔魯

備考《律髓》卷十載此詩，「玉樓」作「畫樓」，「笙歌」作「清歌」。○按崔魯，大中間進士，此詩疑在長安未及第時作也。

崔魯　見前。

一百五日又欲來，《荆楚歲時記》：「去冬節一百五日，即有疾風甚雨，謂之寒食。」**梨華梅華參差開**。**行人自笑不歸去**，**瘦馬獨吟真可哀**。**杏酪漸香鄰舍粥**，《玉燭寶典》曰：「寒食煮大麥粥，研杏仁爲酪，以餳沃之。」**榆煙將變舊爐灰**。見前註。**玉樓春暖笙歌夜**[一]，**肯信愁腸日九回**[二]。太史公曰：「腸一日而九回。」

增註《周禮》：「司烜氏掌四時變國火，春取榆柳之火。」《歲時記》：「唐取榆柳之火賜近臣，順陽氣也。」○崑崙山積金爲城，上有玉樓十二。

備考　賦而興也。一意格。○第一、二句拗體，眼前之實事，見梨、梅得時而開，感己不遇世。三、四句虚，「行人」，魯自謂。五、六句，寒食實事。七句實，八句虚也。○《鼓吹》註曰：「三、四句，言我爲行人猶未歸，獨騎瘦馬而吟，有缺墓祭情。第六句，春殘之後，舊爐將易榆柳之灰。」○《律髓》云：「兩篇詩律無斧鑿痕，張文潛多近此。」○愚按第五、六句，「漸香」「將變」之字有近寒食之意，應第一句「欲來」二字。

參差《詩·周南·關雎篇》曰：「參差荇菜。」朱註：「參差，長短不齊之貌。」○梁武帝詩云：「草樹無參差。」

行人 李陵詩云：「行人難久留。」

杏酪 酪，《字彙》曰：「歷各切，音洛，乳漿。」○《要玄·天集》三引《鄴中記》：「寒食二日爲醴酪，又煮粳米及麥爲酪，擣杏仁煮作粥。韋應物詩：『杏粥猶堪食，榆羹已稍煎。』崔魯詩：『杏酪漸香鄰舍粥云云。』」

榆煙 榆，《字彙》曰：「雲俱切，音于，白枌。先生葉，後生莢，三月落莢如小錢。陸璣云：『榆類十餘種，葉皆相似，皮及理異。』陳藏器云：『江南有刺榆，無大榆，北方有之。』」

笙歌 鮑照詩：「笙歌待明發。」○《禮記》曰：「十日而成笙歌。」

註　《**荆楚歲時記**》梁宗懍撰，凡二卷。○《事言要玄·天集》三引《歲時記》：「冬至後一百五日，有疾風甚雨，謂之寒食。元稹《連昌宫詞》云：『初過寒食一百六，店舍無煙宫樹緑。』據曆，合在清明前二日，亦有去冬至一百六日，斷火三日，謂冬至一百四日、一百五日、一百六日。」○《丹陽集》曰：「自冬至一百有五日至寒食，皆稱一百五，或者乃謂自冬至至清明，凡七氣，至寒食止百三日，殊不知曆家以餘分滿之也。」

《**玉燭寶典**》十二卷，杜臺卿撰。

杏仁 《本草綱目》二十九《果部》「杏」條曰：「核仁氣味甘苦，濕，冷利，有小毒，兩仁者殺人，可以毒狗。《別録》曰：『五月采之。』」〇「藏器曰：『杏酪服之，潤五臟，去痰咳。生、熟喫俱可，若半生半熟，服之殺人。』」

以錫 錫，《字彙》曰：「徐盈切，音夕，飴也。」

太史公曰 《前漢》列三十一《司馬遷傳》曰：「腸一日而九回。」

增註 《**周禮**》**司烜** 《周禮・夏官》：「司爟掌行火之政令，四時變國火，以救時疾。」註云：「春取榆柳，夏取棗杏，季夏取桑柘，秋取柞楢，冬取槐檀也。」

【校勘記】

[一]玉樓春暖笙歌夜：《全唐詩》卷五百六十七作「畫橋春煖清歌夜」。

[二]此句上有天頭註：肯，《字彙》曰：「可也。」

江際　　鄭谷

備考　舊解曰：「揚州作。」〇按鄭谷，僖宗時人，避黄巢亂于揚州。此詩，揚州江際作也。

鄭谷　見前。

杳杳漁舟破溟煙[二]**，疏疏蘆葦舊江天。那堪流落逢摇落，**《九辨》曰：「草木摇落而變衰。」**可得潸然是偶然。**《詩》：「潸然出涕。」**萬頃白波迷宿鷺，一林黄葉送秋蟬。兵車未息年華促，早晚閑吟向滻川。**《唐志》：「滻爲關内捌川，在萬年縣。」

備考　賦而比也。中間互鎖格。〇第一、二句，江際所見之實事。三、四句虚。五、六句，所見之實事，專以比己逢亂不安處，「白波」比餘黨，「黄葉」比黄巢。第七、八句，虚實相兼也。

杳杳　《字彙》曰：「伊鳥切，冥也，深也。」〇《楚辭》曰：「日杳杳以西頽。」註：「杳杳，遠貌。」

漁舟　王勃《滕王閣序》：「漁舟晚唱。」〇謝靈運詩：「漁舟豈安流。」

流落　孫宗吾《古音駢字》曰：「《史・衛青傳》註：『遲留，零落也。』」〇阮瑀詩：「流落恒苦心。」

偶然　偶，《字彙》曰：「適然也。」

萬頃　頃，《字彙》曰：「田百畝爲頃。」

年華 謝朓詩：「年華豫已滌。」

註 **《九辨》曰云云** 《楚辭》第六《九辨》曰：「悲哉秋之爲氣也，蕭瑟兮草木搖落而變衰。」〇《文選》二十三載之，註：「逸曰：『序曰：「《九辨》者，楚大夫宋玉之所作也。辨者，變也。九者，陽之數也，道之綱紀也。謂陳説道德，以變説居也。宋玉，屈原弟子，閔惜其師忠而放逐，故作《九辨》以述其志也。」』」

《詩》潸然 《詩·小雅·大東篇》曰：「潸焉出涕。」註：「潸，涕下貌。」

關内云云 《一統志》三十二曰：「陝西，古雍州地云云。唐貞觀中，置於關内道云云。」

【校勘記】

［一］溟：附訓本、增註本同此，然元刻本、箋註本和《全唐詩》卷六百七十六作「暝」。

中年　鄭谷

備考 東坡詩云：「感慨萃中年。」〇此詩鄭谷作。或曰：「人生百年，以五十爲中年。鄭谷五十歲新春之作也。」一説，谷在長安，二月之作也。〇愚按中年，指二三月之時候也。

漠漠秦雲淡淡天［二］，**新年景象入中年。情多最恨華無語，愁破方知酒有權。** 阮簡久寓西山。一日，友人携酒炙鷄至，簡大笑曰：「今朝愁破矣。」**苔色滿墻思故第**，《漢書》：「列侯賜大第。」註曰：「甲乙次第，故曰第。」**雨聲入夜憶春田**[二]。**衰遲自喜添詩學，更把前題改數聯**。

備考 賦而興，兼比也。一意格。第三句，以歲時冉冉，感己未遇時。「入」字有二義：一曰，正月節候入二月節之意也；一曰，鄭谷五十歲而逢新春，故新年來，入谷中年之意也。第三、四句虛，而説情思。第五、六句實事，「苔色滿墻」比小人上位，「雨聲入夜」比賊黨起而天下暗昧也。第七、八句，虛實相兼也。

漠漠 謝朓詩：「生煙紛漠漠。」○杜甫詩：「漠漠舊京遠。」《集註》：「漠漠，廣遠也。」○又曰：「入空纔漠漠。」《集註》：「漠漠，雲盛貌。」

最恨 最，《廣韻》曰：「最，極也。」

有權 權，《字彙》曰：「音拳，稱錘也，所以稱物之輕重而得其平者也。又權柄，權是稱權，柄是斧柄，居人上者所執，不可下移也。」

思故第 宋陳師道《思亭記》云：「視第家則思安。」

註 **《漢書》列侯** 《漢書·百官表》曰：「爵一級至二十徹侯，皆秦制以賞功勞，避武帝諱曰『通侯』，或曰『列侯』，改所食國令長名相。」○《漢書·武帝紀》曰：「列侯甲第。」○又《竇嬰傳》曰：「治宅甲諸第。」註：「師古曰：『言爲諸第之最也。以甲乙之次言，甲則爲上矣。』」《音義》云：「有甲乙次第，故曰甲第。」○《文選·西京賦》曰：「北闕甲第。」註：「銑曰：『第，館宅也。甲，第一也。』」○《字彙》曰：「第宅有甲乙次第，故曰第。《初學記》：『出不由里門，面大道者，名曰第。爵雖列侯，食邑不滿萬户，不得作第。』」○《釋常談》曰：「好宅謂之甲第。甲者，首也。」

【校勘記】

［一］淡淡：《全唐詩》卷六百七十六作「澹澹」。

［二］入：《全唐詩》卷六百七十六作「一」。

已前共十首

備考 前四句，情而婉麗；後四句，景而感興者也。

秋日東郊作

皇甫冉

備考 此詩，長安東郊之作也。《才子傳》曰：「皇甫冉，仕終拾遺左補闕。以世道艱虞，遂心江外，故多飄薄之嘆云云。」愚按冉初有隱淪之志，願卜居廬山邊，故於東郊私第作此詩，述其志也。

皇甫冉 見前。

閑看秋水心無事，卧對寒松手自栽。廬嶽高僧留偈別，《廬山記》：「匡裕，周威王時人，生而神靈，廬于此山，故山取名焉。」**茅山道士寄書來。**茅山觀在句容縣南五十里。**燕知社日辭巢去，菊爲重陽冒雨開。淺薄將何稱獻納，**《西都賦》序曰：「日月獻納。」**臨岐終日自徘徊。**

增註　皇甫冉嘗爲左補闕。武后朝，以補闕拾遺充使知匭事。玄宗以匭声近鬼，改獻納使。○魏文帝《書》：「九爲陽數，日月陽數並應曰重陽。」

備考　賦而興也。歸題格。第一、二句實事，第三、四句虛，第五、六句所見之實象，第七、八句説歸身上，有不盡之意。○《鼓吹》曰：「此詩皇甫冉承詔將出而作也，言郊上見秋水之清潔吾心，與東郊之松，吾手自栽，今皆捨之而去矣。廬山故舊之高僧留偈送別，茅山故舊之道士寄書遠來，皆使余莫出。然余之所以必出者，時也。彼燕知秋社過，則辭巢而去；菊知重陽近，則冒雨開。物猶如此，况於人乎？故我昔之所以處者，時出而出可，以人不如物乎？但自慚才能淺薄，將以何者而稱獻納于天子？是以臨岐遲迴而不肯行耳，豈冒進去云乎哉？一謂，燕知春社來秋社去，只此知『時』字意，細玩之，恐不可貼『來』字。更詳之。」

無事　沈約詩：「小婦獨無事。」

廬嶽　《藝文類聚》卷七曰：「廬山者，江陽之名嶽。其大形也，背岷流，面彭蠡，蟠根所據，亘九百里，重嶺桀嶂，仰插雲日，俯瞰川湖之流焉。」

重陽　《事林廣記》曰：「九月九日爲重陽。魏文帝《書》云：『歲往月來，忽復九月九日。九爲陽數，其日與月並應，故曰重陽。』」

淺薄　淺見薄識也。

稱獻納　杜甫《送獻納起居田舍人澄》詩曰：「獻納司存雨露邊。」邵傳詩曰：「舍人職司獻納，密邇中禁。」〇《分類》曰：「獻納，武后初置匭以受四方之書，設理匭使，玄宗改爲獻納使。」

註　**《廬山記》匡裕云云**　《排韻》曰：「匡裕，周武王時人也，兄弟七人皆有道術，結廬得仙去，空廬在焉。」〇《詩學大成》五曰：「《六帖》：『匡裕，周威王時，生而靈神，廬此山，稱廬君，故名其山。背岷流，面彭蠡，根盤數百里，東南有香爐峰。』」〇《要玄・地集》六曰：「江西路南康府，廬山在府城北，古名南障，傳周威王時，匡裕兄弟七人結廬隱居於此，故名其山。疊峰九層，崇巖萬仞，周五百里，實南方巨鎮也。道書爲第八洞天。」〇同卷八曰：「《山海經》：『廬山出三天子都。一曰天子鄣。』《豫章志》：『匡裕，字君孝。父東野王共潯陽令吳芮佐漢定天下而亡。漢封裕於潯陽，曰越廬君。兄弟七人皆好道術，遂寓精爽於洞庭之山，故世謂之廬山。漢武南巡，封裕大明公。』」

周威王云云　《十八史》曰：「周考王子威烈王立，晉趙氏、魏氏、韓始侯。」

增註　**使知匭事**　《要玄・人集》卷六曰：「《類聚》：『唐天寶九載，匭使爲獻納使，後又改知匭使。宋雍熙元年，改匭爲檢。景德四年，改爲登聞檢院。』」〇《唐書》：「武后匭四區：東曰延恩，有以養人觀農之事及賦頌求官爵者投之。南曰招諫，有言時政得失及直言正諫者投之。西曰伸冤，有陈冤抑者投之。

北曰通玄，有言玄象、非常灾變及隱秘者投之。以正諫大夫補缺拾遺一人，充使知匭事。」○《字彙》曰：「匭，古委切。唐武后置四匭於朝堂，上表者投之。」

魏文帝 《魏志》曰：「文皇帝諱丕，字子桓，武帝太子也。」○評云：「文帝，天資文藻，下筆成章，博聞强識，才藝兼該。若加之曠大之度，勵以公平之誠，邁志存道，克廣德心[一]，則古之賢主，何遠之有哉？」

【校勘記】

[一]克廣：底本誤作「事度」，據《三國志·魏志·文帝紀》改。

過乘如禪師蕭居士嵩丘蘭若

王維

居士之號起於商、周之間。《韓非子》曰：「太公對於齊，有居士任矞、華仕昆弟，曰：『吾不臣天子，不友諸侯。』」《禮記》亦有「居士錦帶」。

備考 《唐詩解》四十二並《唐詩歸》卷九載此詩。○李攀龍《唐詩選》五並《唐詩訓解》五載。

乘如 《宋高僧傳》十五曰：「唐京兆安國寺乘如傳釋乘如，未詳氏族，精研律部，頗善講宣。繩準緇徒，罔不循則。代宗朝翻經，如預其任，應左右街臨壇度人弟子千數。先是五衆身亡，衣資什具悉入官庫。

然歷累朝，曷由釐革。如乃援引諸律，出家比丘，生隨得利，死利歸僧，言其來往本無物也，比丘貪畜自茲而省者，職由於此。今若歸官，例同籍没。前世遺事，闕人舉揚；今屬文明，乞循律法，斷其輕重。大曆二年十一月二十七日勑下：『今後僧亡，物隨入僧。』仍班告中書門牒，天下宜依[二]。如之律匠，非止訓二衆而已，抑亦奮内衆之遺事。立功不朽，如公是乎。終西明、安國二寺上座。有文集三卷，圓照鳩聚流布焉。」

禪師　見絶句《監禪師》題下。

居士　《輟耕録》卷六曰：「今人以居士自號者甚多。考之六經中，惟《禮記・玉藻》有曰：『居士錦帶。』註謂道藝處士也。吴曾《能改齋漫録》云：『居士之號起於商、周之時。按《韓非子》書曰：「太公封於齊，東海上有居士任矞、華仕昆弟二人，立議曰：『吾不臣天子，不友諸侯。耕而食之，掘而飲之，吾無求於人，無上之名，無君之禄，不仕而事力云。』」然則居士云者，處士之類是也。』」○《祖庭事苑》卷三曰：「居士，凡具四德，可稱居士：一不求仕官，二寡欲蘊德，三居財大富，四守道自悟。」○《法華科註・普門品》註云：「謂多財居業者也，或曰居道、居山、居財之士。」○《菩薩行經》云：「有居財之士，居法之士，居朝、居山之士，通名居士。」

蘭若　《釋氏要覽》曰：「蘭若，梵云阿蘭若，或云阿練若。」○《大悲經》云：「阿蘭若者，離諸匆務故。」○《寶雲經》云：「阿蘭若處，獨静無人，不爲惱亂云云。」○《唐詩選》註：「凭言阿蘭若，唐言無净也。《智度論》云：『遠離處。』按字義：蘭，香草；若，乾草，即清净草菴之意。」

題註　**華仕**《韓非子》「仕」作「士」。

《禮記》《禮記·玉藻》曰：「居士錦帶，弟子縞帶。」鄭氏注：「居士，道藝處士也。」

王維　見前。

無著天親弟與兄，無著、天親二菩薩，以比禪師與居士，出《西域記》第四卷。**嵩丘蘭若一峰晴。食隨鳴磬巢烏下，行踏空林落葉聲**[二]。**迸水定侵香案濕，雨華應共石床平。**維摩居士室中，天女雨華。**深洞長松何所有，儼然天竺古先生。**佛也。《老子化胡經》曰：「吾聞天竺有古皇先生，善入無爲。」

增註《唐書》云：「竺，漢身毒國也。或曰摩伽陀，曰婆羅門。去京師九千六百里，居葱嶺南，幅員三萬里，分東、西、南、北、中五天竺。」

備考　賦也。歸題格。第一、二句，上説虛，下説實。第三、四句虛，第五、六句實，第七、八句虛實相兼也。○《唐詩歸》曰：「一句，鍾云：『朴。』二句，譚云：『不貪。』三、四句，鍾云：『踏聲妙甚。』」○「譚云：『禪機。』」○《訓解》曰：「此以二菩薩之兄弟悟道，以況禪師、居士之同志隱居，而築室于嵩丘巖石門也。巢烏聞磬而下食，則物我忘機；落葉闃林而有聲，則經行者寡。且地迸水而天雨華，見法之靈應也。長松之下一無所有，惟儼然之佛像在焉，以見禪室清虛，而不爲俗塵所染也。」○《選》曰：「一句二佛比禪師與居士，末句謂禪師、居士即佛。」

無著《翻譯名義集》卷一曰：「阿僧伽，《西域記》：『唐言無著，是初地菩薩天親之兄，佛滅千年，從彌沙塞部出家。』《三藏傳》云：『夜升睹史陀天，於慈氏所受《瑜珈師地論》《莊嚴大乘論》《中邊分別論》；晝則下天爲衆説法。』」〇《大乘論》云：「無著，是初地菩薩云云，晝則下天説法。天親菩薩乃是毗細天親，故曰天親。」〇《稽古要録》曰：「初，天竺國無著大士及其弟天親菩薩發明大乘，相與製論各五百部。」

弟與兄 陸機詩：「親戚弟與兄。」

一峰 陳後主詩：「一峰遥落日。」

鳴磬《事物紀原》卷二曰：「《説文》曰：『無勾氏作磬。』《世本》亦云：『又曰叔所造，不知何代人。』《古史考》曰：『堯時人也。』《樂録》曰：『磬，叔所作。』《禮記》曰：『叔之離磬。』《皇圖要紀》曰：『帝嚳造鐘磬。』《通禮義纂》曰：『黄帝使伶倫造磬也。』」

巢烏 楊師道詩：「巢烏刷羽儀。」

空林《寶積經》曰：「於四十二億歲，在空林中常行梵行。」

落葉 陶潛詩：「落葉掩長陌。」

迸水《卓錫泉記》曰：「梁景泰禪師居惠州寶積寺，無水，師卓錫於地，泉湧數尺。」

雨華《訓解》曰：「梁武帝與雲廣法師講經金陵，感天雨華，天厨獻食，因築雨花臺。」〇《阿含經》云：「天雨名華，翩翩而降。」〇《高僧傳》曰：「講經而天雨華。」

石床《湘洲記》曰：「文斤山上石床，方高一丈。」○《關中記》曰：「嵩高山石室十餘孔，有石床，可以避世。」

長松 劉琨詩：「繫馬長松下。」

何所有 古樂府：「天上何所有，歷歷種白榆。」

儼然 儼，《字彙》曰：「以冉切。《説文》：『昂頭也，恭也。』」

古先生《西昇經》云：「老君西昇，開道竺乾，號古皇先生。」○冲玄子云：「竺乾國在崑崙之西。」

註　**菩薩**《群談採餘》十曰：「菩薩者，《金剛經》註云：『菩者，普也。薩者，濟也。能普濟衆生。』猶吾儒仁人、長老之謂也。」

出《西域記》愚按無著事見《西域記》第五，此註四字疑誤歟？

維摩居士云云《維摩經》曰：「時維摩詰室，有一天女，見諸天人，聞所説法，便現其身，即以天華，散諸菩薩、大弟子上。華至諸菩薩，即皆墮落，至大弟子，便著不墮。一切弟子，神力去華，不能令去。爾時，天問舍利弗：『何故去華[三]？』答曰：『此華不如法，是以去之。』天曰：『勿謂此華爲不如法，所以者何？是華無所分別，仁者自生分別想耳。結習未盡，華著身矣；結習盡者，華不著耳。』」

《化胡經》凡十卷。

增註　**身毒國**《史記索隱》曰：「身音乾，毒音篤，即天竺也。」

摩伽陀 《名義集》卷三曰：「摩竭提，此云善勝，又云無惱。《西域記》云：『摩竭陀，舊曰摩伽陀，又曰摩竭提者，訛也，中印度境。』」

婆羅門 同二曰：「《普門》疏云：『此云净行，劫初種族，山野自閑，故人以净行稱之。』肇曰：『秦言外意，其種別有經書，世世相承，以道學爲業。或在家，或出家，多恃己道術，我慢人也。』應法師云：『此訛略也，具云婆羅賀磨拏，義云承習梵天法者，其人種類，自云從梵天口生，四姓中勝，獨取梵名，唯五天竺有[四]，餘國即無。諸經中梵志即同此名，正翻净裔，稱是梵天苗裔也。』」○《西域記》二曰：「濫波國，詳夫天竺之稱，異議糾紛。舊云身毒，或曰賢豆，今從正音，宜云印度。印度之人，隨地稱國，殊方異俗，遥舉總名，語其所美，謂之印度。印度者，唐言月。月有多名，斯其一稱。言諸群生，輪迴不息，無明長夜，莫有司晨，其猶白日既隱，宵燭斯繼，雖有星光之照，豈如朗月之明！苟緣斯致，因而譬月。良以其土聖賢繼軌，導凡御物，如月照臨。由是義故，謂之印度。印度種姓族類群分，而婆羅門特爲清貴。從其雅稱，傳以成俗，無云經界之别，總謂婆羅門國焉。」

京師 《紀原》六曰：「京，大也。師，衆也。大衆所居，故以名天子之都。」○蔡邕《獨斷》曰：「天子所都曰京師。京，水也，地下之衆者，莫過於水；地上之衆者，莫過于人。京，大也。師，衆也。故曰京師。」○《詩·大雅·生民·公劉章》曰：「乃覯于京，京師之野。」註：「京，高丘也。師，衆也。京師，高山而衆居也。董氏曰：『所謂京師者，蓋起於此，其後世因以所都爲京師。』」

葱嶺《韻會》曰：「葱嶺在西域，山上悉葱，故名。《漢・陳湯傳》作『忽』。俗作『忽』，非也。」

幅員《詩・商頌》曰：「幅員既長。」註：「幅，廣也。員，均也。」

【校勘記】

［一］天下：底本脱，據《宋高僧傳》卷十五補。

［二］葉：底本訛作「華」，據元刻本、箋註本、附訓本、增註本和《全唐詩》卷一百二十八改。

［三］華：底本脱，據《維摩詰所説經》卷中補。

［四］五：底本脱，據《翻譯名義集》二補。

送友人遊江南　耿湋

備考《鼓吹》作《送友人歸南海》，註：「此必自江西還南海。」

耿湋

備考《履歷》曰：「登寶應進士第，爲左拾遺，大曆十才子一人之數。」

遠別悠悠白髮新，江潭何處是通津。潮聲偏懼初來客，《叢語》曰：「海潮來皆有漸，惟浙江潮來如山岳，震如雷霆可畏[一]。」**海味惟甘久住人。漠漠煙光漁浦晚**[二]，《吳郡記》：「富春東三十里有漁浦。」**青青草色定山春。**《杭州郡志》：「定山在錢塘南四十七里，潮至此抑聲，過此復怒。」**汀洲更有南回雁，亂起聯翩北向秦。**

備考 賦也。歸題格。第一、二句虛，第三、四句虛，漳推友人之意言之。第五、六句，友人船路所可見之實景。第七、八句，虛實相兼也。○《鼓吹》曰：「此詩首言友人送別而去，其年已老而白髮新添，自此而往至江潭，即是通津矣，尚在何處哉？南海有江潭，言南海亦遊宦之地也。且浙江之潮聲本以懼客，而南海之甘味可以住人，君往居彼，奚傷耶？今日之別，見煙光漠漠，方當漁浦之晚，草色青青，正是定山之春，然此二處景物觸人愁思之重，無可賴者。君至于彼汀洲，有南迴之雁，時當春暮，聯翩亂起而向秦北，可無遠書以慰吾望悵耶？」

悠悠 江淹詩：「海水夢悠悠。」

江潭 屈原《漁父》辭曰：「游於江潭。」

通津 謝瞻詩云：「頹陽照通津。」

青青 《韻會》曰：「青青，茂盛也。」○《文選·古樂府》曰：「青青河畔草，鬱鬱園中柳[三]。」

南回雁 愚按南回雁，湖廣衡陽有回雁峰，雁至此而回也。○《一統志》六十四云：「湖廣衡州府回雁峰，在府城南，雁至衡不過，遇春而回。或曰峰勢如雁之回，故名。」

註　**《叢語》曰云云**《西溪叢語》二卷，宋剡川姚寬著。○《三才圖會·地理部》八曰：「古今言潮者，必推浙江，亦謂銀山雪屋，有頭數丈，此爲異爾。他江之潮第如湧水，復與此不同，何與？曰：『浙江去潮生處近，掀天沃日之勢方盛而不可遏。赭山、龕山，橫于江口，頓然斂寬就窄，其勢必至于衝激奔射也。他江去潮生處遠，遠則必殺，故但湧而已，又何疑？』」

【校勘記】

［一］霆：底本訛作「震」，據元刻本和箋註本改。

［二］漁：《全唐詩》卷二百六十九作「前」。

［三］柳：底本誤作「葵」，據《文選註》卷二十九改。

送別友人　姚合

備考　本集題作《留別山中友人》。

姚合　見前。

獨向山中覓紫芝，四皓隱商山，作《紫芝歌》曰：「菀菀紫芝，可以療飢。」**山人勾引住多時。摘**

華浸酒春愁盡，燒竹煎茶夜臥遲。泉落林梢多碎滴，松生石底足旁枝。明朝却欲歸城市，問我來期總不知。

備考 賦也。歸題格。第一、二句虛實相兼，第三、四句虛，第五、六句言山人居處之實事，第七、八句虛實兼説也。

紫芝 《韻會》云：「《説文》：『芝，神草也。』徐曰：『芝爲瑞，服之神仙，故曰神草。』《爾雅》『茵芝』註云：『芝，一歲三華，瑞草。』疏云：『一名茵，一名芝。』《論衡》云：『角生於土，土氣和，故芝草生。』《瑞命禮》曰：『王者仁慈則芝草生。』《本草》：『有青、赤、黄、白、黑、紫六色，今所見皆玄、紫二色，如鹿角，或如傘，蓋皆堅實芳香，或叩之有聲。』」

勾引 杜詩曰：「影遭碧水潛勾引。」○樂天《柳》詩云：「勾引春風無限情[二]。」

多時 杜詩：「雪殘鳷鵲亦多時。」

春愁 梁元帝詩云：「春愁空自結。」

註 **四皓** 《群書拾唾》五云：「商山四皓：皓，白也，言其年老而白首也。東園公、綺里季、夏黄公、甪里先生。或以「綺里」「季夏」爲一人。」○《十八史略》引《史》註云：「東園公，姓唐，字宣明，居園中。夏黄公，姓崔，名廣，居夏里。甪里先生，姓周，名術，居甪里。綺里季無註，不敢强爲之説。」○《三才雜俎》曰：「東園公，姓唐，名秉，字宣明。《陳留志》：『襄邑人也。常居園中，故號園公。』夏黄公，姓程，名廓，字少通。綺里季，姓朱，名暉，字文季。甪里先生，姓周，名術，字元道。此皆正史不載，而雜出於别紀者。」○又詳見《瑯琊代醉編》。

作《紫芝歌》《高士傳》曰：「四皓見秦政虐，乃入藍田山，作歌曰：『漠漠高山，深谷逶迤；曄曄紫芝，可以療飢。唐虞世遠，吾將安歸？駟馬高蓋，其憂甚大。富貴之畏人，不如貧賤而肆志。』云云。」○《前漢·項羽紀》曰：「四皓《採芝歌》：『漠漠高山，深谷迤邐；曄曄紫芝，可以療饑云云。』」

【校勘記】

［一］情：底本訛作「時」，據《白香山詩集》卷三十二改。

嶺南道中[一]

李德裕

增註 按東坡《指掌圖》：「五嶺，自衡山之南，一曰東窮于海，其南渤海之北。古荒服，秦置三郡，漢分九郡，日南、朱崖皆在此地。」此詩一作《謫遷嶺南道中作》。按李德裕宣宗大中二年貶崖州司户參軍。

備考《律髓》卷四載此詩。○宣宗大中二年貶崖州之作也。○《要玄》曰：「廣東路有潮州府，爲閩越地。又有瓊州府，百粤地，古珠厓。其中有崖州。廣東路，唐嶺南道。」

增註 《**指掌圖**》地理之書也。

渤海 《一統志》二十五曰：「遼東都指揮使司渤海，在都司城南七百三十里。」

荒服 《書·禹貢》曰：「五百里荒服。」蔡註：「荒服去王畿益遠，而經略之者視要服爲尤略，以其荒野，故謂之荒服，要服外四面又各五百里也。」

日南 郡名。

朱崖 郡名。

宣宗 唐第十七主，諱忱，憲宗第十三子。母曰孝明皇后鄭氏。在位十三年，壽五十。

大中 凡十三年。

貶崖州 《綱鑒》曰：「德裕謫潮州司馬，又貶崖州司户，卒。」

司户參軍 《新唐書·百官志上》：「州刺史，下有司户、參軍二人。」〇《紀原》卷六曰：「漢公府有户曹掾，主民户祀農桑。州郡爲史。北齊，與功倉曹同爲參軍。唐諸府曰户曹，餘州曰司户。」〇又曰：「杜佑云：『參軍，後漢末置，參諸軍府事，若今節度判官。』《漢書》曰：『靈帝以幽州刺史陶謙參司空張温軍事。』此其始也。本公府官，晋始置其官於州郡，唐諸曹皆稱之。《續事始》以謂『後漢置，在州曰司。』」

李德裕

備考 《履歷》曰：「別名從一。或曰，從一，字也。袁州人。初爲江陰令，上元中台州刺史，大曆刺袁

州，又嘗郎於中臺，故竇常贊嘉祐云：『雅登郎位，静鎮方州。』其詩因號《臺閣集》。」[二]

嶺水争分路轉迷，桄榔椰葉暗蠻溪。《廣州志》：「桄榔樹大四五圍，長五六丈，無枝條，其巔生葉。《本草》：『椰子出嶺南。』」**愁衝毒霧逢蛇草，**馬援討交趾曰：「下潦上霧，毒氣蒸薰。永州異蛇，嚙草盡死。後人來觸草，猶墮指攣腕。」**畏落沙蟲避燕泥。**《録異記》：「潭、袁、虔、吉等州有沙蟲，即毒蛇鱗中蟲。蛇爲所苦，則樹身急流水，或卧沙中碾，蟲入沙，人中之三日死。」**五月畬田收火米，**《異物志》：「交趾稻夏熟，一歲再種。」火米，火耕之米也。**三更津吏報潮鷄。**《輿地志》曰：「移風縣有潮鷄，潮長則鳴。」**不堪腸斷思鄉處，紅槿華中越鳥啼。**《嶺南異物志》：「紅槿自正月迄十二月常開，秋冬差少。越鳥，鷓鴣也。李白《鷓鴣詞》云：『有客桂陽至，能吟山鷓鴣。清風動窗竹，越鳥起相呼。』德裕時謫桂陽。」

增註　《交州記》：「椰子本似檳榔。按《本草》，實大如瓠，殻圓而堅，可爲飲器。」○《廣州志》：「水弩蟲，自四月一日上弩射人影，八月後卸弩。《春秋》『有蜮』，《詩》『爲蜮』，即含沙射人影者，名射影。」○「南方爇草種田曰畬，不事水耨，惟尚火耕，而得米。《爾雅》：『田一歲曰菑，二歲曰新，三歲曰畬。』」○津吏，《唐·百官志》：「諸津令一人，丞三人，掌津濟舟梁。」○嶺南紅槿華，一名木槿，又曰露槿，又曰日及華。《詩》：「顔如蕣英。」註：「蕣，木槿也，朝開暮落。」○嶺南之越鳥，本名越王鳥，一云越鳥似鳶。

備考　賦而興。歸題格也。第一、二句，嶺南道中實景。第三、四句虚。第五、六句，所見聞之實事。

第七、八句，虚實相兼也。○《律髓》曰：「李衛公不讀《文選》而詩奇健，謫海外時一二詩尤酸楚。張志和《漁父》詞五首在其集中。此詩於嶺南風土甚切，詞又工。」

嶺水争分 《鼓吹》註曰：「梅嶺之水分流，一流南安，一流南雄。」

桄榔 《嶺表録異》曰：「桄榔木枝葉並茂，與棗、檳榔等小異。然葉下有鬚，如麄馬尾，廣人採之以織巾子。」○《本草圖經》曰：「桄榔生嶺南山谷，今二廣州郡皆有之。人家亦植於庭除間，其木似栟櫚而堅硬，斫其間有麵，大者至數石。」○《廣州記》曰：「桄榔樹大四五圍，長五六丈，無枝，至頭生葉。」

椰葉 《交州記》曰：「椰子，木似檳榔。按《本草》，椰子出嶺南州郡，實大如瓠，殻圓而堅，可爲飲器。中有膚，至白如猪肪，味似胡桃，膚裏有泉如乳，飲之冷而氣醺。」○《本草綱目》：「時珍曰：椰子乃果中之大者。其樹初栽時，用鹽置根下則易發木。至斗大方結實，大者三四圍，高五六丈。木似桄榔，檳榔之屬，通身無枝。其華在木頂，長四五尺，直聳指天，狀如棕櫚，勢如鳳尾。二月著華成穗，出於葉間，長二三尺，大如五斗器。仍連著實，一穗數枚，小者如栝樓，大者如寒瓜，長七八寸，徑四五寸，懸著樹端。六七月熟。」

逢蛇草 季昌本註曰：「南方草中有蛇，過人聞草香皆不救。」

畏落云云燕泥 《鼓吹》註曰：「嶺南燕銜泥作巢，泥有蟲，落于人身則傷人。」

註 《**廣州志**》凡二十二卷，黄佐著。

攣腕 攣，《字彙》曰：「郎甸切，音戀，手足曲也。」○腕，又曰：「烏貫切，手腕，掌後節中也。《釋名》：『腕，宛也，言可宛屈也。』」

《録異記》八卷，杜光庭著。

《異物志》一卷，後漢楊孚著。

《輿地志》三十卷，顧野王著。

《嶺南異物志》凡一卷。

桂陽　異本作「揭陽」，非也。○《要玄》：「廣東路有潮州府，其内有揭陽。」○《地理志》曰：「南海郡有揭陽縣，韋昭曰：『揭，其逝反。』師古曰：『竭。』」又在四會縣。」○南海郡，鬱林郡，秦破尉陀王置之。又桂陽郡有桂陽縣。匯水南至四會，入鬱林，過郡，行九百里。應劭曰：「桂水所出。」

增註　**《交州記》**一卷，王範著。

瓠殼　瓠，《埤雅》曰：「長而瘦上曰瓠，短頸大腹曰匏。」

水弩蟲云云　《博物志》曰：「江南溪水中有射工蟲，長一二寸，口中有弩形，氣射人影，不治則殺人。」

上弩　弩，《字彙》曰：「奴古切。黄帝始作弩。《釋名》：『弩，怒也。』」

《春秋》有蜮　《春秋·莊十八年》曰：「秋有蜮。」註：「蜮，陰物也，含沙射人影。」

《詩》爲蜮　《詩·小雅·何人斯篇》曰：「爲鬼爲蜮，則不可得。」註：「蜮，短狐也。」○《升庵文集》八十一云：「《春秋經》書『有蜮』，傳曰：『南古婬女氣所生。一名短狐。狀如鱉，含沙射人。又名射工。』

《玄中記》曰：『長二三寸，鴛鴦、鵁鶄、蟾蜍悉食之。』」〇《要玄·物集》三曰：「《録異記》：『蜮，一名短狐，一名水狐、射工、射影，又名溪鬼、水弩。』」〇《太平廣記》四百七十三引《感應經》曰：「《玄中記》：『蜮以氣射人，去人三十六步即射中其影，中人死十六七。』《紀年》云：『晋獻公二年春[三]，周惠王居鄭，鄭人入王府取玉馬，玉化爲蜮，以射人也。』」

水槈 槈，《字彙》曰：「乃豆切，槈草器。篆文：槈如鏟，柄三尺，刃廣二寸，以刺地除草。《吕氏春秋》：『槈柄其長六寸，所以間稼。』《字詁》：『頭長六寸，柄長六尺，以芸田也。』《世本》『垂』作『槈』。」

紅槿華一名云云 《本草綱目》曰：「木槿華如小葵，淡紅色。五葉成一華，朝開暮斂云云。時珍曰：此華朝開暮落，故名日及。」〇《卓氏藻林》八曰：「日及者，華甚鮮茂，榮於仲夏，訖於孟秋。又日及者，詩人以爲蕣華，宣尼以爲朝槿，晋成公綏有賦。」

《詩》顔云云 《詩·鄭風·有女同車篇》曰：「有女同車，顔如蕣英。」

【校勘記】

[一]嶺南道中：《全唐詩》卷四百七十五作《謫嶺南道中作》。

[二]底本此處誤引前文李嘉祐《履歷》。按附訓本和增註本所載李德裕《履歷》如下：「字文饒，趙州贊皇人。元和宰相李吉甫子。以蔭補校書郎。穆宗擢爲翰林學士，尋授御史中丞，出爲浙西觀察使。文宗

太和三年，拜兵部侍郎。復出爲鄭滑節度使。徙劍南西川節度使。後拜刑部尚書，又拜平章事，又興元節度使。武宗立，召拜同平章事，封衛國公。宣宗罷爲司徒同平章事、荆南節度使。俄徙東都留守，後貶潮州司馬，又厓州司馬，卒，年六十三。懿宗追復太子少保、衛國公。」

〔三〕二：底本訛作「三」，據《太平廣記》卷四百七十三改。

病起　來鵬

來鵬

備考　按《才子傳》：「鵬，工詩，畜鋭既久，自傷年長。家貧，不達，頗亦忿忿，故多寓意譏訕。」

春初一卧到秋深，不見紅芳與緑陰。窗下展書難久讀，池邊扶杖欲閑吟。藕穿平地生荷葉，笋過東家作竹林。《齊民要術》曰：「竹性愛東南。引諺曰：『西家種竹，東家治地。』」**在舍渾如遠鄉客，詩僧酒伴鎮相尋。**

備考　賦而興。一意格也。第一、二句病中實事，第三、四句虛，第五、六句病起而所見之實事，第七句虛實相兼，第八句實。

紅芳　言春華紅芳。○李白詩云：「葳蕤兮紅芳。」

緑陰 言夏木緑陰。

藕 《字彙》曰：「語口切，音偶，荷根。陸佃云：『藕者，耦也。凡芙蕖行根如竹，行鞭節生，一葉一華，華葉常耦生，故謂之藕生。應月，月生一節，閏輒益一節。』」

平地 江淹詩：「青滿平地蕪。」○鮑照詩：「瀉水置平地。」

笋 《字彙》曰：「同筍。」「筍」字註曰：「竹芽。」○《聯珠詩格》註曰：「笋，一名萌，一名蒻竹，一名篙，一名蘿，一名竹胎，一名竹芽，一名茁，一名初篁。」

註 《齊民要術》十卷，漢賈思勰著。

已前共六首

備考 舊解曰：「前虛老蒼，而後實清新者也。」○按第三、四言情思，五、六寫景物，結句伸情者也。

送李録事赴饒州

皇甫冉

增註 吳九江郡鄱陽縣本楚地，隋改饒州，唐屬江南道，今屬江東道。

備考 在長安時作也。○《鼓吹》載此詩，「過」作「呼」，「出」作「斷」。

録事《紀原》卷六曰：「漢司隸屬有功曹，從事史兼録衆事，在州爲治中。漢又有督郵、主簿，皆録事之任也。晉始置録事參軍刺史，有軍而開府者，並置之。本爲公府官，非州職也。《續事始》曰：『後漢有郡主簿，亦曰督郵。隋以録事參軍代之，掌勾稽文簿、舉彈善惡、監郡印、給紙筆之事。開元初，京兆河南曰司録，管六曹。宋朝，京邑大府以京朝官領其事，曰知。其非京官，而資考久次者，亦曰知也。《三輔决録》「韋康成爲郡主簿」是也。』」

皇甫冉 見于前。

北人南去雪紛紛，雁過汀洲不可聞[一]。**積水長天隨逐客**[二]，**荒城極浦足寒雲。山從建業千峰出，江至潯陽九派分**。《潯陽地記》曰：「九江：一烏白江，二蚌江，三烏江，四嘉靡江，五畎江[三]，六源江，七廩江，八提江，九菌江。」**借問督郵纔弱冠**，《白氏六帖》：「州主簿、郡督郵，並今録事參軍。《記》曰：『二十曰弱冠。』」**府中年少不如君**。

備考 賦也。歸題格。第一、二句言時景，北人指李録事。第三、四句虚。第五、六句，豫言客於饒州可見之實事。第七、八句，虚實相兼也。○《鼓吹》註曰：「此詩，首言當雪下之時，録事自北而南，正值雁叫之秋，不忍聞也。蓋雁亦自北而南，故觸別愁。頷、頸二聯皆言相别之景。江水瀰茫，寒雲慘淡，千峰斷脉，九派分流，此皆客途之所經目者也。今録事年方弱冠，想饒州府中之參仕僚友雖多，皆不如録事之年最少也。」

紛紛 《列子·力命篇》曰：「今昏昏昧昧，紛紛若若，隨所爲。」希逸註：「紛紛，多也。」〇陶潛詩：「紛紛飛鳥還。」〇吳筠詩：「落葉尚紛紛。」〇《楚詞》云：「雪紛紛而薄木。」

汀 《字彙》曰：「水際平地。」

積水 《訓解》卷四王維詩曰：「積水不可極。」註：「積水，謂海也，本《吕氏春秋》。」〇《荀子》曰：「積水而爲海。」

長天 王勃《滕王閣序》云：「秋水共長天一色。」

荒城 陰鏗詩云：「荒城高仞落。」

極浦 《楚辭》云：「望涔陽兮極浦。」又曰：「惟極浦兮寤懷。」

建業 漢曰丹陽郡，吳曰建業，晉曰建康府，即金陵也。

潯陽 《一統志》五十二曰：「江西九江府、南康府，潯陽之地也。」

借問 曹植詩云：「借問誰家子？」〇又云：「借問嘆者誰？」〇張協詩云：「借問此何時？」

弱冠 《史記·黃帝紀》曰：「弱而能言。」《索隱》曰：「弱謂幼弱時也。」《後漢·丁鴻傳》曰：「弱而隨師。」註：「弱，少也。」

註 **《潯陽地記》**二卷，張僧監著。

九江 《書·禹貢》曰：「九江孔殷。」蔡註：「九江，即今之洞庭也。《水經》言九江在長沙下雋 音吮西北。《楚地記》曰：『巴陵、瀟湘之淵在九江之間。今岳州巴陵縣即楚之巴陵，漢之下雋也，洞庭正在其西北，則洞庭之爲九江審矣。今沅水、漸水、元水、辰水、叙水、酉水、澧水、資水、湘水皆合於洞庭，意以是名九江也。』按《漢志》，九江在廬江郡之潯陽縣。《尋陽記》：『九江之名，一曰烏江，二曰蚌江，三曰烏白江，四曰嘉靡江，五曰畎江，六曰源江，七曰廪江，八曰提江，九曰箘江。』今詳漢九江郡之潯陽，乃《禹貢》揚州之境，而唐孔氏又以爲九江之名起於近代，未足爲據，且九江派别取之耶？亦必首尾短長大略均布，然後可目之爲九。然其一水之間當有一洲，九江之間沙水相間，乃爲十有七道，而今潯陽之地將無所容，况沙州出没，其勢不常，果可以爲地理之定名乎？設使派别爲九，則當曰『九江既道』，不應曰『孔殷』，於『導江』當曰『播九江』，不應曰『過九江』。反復參考，則九江非尋陽明甚。本朝胡氏以洞庭爲九江者得之。曾氏亦謂『導江』曰『過九江，至于東陵』。東陵，今之巴陵，今巴陵之上即洞庭也。因九水所合，遂名九江。故下文導水曰『過九江』。《經》之例，大水合小水謂之過。則洞庭之爲九江，益以明矣。」○按甽江，《禹貢》並唐本作「畎江」。

主簿《類聚》曰：「漢晋有之，自漢以來，皆令長自調用，糾正縣内非違[四]，兼知縣事。《釋名》：『簿，普也，關普諸事也。簿書必有掌者，録事總領之。』」○《通典》三十二曰：「主簿一人，録門下衆事，省署文書，漢制也，歷代至隋皆有。」○《紀原》六曰：「主簿，漢有之，後漢繆彤仕縣爲主簿是也。《續事始》云：『後漢始有主簿之號，諸郡置之，即今録事參軍也。至隋大業中，諸縣始置主簿，掌勾稽簿，糾正縣内非違。』」

督郵《書言故事》曰：「督郵，主諸縣糾察之事。後漢郡主簿亦曰督郵，隋以録事參軍代之，掌勾文簿，率彈善惡。」

《記》曰《禮記·曲禮下篇》。

【校勘記】

［一］洲：底本訛作「州」，據元刻本、箋註本和附訓本改。

［二］逐：《全唐詩》卷二百四十九作「遠」。

［三］畝：附訓本同此，然元刻本、箋註本和增註本均作「畂」，當以「畂」爲是。

［四］非違：底本脱，據《古今事文類聚》外集卷十五補。

清明日與友人遊玉塘莊

來鵬

備考按《才子傳》曰：「來鵬，豫章人也。韋宙尚書獨賞其才，延侍幕中，携以遊蜀云云。」〇玉塘莊在蜀也。

來鵬見前。

幾宿春山共陸郎，袁術常呼陸績爲陸郎。**清明時節好風光。細穿緑荇船頭滑，碎踏殘華屐齒香**[一]。**風急嶺雲飄迴野，雨餘田水落芳塘**[二]。**不堪吟罷東回首，滿耳蛙聲正夕陽。**

增註 宋謝靈運好遊山，嘗著木屐，上山則去前齒，下山則去後齒。

備考 賦而比也。歸題格。第一句虛實相兼，第二句實。第三、四句虛，此二句比賢人君子潛江湖林野。第五、六句實景，上句比時臣誇威權、忌有才者，故鵬亦在京不遂及第，空游蜀中，下句含時臣多受君恩、漸可傾覆之意。第七、八，上句虛實相兼，下句實事，「蛙聲」比小人辯佞，「夕陽」比時世之變衰也。

好風光 《訓解》卷二曰：「張謂詩：『風光若此人不醉。』」〇《楚詞》：「光風轉蕙泛崇蘭。」王逸注：「光風，謂日出而風，草木有光色也。」〇陳後主詩：「春日好風光。」

嶺雲 鮑照詩：「日落嶺雲歸。」

註　**袁術云云** 《吳志》曰：「陸績，字公紀，吳人。年六歲，於九江見袁術。術出橘，績懷三枚去，拜辭，墮地。術謂曰：『陸郎作賓客而懷橘乎？』績跪曰：『欲歸遺母。』術大奇之。」

增註　**宋謝靈運** 《事文類聚》外集十曰：「晉謝靈運出爲永嘉太守。郡有名山水，靈運素所愛好，出守，遂肆意遊遨。嘗著木屐，上山則去前齒，下山則去後齒。」

【校勘記】

[一]碎：《全唐詩》卷六百四十二作「醉」。

〔二〕芳：《全唐詩》卷六百四十二作「方」。

已前共二首

備考 三、四句，雖言情思，然近景物，五、六直言景物而已。

宿淮浦寄司空曙〔一〕　李端

增註 《禹貢》：「導淮自桐柏在豫州。」又：「海岱及淮惟徐州〔二〕。」《詩》：「率彼淮浦。」屬徐州。《漢書》：「臨淮郡淮浦縣。」註並云：「淮，厓也。」徐州屬河南道。

備考 《唐詩解》四十四載，題作《宿淮浦憶司空文明》，詩中「多」作「涼」。○淮浦在徐州。徐州、杭州、岳州、長沙郡，舊皆楚地，爲鄰國。此時司空曙謫在長沙，李端欲赴杭州司馬，宿徐州淮浦，作詩寄曙也。

增註 **《禹貢》云云** 《禹貢》曰：「導淮自桐柏，會于泗沂，入于海。」註：「《水經》云：『淮水出南陽平氏縣胎簪山，禹自桐柏導之耳，桐柏見導山。』」

桐柏 《禹貢》曰：「熊耳、外方、桐柏，至于陪尾。」蔡註：「熊耳、外方、桐柏、陪尾，豫州山也。桐柏，《地志》：『在南陽郡平氏縣東南，今唐州桐柏縣也。』」

又海岱云云《禹貢》蔡註曰：「徐州之域，東至海，南至淮，北至岱，而西不言濟者，岱之陽、濟東爲徐，岱之北、濟東爲青，言濟不足以辨，故略之也。」

《詩》率云云《詩·大雅·常武篇》曰：「率彼淮浦，省此徐土。」

《漢書》《前漢》二十八《地理志》曰：「臨淮郡有淮浦縣。」應劭曰：「淮，涯也。」

河南道《一統志》曰：「河南，古豫州地，唐開元中置都畿、河南、河北三道。」

李端

備考《才子傳》第四曰[三]：「李端，趙州人。大曆五年李摶榜進士及第，授秘書省校書郎。以清羸多病辭官，居終南山草堂寺。未幾，起爲杭州司馬，牒訴敲朴，心甚厭之。買田園在虎丘下，爲耽深癖，泉石少幽，移家來隱衡山，自號衡嶽幽人。」○《履歷》曰：「趙州人，仕至杭州司馬。《詩格》云：『校書郎。大曆十才子一人之數。李嘉祐有《送侄端》詩，蓋其侄。』」

愁心一倍長離憂，《楚詞》：「思公子兮徒離憂。」**夜思千重戀舊遊。秦地故人成遠夢，楚天多雨在孤舟**[四]。**諸溪近海潮皆應，獨樹邊淮葉盡流。別恨轉深何處寫，前程惟有一登樓。**王仲宣思歸，作《登樓賦》。

備考 賦而興也。一意格。○第一、二句虛。第三、四句虛，述情思，「秦地」指長安，「楚天」指徐州。第五、六句，淮浦所見之實象。第七句虛，第八句實。○《唐詩解》曰：「按端嘗爲校書，與文明俱仕於朝。

時蓋失意客楚，故言離憂日長，又加一倍愁心，夜思無窮，無非戀我舊遊耳。今朝中故人託之夢寐，楚天涼雨，身在孤舟，良亦悲矣。况地邊淮海，秋樹凋殘，將何寫此別恨耶？一賦之外，無他娛也。」○又曰：「『長』，上聲。『思』，去聲。『深』，一作『添』。」

愁心　曹植詩云：「愁心將何訴？」○陶弘景《寒夜怨》云：「愁心絶，愁淚盡。」

離憂　梁簡文帝詩：「離憂等閑別。」謝脁詩：「江上徒離憂。」

千里　薛道衡詩：「前瞻疊障千重阻。」

舊遊　何承天詩：「願言桑梓思舊遊。」○周弘哀《長笛》詩：「舊遊傳後出。」[五]

故人　古詩：「前日風雪中，故人從此去。」吴筠詩：「故人來送別。」

多雨　謝脁詩：「多雨亦凄凄。」

孤舟　陶潛詩：「渺渺孤舟遊。」

獨樹　何遜詩：「天邊看獨樹。」

註　《**楚詞**》**云云**　愚按考《楚詞》，無此語。

王仲宣　《魏志》卷二十一曰：「王粲，字仲宣，山陽高平人也。少而聰惠，有大才。仕爲侍中時，董卓作亂，仲宣避難荊州，依劉表，遂登江陵城，因懷歸而作此賦。」

《**登樓賦**》　《文選》卷十一載此賦。○《大明一統志》六十二曰：「荊州府仲宣樓在荊門州，即當陽縣城樓。漢王粲仲宣登樓作賦，有曰：『倚曲沮，挾清漳。』今當陽正在沮、漳之間。唐杜甫詩『春風回首仲宣樓』指此。今府城東南隅亦有仲宣樓，乃五代時高季興所建望沙樓，宋陳堯咨更此名。」

【校勘記】

［一］宿淮浦寄司空曙：《全唐詩》卷二百八十六作《宿淮浦憶司空文明》。

［二］惟：底本脱，據附訓本和增註本補。

［三］四：底本誤作「五」，據《唐才子傳》卷四改。

［四］多：《全唐詩》卷二百八十六作「涼」。

［五］周弘衰《長笛》詩：「舊遊傳後出。」：按此處所引似有誤，查無其人其詩。《初學記》卷十六有周弘讓《賦長笛吐清氣》詩，中有「商聲傳後出」一句，或即此。

尋郭道士不遇　　白居易

備考　按江州之作也。

白居易

備考　《履歷》曰：「字樂天，其先太原人，徙華州下邽，生於大曆七年壬子。貞元十四年擢進士第。元和對策爲翰林學士。因事貶江州司馬，遷左拾遺，徙忠州刺史，入爲司門員外郎，以主客郎中知制誥。長慶中，自中書舍人爲杭州刺史。會昌初，刑部尚書，致仕，六年卒，年七十五，贈尚書右僕射。」

郡中乞假來尋訪[二]，舊史謂，樂天貶江州司馬，立隱舍於廬山，或經時不歸，或逾月而反，郡守不之責。**洞裏朝元去不逢。看院只留雙白鶴，入門唯見一青松。藥爐有火丹應伏**，見前註。**雲碓無人水自舂**。自註曰：「廬山雲母，多以水碓搗，俗呼爲雲碓。」**欲問參同契中事**，《神仙傳》：「魏伯陽，齊會稽人，得《古文龍虎上經》，約其象，著《參同契》。」**未知何日得相從**。

增註 李白詩：「水舂雲母碓。」按《本草》：「雲母，石類也。」

備考 賦也。一意格。○第一、二句實事，第三、四句語實而意虛，第五、六句道士院家所見之實事，第七、八句虛。

郡中《字彙》曰：「郡，群也，人所群聚也。周制，天子地方千里，分爲四縣，縣有四郡。《春秋傳》：『上大夫受縣，下大夫受郡。』秦初，天下置三十六郡，以監天下之縣。」

乞假《韻府·馬韻》「假」字註曰：「《詩》：『昭假遲遲。』箋曰：『暇也，寬假天下之人，遲遲然。』《正義》曰：『假，備之義，故爲暇也。』」○《字彙》曰：「假，胡駕切，音暇，與暇同。」

朝元 愚按唐高宗尊老子爲玄元皇帝。老子，道家所祖，故朝謁玄元之義，閣號朝元，亦此意。

青松 陶潛詩：「青松夾路生。」

註

貶《字彙》曰：「音匾，謫也，減損也，抑也。」

郡守 守，《字彙》曰：「《説文》：『守，官也。从宀，官府也；从寸，法度也。』」○《紀原》卷四曰：「漢有守令、守郡，謂以秩未當得而越授之，故曰守，猶今權也。則官之有守，自漢始也。宋朝神宗改官制，始正其名，故有行、試、守三等。《通典》曰：『試，未正命也。階高官卑稱行，階卑官高稱守。』」

雲母《本草綱目》卷八《石部》：「時珍曰：按《荆南志》云：『華容方臺山出雲母，土人候雲所出之處，于下掘取，無不大獲，有長五六尺可爲屏風者。但掘時忌作聲也。』據此，則此石乃雲之根也，故得雲母之名，而雲母之根，則陽起石也。」○「《别録》曰：『雲母生太山山谷、齊山、廬山及琅琊北定山石間，二月采之云云。』弘景曰：『按《仙經》：「雲母有八種：向日視之，色青白多黑者，名雲母；色黄白多青者，名雲英云云。」今江東惟用廬山者爲勝，青州者亦好，以沙土養之，歲月生長。』」

水碓《紀原》卷九：「《魏略》曰：『馬鈞居京都，城内有地可爲園，無水以灌之，乃作翻車，令童兒轉之而灌水自覆。今田家有水車，天旱時引水溉田者，此器也。』詳此，則其制起自魏馬鈞也，而漢靈帝使畢嵐作翻車，設機束以引水灑南北郊路，又爲自畢嵐所制矣，未知孰是。」○《尋到源頭》曰：「水碓者，晉杜預所作也。連機之碓，藉水轉之。後之作水車，自杜預始。」○碓，《字彙》曰：「都内切，音對。桓譚《新論》：『宓犧制杵臼之利，後世加巧，借身踐碓而利十倍。』又水碓曰轓車。孔融曰：『水碓之巧，勝於聖人斷水掘地。』」

魏伯陽云云　《廣列仙傳》卷二曰：「魏伯陽，吴人，性好道術，不樂仕宦，入山作神丹云云。伯陽嘗作《參同契五相類》，凡二卷，其説似解《周易》，其實假借爻象以論作丹之意。」〇涵蟾子《周易參同契通真義序》曰：「按《神仙傳》，真人魏伯陽者，會稽上虞人也，世襲簪裾，惟公不仕云云。得《古文龍虎經》，盡獲妙旨，乃約《周易》，譔《參同契》三篇。」〇《仙旨傳》曰：「魏伯陽，會稽上虞人，得《古文龍虎上經》，盡獲妙旨，因約其象，著《參同契》上、中、下三篇。宋寶祐二年，儲諦作序云：『魏先生祖《龍虎》而作《周易參同契》，實出於河圖者也，以坎離之九一爲藥物，以卦氣之分生爲火符云云。』」

《古文龍虎上經》　《金丹正理大全》載：「《金碧古文龍虎上經》一卷，上、中、下篇，保義郎差充皇弟少傅恩平郡王府指揮使臣王道註疏，太乙宫養素齋道士臣周真一印證。」〇愚按「上」字，異本作「二」字，非也。

約其象　愚按其象，指《周易》河圖洛書之象。

著《參同契》　明葉芳《參同契序》曰：「按《參同契》曰東漢會稽魏伯陽所撰，密示青州從事徐景休，令箋註。至桓帝時，復得授於同郡淳于叔通，是書始于世。」〇東漢魏伯陽自序曰：「會稽鄙夫，幽谷朽生。挾懷朴素，不樂權榮。栖遲僻陋，忽略利名。執守恬淡，希時安寧。晏然閑居，迺譔斯文。歌叙大《易》，三聖遺言。」〇有東漢徐景休序並東漢淳于叔通《參同契讚》。〇薛文清《讀書續録》十一曰：「魏伯陽《參同契》假《易》論長生之術，若指諸掌。然伯陽今竟能踐其言而度世常存耶？」

【校勘記】

［一］尋：《全唐詩》卷四百四十作「相」。

早秋寄題天竺靈隱寺

賈島

增註 二寺俱在杭州。《寰宇記》：「天竺山，晉咸和元年西天僧惠理嘆曰：『此是天竺國靈鷲山之小嶺，不知何年飛來？佛在日多爲仙靈所隱，今此復爾。』因掛錫靈隱寺，號飛來峰。靈隱山以許由、葛洪所隱，入去忘歸取名，本名稽宿山。」又《圖經》：「杭州靈山之陰、北澗之陽即靈隱寺，靈山之南、南澗之陽即天竺寺。」

備考 《古鈔》曰：「天竺、靈隱寺，二寺名。《書·禹貢》：『靈士夢筆法也［二］。』」

天竺寺 《一統志》曰：「下天竺寺在杭州府城西一十五里，晉咸和中建寺，前後有飛來、蓮華諸峰。」

靈隱寺 《一統志》曰：「靈隱寺在杭州武林山，晉咸和初建。」

增註　**靈鷲山** 《唐詩選》註曰：「耆闍窟山中山形如鷲，佛嘗居此，故號鷲嶺。出《法華經》。」○《法華文句》卷一曰：「耆闍崛山者，此翻靈鷲山，亦曰鷲頭。」○又解：「山峰似鷲，將峰名山。」○又曰：「山南有屍陀林，鷲噉屍，竟栖其山，時人呼爲鷲山。」○又解：「前佛今佛居此山。若佛滅後，羅漢住；法滅，支佛住。無支佛鬼神住，既是聖靈所居，總有三事，因呼爲靈鷲山。」○《大論》卷三曰：「耆闍名鷲，崛名頭，是山頂似鷲。」○應法師《音義》云：「案梵本無靈義。此鳥有靈，知人死活，故名靈鷲。」

掛錫 《釋氏要覽》曰：「錫杖，梵云隙棄羅。此云錫杖，由振時作錫聲，故《十誦》云『聲杖』。」○《錫杖經》云：「佛告比丘：『汝等應受持錫杖，所以者何？過去、未來、現在諸佛皆執故。又名智杖，又名德杖，彰顯智行功德本故。聖人之表幟，賢士之明記，道法之正幢[三]。』迦葉曰：『佛，何名錫杖？』佛言：『錫者，輕也，倚依是杖，除煩惱，出三界故。錫，明也，得智明故。錫，醒也，醒悟若空、三界結使故。錫，疏也，謂持者與五欲疏斷故。』若三股六環，是迦葉佛製；若四股十二環，是釋迦佛製。」○又曰：「今僧止所住處名掛錫者，凡西天比丘，行必持錫杖，持錫有二十五威儀，凡至室中，不得著地，必掛於壁牙上，故云掛錫。」

飛來峰 《一統志》曰：「飛來峰在杭州府城西二十里。」

賈島 見前。

峰前峰後寺新秋，絶頂高窗見沃州。沃州山，在越州新昌縣東三十里。**人在定中聞蟋蟀，鶴曾栖處掛獼猴。山鐘夜度空江水，汀月寒生古石樓。心憶懸帆身未遂，謝公此地昔曾遊。**謝安常經臨安山中坐石室[三]，臨濬谷，悠然嘆曰：「此亦伯夷何遠？」

增註　《爾雅》：「蟋蟀，蛬也。幽州人謂之促織。」○獮猴似猿，今飛來峰有猿，其洞名呼猿洞。○臨安縣有東西二巖，坡詩自註云：「謝安東山也。」

備考　賦也。一意格。○第一、二句，兩寺之實景，天竺寺在峰前，靈隱寺在峰後。第三句虛，第四句虛中含實。第五、六句，兩寺所見聞之實事。第七句虛，第八句實事也。

定中　定，《字彙》曰：「安也，静也，止也。」

蟋蟀　《古今註》曰：「蟋蟀，一名吟蛩，一名蛩。秋初生，得寒則鳴。一云，濟南呼爲懶婦。」○又曰：「莎鷄，一名促織，一名絡緯，一名蟋蟀。促織謂鳴聲如急織，絡緯謂其鳴聲如紡績也。促織，一名促機，一名紡緯。」

獮猴　獮，《字彙》曰：「綿兮切，音迷，獮猴。」○猴，又曰：「胡鉤切，音侯。陸佃云：『此獸無脾以行消食。蓋猿之德静，以緩猴之德躁以囂。』又曰：『猴善候，故其字从侯。』」

註　**沃州云云**　《要玄·地集》八十八曰：「紹興府新昌郡東有沃州山，與天姥山對峙，道書以爲第五福地，晋支遁居之。」

謝安云云　《晉書》列四十九曰：「謝安，字安石，尚從弟也云云。遂栖遲東山，常往臨安山中坐石室，臨濬谷，悠然嘆曰：『此亦伯夷何遠？』云云。」

濬谷 濬，《字彙》曰：「須晋切，音峻，深通川也，又深也。」

伯夷 《論語・公治長篇》，朱註：「伯夷、叔齊，孤竹君之二子。」〇《史記》列傳《索隱》：「伯夷，名允，字公信。」〇《代醉編》十七曰：「《餘冬序録》：『伯夷，名允，一名元，字公信。』」

增註 **呼猿洞** 《要玄・地集》卷五曰：「浙江路杭州府有天竺峰，在城西。又有臨安郡，其西有臨安山，縣因此山爲名。武林山在府城西，武林水所出，亦曰靈隱，曰靈苑，曰仙居。呼猿洞在武林山。宋僧遵式《白猿峰詩序》：『西天僧慧理，畜白猿於靈隱寺。』」

臨安縣 屬杭州。

東山也 《三才圖會・地理》卷九曰：「東山，在會稽南，晋太傅文靖謝公安石東山也。巋然出衆峰間，如鸞如鳳，飛舞至山，於千峰掩抱間得微徑，循石路而上，今爲國慶禪院，即文靖故居也。絶頂有謝公調馬路，止此，山川始軒豁呈露，萬峰林立，下視煙海渺然，天水相接，蓋萬里雲景也。文靖樂居，其在茲乎？山半有薔薇洞，相傳文靖携妓處。葛立之《詩話》云：『會稽、臨安、金陵皆有東山，俱傳以爲謝安携妓之所。』」

【校勘記】

［一］靈士夢筆法也：按《尚書》中無此句。

［二］正：底本脱，據《喻林》卷十九補。

［三］經：底本誤作「在」，據元刻本、箋註本和增註本改。

七言律詩備考卷之四終

七言律詩三體家法備考大成卷之五

題宣州開元寺水閣[一]　　杜牧

增註　宣城，即宣州。○杜牧嘗爲宣州判官，又佐沈傳師宣城幕。○《釋氏通鑒》載：「玄宗開元二十六年，詔各郡建一寺，紀年爲號，曰開元寺。」

備考　此詩，杜牧爲宣州判官時作也。○吴宣城郡，隋改爲宣州。○《律髓》卷四載此詩，作《題宣州開元寺小閣》。

註　**判官**　《紀原》六曰：「秦、漢以來，郡府之幕有掾吏從事，逮於梁、齊，亦無判官。《續事始》曰：『隋元藏機始爲過海使判官，此使府判官之始也。』」

《**釋氏通鑒**》十二卷，括山一庵本覺著[二]。

玄宗　唐第七主。

開元 凡二十九年。

杜牧 見前。

六朝文物草連空，六朝，見前註。**天淡雲開今古同**[三]。**鳥去鳥來山色裏，人歌人哭水聲中。深秋簾幕千家雨**，按本集題云：「開元寺水閣，閣下宛溪，夾溪居人。」**落日樓臺一笛風。惆悵無因見范蠡，參差煙樹五湖東**。《國語》曰：「范蠡遂乘輕舟，浮於五湖。」

備考 賦而興也。續腰格。第一句虛，第二句實景。第三、四句語實而意虛。第五、六句，水閣所見聞之實事，「雨」比天下暗昧，「落日」比世末。第七句虛實相兼，第八句全述實事。○《鼓吹》曰：「此詩懷古也。首言六朝文章、人物皆已不存，但芳草連天而已。惟天危雲容，古今依舊，是以鳥之去來、人之歌哭，與夫簾幕之雨、樓臺之風，皆古今如一，獨人物不然。故世人不知奔馳于利，恨其不得范蠡而一見。蓋范蠡功成身退於五湖，何其高也。今所可見者，空有五湖煙樹參差而已，如范蠡者，豈得而見之哉？」○《律髓》註云：「唐以昇州屬浙西，而節度使在潤州。江東則宣歙觀察府在宣州，是爲大鎮，故其詩特繁盛。宋析置太平州，移本路監司於江寧建康，而宣州寂如矣。」

六朝 吳、東晉、宋、齊、梁、陳。

文物 文章、人物也。○《五車韻瑞》曰：「《文中子》：『衣冠文物之舊。』」○《左傳》：「臧哀伯曰：『夫德，儉而有度，文物以紀之，聲名以發之。』」

五湖《事文類聚》前集十七引《初學記》曰：「《周官》：『揚州，其浸五湖。』按張勃《吳録》：『五湖者，太湖之別名。以其周行五百里，故以五湖爲名。或説以太湖、射陽湖、上湖、洮湖、滆湖爲五湖。』按《國語》，吳、越戰於五湖，直在笠澤一湖中戰耳。則知或説非也。《揚州記》曰：『太湖，一名震澤，一名笠澤，一名洞庭。』《荆州記》云：『宫亭即彭蠡澤也，一名應澤。青草湖，一名洞庭湖。雲夢澤，一名巴丘湖。』凡此並昭昭尤著也[四]。」

註　**宛溪**《要玄・地集》五曰：「寧國府城東有宛溪，源出嶧陽山，其流清激，李白詩：『吾憐宛溪水，百尺照心明。』」

【校勘記】

［一］題宣州開元寺水閣：《全唐詩》卷五百二十二作《題宣州開元寺水閣閣下宛溪夾溪居人》。

［二］覺：底本脱。按《釋氏通鑒》，南宋括山一庵沙門本覺編。

［三］開：《全唐詩》卷五百二十二作「閑」。

［四］此：底本脱，據《古今事文類聚》前集卷十七和《初學記》卷七補。

長安秋夕　趙嘏

備考 本集題作《長安早秋》。○《鼓吹》題作《長安晚秋》。○按此詩，嘏在長安未及第時作。

趙嘏

備考 《才子傳》曰：「嘏，山陽人，會昌二年鄭言榜進士。大中中，爲渭南尉。嘗早秋賦詩曰：『殘星數點雁横塞，長笛一聲人倚樓。』杜牧之呼爲『趙倚樓』，嘗嘆之也。」

雲物凄凉拂曙流，漢家宫闕動高秋。殘星數點雁横塞，長笛一聲人倚樓。《摭言》曰：「杜紫微覽趙渭南詩云云，因目嘏爲『趙倚樓』。」**紫艷半開籬菊净，紅衣落盡渚蓮愁。鱸魚正美不歸去，**見前註。**空戴南冠學楚囚。**晉侯見鍾儀，問曰：「南冠而縶者誰也？」有司曰：「鄭人所獻楚囚也。」

備考 賦而興也。一意格。○第一、二句，將言秋夕，先寫其曉景。第三、四句，語實而意虚。五、六句共述實景，第七、八句虚實相兼也。○《鼓吹》註云：「此詩，駐車長安，因晚秋之景而懷故園也。言九月時見雲物消索，拂曙如流，復見唐家宫殿竦立于高秋之中，借漢言唐。高秋，深秋也。三、四句，正狀晚秋之景。言殘星幾點，正當南雁之來；長笛一聲，益增思鄉之感。籬菊半開，渚蓮落盡，皆晚秋之物宜。末則自嘆，秋晚鱸魚肥美，猶未歸以適其志，空戴南冠，一如楚囚之縶迹于他鄉耳。言羈于此，猶楚囚然，借言之耳。嚴滄浪曰：『用事不必拘來歷云。』」

雲物《左傳》：「分至啓閉，必書雲物。」

凄涼 杜甫詩：「凄涼爲折腰。」《集註》：「凄涼，不滿之貌。」

漢家 指長安。

紅衣 庾信詩云：「蓮浦落紅衣。」

鱸魚云云《晉書》列六十二曰：「張翰，字季鷹，吳人。有清才，善屬文，而縱任不拘，時人號爲江東步兵。既入洛，齊王冏辟爲大司馬東曹掾。翰因見秋風起，乃思吳中菰菜、蓴羹、鱸魚膾，曰：『人生貴得適志，何能羈宦數千里以要名爵乎？』遂命駕而歸。」

註　杜紫微 歐陽永叔詩：「人言清禁紫薇郎，草詔紫薇華影傍。」〇《要玄·物集》一曰：「唐制，中書舍人知制誥。姚崇在館，改紫薇舍人曰紫薇省。」〇同《人集》六曰：「《考索》：『漢尚書郎，直宿建禮門，奏事明光殿，下筆爲誥令，乃今中書舍人也。唐武德置舍人六人，後改中書舍人，龍朔改西臺舍人，光宅改鳳閣舍人，開元改紫薇舍人。』」

晉侯云云《左傳·成公九年》云：「晉侯觀于軍府，見鍾儀，問之曰：『南冠而縶者誰也？』有司對曰：『鄭人所獻楚囚也。』使稅之。」

宿山寺　　項斯

備考 按此詩在潤州時作。

項斯

備考《才子傳》曰：「項斯，字子遷，江東人也，會昌四年王起下第二人進士。始命潤州丹徒縣尉，卒於任所。性疏曠，温飽非其本心。築草廬於朝陽峰前，交結浄者，盤礴宇宙，戴蘚華冠，披鶴氅，就松陰，枕白石，飲清泉，長哦細酌，凡如此三十餘年。楊敬之贈詩云：『幾度見君詩總好，及觀標格過於詩。平生不解藏人善，到處逢人説項斯。』其名以此益彰矣。」

栗葉重重覆翠一作「徑」。**微，黄昏溪上語人稀。月明古寺客初到，風度**一作「動」。**閑門僧未歸。山果經霜多自落，水螢穿竹不停飛。中宵能得幾時睡，又被鐘聲催著衣。**

備考 賦也。一意格。○第一、二句實，第三、四句虚，第五、六句述山寺實景，第七、八句虚實相兼也。

重重 張説詩：「重重拂瑞雲。」

翠微 杜詩：「華亭入翠微。」註：「山未及上曰翠微。一説山氣青縹色。」

閑門 蘇子卿詩：「誰在閑門外。」

中宵 陶潛詩：「中宵尚孤征。」

題永城驛[一]　　薛能

永城縣，在亳州。

備考 本集題作《下第後自夷門乘舟至永城驛題》。

薛能 出前。

秋賦春還計盡違，賦，鄉貢也。晁錯策曰：「乃以臣錯充賦。」按本集題云：「下第後自夷門乘舟至永城驛。」**自知身是拙求知。惟思曠海無休日**，孔子曰：「道不行，乘桴浮于海。」**却喜孤舟似去時。連浦一程兼汴宋，夾堤千柳雜唐隋**。煬帝自開汴河，築街道，植以柳，名曰隋堤，一千三百里。**從來此恨皆前達，敢負吾君作《楚詞》**。《史記》：「屈原死後，楚有宋玉、景差之徒，皆以賦稱，故世傳楚詞。」

增註 唐河南汴州及宋州本梁郡，並鄰亳州。

備考 賦而興也。一意格。第一句實，第二句虛，第三、四句虛，第五、六句皈鄉之時，舟中所見之實事，第七、八句虛實相兼也。

秋賦 賦，《字彙》曰：「貢士曰賦。」

前達 王維詩：「朱門先達笑彈冠。」○《韓非子》曰：「管仲、鮑叔相謂曰：『齊國之諸公子，其可輔者，非公子糾則小白也。與子人事一人焉，先達者相收。』」○愚按前達，先達之義也。

註

鄉貢 《要玄・人集》七曰：「唐貢士之法多循隋制，上郡歲三人，中郡歲二人，下郡一人，有才能者無常。」○《紀原》卷三曰：「《周禮・大司徒》：『邦國舉賢者於王。』則貢舉之始也。唐武德初，諸州號明經、俊秀，州縣試取合格者，每年十月，隨方物入貢。《摭言》曰：『武德辛巳歲四月一日勑也。』按辛巳，武德四年云。」

鼂錯云云 《前漢》列四十九《鼂錯傳》曰：「鼂錯，潁川人也。今臣窋等，迺以臣錯充賦。」如淳曰：「猶言備數也。」臣瓚曰：「充賦，此錯之謙也，云如賦調也。」

孔子曰云云 《論語・公冶長篇》云：「子曰：『道不行，乘桴浮于海。從我者，其由與？』」

《史記》云云 《史記》列二十四云：「屈原者，名平，楚之同姓也云云。屈原既死之後，楚有宋玉、唐勒、景差之徒者，皆好辭而以賦見稱云云。」

【校勘記】

[一]題永城驛：《全唐詩》卷五百五十九作《下第後夷門乘舟至永城驛題》。

慈恩偶題[一]　鄭谷

《雍録》曰：「慈恩寺在朱雀街東第三街，自北次南第十五坊（名進昌坊）。」《西京雜記》曰：「慈恩寺，隋無漏寺，嘗廢。貞觀二十年，高宗在春宮，爲文德皇后立，故以慈恩爲名。院西浮圖六級，高三百尺。」

備考 按此詩鄭谷在長安時作。

題註 《**雍録**》程大昌著，凡十卷。

《**西京雜記**》**云云** 《西京雜記》曰：「西京慈恩寺，隋無漏寺之故地。武德初廢，貞觀中，高宗在春宮，爲文德皇后立，故以慈恩爲名。寺西院浮圖六級，高三百尺，永徽三年，沙門玄奘所立。」

高宗 唐第三主，諱治，字爲善，太宗九子，母爲文德皇后。在位三十四年，壽五十六。

浮圖 陳簡齋詩：「浮屠似玉筍。」注：「梵語浮屠，華言塔。」

鄭谷 見前。

往事悠悠成浩嘆[二]，**浮生擾擾竟何能**[三]。**故山歲晚不歸去，高塔晴來獨自登。林下聽經秋苑**一作「院」。**鹿，溪邊掃葉夕陽僧。吟餘却起雙峰念，**雙峰，黄梅也。**曾看庵西瀑布冰。**

增註 貞觀二年，玄奘法師往五印度取經。十九年，至京師，得如來舍利一百五十粒，梵夾六百五十七部。始居洪福寺翻譯，及慈恩寺成，玄奘居之，乃於寺西院造博浮圖塔，藏梵本諸經。○《宋明帝紀》：「魏主建鹿野浮圖於苑中西山，與禪師居，苑鹿聽經。」○《釋氏要覽》：「如來涅槃雙峰，即拘尸林也。」又韶州曹溪在雙峰寺下，其寺即晉武帝時曹叔良宅。

備考　賦而興也。一意格。第一、二句虛，第三、四句虛實相兼，第五、六句塔上所見之實事，第七、八句虛也。

往事《史記·自序》：「傳曰：述往事，思來者。」○熊甫詩：「往事既去可長嘆。」

悠悠《詩·王風·黍離篇》：「悠悠蒼天。」朱註：「悠悠，遠貌。」

擾擾《字彙》曰：「煩也，亂也。」○《文選》四十七《酒德頌》云：「俯觀萬物之擾擾。」善曰：「《廣雅》曰：『擾擾，亂也。』」

瀑布　孔靈符《會稽記》曰：「懸霤千仞，謂之瀑布。飛流灑散，冬夏不竭。」

註　**玄奘**《太平廣記·異僧部》曰：「沙門玄奘，俗姓陳，偃師縣人也。唐武德初，往西域取經云云。遂至佛國，取經六百餘部而皈。」○《舊唐書·方術傳》曰：「僧玄奘，姓陳氏，博涉經綸。貞觀初，遊西域，經百餘國，悉解其國之語。貞觀十九年，歸至京師，住慈恩寺，翻譯諸經。以京城人衆，乃奏請逐静翻譯。高宗敕移于宜君山。」

如來《道院集》：「晁迥云：『本覺爲如，今覺爲來，故云如來。』」

舍利 《霏雪録》曰：「舍利，按佛書云：『室利羅，或設利羅。此云骨身，又云靈骨。即所遺骨分，通名舍利。』《光明經》云：『此舍利者，是戒、定、慧之所薰修，甚難可得，最上福田。』《大論》云：『碎骨是生身舍利，經卷是法身舍利。』」○又引《法苑》曰：「舍利有三種色：白色骨舍利，墨色髮舍利，赤色肉舍利。菩薩、羅漢皆有三種。佛舍利，椎擊不碎；弟子舍利，椎試即碎。」

梵夾 唐懿宗於禁中設講席，自唱經，手録梵夾。○梵，《韻會》曰：「西域號。此云清浄，正言寂静。」○夾，又曰：「篋，詰叶切，本作匧，箱篋也。」○愚按梵夾之「夾」字，疑亦與「匧」字通用歟？異本「夾」字作本字，不知孰是。

翻譯 翻，《字彙》曰：「反也，覆也。」○譯，又曰：「音亦。傳夷夏之言而轉告之也。」○《翻譯名義集序》曰：「夫翻譯者，謂翻梵天之語，轉成漢地之言，旨雖似别，義則大同矣。」○《紀原》卷七曰：「漢自永平後，摩騰首譯《四十二章經》。歷魏晋南北朝，皆有翻經館。唐置譯經潤文之官，元和後廢。宋朝太宗興國中復興其事，置譯經院也。」

造博云云塔 《紀原》卷七曰：「《高僧傳》曰：『康僧會，吴赤烏十年至建業。孫權使求舍利，既得之，權即爲造塔。晋帝過江，更修飾之。』此蓋中國造塔之始也。」

【校勘記】

［一］慈恩偶題：《全唐詩》卷六百七十六作《慈恩寺偶題》。

〔二〕成：《全唐詩》卷六百七十六作「添」。

〔三〕浮：《全唐詩》卷六百七十六作「勞」。

已前共九首

備考　舊註云：「前虛處用景物述情思，後實處直謂景物，至結句述情思者也。」○按三、四述景物而寓情，五、六言景物而句體似言情也。

都城蕭員外寄海棠華〔一〕

羊士諤

按詩中語，「海棠華」恐是曲名。

增註　唐李贊皇集：「華木以海爲名者，悉從海上來，海棠是也。」

備考　或云，「都城」指長安城。○愚按詩中有「浣華」之字，故此「都城」者，蜀成都歟？

員外　《事文類聚》百八十二云：「晉、宋尚書省置員外郎，分判曹事。隋開皇三年，尚書二十四司，各置員外郎一人，謂本員之外復置郎也，掌其曹之版籍，侍郎闕則釐其曹事。此今員外郎所由始也。」

海棠華　《本草綱目》三十《果部》「海紅」條下曰：「沈立《海棠譜》云：『棠有甘棠、沙棠、棠梨，皆非海棠也。海棠盛於蜀中。其出江南者名南海棠，大抵相類，而花差小。棠性多類梨。其核生者長慢，數十年乃花。以枝接梨及木瓜者易茂。其根色黄而盤勁，且木堅而多節，外白中赤。其枝葉密而條暢，其葉類杜，大者縹緑色，小者淺紫色。二月開花五出，初如胭肢點點然，開則漸成纈暈，落則有若宿妝淡粉。其蒂長寸餘，淡紫色，或三蕚、五蕚成叢。其蕊如金粟，中有紫鬚。其實狀如梨，大如櫻桃，至秋可食，味甘酸。大抵海棠花以紫綿色者爲正，餘皆棠梨耳。海棠花不香，惟蜀之嘉州者有香而木大。有黄海棠，花黄。貼幹海棠，花小而鮮。垂絲海棠，花粉紅向下。皆無子，非真海棠也。』」

題註　**李贊皇**《韻府》云：「贊皇公，李德裕也。」○《本草綱目》三十《果部》「海紅」條曰：「時珍曰：按李德裕《花木記》曰：『凡花木名海者，皆從海外來，如海棠之類是也。』又李白詩註云：『海紅乃花名，出新羅國甚多。』則海棠之自海外，有據矣。」

羊士諤

備考《履歷》曰：「受知李吉甫，又最善吕温，薦爲御史，又嘗爲資州刺史。按《順宗實録》，元年貶羊士諤爲汀州寧化縣尉。蓋士諤性傾險，以公事至京時[三]，王叔文用事，公言其非，叔文聞之，怒，欲下詔斬之。韋執誼不可，遂貶焉。」

珠履行臺擁附蟬，《史記》：「趙平原君使人於春申君，趙使刀劍室皆飾珠玉。春申君客三千人，皆躡珠履見趙使，趙使大慚。」《漢儀》：「侍中冠、惠文冠加金璫，附蟬爲文，貂尾爲飾。」**外郎高步似神仙**。

陳詞今見唐風盛，從事遥瞻魏國賢。獻帝以十郡爲魏國，封曹操。時文帝爲五官將，及平原侯植，皆好文學，王粲爲丞相掾，徐幹爲五官掾，陳琳、阮瑀爲祭酒，應瑒、劉楨並爲掾屬。**擲地好辭凌綵筆**，晋孫綽作賦，示范榮期，曰：「卿賦擲地，當作金聲。」蔡邕題《曹娥碑》云：「絶妙好辭。」江淹夢郭璞取去五色筆，後爲詩，絶無美句。**浣華春水膩魚牋。**《梁益記》曰：「浣華溪水，居人多造綵箋。」《國史補》曰：「紙之善者，蜀之金華魚子。」**東山芳意須同賞**，謝安携妓遊東山。**子著囊盛幾日傳。**見王羲之帖。

增註 行臺，《職林》載：「自魏晋有之，後魏爲尚書大行臺，隋爲行臺省。唐初亦置行臺，後諸道各置採訪等使，每使有判官二人[三]，兼判尚書六行事，蓋行臺之遺制也。」○從事魏國賢，按《職林》：「魏末，晋文帝詔諸葛誕、裴秀以行臺從。誕與秀並魏賢人。」○子著囊盛，羲之《來禽帖》云：「日給藤子，皆囊盛爲佳，函封多不生。可與致子，當種之。」

備考 賦也。一意格。第一、二句實，第三、四句虛，第五、六句實事，第七、八句虛也。

珠履 何遜詩：「樓殿聞珠履。」

神仙 《瀛奎律髓》四十八曰：「神仙之説始於燕、齊怪誕，而極於秦皇。漢方士不經甚矣，其徒又自附於老子之書，上推至黄帝，而曰黄老清净，是以無爲而治。後世益加附會，自成一教：『賦命有修短，我得以操其權；秉質有厚薄，我得以變其本。』舉凡書符[四]、受籙、燒丹、辟穀、縮地、昇天、治鬼、伐病，其説不一，愚而失身，姦而惑衆者多矣。間有隱逸詭異之徒，或毛人木客出於山谷，或羽衣星冠巢於林澗而眩於都市，則世之好奇者悦之，而詩人尤喜談焉。」〇《書言故事》卷十曰：「《花木録》：『唐相賈耽著《百花譜》，以海棠爲花中神仙。』」

浣華 《一統志》六十七曰：「成都府浣花溪在府城西南五里，一名百花潭。按吴中復《冀國夫人任氏碑記[五]》：『夫人微時，見一僧墜污渠，爲濯其衣，百花滿潭，因名其潭曰浣花。』」

註 **《史記》** 《史記》列十八《春申君傳》有珠履之事。

《漢儀》 韓文曰：「漢衛宏官書兩部合一卷。」注：「孫曰：『衛宏，字敬仲，光武時爲議郎，作《漢儀》四篇，載西京雜事。』」

惠文冠 《要玄・事集》卷三曰：「惠文冠。胡廣曰：『趙武靈王改胡服，以金璫飾前揺，貂尾爲貴職。或以北土多寒，胡人以貂皮温額，後代效之，亦曰惠文。惠者，蟪也，其冠文細如蟬翼，故名惠文，漢因之。』」〇又《人集》卷五曰：「《初學記》：『侍中冠、武弁大冠亦曰惠文冠，加金璫，附蟬爲文，貂尾爲飾，謂之蟬貂。』應劭曰：『金取堅剛，百鍊不耗。蟬居高食潔，目在腋下。貂内勁悍外温潤[六]。』」

金璫 《韻會》云：「都郎切，華飾也。《集韻》：『充耳珠也。』又《後漢・輿服志》：『中常侍冠，加黄金璫，貂尾爲飾。』」

貂尾 貂，《字彙》曰：「丁聊切，音彫。貂出東北夷。《説文》：『出胡丁零國，今人謂之貂零以此。』《爾雅翼》：『貂，實鼠類，故字又作「鼦」。』《字説》：『貂，或凋之毛，自召也。』」〇《順和名四聲字苑》曰：

「貂，音凋，和名大。似鼠，黄色，皮堪作裘。」

獻帝云云《後漢書·本紀》曰：「孝獻皇帝，諱協，靈帝中子也。」〇《綱目》十四曰：「漢獻帝建安十六年，曹操以其子丕爲五官中郎將，爲丞相副。」〇「建安十八年，以冀州十郡封曹操爲魏公，以丞相領冀州牧如故。」〇魏文帝，姓曹，名丕，魏主操之子[七]，建安二十五年廢獻帝而稱帝。〇文帝封父操武皇帝。

五官將《事物紀原》卷五曰：「《通典》曰：『唐乾元元年改太史局爲司天，置五官正，謂春、夏、秋、冬、中五官也。』」

王粲《韻府》云：「韓詩：『建安能者七，卓犖變風操。』孔融、陳琳、王粲、徐幹、阮瑀、應瑒、劉楨皆漢末建安時人。」

掾《字彙》曰：「倪殿切，音硯，官屬。」

陳琳云云《魏志》曰：「廣陵陳琳，字孔璋；陳留阮瑀，字元瑜。袁紹敗，皈太祖。太祖愛其才，並以琳、瑀爲司空軍謀祭酒，管記室。軍國書檄，多琳、瑀所作。」

晉孫綽《晉書》列傳十六曰：「孫綽，字興公，嘗作《天台山賦》，辭致甚工，初成，以示友人范榮期，云：『卿試擲地，當作金石聲也。』榮期曰：『恐此金石非中宮商。』然每至佳句，輒云：『應是我輩語。』」

《**曹娥碑**》《韻府》曰：「父盱，五日泝江迎婆神，溺死，不得屍。女娥年十四，沿江號哭，七日投江而死。三日後，與父屍俱出。」〇《要玄·地集》卷五曰：「南京路紹興府下，曹娥，上虞人，父盱能弦歌巫祝。

漢安初，五月五日迎神[八]，溺死，娥年十四，投江死，抱父屍出。縣長慶尚有碑。」

江淹《南史》曰：「江淹，字文通。嘗夢一丈人，自稱郭璞，謂曰：『吾有筆在卿處多年，可以見還。』淹乃探懷中，得五色筆一，以授之。爾後爲詞，絶無美句。」

金華魚子《一統志》七十一曰[九]：「潼川州有金華山、涪水。」〇《要玄・事集》卷二曰：「《國史補》：『紙之妙者，越之剡藤、苔牋，蜀之麻面、屑骨、金花、魚子、十色牋。』」

《國史補》唐李肇著，凡二卷。

謝安云云《晉書》曰：「謝安，字安石，陳國陽夏人。常往臨安山中，放情丘壑。然每遊賞，必以妓女從。高崧戲之曰：『卿屢違朝旨，高卧東山，諸人每相與言，安石不肯出，將如蒼生何？蒼生今亦將如卿何？』安有愧色云云。」

增註　**行臺**《要玄・人集》卷七曰：「《類聚》：『唐虞内有九官，總之於百揆；外有十二牧，總之於四岳。我朝内設六部，即虞之九官；外建十三布政使司，即虞之十二牧。晉魏謂之行臺，後魏爲大行省。隋隨其所管之道，置於外州，謂之尚書省。』元外道置中書行省，初置江南行中書省，後改爲承宣布政使司。」〇《北史》：「齊辛術爲東南道行臺，文宣勑術曰：『留卿爲臺，欲理逃民，究枉，監理牧司。』」

採訪等使《要玄・人集》卷七曰：「《類聚》：『貞觀初，遣大使十三人巡省天下諸州水旱，則有巡察安撫名。景雲二年，置十道按察使。開元改十道按察採訪處置使。』」〇《紀原》卷六曰：「唐明皇開元二年，置十道按察採訪處置使，肅宗改曰觀察處置。《新唐書·方鎮表》曰：『至德元載，置觀察使。』《百官志》曰：『肅宗乾元元年改也。』」

《來禽帖》李綽《尚書故實》：「王内史書帖中有《與蜀郡守朱不記名。書》，求櫻桃來禽，日給藤子。來禽言味甘。來，衆禽也，俗作林檎。」○《要玄·物集》卷二曰：「《原始》：『林檎，一名來禽，以味甘，故來衆禽也。』」杜恕《篤論》：「日給之華與李相似也，李結實而日給零落。」○《韻府》云：「羲之帖曰：『青李，來禽，櫻桃，日給藤子，囊盛爲佳，函封多不生。』」

帖《字彙》曰：「簡帖，又券帖。《通俗文》：『題賦曰帖。』」

【校勘記】

［一］都城蕭員外寄海棠華：《全唐詩》卷三百三十二作《都城從事蕭員外寄海梨花詩盡綺麗至惠然遠及》。

［二］事：底本訛作「吏」，據附訓本和增註本改。

［三］每使：底本脱，據附訓本、增註本和《通典》卷二十二補。

［四］益加附會，自成一教：「賦命有修短，我得以操其權；秉質有厚薄，我得以變其本。」舉凡書符：底本誤作「蓋瀾倒盡」，據《瀛奎律髓》卷四十八補正。

［五］冀：底本脱，據《蜀中廣記》卷二補。

[六]內：底本誤作「外」，據《宋書・禮志》改。外：底本誤作「内」，據《宋書・禮志》改。
[七]子：底本脱，據前文補。
[八]五日：底本訛作「九日」，據《後漢書・列女傳》改。
[九]七：底本脱，據《明一統志》卷七十一補。

陳琳墓[一]　温庭筠

《九域志》：「陳琳墓在下邳，今淮陽軍。」

增註《三國志》：「陳琳，字孔璋，廣陵人。太祖愛其才，以爲司空管記，軍國書檄，多琳所作。嘗草呈太祖，太祖先苦頭風，讀琳作，翕然而起曰：『此愈我疾。』數加厚賜。」

備考 按庭筠時行下邳，過陳琳墓，作此詩。○《律髓》二十八載此詩。

墓《朱子家禮》曰：「墳高四尺，立小石碑于其前，高四尺，趺高尺許[二]。按時制碑石，一品螭首，二品麒麟，三品天禄、辟邪，皆用龜趺。四品至七品皆圓首方趺。其石獸長短廣狹以次減降，著在今可考。」

增註　**司空管記**《書言故事》卷一曰：「《魏書》：『陳琳，太祖舉以爲管書記室，琳作書及檄。』注：『檄以竹板寫書，所以徵兵者。』」○《紀原》卷五曰：「記室，魏置。太祖以陳琳、阮瑀爲記室掾。其官始見於魏武之世矣云云。」又卷六曰：「《漢書・百官志》曰：『王公及大將軍幕府皆有記室，掌章表書記。』《續事始》引《魏志》：『太祖以陳琳、阮瑀爲記室。』」管記，《訓解》三注云：「唐帥幕皆有掌書記之官，以專書札。或稱奏記、管記皆是。」

書檄 《紀原》卷二曰：「《文心》曰：始於周穆王令祭公謀父爲威讓之辭，以責狄人也。《戰國策》謂始於張儀檄楚，誤矣。《蘇氏演義》曰：『顔師古注《急就章》云：「檄，激也，以辭旨慷慨發動之意。」又曰：「檄，邀也。[三]」』」○《說文》曰：「檄，二尺書也。《釋文》：『檄，激也，下官所以激其上之書也。』」

草呈太祖云云 《三國典略》曰：「陳琳作諸書及檄，草成，呈太祖，太祖先苦頭風，是日疾發，卧讀琳所作，翕然而起曰：『此愈我病。』數然厚賜。」

温庭筠 見前。

曾於青史見遺文，劉向《別録》曰：「治青竹作簡曰青簡。」王洙曰：「史臣以記事者。」**今日飄零過古墳**。**詞客有靈應識我，霸才無主始憐君**。陳琳初爲何進主簿，諫不納。進敗，依袁紹。紹敗，歸太祖。故曰「無主」也。**石麟埋没藏春草**，《西京雜記》曰：「石麟，塚上物。」**銅雀凄凉起暮雲**。銅雀臺，魏祖所築。《鄴故事》曰：「三臺相去各六十步，以複道相通，一銅雀高一丈五尺，置樓頂。」**莫怪臨風倍惆悵，欲將書劍學從軍**。

備考 賦而興也。一意格。第一、二句實，第三、四句虛，第五、六句所見之實事，第七、八句虛也。

〇《律髓》云：「謂曹操有無君之志而後用此等人，甚妙。」

石麟 老杜《曲江》詩：「苑邊高塚卧麒麟。」註：「富貴之家，塚前有石麒麟。」〇唐蘇頲《壠上記》云：「五柞宫前有石麒麟二枚，刊其脅爲文字，是秦始皇驪山墓上物也。」

從軍 王粲詩[四]：「從軍有苦樂。」曹植詩：「從軍度函谷。」

註　劉向《萬姓統譜》五十八曰：「劉向，字子政，本名更生，作《洪範五行傳》及《説苑》五篇，七十一卒。」

陳琳初云云《綱鑒》：「後漢靈帝中平六年四月，帝崩，皇太子辯即皇位，年十四。何太后臨朝。」〇《綱目》：「中軍校尉袁紹勸太后兄何進悉誅諸宦官，進白太后，太后不聽，紹等又爲畫策，召四方猛將，使並引兵向京城以脅太后，進然之。主簿陳琳諫曰：『諺稱：「掩目捕雀。」夫求物尚不可欺以得志，况國之大事，其可以詐立乎？今將軍總皇威，握兵要，此猶鼓洪爐燎毛髮耳。但當速發雷霆，行權立斷，則天人順之，而反委釋利器，更徵外助，功必不成。』進不聽。」〇「進召董卓，使將兵詣京師。卓未至，進爲中常侍張讓等矯詔所殺。」

銅雀臺云云《綱目》十四：「漢獻帝建安十五年，鄴有三臺聯屬，銅爵居其南，俗名前臺，在鄴城中，蓋曹操冠委所居。」〇《綱目集覽》云：「鄴城中三臺，各高四十餘尺，前臺名銅雀，中臺名冰井，後臺名金鳳。」

複道　毛晃曰：「上下有道曰複道。複道則築起爲道，不與民庶相雜，天子自行其上。有私路處則作穴竇如城門，百姓在彼中往來也。」

【校勘記】

[一]陳琳墓：《全唐詩》卷五百七十八作《過陳琳墓》。

[二]尺許：底本訛作「四尺計」，據《家禮》卷四改。

[三]檄，邀也：《事物紀原》卷二作「邀，檄也」。

[四]王粲：底本誤作「靈運」，據《藝文類聚》卷五十九、《文選註》卷二十七和《漢魏六朝百三家集》卷二十九改。

鸚鵡洲眺望　　崔塗

題見前注。

增註　洲在鄂州江中。

備考　《鼓吹》載此詩，「眺望」作「春眺」。○此詩，崔家江南時作。

崔塗

備考《才子傳》曰：「塗，字禮山，光啓四年及第。亦窮年羇旅，壯歲上巴蜀，老大遊隴山，家寄江南，每多離怨之作。」

悵望春襟鬱未開，重臨鸚鵡益堪哀。曹瞞尚不能容物，黃祖何曾一作「因」。**解愛才**。曹操，小字阿瞞。《漢書》云：「禰衡剛傲慢物，曹操怒之，送與劉表。後侮表，表送江夏太守黃祖，殺之。」**幽島暖聞燕雁去，曉江晴覺蜀波來。誰人正得風濤便，一點征帆萬里回**。

備考 賦而興也。前體後用格。○第一、二句實事，第三、四句語實而意虛，第五、六句所見聞之實事，第七、八句述情思虛。○《鼓吹》曰：「此詩，崔塗再遊鸚鵡州，感懷而作也。詳其詩意，塗時被譖毀，故以禰衡自況，寓小人欲害君子之意。首言登州悵望，吾之襟懷猶鬱抑而未開也。且重登此洲，憶昔禰衡見殺于此，吾今亦被譖而來，感是而益哀矣云云。末二句，言望中不知何人得此風濤之便，高掛一片之輕帆向萬里而皈，深動吾心皈想也，今也未遂所願，寧不鬱鬱哉?五、六句，言洲上所見之事，後二句感懷自嘆也。」

悵望 謝朓詩：「悵望一塗阻。」《説文》：「悵望，恨也。」蕭琛詩：「悵望南飛鴻。」

註 **《漢書》云云** 《後漢書》列七十：「禰衡，字正平，平原般人也，少有才辯，而氣尚剛傲，好矯時慢物云云。」

曹操 《魏志》曰：「太祖武帝，沛國譙人也，姓曹諱操，字孟德，漢相國參後云云。」

劉表《萬姓統譜》曰：「劉表，字景升，山陽高平人，魯恭王後云云。」

繡嶺宮[一]　崔塗

增註 按《唐書》：「河南道陝州峽石縣有繡嶺宮，高宗顯慶三年置。」又《明皇雜録》載：「上幸繡嶺宮，宮隘而暑，使高力士覘姚崇，報曰：『方乘小駟，按轡木陰下。』上從之，頓忘煩暑。」

備考《鼓吹》載此詩，作《過繡嶺宮》。

增註　**覘**《字彙》曰：「闚視也。又候也。」

按《字彙》曰：「抑也，據也。又控也。」

古殿春殘緑野陰，上皇曾此去泥金[二]。《封禪儀》注曰：「持禮三十人發壇上石𥖁，尚書令藏玉牒畢，持禮覆石𥖁，尚書令纏以金繩，泥以金泥，四方各依其色。」玄宗開元十三年封禪，幸東都，故杜牧《洛陽長句》云：「連昌繡嶺离宮在，玉輦何時父老迎。」又云：「君王謙讓泥金事，蒼翠空高萬歲山。」**三城帳屬昇平夢**，《唐・百官志》云：「尚書奉御行幸，設三部帳，其外蔽以排城。」**一曲鈴關悵望心**。《楊妃外傳》：「玄宗幸蜀，霖雨涉旬，道聞鈴聲，帝擇其聲，爲《雨霖鈴》曲。」**苑路暗迷香輦絶，繚垣秋斷草煙深**。《黄圖》曰：「西郊苑繚以周垣四百餘里。」**前朝舊物東流在，猶爲年年下翠岑**。

增註 三城，明皇還蜀，復分蜀東西兩川爲節度。西山列防狄三城，民罷于役，高適上疏論之，不聽。杜工部《西山》詩「辛苦三城戍」正謂是。此三城，姚、維、松三州也。〇帳，將幕也。杜詩：「將軍玉帳軒勇氣。」又：「空留玉帳術。」注：「《唐・藝文志》有《玉帳經》一卷，蓋兵書也。」

備考 賦而興也。一意格。第一、二句實，第三、四句共上三字實，下四字虛。第五、六句所見之實事，第七句實，第八句虛也。〇《鼓吹》曰：「此詩，首言此綉嶺宮古殿今已荒凉，當此殘春之日，通野盡爲緑陰，憶昔上皇玄宗遊幸於此而祠此山神，故駐玉輦于此，以金泥石磩之玉牒而行封禪之禮云云。貴妃已死，則自製鈴曲，遥關懷望之心，且兹不復遊幸此宮，故宮苑之路如此。」

上皇 《訓解》七：「李白《上皇西巡南京歌》曰：『上皇歸馬若雲屯。』題注：『尊明皇曰上皇。』」〇按稱天子曰「上皇」。〇元次山《大唐中興頌》云：「上皇還京師。」注：「天子退位則稱上皇。」〇《前漢書・高帝紀下》曰：「今上尊太公曰太上皇。」註：師古曰：「太上，極尊之稱也。皇，君也。天子之父，故號曰皇。不預治國，故不言帝也。」

去泥金 季昌本註曰：「武都紫水有泥，其色紫而粘，貢之用封璽書。」〇又云：「或曰：明皇曾於此以金匱承玉璽，金檢纏之，金繩封之，金泥印，以受命之璽行禮立妃，省風九州，泥金五岳，故云『去泥金』。」

帳 《說文》曰：「帳，張也。」一曰幃謂之帳，在旁曰帷，在内曰幕，上承塵曰帟，單帳曰幃。

繚垣 《升庵文集》五十三曰：「《西京賦》：『繚垣綿聯，四百餘里。』此句本不必註。薛綜注：『繚垣，猶繚了也。』李善又改『垣』爲『亘』，益不通矣。班固《西都賦》『繚以周墻』，即此句也。『垣』本是墻，何必改『垣』爲『亘』？唐人崔塗《綉嶺宮》詩『苑路暗迷香輦絶，繚垣秋斷草煙深』，王和甫《冬日》詩『繚垣烏鵲近人飛』，其用字固不以薛註爲然也。」

前朝《漢書·谷永傳》曰：「許班之貴，傾動前朝。」

舊物《晉書·王獻之傳》曰：「青毡我家舊物。」

註　石䃭　䃭，《字彙》曰：「古禫切，音感，石篋也，封禪所用。一曰：以石蓋也。」

藏玉牒云云《綱目》五曰：「漢武帝元封五年，上幸緱氏，禮幸中嶽，從官在山下，聞若有言萬歲者三。四月遂至奉高，封泰山下東方，如郊祠泰一之禮。封廣丈二尺，高九尺，其下則有玉牒書，書秘。禮畢，天子獨上泰山，亦有封。明日，下陰道。禪泰山下趾東北肅山，如祭后土禮。」○《集覽》云：「光武建武中元年，張純等復奏請封禪，上乃許焉。詔有司求元封故事，當用方石再累，玉檢、金泥。丁卯，車駕東巡。二月，天子御輦登山，尚書令奉玉牒檢，天子以寸二分璽親封之，訖，太常命騶騎二千餘人發壇上方石，尚書令藏玉牒已，復石覆訖，尚書令以五寸印封石檢。事畢，天子再拜。」○又曰：「『當用方石再累，玉檢、金泥』，謂當用玉牒書藏方石，有玉檢，又用石檢十枚列於石傍，檢用金縷五周，以水銀和金作泥。」

四方《紀原》卷一曰：「王希明《太一金鏡經》曰：『昔燧人氏仰觀斗極，而定方名東、西、南、北是也。』則四方之名蓋始自燧皇定之。」

封禪《史記》卷之六《封禪書》註曰：「此泰山上築土爲壇以祭天，報天之功，故曰封。此泰山下小山上除地，報地之功，故曰禪。言禪者，神之也。《白虎通》云：『或曰：封者金銀繩。或云：古泥金繩封之印璽也。』」○譚耀《岱史》卷六：「馬端臨曰：『按《文中子》曰：「封禪非古，其秦、漢之侈心乎？」而太史公作《封禪書》，則以爲古受命帝王未嘗不封禪，且引管仲答齊桓公之語，以爲古封禪七十二家，自無懷氏至三代俱有之，蓋出於齊魯陋儒之説。《詩》《書》所不載，非事實也。」當以《文中子》之言爲正。』」

《唐・百官志》云云《綱目》四十三曰：「唐玄宗開元十三年，上親祀昊天上帝於泰山上。後二日，御帳殿受朝覲。」

霖雨《字彙》曰：「及時之雨曰甘霖。又自三日以往曰霖，又久雨不止亦曰霖，淫雨也。《爾雅翼》：『淫謂之霖。』」

《雨霖鈴》曲《訓解》卷七張祜《雨霖鈴》詩注：「明皇所製曲。」○《明皇別録》云：「帝幸蜀，南入斜谷。屬霖雨彌旬，於棧道中聞鈴聲與山相應。帝既悼貴妃，因採其聲爲《雨霖鈴》曲以寄恨。時獨梨園善觱篥樂工張徽從[三]，帝以其曲授之。洎至德中，復幸華清宮，從官嬪御皆非舊人。帝於望京樓令張徽奏此曲，不覺悽愴流涕。其曲後入法部。」

增註　**東西兩川**　杜詩云：「川合東西瞻使節。」《分類》云：「玄宗在蜀，合東、西兩川爲一道，以嚴武鎮之。」

爲節度　節度使事見前。○節，《紀原》曰：「《周禮》地官之屬掌節，有玉角、虎人、龍符、璽旌等節。漢文有旄節之制，漢人有持節乃古旄也。然則節自周始，而旄節則起於漢也。」又曰：「後漢公孫瓚討烏桓，詔令受劉虞節度。唐室名使，蓋取此義。唐制，緣邊戎寇之地則加以旌節，謂之節度使。」

西山云云　杜詩云：「西山白雪三城戍。」《分類》曰：「西山即雪山，又名雪嶺，在成都西，本唐維州，今威州也。三城，即松、維、保三城。其地有三城戍守，以備吐蕃。」

防秋　《訓解》曰：「匈奴每以秋至，故曰防秋。」

高適云云　杜律七言《望野》題註曰：「《高適傳》：『上皇還京，復分劍南爲兩節度，百姓弊於調度，而西山三城列戍，適上疏論之，不納。』」

杜工部云云　《杜律集解》卷三《西山》詩曰：「辛苦三城戍，長防萬里秋。」邵夢弼註：「明皇還蜀後，西山列防秋三戍，民罷于役，高適論之不聽。故公憫其防秋久遠，極其辛苦也。」

三城　《訓解》五杜甫「西山白雪三城戍」注曰：「《唐志》注：『唐興有羊灌田、朋笮、繩橋三城。』杜五言：『雪嶺防秋急，繩橋戰勝遲。』」

姚維松　《一統志》六十七曰：「成都府威州。」注云：「唐置維州，天寶初改維川郡，乾元初復爲維州。」○又七十三曰：「四川松、潘等處軍民指揮使司，唐初於嘉城置松州，天寶初改交川郡，後復改爲松州。」○愚按考杜詩諸註，三城曰松、維、保，此曰姚、維、松，未詳保州，考《統志》等不知其所，姚州未考。

玉帳《訓解》曰：「《抱朴子·外篇》：『軍在太乙玉帳之中，不可攻。』後人謂將軍帳曰『玉帳』由此。兵書有《玉帳經》。」

【校勘記】

［一］綉嶺宫：《全唐詩》卷六百七十九作《過繡嶺宫》。

［二］去：《全唐詩》卷六百七十九作「駐」。

［三］鬌籙：底本訛作「昏策」，據《明皇雜録》改。

已前共四首

備考 按前虚内用故事者也。

前實後虚 周弼曰：「其説在五言，然句既長，易於飽滿。景物情思，互相揉拌無痕迹，惟才有餘者能之。」

備考 前實指三、四句，後虚指五、六句。

註 **揉拌** 揉，《字彙》曰：「以手挺也。又調順也。又矯揉也。」〇拌，又曰：「音潘，棄也。《方言》：『楚人凡揮棄物謂之拌。』」

春山道中寄孟侍御[一]　　張南史

備考 此詩，赴揚州時咏春山路上之景，寄孟侍御也。

侍御 《舊官儀》曰：「侍御史，周官也。漢興襲秦，因而不改。掌注言行，紀諸不法。」

張南史

備考 《履歷》曰：「張南史，字季直，幽州人。以試參軍避亂居揚州，再召，未赴，卒。」○按考《才子傳》，肅宗時人也。

春來游子傷歸路，時有白雲邀獨行。水流亂赴石潭響，華發不知山樹名。誰家魚網求鮮食，《尚書》：「奏庶鮮食。」**何處人煙事火耕**[二]。《漢書》：「江南火耕水耨。」注曰：「燒草下水種稻，草與稻並生，芟去復下水[三]，草死稻活曰火耕。」**昨日已嘗村酒熟，一杯思與孟嘉傾。** 孟嘉在桓溫府，溫嘆曰：「人不可無勢，我乃能馭卿。」

增註 晋孟嘉，江夏人，爲桓温幕府參軍。九日遊龍山，僚佐畢集。風至，吹嘉帽落，嘉不知覺。温問：「酒有何好，而卿嗜之？」答曰：「明公但不得酒中趣耳。」此詩借以比孟侍御也。

備考 賦而興也。前體後用格。第一、二句，「游子」，南史自稱；「歸路」，歸揚州之路；避亂而行，途中都不稱意，故曰「傷獨行」，南史自稱也。第三、四句前實，即述春山道中所見聞景物，第五、六句後虛。第七、八句，以此詩寄侍御之前日也。

游子 古詩云：「游子暮何之。」〇《北山移文》曰：「慨遊子之我欺。」〇古樂府：「愴愴游子懷。」

註 **《尚書》云云** 《書・益稷》云：「曁益播奏庶艱食鮮食。」註：「進衆鳥獸魚鱉之肉於民也，血食曰鮮。」

增註 **晉孟嘉云云** 《晉書》列六十八曰：「孟嘉，字萬年，江夏鄳人也，吴司空宗曾孫也云云。後爲征西桓温參軍，温甚重之。九月九日，温燕龍山，寮佐畢集。有風至，吹嘉帽墮落，嘉不之覺。温使左右勿言，欲觀其舉止。嘉良久如厠，温令取還之。嘉好酣飲，愈多不亂。温問嘉：『酒有何好，而卿嗜之？』嘉曰：『公未得酒中趣耳。』」

帽 《文苑彙雋》曰：「《釋名》：『帽，冒也，故加于衆體之上。』唐初，以縠爲帽，以隔塵也。北齊制，惟天子紗帽，臣下戎帽。大帽，野老之服。至後魏，朝臣皆戴之。」

【校勘記】

［一］春山道中寄孟侍御：《全唐詩》卷二百九十六作《春日道中寄孟侍御》。

［二］何：《全唐詩》卷二百九十六作「幾」。
［三］芰：底本訛作「交」，據元刻本、箋註本、附訓本和增註本改。

早春歸盩厔寄耿湋李端［一］　盧綸

盩厔縣屬鳳翔府。

增註　盩，張流反。厔，竹乙反。〇唐關内道鳳翔府扶風郡盩厔縣，今屬陝西路桓州。按張衡《西京賦》「右極盩厔，並卷酆鄠」之下注：「盩厔，山名。」〇「山曲曰盩，水曲曰厔。」

備考　《文選》第二《西京賦》曰：「右極盩厔，並卷酆鄠。左暨河華，遂至虢土。」注：「盩厔、酆鄠，綜曰：『盩厔，山名，因名縣。』」〇《字彙》曰：「盩厔，漢縣名，在京兆。水曲曰盩，山曲曰厔，因以名縣。」〇按此詩，綸自鄱陽歸盩厔，寄二人作也。

註　**鳳翔府**《一統志》三十四曰：「鳳翔府，周爲岐周地，唐初爲岐州云云。」

盧綸

備考《才子傳》曰：「盧綸，河中人，避天寶亂來客鄱陽云云。」

野日初晴麥隴分，竹園村巷鹿成群。萬家廢井生新草，一樹繁華對古墳。引水忽驚冰滿

澗，向田空見石和雲。可憐荒歲青山下，惟有松枝好寄君。蓋史思明、吐蕃亂後之景也。

備考 賦而比也。一意格。第一、二句實，「野日初晴」比亂始治，「鹿成群」比祿山餘黨。第三、四句，所見之實景。第五、六句虛，「冰滿澗」比餘黨之多，「石和雲」比居民之餘賦。第七、八句，實中含虛也。

隴 《字彙》曰：「力董切，音壟。《說文》：『大坂也。』」

荒歲 荒，《字彙》曰：「蕪穢也。又饑也。《韓詩》：『穀不升曰荒。』」○《事文類聚》前集卷五曰：「一穀不升謂之歉，二穀不升謂之饑，三穀不升謂之饉，四穀不升謂之荒。」

【校勘記】

［一］早春歸盩厔寄耿湋李端：《全唐詩》卷二百七十八作《早春歸盩厔舊居却寄耿拾遺湋李校書端》。

松滋渡望峽中　　劉禹錫

松滋縣屬江陵，有松滋渡。

備考 《唐詩解》四十四載此詩。○季昌本註云：「唐江陵府松滋渡，與夔州、夷陵郡相鄰。」○按此詩，禹錫赴夔州時作也。

松滋渡 見前竇常詩備考。

劉禹錫 見前。

渡頭輕雨灑寒梅，雲際溶溶雪水來。夢渚草長迷楚望，楚昭王曰：「江、漢、睢、漳，楚之望也。」又顔延年詩曰：「江漢分楚望。」**夷陵土黑有秦灰。**夷陵，今峽州。毛遂説楚王曰：「白起，一豎子耳，一戰而舉鄢郢，再戰而燒夷陵。」**巴人淚應猿聲落，**見前注。**蜀客船從鳥道回。**江出峽，至夷陵始平。「鳥道回」，言自高而下也。**十二碧峰何處所，**見前注。**永安宮外是荒臺。**永安宮在夔州奉節縣，先主崩處。

增註 夢渚即雲夢澤，在岳州，蓋岳陽、衡州、巴蜀、荆楚之會。○夔州巫山縣巫山十二峰，四時常碧，上有神女廟、宿雲臺，高百二十丈。

備考 賦而比也。歸題格。前四句所望之實象。第三、四句比天下暗昧，第五句比世人之憂，第六句比世波之難。後四句情思而虚也。第七、八句，巫山縣西北二百五十步有雲陽臺，楚王與神女會處。今云「荒臺」者，譏楚王好淫，不恤國事。臺已荒矣，言十二碧峰不知何在，但見永安宮外一荒臺而已。蓋亦望中而深致其感古傷今之意歟？○《唐詩解》曰：「此眺望而懷古也。言細雨沾梅，冰雪初解，山峽之波從天而下，於是瞻楚望，覽秦灰，則想古迹之猶存；聞猿聲，窺鳥道，則感地形之險惡。且舉目皆山，何者爲十二峰之處所，獨永安宮外之苑臺，意其爲陽臺之遺迹耳。」

輕雨 梁元帝詩：「輕雨發陳根。」

雲際 曹植《七啓》云：「望雲際兮有好仇。」

溶溶 宗夬詩：「溶溶紫煙合。」○《字彙》曰：「溶溶，水盛也。一曰安流也。」

夢渚 范雲詩：「夢渚水裁淥。」注：「雲夢澤之洲渚。」

迷楚望 《史記・五帝本紀》云：「望于山川。」《正義》曰：「望者，遥望而祭山川也。」

夷陵 《唐書・地理志》曰：「峽州夷陵郡又有夷陵縣。」○考《一統志》：「荆州府夷陵洲，後周、唐時爲峽州。」

巴人 《山海經》曰：「後照是始爲巴人。」○《左傳》曰：「楚文王即位，與巴人伐申。」

鳥道 《南中八志》曰：「交趾郡治龍紀縣，有鳥道四百里，以其路險阻，人迹不到，上僅有飛鳥度耳。」○杜詩：「關塞極天惟鳥道。」注：「阻絶，惟鳥可過也。」

十二峰 《一統志》曰：「十二峰在夔州巫山縣，曰：望霞、翠屏、朝雲、松巒、集仙、聚鶴、浄壇、上昇、起雲、飛鳳、登龍、聖泉。沿峽首尾一百六十里。」

碧峰 江淹賦云：「刻劃峭崒兮山雲而碧峰。」

處所 《高唐賦》曰：「風止雨霽，雲無處所。」

永安宫 《一統志》曰：「永安宫在夔州卧龍山下。陽臺在巫山縣治西北，南枕大江。蜀漢先主征吴，爲陸遜所敗，還至白帝，改魚復爲永安宮。」

註　**楚昭王云云**《左傳・哀六年》曰：「楚昭王有疾，卜曰：『河爲祟。』王弗祭，大夫請祭諸郊，王曰：『三代命，祭不越望。江、漢、睢、漳，楚之望也。禍福之至，不是過也。不穀雖不德，河非所獲罪也。』遂弗祭。」○《史記・楚世家》云：「昭王曰：『自吾先王受封，望不過江、漢，而河非所獲罪也。』」服虔曰：「受王命，祀其國中山川爲望。」

毛遂云云《史記》列十六《平原君傳》曰：「毛遂説楚王曰：『以楚之强，天下弗能當。白起，小竪子耳，率數萬之衆，興師以與楚戰，一戰而舉鄢郢，再戰而燒夷陵，三戰而辱王之先人。此百世之怨，而趙之所羞，而王弗知惡焉[二]。合從者爲楚，非爲趙也。』」

鄢郢《字彙》曰：「鄢，因肩切，音煙，鄭邑名。《春秋》：『鄭伯克段于鄢。』」○郢，地名，在楚。○《楚世家》註云：「鄢，楚別都也。平王十年城郢，襄王二十一年秦將白起遂拔我郢，燒先王墓夷陵。王亡去郢，東徙。夷陵，陵名，後爲縣，屬南郡。」

江出峽　江，蜀岷江。峽，巫山峽也。

永安宮云云《要玄・地集》四曰：「四川路夔州府有永安宮，在卧龍山下，蜀漢先主征吴，爲陸遜所敗，還至白帝城，改魚復爲永安宮，居之。」○《蜀志》卷一曰：「先主病篤，託孤於丞相亮，尚書令李嚴爲副。夏四月癸巳，先主殂于永安宮，時年六十三。」

崩《禮記・曲禮》曰：「天子死曰崩。」

【校勘記】

[一]王：底本脱，據《史記・平原君虞卿列傳》補。

春日閑坐[一]

劉禹錫

備考《律髓》卷十載此詩，題作《和牛相公春日閑坐》。○舊解：此詩，禹錫貶朗州時作也。

官曹崇重難頻入，第宅清閑且獨行。階蟻相逢如偶語，園蜂速去恐違程。人於紅藥偏憐色，鶯到垂楊不惜聲。東洛池臺怨抛擲，移文非久會應成。蕭子顯《齊書》曰：「周彦倫隱鍾山，後應詔爲令，却欲過此山，孔稚圭作《北山移文》譏之。」

增註 偶語，對語也。《史記》：「秦丞相李斯上書，言偶語《詩》《書》者棄市。」○紅藥，即芍藥。○周平王東遷洛邑[二]，唐屬東都。按劉禹錫系出中山七世祖，近洛陽，故有「東洛池臺」之句。

備考 賦而比也。歸題格。第一、二句，閑坐所思之情。第三、四句，閑坐所見之實事，上句比世人偶語天下是非，下句比世人趁官府務課役。第五、六句，語實而意虚，「人」比君，「紅藥」比美人，諷人君耽淫色，「鶯」比讒言之人，「垂楊」比楚中。第七、八句虛也。○《律髓》曰：「『階蟻』『園蜂』一聯，似已有江西體。『鶯到垂楊不惜聲』，絕唱也。」

官曹　官，《字彙》曰：「宦也，職也。又官舍曰官。」○曹，又曰：「局也。」○杜甫詩曰：「何當官曹清。」

蜂　《彙雋》曰：「蜂三種：一種在林木上作房；一種在人家作窠，其蜂甚小，微黃，蜜皆濃美；一種作窠在巖崖高峻之處，非人迹可到，其蜜曰石蜜。」

紅藥　《東坡詩集》：「獨看紅藥傾白墮。」注：「謝朓詩：『紅藥當階翻。』蓋紅芍藥也。揚州素出此花。」

註　**蕭子云云**　《齊書》，凡六十卷。

周彥倫　《齊書》曰：「周顒，字彥倫，汝南人。釋褐海陵國侍郎。元徽中，出爲剡令。建元中，爲長沙王後軍參軍、山陰令。音辭辯麗，長於佛理，著《三宗論》，言空假義。終國子博士兼著作郎。初隱鍾山云云。」

孔稚圭云云　《南史》列傳三十九曰：「孔稚珪，字德璋，會稽山陰人。齊明帝時爲南郡太守。珪風韻清疏，好文咏，飲酒七八斗。不樂世務，居家盛營山水，憑几獨酌，傍無雜事。門庭之内，草莖不剪云云。」○《文選》四十三《北山移文》題註曰：「蕭子顯《齊書》曰：『孔稚圭，字德璋，會稽人也。少涉學，有美譽，仕至太子詹事。鐘山在都北，其先周彥倫隱於此山，後應詔出爲海鹽縣令，欲却過此山，孔生乃假山靈之意移之，使不許得至，故云《北山移文》。』」

北山 北山在建康府上元縣東北。

移文 《文選》四十三劉子駿《移書讓太常博士》題註：「銑曰：『移，易也，謂以我情移易此意。』」○《文心雕龍》云：「移者，易也，移風易俗，令行而人隨者。」

增註

《史記》秦云云 《史記・始皇本紀》曰：「三十四年，丞相李斯上書曰：『異時諸侯並爭，厚招游學。今天下已定，法令出一，百姓當家則力農工，士則學習法令辟禁。今諸生不師今而學古，以非當世，惑亂黔首。丞相臣斯昧死言[三]：古者天下散亂，莫之能一，是以諸侯並作，語皆道古以害今，飾虛言以亂實，人善其所私學，以非上之所建立。今皇帝並有天下，別黑白而定一尊。私學而相與非法教，人聞令下，則各以其學議之，入則心非，出則巷議，夸主以爲名，異取以爲高[四]，率群下以造謗。如此弗禁，則主勢降乎上，黨與成乎下。禁之便。臣請史官非秦記皆燒之。非博士官所職，天下敢有藏《詩》《書》、百家語者，悉詣守、尉雜燒之。有敢偶語《詩》《書》棄市。以古非今者族。吏見知不舉者與同罪。令下三十日所不燒，黥爲城旦。所不去者，醫藥、卜筮、種樹之書。若欲有學法令，以吏爲師。』制曰：『可。』」○《索隱》曰：「按《禮》云：『刑人於市，與衆棄之。』故今律謂絞刑爲棄也。」

按劉禹云云 《履歷》曰：「劉禹錫，字夢得，漢景帝子勝中山王之子孫，其七世祖亮遷洛陽，爲北部都昌人[五]，擢進士第，登博學宏詞科[六]。貞元間，與王叔文交云云。」

【校勘記】

[一]春日閑坐：《全唐詩》卷三百六十一作《和僕射牛相公春日閒坐見懷》。

[二]「遷」前底本衍「方」，據附訓本和增註本删。

[三]臣：底本脱，據《史記・秦始皇本紀》補。

[四]取：底本脱，據《史記・秦始皇本紀》補。

[五]亮遷洛陽，爲：底本脱，據附訓本和增註本補。

[六]第，登博學：底本脱，據附訓本和增註本補。

晏安寺　李紳

備考　晏安寺在亳州。考《才子傳》，李紳，字公垂，亳州人。〇《字彙》曰：「亳，音泊，湯所都也，在直隸鳳陽府。亳州，河南歸德府界。」〇《韻會》「亳」字註曰：「《説文》：『京兆杜陵亭也。』一説絳州垣縣，西有耿原，亳並西接安邑，蓋湯將至桀都，於此誓衆，故《春秋》有『耿亳』命。《廣韻》：『國名。春秋陳地，漢爲沛之譙縣，魏爲譙郡，晉爲南兖州，後周爲亳州。』」

李紳

備考 《履歷》曰：「字公垂，中書令敬玄曾孫。爲人短小，時號短李。憲宗元和初擢進士第。穆宗召爲拾遺、翰林學士。敬宗遷滁、壽二州刺史。文宗開成河南尹。武宗中書侍郎，同平章事，右僕射，淮南節度使，卒。李德裕、元稹同時，號三俊。」

寺深松桂無塵事，地接荒郊帶夕陽。啼鳥歇時山寂寂，野華殘處月蒼蒼。碧紗凝艷開金像[一]**，清梵銷聲閉竹房。丘隴漸平連茂草，九原何處不心傷。**

增註 《禮記》：「適墓不登。」「壠」字與「隴」同。秦、晉之間，冢謂之壟。丘，大也，高也。又《檀弓》「九原」注：「晉卿大夫之墓地在九原。」「原」本作「京」字，誤也。

備考 賦而比也。接項格。第一、二句實，暗感唐室衰微。第三、四句實景，比君威墜地。第五、六句語實而意虛。第七、八句虛也。

清梵 《訓解》五注曰：「梵音亦曰梵唄，讚詠聲也。」○《華嚴經》曰：「彼梵音聲，不出衆外。」○《長阿含經》曰：「梵聲有五種：一正直，二和雅，三清徹，四深滿，五周遍遠聞。」○庾信詩：「清梵耳邊來。」

註 **《禮記》**云云 《禮記·曲禮上》曰：「適墓不登壟，助葬必執紼。」

壟 《韻會》曰：「《方言》：『秦、晉之間，冢謂之壟。』」

【校勘記】

[一]碧：《全唐詩》卷四百八十一作「絳」。

館娃宮[一]　皮日休

增註 在蘇州硯石山，因西施得名。吴以美女爲娃。娃，於佳切。

備考 舊解曰：「吴王置西施之宮也。館娃，館於娃之義也。」

皮日休 見前。

艷骨已成蘭麝土，西子死於此。**宮墻依舊壓層崖。弩臺雨壞逢金鏃，香徑泥銷露玉釵。**《劉禹錫集》云：「館娃宮在郡西南硯石山旁，有採香徑，云吴王遣美人採香於此[二]。」**硯沼祗留山鳥浴**[三]，《圖經》云：「靈巖又名硯石山，山頂有硯池。」**屧廊空信** 一作「任」。**野華埋。**《蘇州圖經》：「響屧廊，吴王所作，以楩楠木板藉地，西子行則有聲。」**姑蘇麋鹿真閑事，**伍子胥諫吴王曰：「臣見麋鹿遊姑蘇之臺。」**須爲當時一愴懷。**

增註 吴王有教弩臺，在吴地。○金鏃，矢鋒也。○《洞冥記》：「漢元鼎間，招靈閣有神女，留玉釵與帝，帝賜趙婕妤。至昭帝元鳳中，猶見此釵。宮人謀碎之，明日視釵匣，惟見白燕升天，後宮因作玉釵。」○蘇州吳縣西三十里有姑蘇山，吳王闔閭就山起臺。吳破越，越王進西施，請退軍，吳王許之。王得西施，多遊姑蘇。伍子胥諫曰：「臣恐不久麋鹿遊於姑蘇之上。」吳王不聽，已而果亡。

增註 嘎，《韻書》無從口者，只於「戛」字註：「齟齬也。」

備考 賦也。節節生意格。第一、二句，暗諷天子不勤政教，營宮殿，耽美色。第三、四句實事，以諷君不好文事而勤武事，退賢好色。第五、六句虛，第七、八句虛也。○《鼓吹》註云：「此詩，首言西施死於地下而泥亦香，故曰艷美之骨已成蘭麝之香泥矣云云。」

蘭 《本草·芳草部》曰：「春芳者爲春蘭，色深。秋芳者爲秋蘭，色淡。蘭難得，開時滿室盡香，與他花香又别也。」

麝 《字彙》曰：「音射。獸如小麋，身有虎豹之文，臍有香。爲人所迫，即自投高巖，舉爪剔出其香，就縶且死，猶拱四足保其臍。故象退齒，犀退角，麝退香，皆輒藏覆，知自珍也。」

層崖 崖，《字彙》曰：「延知切，音宜。崎崖，石危貌。」○崖，又曰：「宜皆切，音涯。《說文》：『山邊也。』」

弩臺 《鼓吹》註云：「吳越王以三千强弩射潮頭，與海神戰，自是水不近城。弩臺，臨高射弩之處也。」

金鏃　鏃，《字彙》曰：「乍木切，音瀆。《説文》：『利也。今用爲箭鏃字。』」

玉釵　釵，又曰：「初皆切，音差。婦人岐笄。」

註　**採香徑**　詳見絶句《吴城覽古》詩註。

楩楠　《史記》司馬相如賦曰：「楩楠。」註：「楩，杞也，似梓。楠，葉似桑。」

增註　**《洞冥記》**《漢武洞冥記》一卷，郭氏著。

元鼎　漢武帝年號。

昭帝　武帝太子。

增註　**嘎云云**　按此增註恐當在次《方干隱居》詩註，誤載此。

齟齬　《字彙》「齟」字註曰：「齒不相值曰齟齬。」又「齬」字註曰：「齒一前一却，齟齬不相值也。」

【校勘記】

[一]館娃宫：《全唐詩》卷六百十三作《館娃宫懷古》。

[二]云吴：附訓本、增註本同此，然元刻本、箋註本無此二字。

[三]祇：底本訛作「秖」，據元刻本、箋註本和增註本改，《全唐詩》卷六百十三作「只」。浴：底本訛作「落」，據元刻本、箋註本、附訓本、增註本和《全唐詩》卷六百十三改。

方干隱居　　李山甫

方干故居在嚴州白雲源。

增註 方干，本嚴州新定人。

備考《才子傳》曰：「方干，桐廬人。幼有清才，散拙無營務。大中中，舉進士不第，隱居鏡湖中[二]。湖北有茅齋，湖西有松島。每風清月明，携稚子鄰叟，輕棹往返，甚愜素心。所住水木幽閟，一草一華，俱能留客。家貧，蓄古琴，行吟醉臥以自娱。」○季昌本註：「《嚴州圖經》曰：『方干所居，距桐廬縣三十里，在釣臺之東，地名白雲。范文正公詩曰：「風雅先生舊宅存，子陵臺下白雲村。」』」

李山甫

備考《履歷》曰：「咸通間人。按《王鐸傳》載：『李山甫者，數舉進士被黜云云。』」

咬咬嘎嘎水禽聲，露洗松陰滿院清。溪畔印沙多鶴迹，檻前題竹有僧名。問人遠岫千重意，對客閑雲一片情。早晚塵埃得休去，且將書劍事先生。

備考 賦也。歸題格。前四句，所聞見之實事。第五、六句虛，第七、八句情思而虛也。

咬咬《字彙》曰：「咬咬，鳥聲。」

嘎嘎　嘎字，《字彙》曰：「『戛』字。」○「戛」字註曰：「戛戛，齟齬貌。」○又「嘎」字註曰：「嘎嘎，鳥聲。」

遠岫　謝朓詩云：「窗中列遠岫。」

閑雲　王勃詩：「閑雲潭影日悠悠。」

【校勘記】

［一］湖：底本脱，據《唐才子傳》卷八補。

已前共七首

備考　前實處語輕，後虚處情思深者也。

酬李端病中見寄［一］　盧綸

備考　《才子傳》曰：「李端，趙州人也。少時居廬山，依皎然讀書，意況清虚，酷慕禪侶。大曆五年進士及第，授秘書省校書郎。以清羸多病辭官，居終南山草堂寺云云。」○按此詩，李端在草堂寺病時，盧綸行問病。其時，李端作此詩寄盧綸，故綸次其韻也。

盧綸

備考《履歷》曰：「盧綸，字允言，河中蒲人。德宗從河中驛召[二]，會卒。與吉中孚、韓翃、錢起、司空曙云云李端皆能詩，號大曆十才子。」

野寺昏鐘山正陰，《李端集》題云：「野寺病居，喜盧允言見訪。」**亂藤高竹水聲深。田夫就餉還依草，野雉驚飛不過林。齋沐暫思同靜室，清羸已覺助禪心。寂寞日長誰問疾，**維摩居士疾，佛敕文殊問疾。**料君惟取古方尋。**按李端詩云：「青青麥隴白雲陰，古寺無人春草深。乳燕拾泥依古井，鳴鳩拂羽歷華林。千年駁蘚明山腹，萬尺垂蘿入水心。一卧漳濱今欲老，誰知才子忽相尋。」允言蓋次其韻。但觀李詩，則此章語意自見。

就餉《字彙》曰：「饋也，饁也。《廣韻》：『自家之野曰餉。』」

禪心 江淹詩：「禪心暮不雜。」

註 **維摩云云**《維摩經》第五《問疾品》曰：「尒時，佛告文殊師利：『汝行詣維摩詰問疾。』文殊師利白佛言：『世尊，彼上人者，難爲酬對。深達實相，善説法要，辯才無滯，智慧無閡，一切菩薩法式悉知云云。雖然，當承佛聖旨，詣彼問疾。』云云。文殊師言：『居士所疾爲何等相？』維摩詰言：『我病無形不可見云云。』」

乳燕《彙雋》二十四曰：「紫胸輕小皆是越燕，胸班黑聲大者胡燕。杜甫詩：『鳴鳩乳燕青春深。』」

鳴鳩《事文類聚》曰：「鳩類不一。《左傳》云：『五鳩，曰祝鳩，曰鴡鳩，曰鳲鳩，曰爽鳩，曰鶻鳩。』」

駮蘚《韻會》曰：「駮獸如馬，鋸牙，食虎豹，白身黑尾。又木名。《詩》：『隰有六駮。』陸璣曰：『駮馬，梓楡也。[三] 皮青白駮犖，遥視似駮馬。』《古今注》：『木似橡樟，皮多癬。』」

【校勘記】

[一]酬李端病中見寄：《全唐詩》卷二百八十作《酬李端公野寺病居見寄》。

[二]河：底本脱，據增註本補。

[三]駮、也：底本脱，據《毛詩註疏·晨風》補。

贈道士　褚載

備考 道士事詳見絶句註。

褚載

備考《履歷》云：「字厚之，乾寧二年登進士第云云。」

簪星曳月下蓬壺，星冠月珮也。《列子》：「海中五山，一岱輿，二員嶠，三方壺，四蓬萊，五瀛州。」**曾見東皋種白榆**。《選》詩：「天上何所有，歷歷種白榆。」注曰：「白榆，星也。」**六甲威靈藏瑞檢**，《老君六甲符》云：「丁卯神司馬卿，丁丑神趙子玉，丁亥神張文通，丁酉神藏文公，丁未神石叔通，丁巳神崔巨卿。」《神仙傳》：「左慈明六甲，善役鬼神。」檢即匣也，言神藏匣內。**五龍雷電繞霜都**。五龍，五方之龍。霜都，猶言霜壇。鬼神所栖壇場謂之都，猶《南粵志》「人都」「猪都」「鳥都」是也。**惟教鶴探丹丘信**，見前注。**不使人窺太乙爐**。太乙爐，煉太乙丹爐也[二]。**聞説葛陂風浪惡**，《神仙傳》：「壺公遺費長房竹一竿，乘竹縮地而歸。後投竹於葛陂，化爲龍。」**許騎青鹿從行無**。《列仙傳》：「鹿一千年爲蒼鹿。又蘇耽獵常騎鹿，過險絶處皆超越。問之，答曰：『龍也。』」

增註 皋，高也，岸也。又《廣雅》曰：「皋，局也，謂界局也。」葛陂在信州之弋陽。

備考 賦也。節節生意格。第一、二句虛，第三、四句道家實事，後四句虛也。

六甲 《初學記》載崔玄山《瀨鄉記》曰：「養性得仙各有法，凡三十六。或以五行六甲。陳曰：『或以六甲御六丁，或以六甲游玄門云云。』」○《武備要略》曰：「六十甲子神名，甲子王文卿，從官十八人。乙丑龍季卿，從官十六人，云云。凡臨陣對敵，出入遠行，隨日呼其神名者獲吉。見《道藏經》。」○又曰：「甲子王文卿，甲戌展子江，甲申扈文長，甲午衛上卿，甲辰孟非卿，甲寅明文章。」

註 **《列子》云云** 《列子・湯問篇》曰：「其中有五山焉，一曰岱輿，二曰員嶠，三曰方壺，四曰瀛洲，五曰蓬萊。其山高下周旋三萬里，其頂平處九千里，山之中間相去七萬里，以爲鄰居焉。」

《老君六甲》云云 《老子六甲秘符妙録》一卷。

丁卯神云云 愚按此註引六丁神，非六甲神事。○《韻府》「六丁」注曰：「唐王遠知善《易》。一日雷霧中一老人叱曰：『所泄書何在？上帝命吾攝六丁雷電追取。』遠知掘地，旁有六人青衣，已捧書立矣。遠知曰：『青丘元老傳授也。』」○《後漢書・梁節王暢傳[二]》：「從官下忌，自言能使六丁。」注：「若甲子旬中[三]，則丁卯爲神，其神至[四]，可使致遠方物及知吉凶。」

五方 東、西、南、北、中央。

《南越志》 宋沈懷遠著，凡五卷。

《神仙傳》 一卷，葛洪著。

《列仙傳》 二卷，漢劉向著。

蒼鹿 《要玄・物集》卷二曰：「《述異記》：『鹿千年爲蒼鹿，又五百年爲玄鹿。仙者説玄鹿爲脯，食之，壽二千歲。』」

蘇耽云云 《神仙傳》曰：「蘇仙公，名耽，桂陽人也，漢文帝時得道。」○《列仙傳》曰：「蘇耽與兒俱戲獵，常騎鹿，鹿形如常鹿，遇險絶之處皆能超越。衆兒問曰：『何得此鹿騎而異常鹿耶？』答曰：『龍也。』」

【校勘記】

[一]爐：底本誤作「訣」，據元刻本、箋註本、附訓本和增註本改。

[二]漢書、暢：底本脱，據《後漢書・梁節王暢傳》補。

[三]中：底本脱，據《後漢書・梁節王暢傳》補。

[四]至：底本脱，據《後漢書・梁節王暢傳》補。

送客之湖南　白居易

備考 此詩，杭州作也。

湖南 《一統志》六十四曰：「湖廣衡州府，《禹貢》荆州之南境云云。唐至德初爲衡州，後置湖南。」

白居易 見前。

年年漸見南方物，事事堪傷北客情。 **山鬼趫跳惟一足，**《廣異記》：「山魈，嶺南所在有之，獨足反踵。」**峽猿哀怨過三聲。** 見前注。**帆開青草湖中去，** 洞庭湖，青草湖，半屬潭州，半屬岳州。南曰青草湖，北曰洞庭湖。**衣濕黄梅雨裏行。** 周處《風土記》曰：「夏至前雨名黄梅雨，沾衣服皆敗䲡。」**別後雙魚定難覓**，古詩：「客從西北來，遺我雙鯉魚。呼童烹鯉魚，中有尺素書。」**近來潮不到湓城**。

增註《魯國語》：「木石之怪曰夔、蝄蜽。」或曰：「夔一足，越人謂之山獠。」即山鬼也，人面猴身，能言。〇趫，丘妖切，捷也，善緣木走。〇跳，田聊切，躍也，又舞貌。梁簡文帝《巴東三峽歌》：「巴東三峽巫峽長，猿鳴三聲淚沾裳。」〇湓城在江州德化縣西一里。《郡國志》：「有人於此浦中洗銅盆，墮水，取之，見一龍而出。」《晉志》作「盆」，《隋志》作「湓」。

備考　賦也。交股格。第一、二句，豫料知湖南物象，「南方」指湖南。第三、四句，湖南路中之實事。第五、六句虛。第七、八句應第五句，虛也。

三聲　梁元帝詩云：「三聲悲夜猿。」〇王胄詩：「三聲断絶猿。」

梅雨《本草綱目》云：「時珍曰：梅雨，或作黴雨，言其沾衣物皆黑黴也。又以三月爲迎梅雨，五月爲送梅雨。」〇謝肇淛《五雜俎》卷一曰：「《四時纂要》曰：『梅熟而雨曰梅雨。』《瑣碎録》云：『閩人以立夏後逢庚日爲迎梅，芒種後逢壬爲出梅。』按梅雨，詩人多用之。而閩人所謂入梅、出梅者，乃黴濕之黴，非梅也。」〇又曰：「江南每歲三四月，苦霪雨不止，百物黴腐，俗謂之梅雨，蓋當梅子青黄時也。自徐淮而北，則春夏常旱，至六七月之交，愁霖不止，物始黴焉。俗亦謂之梅雨，蓋黴與梅同音也。」〇《圓機活法》卷一曰：「《埤雅》：『今江浙四五月，梅欲黄落，則水潤土溽，柱礎皆汚，蒸鬱成雨，謂之梅雨。三月雨謂之迎梅，五月雨謂之送梅。』」

註　**山魈**　魈，《字彙》曰：「先彫切，音宵，獨足鬼也。」

獨足云云　《海録雜事》云：「嶺南有物，一足反踵，手足皆三指，雄曰山夾，雌曰山姑，能夜叩人問求物也。」

青草湖云云　《一統志》六十二曰：「湖廣岳州府青草湖，一名巴丘湖，北連洞庭，南接瀟湘，東納汨羅之水。每夏秋水泛，與洞庭爲一水。涸則此湖先乾，青草生焉。」

敗黦　黦，《字彙》曰：「紆勿切，音鬱。黄色，又黑有文也。又於月切，音噦。」

雙鯉魚　陶九成《輟耕録》曰：「古樂府：『尺素如殘雪，結成雙鯉魚。要知心裏事，看取腹中書。』據此詩，古人尺素結爲鯉魚形，即緘也。『客從遠方來，遺我雙鯉魚』，即此事也。下文云『烹魚得書』，譬況言耳，非真烹也。」

增註　**夔**　《字彙》曰：「又獸似牛，一足，無角，皮可面鼓。又山鬼，《孔叢子》：『土石之怪曰夔。』」○《韻會》曰：「夔，渠龜切，神魖也，如龍，一足。按《國語》：『木石之怪夔、蝄蜽。』注：『一足。越人謂之山繅。』《前漢書》：『《甘泉賦》：「梢夔魖而抶獝狂。」』孟康注：『夔神如龍，有角，人面。』」

蝄蜽　《字彙》「蝄」字註曰：「蝄蜽，山川之精物也。淮南王説蝄蜽，狀如三歲小兒，赤黑色，赤目，長耳，美髮。」○又「蜽」字注曰：「蝄蜽，木石之怪。又蟲名。」○《左傳》註疏：「魍魎，川澤之神也。」

洗銅盆《要玄·地集》六曰：「江西路九江府，古潯陽江州。湓浦在府城西，源出瑞昌青盆山[一]。傳昔人於此洗銅盆，一龍出，銜盆奪之。」

【校勘記】

[一]山：底本脱，據《通鑒綱目》卷二十三和《明一統志》卷五十二補。

送劉谷

李郢[一]

備考 白居易作。○《唐詩鼓吹》作者爲李郢。○按此詩長安作。

村橋西路雪初晴，雲暖沙乾馬足輕。寒澗渡頭芳草色，新梅嶺上鷓鴣聲[二]。郵亭已送征車發，山館誰將候火迎。落日千峰轉迢遞，知君回首望高城。

增註 郵亭，境上行書舍。《孟子》：「速於置郵而傳命。」

備考 賦也。一意格。第一、二句述其時候，第三、四句途中實象，第五、六句虛，第七、八句豫述谷途中感物思鄉之意也。

芳草《楚詞》曰：「何所獨無芳草[三]。」

鷓鴣 《南越志》：「鷓鴣雖東西迴翔，然開翅之始必先南翥，其鳴自呼鈎輈格磔。」〇《古今注》曰：「鷓鴣出南方，鳴空自呼，常向日而飛，畏霜露，早晚希出。有時夜飛，夜飛則以樹葉覆其背也。」

增註 **郵亭** 《字彙》曰：「郵，于求切，音由，境上行書舍。《廣韻》：『郵，驛也。置亦驛也。』《風俗通》：『漢改郵爲置。置者，度其遠近之間置之也。』一云：『馬傳曰置，步傳曰郵。』」

《孟子》云云 《公孫丑上》曰：「孔子曰：『德之流行，速於置郵而傳命。』」注：「置，驛也。郵，馹也。」〇新安陳氏曰[四]：「如漢五里一置。《左傳》：『楚子乘馹會師。』」〇許東陽曰：「字書：馬遞曰置，步遞曰郵。《漢・西域傳》：『因騎置以聞。』師古曰：『即今驛馬也。』《黃霸傳》：『郵亭。』師古曰：『書舍，謂傳送文書所止處，如今驛館。』」

【校勘記】

[一]李郢：底本脱，據元刻本和箋註本補。

[二]上：《全唐詩》卷五百九十作「外」。

[三]所：底本誤作「處」，據《楚辭章句・離騷》改。

[四]氏：底本脱，據《四書大全・孟子集註大全・公孫丑章句上》補。

江上逢王將軍

李郢[一]

增註《周禮》：「萬二千五百人爲軍。」《通典》：「三代之制，天子六軍，其將皆命卿。諸侯，大國三軍，次二軍，小一軍，亦命卿。晋獻公作二軍，公將上軍，將軍之名起於此。」

備考 此詩杭州作。

將軍《升庵文集》五十曰：「將軍，官名，古矣，不始於漢也。《國語》：『鄭文公以詹伯爲將軍。』《左傳》：『豈將軍食之而有不足。』《檀弓》：『衛將軍文子。』《孟子》：『慎子爲將軍。』《後漢書・西南夷傳》：『帝嚳時有吴將軍。』但其説虚誕，不可信也。」○《紀原》卷五曰：「《周禮》：『天子六軍，軍萬二千五百人，其將皆命卿。』蓋在國稱大夫，在軍稱將軍。自晋獻公作二軍，而公將上軍，故將軍之名特出於此。《左傳》：『閻没、汝寬偕謂魏獻子爲將軍。』《後漢・百官志》云：『初漢武將軍始自秦晋，以爲卿號，七國皆有其事。漢以來，其命官之名極多，謂之雜號也。』」

虬鬚憔悴羽林郎，唐太宗虬鬚可以掛弓。《漢書》：「羽林孤兒。」注曰：「天有羽林星，喻若林木之盛，羽翼鷙擊意，故以名武官焉。」**曾入甘泉侍武皇**。甘泉宫有三，秦甘泉在渭南，漢甘泉在雲陽縣磨石嶺上，隋甘泉在鄠縣。秦始皇迎太后入咸陽，復居甘泉。徐廣曰：「《表》云：『咸陽，南宫也。』」秦時咸陽跨渭南北，則此宮不在渭北咸陽，而在渭南咸陽，此秦甘泉也。漢武元封元年，始即磨盤嶺秦宮之側作甘泉，此漢甘泉也。《元和志》曰：「隋宮在鄠縣南二十里，對甘泉谷。」此唐甘泉也。**鵰没夜雲知御苑**，言鵰之習於獵也。鵰非夜放者，詩言「夜雲」，豈語病耶？然古人亦有夜獵者，如齊武帝射雉鐘山，至青溪橋西，雞始鳴是也。**馬隨春仗識天香**。言馬習於隨仗而識香也。蓋仗前必以香引輦，如隋煬帝每駕則擎香爐在輦前行是也。**五湖歸去孤舟月**，范蠡事，見前注。**六國平來兩鬢霜**。秦王翦平六國。**惟有桓伊江上笛，卧吹三弄送斜陽**[二]。晉桓伊爲征南將軍，王徽之遇之江上，曰：「聞卿善吹笛。」伊便下馬踞床，三弄而去。

增註 晉王彪之，年二十，須鬢皓白，狀如蟠虬。○羽林中郎將比二千石，羽林郎比三百石，掌宿衛侍從[三]。○唐十六衛，左右羽林大將軍各一人，將軍各三人。○平六國，按史：始皇十七年，内史勝滅韓，虜韓王安。十九年，王翦擊趙，虜趙王遷。二十二年，王翦之子王賁伐魏。二十四年，王翦虜楚王負芻。二十五年，王賁攻遼東，虜燕王喜。二十六年，王賁攻齊，齊王降。此秦平六國，皆王翦父子之功。詩引以比王將軍也。

備考 賦也。接項格。第一、二句虛，第三、四句王將軍對樂天所語之實事，後四句虛也。

虬《字彙》曰：「虬，俗虯字。」○「虯」字註曰：「龍無角者。」○《要玄·物集》卷三：「《廣雅》：『有鱗曰蛟龍，有角曰虬龍，未升天曰蟠龍。』」

羽林郎《漢書·百官表》曰：「羽林掌執兵、送從，次期門，武帝太初元年初置，名曰建章營騎，後更名羽林騎。又取從軍死事之子孫養羽林，官教以五兵，號曰羽林孤兒。五兵謂弓矢、殳、矛、戈、戟也。羽林有令丞。宣帝令中郎將[四]、騎都尉監羽林，秩比二千石[五]。」○《訓解》注曰：「《漢書》：『西羌反，發羽林孤兒詣金城。』應劭曰：『天有羽林，大將軍之星。林，喻若林木之盛；羽，羽翼鷙擊之意，故以名武官。又武帝取從云云。』」

武皇 指玄宗。

鵰《字彙》曰：「丁聊切，音貂。大鷙鳥，一名鷲，黑色，其羽可爲箭羽。」

天香 庾信詩：「天香下桂殿。」

三弄 都印《三餘贅筆》曰：「譙樓畫角之曲有三弄，相傳爲曹子建作。其初弄曰：『爲君難，爲臣亦難，難又難。』再弄曰：『創業難，守成亦難，難又難。』三弄曰：『起家難，保家亦難，難又難。』今角音之鳴，鳴者皆難字之曳聲耳。」○愚按此詩三弄，疑亦笛曲歟？

註　**鷙擊** 鷙，《字彙》曰：「音至，猛擊鳥，鷹鸇之類。《廣雅》：『鷙，執也。』取其能服執衆鳥。凡鳥之勇、獸之猛者，皆曰鷙。」

迎太后 始皇母。

表云《史記》年表。

秦時咸陽《一統志》曰：「西安府咸陽縣在府城西北五十里，本秦舊縣。孝公徙都此。其地在山南水北，山水皆陽，故名咸陽。」

齊武帝 名顯。在位十一年，壽五十四歲。

平六國《史記索隱》曰：「六國者，韓、魏、趙、燕、楚、齊是也，與秦爲七雄。又六國與宋、衛、中山爲九國，其三國蓋微，又亡前。」

晋桓伊云云《晋書》列五十一曰：「桓伊，字叔夏。王徽之赴召京師，泊舟青溪側。素不與徽之相識。伊於岸上過，船中客稱伊小字，曰：『此桓野王也。』徽之便令人謂伊曰：『聞君善吹笛，試爲我一奏。』伊是時已貴顯，素聞徽之名，便下車，踞胡床，爲作三調，弄畢，便上車去，客主不交一言云云。」

增註

鬚髯《説文》曰：「鬚，面毛也。」師古曰：「在頤曰鬚，在頰曰髯。」

中郎將《唐類函》五十五曰：「五官、左、右中郎將，皆秦官，漢因之，並領三署郎。從後漢之制，郡國舉孝廉以補之，三署郎年五十以上屬五官。」○《北堂書鈔》曰：「中郎將，口對兵事，書地成圖；口陳西域，手畫地形云云。」

唐十六衛《紀原》卷五曰：「《左傳》：『楚潘崇掌環列之尹。』謂宮衛之官，列兵而環王宮。漢京師有南北軍，掌理禁衛。武帝初置衛將軍，此名衛之始也。秦有衛尉，掌門衛，則衛亦先秦之舊制爾。晋武重兵官，選清重之士置中軍，以統諸宿衛，此諸衛之始也。」

二千石《文海披沙》卷一曰：「二千石，石字即古鈞石之石，五權之名，北人多讀作旦音，非也。《漢明帝起居注》：『上令虎賁王吉射烏，吉祝曰：「烏鳴啞啞 入声 ，引弓射之，中左腋。陛下壽萬年，臣爲二千石。」』又《皇甫規傳》：『時人語曰：「徒見二千石，不如一逢掖。」』則『石』音如字久矣。桓玄謂劉毅家無擔石，沈存中《筆談》謂一斛爲一石，則石非擔，又明矣。」

内史《周禮》二十六曰：「内史掌王之八枋之法，以詔王治，一曰爵，二曰禄，三曰廢，四曰置，五曰殺，六曰生，七曰予，八曰奪。執國法及國令之貳，以考政事，以逆會計。掌叙事之法。」

【校勘記】

［一］李郢：底本脱，據元刻本和箋註本補。

［二］斜：《全唐詩》卷五百九十作「殘」。

［三］從：底本脱，據附訓本和增註本補。

［四］令：底本脱，據《漢書・百官公卿表》補。

［五］比：底本脱，據《漢書・百官公卿表》補。

和皮日休酬茅山廣文[一]

陸龜蒙

備考 《唐詩鼓吹》題作《江南道士》，註：「懷茅山廣文南陽博士，奉和日休次韻。」蓋廣文曾爲南陽博士，今隱于茅山。○按此詩，休入茅山尋廣文，廣文作詩寄休，故休和之，龜蒙又和休詩也。

陸龜蒙 見前。

一片輕帆背夕陽，望三峰拜七真堂。 茅山有三峰。 **天寒夜漱雲芽凈**[二]，《上元寶經》云：「太極真人服四極雲芽。」 **雪壞晴梳石髮香。** 《風土記》曰：「石髮，苔也。」 **自拂煙霞安筆格，** 梁簡文《咏筆格》云：「仰出寫含華，横抽學仙掌。幸因提拾用，遂測璇臺賞。」 **獨開封檢試砂床。** 《倦遊録》：「辰州有朱砂處即有小龕，龕中生白石，床上乃生砂，大者如芙蓉，床重七八斤，價十萬。」 **莫言洞府能招隱，** 《五岳圖》：「赤城有洞府，仙人居之。」小山有《招隱》。 **會輾飆輪見玉皇。** 《神仙傳》：「玄圃閬苑，環以弱水九重，非飆車羽輪不可到。」

增註 雲芽，茶也。或又云：「漱雲芽、燕玉池，导引之法也。」○《文選》，左太冲、陆士衡俱有《招隱》詩，註：「思苦天下溷濁，故將招尋隱者，欲以退不仕。」○飆輪，即風輪。《楞嚴經》云：「故有風輪，執持世界。」○《隐訣》曰：「太清九宮，最高者稱太皇、紫皇、玉皇。」

備考　賦也。節節生意格。第一、二句，述日休至茅山之禮。第三、四句實事，後四句虛也。○《鼓吹》曰：「此詩專美廣文習仙之事也。首言我於江南道中，帆背夕陽而去，思憶廣文，故望三茅七真堂而拜。蓋以廣文在七真堂事道故也。夫廣文脩煉，夜漱雲芽茶，日食石髮之菜，故見雪消水流髮，乃用『梳』字，茶故用『漱』字，此作詩字眼。繼言廣文居茅山著經，掌自拂煙霞而安筆架云云。」

七真堂　七真堂，大茅真人、次茅真人、小茅真人、大許真人、小許真人、陽真人、郭真人之堂也。

封檢　藥包也。

註　**茅山云云**《要玄・地集》卷五曰：「南京路應天府勾容郡東有茅山，初名勾曲，因茅君得道，更生三茅君，各占一峰。道書爲第八洞天、第一福地。」○又同曰：「三茅君，茅濛玄孫，長曰盈，恬心玄漢，遇王君得道，漢初元中入句曲山，爲太乙真君。弟固，武威太守，衷，上元太守，聞兄盈得仙，皆棄官，訪從學道，俱成仙，固定録真君，衷爲保命仙君。」○《韻府》曰：「三茅，大茅君盈，得道於金陵勾曲山，次名固，次名衷，號三茅君。」○《名山一覽記》曰：「應天府部，茅山在句容縣東南四十五里，山形如勾字，初名勾山，後茅君得道於此山，有三峰，三茅君各占一峰，謂之三茅峰。」

四極《韻府》曰：「東至泰遠，西至邠國，南至濮鉛，北至祝栗，曰四極。」○《爾雅》曰：「東至泰遠，西至邠國，南至濮鉛，北至祝栗，謂之四極。」註：「皆四方極遠之國。」

石髮云云《爾雅・釋草篇》曰：「藫，石衣。」註：「水苔也，一名石髮，江東食之。或曰，藫葉似䪥而大，生水底，亦可食。薄音潭。」《異物志》：「石髮生海中石上，長尺餘，大小如韭。」

梁簡文云云《初學記》曰：「梁簡文帝《咏筆格》詩：『英華表玉笈，佳麗稱珠網。無如兹制奇，彫飾雜衆象。仰出寫含花，横抽學仙掌。幸因提拾用，遂厠璇臺賞。』」

含華《要玄·物集》卷一曰：「含笑花，原始出大食國，花不解語，惟笑而已，頻笑則謝。」

璇臺《文選》四十六王元長《曲水詩序》：「夏后兩龍，載驅璿臺之上。」注：「《易歸藏》曰：『昔夏后啓筮亨神，於晋之虚爲璿臺於水之陽。「璇」與「璿」同。』」

《倦遊録》八卷，張師正著。

小龕《字彙》曰：「龕，苦含切，龍貌。一曰受盛也。又浮圖塔，一曰塔下室。」

小山云云《文選》第三十二，左太冲《招隱》詩二首，陸士衡《招隱》詩一首，王康琚《反招隱》詩一首。○《楚詞》卷八《招隱士序》，淮南小山之所作也。淮南王安，好古愛士，招致賓客，賓客有八公之徒，分造詞賦，以類相從，或稱大山，或稱小山，如《詩》之有大、小《雅》焉。《漢·藝文志》有淮南王群臣賦四十四篇。

玄圃云云《訓解》四杜甫詩曰：「秋城玄圃外。」注：「玄圃，海外神仙所居，十州之一。」○《升庵文集》七十六曰：「海外五岳，道經言海外蓬萊閬苑有五岳靈山。一曰廣乘之山，天之東岳也，在東海之中，爲發生之首，上有碧霞之闕，瓊樹之林，紫雀翠鸞，碧耦白橘，主歲星之精，居九氣青天之内矣。二曰長離之山，天之南岳也，在南海之中，上有朱宫絳闕，赤室丹房，紫草紅芝，霞膏金醴，主營惑之精，居一氣丹天之内矣。三曰麗農之山，天之西岳也，在西海之中，上有白華之闕，三素之城，玉泉之宮，瑤林瑞獸，主太白之精，居七氣素天之内矣。四曰廣野之山，天之北岳也，在北海弱水之中，上多瓊樓寶闕，金液龍芝，主辰星之精，居五氣玄天之内矣。五曰崑崙之山，天之中岳也，在八海之間，上當天心，形如偃蓋，東曰樊桐，西曰玄圃，南曰積石，北曰閬苑，上有瓊華之闕，光碧之堂，瑶池翠水，金井玉彭，主鎮星之精，居於中元一氣天中焉。」○《韻府・上聲・虞韻》曰：「《楚辭》卷一：『朝發軔於蒼梧兮，夕余至於玄圃。』注：『崑崙山，一曰玄圃臺。』」○今考《楚辭》，「玄圃」作「縣圃」，注：「縣，音玄，縣圃在崑崙之上。」○《韻府・上聲・阮韻》曰：「鶴林二仙女，重九日開杜鵑花，曰：『此花不久歸閬苑矣。』」○《集仙録》曰：「王母者，龜山金母也，居崑崙之圃，閬風之苑，非飆輪不可到。王母姓何，名太虛，乃西方金星之精。」

弱水　杜詩：「弱水應無地。」邵註：「水散涣無力，不能負芥，故曰弱。」

增註

玉池　《韻府》曰：「膽爲中池，口爲華池，小腹爲玉池，故有三池之名。」○《要玄・人集》十二曰：「玉池清水生肥。」注：「津液聚會舌上，故曰肥。」○《悟真篇》：「玉池先下水中銀。」注：「子野曰：『經曰：「口爲玉池。」』」

溷濁　溷，《字彙》曰：「胡困切，音慁，亂也，濁也，厠也。」

《楞嚴經》云云　《首楞嚴經》卷四曰：「覺明空昧，相待成摇，故有風輪執持世界。」注：「世界之初，風輪爲始，虛空即爲世界所依。」

《隱訣》《登真隱訣》六十卷，陶弘景著。

太清云云 《要玄・人集》卷十二曰：「《登真隱訣》：『三清九宮並有僚屬，例左勝於右，其高等稱曰道君，次真人、真公云云。』又云：『《太真科》三善道者，聖、真、仙也。上品曰聖，中品曰真，下品曰仙。三清之間，各有正位。聖登玉清，真登上清，仙登太清。玉清有大省宮殿，皇帝、王公、卿大夫、吏民率以聖呼之，如聖皇帝之類是也。上清玄都、玉京云云。太清太極宮殿云云。』」○《吴都賦》曰：「迴曜靈於太清。」注：「太清，天也。」

玉皇 《韻府》曰：「玉皇君居於雲房，常有紅雲繞之。」

【校勘記】

[一]和皮日休酬茅山廣文：《全唐詩》卷六百二十四作《和襲美江南道中懷茅山廣文南陽博士三首次韻》，此爲其一。

[二]芽：《全唐詩》卷六百二十四作「牙」。

蒲津河亭　　唐彦謙

蒲津在同州。

增註 唐河中府有蒲津關，即蒲坂，舜所都地。

備考 此詩，賦閬州之時，泊舟蒲津作也。

唐彦謙

備考 《才子傳》曰：「彦謙，字茂業，并州人也。咸通末舉進士及第。中和，王重榮表爲河中從事，歷節度副使[一]，晋、絳二州刺史。刺史重榮遇害，彦謙貶漢中掾。興元節度使楊守亮留署判官，尋遷副使，爲閬州刺史。卒。」

宿雨清秋霽景澄，廣庭高榭更晨興[二]。**煙横博望乘槎水**，張騫封博望侯，嘗泝河乘槎，直至天河，見牛、女。寶暦中，嘗詔有司取其槎以進，見《因話録》。**日上文王避雨陵**。見前注。**孤棹夷猶期獨往**，《楚詞》：「君不行兮夷猶[三]。」**曲欄愁絶每長凭。思鄉懷古多傷別，此際哀吟幾不勝**。

備考 賦而興也。一意格。第一、二句述時候，第三、四句，亭上所見之實象，後四句虚，思鄉。謙，并州人，已傷王重榮遇害，故曰「懷古」。

榭 《書正義》曰：「榭是臺上屋。」

槎 王子年《拾遺記》曰：「堯時有巨槎浮西海中，其上有光如星月，槎浮四海，十二年而一周，名曰貫月槎，羽仙栖止其上。」

獨往 靈運詩：「且申獨往意。」

註　**張騫云云**　《前漢》列三十一曰：「張騫，漢中人，建元中爲郎。武帝方欲事滅胡，迺募能使者。騫應募，使月氏。匈奴留十餘歲，持漢節不失，因與其屬亡鄉月氏，後亡歸，拜太中大夫。騫身所至者，大宛、大月氏、大夏、康居，而傳聞其旁大國五六，具爲天子言其地形所有。元朔中，以校尉從大將軍擊匈奴，知水草處，軍得以不乏，封博望侯。」

博望侯　師古曰：「取其能廣瞻望。」

乘槎　《要玄·天集》卷一曰：「《洞天集》：『嚴遵仙槎，唐置之麟德殿，長五十餘尺，如銅鐵，堅而不蠹。』」

寶曆　寶曆，唐第十四主敬宗年號，凡二年。

《因話録》　六卷，唐趙璘著。

《楚詞》云云　《楚辭·九歌·湘君篇》王逸註：「君謂湘君娥皇。夷猶，猶豫也。」○《文選·吴都賦》曰：「周章夷猶。」

【校勘記】

［一］副：底本脱，據《唐才子傳》卷九補。

［二］庭：《全唐詩》卷六百七十一作「亭」。樹：《全唐詩》卷六百七十一作「樹」。更：《全唐詩》卷六

百七十一作「向」。

［三］兮：底本訛作「號」，據元刻本、箋註本、附訓本和增註本改。

已前共七首

備考　舊解曰：「句句說情而不斷，如蠶絲抽緒者。」

三體七言備考卷五終

七言律詩三體家法備考大成卷之六

感懷　劉長卿

備考 此詩，長卿囚姑蘇獄時作也。

劉長卿

備考《才子傳》曰：「長卿，河間人，開元二十一年及第[一]。至德中，歷監察御史，以檢校祠部員外郎出爲轉運使判官，知淮西岳鄂轉運留後。觀察使吴仲孺誣奏，非罪繫姑蘇獄，久之[二]，貶潘州南巴尉。會有爲辯之者，量移睦州司馬。終隨州刺史。」

秋風落葉正堪悲，黄菊殘華欲待誰？水近偏逢寒氣早，山深長見日光遲。愁中卜命看《周易》，**夢裏招魂誦《楚詞》**。宋玉《招魂》：「帝告巫陽曰：『有人在下，我欲輔之。魂魄離散，汝筮與之。』」**自笑不如湘浦雁，飛來却是北歸時**[三]。

增註 卜命，《易·説卦》：「窮理盡性，以至於命。昔者聖人之作《易》也，將以順性命之理。」

備考 賦興也。一意格。第一、二句，繫獄，感時興意，遥思故國。第三、四句，獄中實事。後四句虚也。

黄菊 《五雜俎》曰：「菊色不一而專言黄者，秋令屬金，金以黄爲正色也。」

愁中 吴筠詩：「緑鬢愁中改。」

飛來 《樂府》云：「飛來雙白鵠。」

註 **宋玉《招魂》云云** 《楚辭》第七《招魂序》曰：「《招魂》者，宋玉之所作也。古者人死，則使人以其上服升屋履危，北面而號曰：『皋，某復。』遂以其衣三招之，乃下以覆尸。此禮所謂『復』。而説者以爲招魂復魂，又以爲盡愛之道而有禱祠之心者，蓋猶冀其復生也。如是而不生，則不生矣，於是乃行死事。此制禮之意也。而荆楚之俗，乃或以是施之生人，故宋玉哀閔屈原無罪放逐，恐其魂魄離散而不復還，遂因國俗，託帝命，假巫語以招之云云。」帝告巫陽云云。註：「帝，天帝也。女曰巫，陽，其名也。玉假立天帝及巫陽以爲辭端。人，謂屈原也。宋玉設帝告巫陽，有賢人在下，我欲輔之，然其魂魄離散，身將顛沛，故使巫陽筮，問所在，來而與之，使反其身也。」

增註 **《易·説卦》云云** 《易·説卦傳》曰：「和順於道德而理於義，窮理盡性以至於命。」《本義》：「窮天下之理，盡人物之性，合於天道，此聖人作《易》之極功也。」

【校勘記】

［一］二：底本脱，據《唐才子傳》卷二補。

［二］久：底本誤作「移」，據《唐才子傳》卷二改。

［三］却：《全唐詩》卷一百五十一作「即」。

輞川積雨[一]　　王維

輞川，在藍田縣。

增註　按王維本傳，晚年得宋之問藍田別墅，在輞口，水周舍下，竹洲華塢。與道友裴迪浮舟往來[二]，彈琴賦詩終日。嘗聚其田園所爲詩，題《輞川集》，並圖。代宗時，維弟縉爲宰相，求維文，縉編詩得四百餘篇，上之。唐藍田縣在京兆府。

備考　《唐詩解》四十二並《唐詩歸》卷九載此詩，題作《積雨輞川莊作》。〇《雍録》曰：「輞川在藍田縣，王維別墅在焉，本宋之問別圃也。」〇《一統志》三十二曰：「西安府古迹輞川別業在藍田縣西南輞谷，唐王維置別業於此，其遊止有孟城坳、華子岡、茱萸沜、辛夷塢、木蘭柴等二十景[三]，與裴迪閑暇各賦以詩云。」〇《畫斷》曰：「唐王右丞維家于藍田玉山，游止輞川。兄弟以科名文學冠絶當代。故時稱『朝廷左相筆，天下右丞詩』者也。其畫山之松石踪似吴生而風標特出，嘗自題詩云：『夙世謬詞客，前身應畫師。』」○《國史補》云：「唐王維好釋氏，故字摩詰。性高致，得宋之問輞川別業，山水勝絶，今清源寺是也[四]。維有詩名，然好取人章句。如『行到水窮處，坐看雲起時』乃《英華集[五]》中詩，『漠漠水田飛白鷺，陰陰夏木囀黄鸝』乃李嘉祐詩云云。」

增註　**藍田**《一統志》三十二曰：「西安府藍田縣在府城東南九十里。」

裴迪《訓解》《履歷》曰：「關中人，與王維同倡和。盛唐作者。」

代宗　唐第八主，諱豫，肅宗長子。

王維　見前。

積雨空林煙火遲，蒸藜炊黍餉東菑。李周翰曰：「藜，野菜。《爾雅》：『田一歲曰菑。』」**漠漠水田飛白鷺，陰陰夏木囀黄鸝。**李肇謂：「『水田飛白鷺，夏木囀黄鸝』乃李嘉祐詩，王維但增二字而已。」**山中習静觀朝槿，**習静，猶坐禪。張籍有《和陸司業習静》詩。《埤雅》曰：「槿華如葵，朝生夕隕。一云舜，瞬之義蓋取此。」**松下清齋折露葵。**史謂維末年長齋奉佛，故詩有此語。按《顔氏家訓》：「蔡朗父諱純，遂呼蓴爲露葵，面墻者效之。有士人聘齊，主客郎李恕問曰：『江南有露葵否？』答曰：『露葵是蓴，水鄉所出，今所食者，緑葵耳。』」此詩云「松下折之」，豈亦誤以爲緑葵耶？然《七啓》云：「霜蓄露葵。」注曰：「葵宜露。」意謂維或本此耳。**野老與人争席罷，**列子往見壺丘子，道中舍者避席，及見壺子歸，則舍者争席。**海鷗何事更相疑**？《莊子》：「海上翁每之海上，則群鷗隨之。後欲取之，機心一萌，鷗鳥舞之不下。」

增註 藜，草似蓬。○餉，饋也，饁也。《孟子》：「有童子以黍肉餉。」

備考 賦也。兩重格。第一、二句述時候，第三、四句輞川所見聞之實事，末四句虚也。○《唐詩解》曰：「此山居養静之詩，言積雨晦暝而空林寥寂，故遲遲舉火，餉彼東菑。斯時也，鷺飛鶯囀，物性自若，幽居信可樂矣。且我養静山中，等浮榮於朝槿；清齋松下，囀滋味於露葵，如此而豈有競於世哉？觀野老與我争席，而機心息矣，海鷗何更疑我耶？蓋是時維已退隱，而當路者猶忌之，故托此以自解。」○《唐詩歸》曰：「鍾云：『煙火遲』又妙於『煙火新』，然非『積雨』説不出。」○五句，「譚云：『悟矣。』」

積雨 庾信詩：「積雨未開庭。」

空林 謝靈運詩：「卧痾對空林。」

煙火 王粲詩：「四望無煙火。」

蒸藜 《毛詩疏》云：「藜，莖葉皆似王芻，蒸爲茹。」

炊黍 《古今注》云：「稻之黏者爲黍，亦謂穄爲黍。」

東菑 謝朓詩：「連陰盛農節，簑笠聚東菑。」○《爾雅》云：「田一歲曰菑。」

漠漠 謝朓詩：「生煙紛漠漠。」注：「漠漠，布散也。」

水田《魏志・徐邈傳》曰：「邈廣開水田。」

白鷺飛 簡文帝詩：「船移白鷺飛。」

陰陰 謝脁詩：「紫殿肅陰陰。」

夏木 陶潛詩：「夏木獨森疏。」

習静 何遜詩：「習静閟衣巾。」

朝槿《爾雅》注曰：「木槿，似李樹，華朝生夕隕。」○《埤雅》曰：「木槿五月始華，華如葵，朝生夕隕，名橓。」○王僧孺詩：「妾意在寒松，君心逐朝槿。」

松下 陶潛詩：「班荆坐松下。」

清齋《釋氏要覽》曰：「今有民俗，以辰飲一杯水，終日不食，謂之清齋。《智度論》云：『劫初，有聖人教人持齋，修善避凶，直以一日不食爲齋。後佛出世[六]，教人過中不食爲齋，此爲正法。言中者，日午也，過午不得食。』」○《楞嚴經》曰：「我時辭佛，晏晦清齋。」○支遁詩：「今月肇清齋。」○《舊唐書・藝文志》曰：「維奉佛，居常蔬食，不茹葷血，晚年長齋，不衣文彩。」

露葵 宋玉《諷賦》云：「烹露葵之羹。」○《本草綱目》十六《隰草部》曰：「葵，一名露葵，一名滑菜。時珍曰：按《爾雅翼》云：『葵者，揆也。葵葉傾日，不使照其根，乃智以揆之也。』古人採葵必待露解，故曰露葵。今人呼爲滑菜，言其性也。古者葵爲五菜之主，今不復食之。」○王禎《農書》曰：「葵，陽草也。其菜易生，郊野甚多，不拘肥瘠，地皆有之，爲百菜之主，備四時之饌云云。」

野老 丘遲詩：「野老時一望。」

海鷗 《南越志》曰：「江鷗，一名海漚，在漲海中隨潮上下。」

注　藜云云 《字彙》曰：「草似蓬，一名落帚，或曰落藜。初生可食，大可爲杖。」

曰菑 又曰：「音支。《説文》：『不耕田也。』《爾雅》：『田一歲曰菑。』郭璞曰：『今江東呼初耕地反草爲菑。』」

坐禪 《釋氏要覽》曰：「《三千威儀經》曰：『坐禪有十事：一、當隨時，謂四時也；二、得安床，謂禪床也；三、軟座，毛座也；四、閑處，謂山間樹下也；五、得善知識，謂好伴也；六、善檀越，謂不外求也；七、善意，謂能觀也；八、善藥，謂伏意也；九、能服藥，謂不念萬物也；十、得善助，謂畜禪帶也。』」

司業 《紀原》卷五曰：「隋煬帝大業三年始於國子監置司業官，取《禮記》『樂正司業』之義。」

《埤雅》 二十卷，陸佃著。

槿華云云 《字彙》曰：「木槿，似李樹，華朝生夕隕，可食。五月始華。《月令》：『仲夏，木槿榮。』今文單作堇，一名椵，一名舜華，一名王蒸。」

云舜 又曰：「蕣，音舜。木槿，朝華暮落者。」〇《韻會》曰：「陸佃曰：『取瞬之義。』今人言一瞬。」

瞬 又曰：「同瞚。」「瞚」字註曰：「音舜，開闔目數摇也。《六書正譌》：『俗作瞬，非。』」

長齋　杜甫《飲中八仙歌》："蘇晋長齋綉佛前。"

《顔氏家訓》　凡二卷，散騎侍郎顔之推著。顔氏，南北朝人，顔子後也。

蔡朗云云　《要玄·物集》一曰："《顔子家訓》云：『蔡朗父諱純，遂呼蓴菜爲露葵。』王維詩云：『松下清齋折露葵。』意謂帶露之葵，不指蓴菜。"

面墻　《論語·陽貨篇》曰："人而不爲《周南》《召南》，其猶正墻面而立也與？"朱注："正墻面而立，言即其至近之地，而一物無所見，一步不可行。"○《書·周官篇》曰："不學墻面。"

《七啓》云云　《文選》三十四曹子建《七啓》云："芳菰精粺，霜蓄露葵。"注："蓄，菜名，此物與葵宜於霜露之時蓄，與『遂』音義同。"

列子往云云　《列子·黄帝篇》曰："楊朱南之沛，老聃西遊於秦。邀於郊，至梁而遇老子。老子中道仰天而嘆曰：『始以汝爲可教，今不可教也。』云云。楊朱蹙然變容曰：『敬聞命矣！』其往也，舍者迎將家，公執席，妻執巾櫛，舍者避席，煬者避竈。其反也，舍者與之争席矣。"希逸註："避舍、避竈，敬之也；争席者，不知其可敬也。"○愚按此一件又見《莊子·寓言篇》，與《列子》同。考之《列子》，與此註所引不同，列子往見壺子之事見前章，疑天隱誤失本文歟？

《莊子》云云　愚按此一條《莊子》無之，見《列子》。○《列子·黄帝篇》曰："海上之人有好漚鳥者，每旦之海上，從漚鳥游，漚鳥之至者百住而不止。其父曰：『吾聞漚鳥皆從汝游，取來，吾玩之。』明日之海上，漚鳥舞而不下也。」希逸注：「『漚』與『鷗』通用。」

增註　《孟子》云云《滕文公下》曰：「有童子以黍肉餉，殺而奪之。《書》曰：『葛伯仇餉。』此之謂也。」

【校勘記】

[一]輞川積雨：《全唐詩》卷一百二十八作《積雨輞川莊作》。

[二]舟：底本誤作「世」，據附訓本和增註本改。

[三]二十：底本誤作「十二」，據《明一統志》卷三十二乙正。

[四]源：底本訛作「凉」，據《國史補》卷上改。

[五]英華：底本誤作「含英」，據《國史補》卷上改。

[六]佛：底本誤作「齊」，據《釋氏要覽》卷下改。

石門春暮[一]　　錢起

石門，在濟南府臨邑縣。

錢起　見前。

自笑鄙夫多野性，貧居數畝半臨湍。溪雲雜雨來茅屋，山雀將雛傍藥欄。《資暇集》云：「園亭中之藥欄。藥即欄，欄即藥，非華藥之欄也。按蘇林曰：『以竹繩連綿爲禁籞[二]，使人不得往來。』」**仙籙滿床閑不厭，**「厭」，一作「檢」。《北夢瑣言》：「法籙外別有一百二十法，天師所禁。」**陰符在篋老羞看。**蘇秦受《太公陰符》於鬼谷子。**更憐童子宜春服，**《語》：「春服既成，冠者五六人，童子六七人。」**華裏尋師到杏壇。**《莊子》：「孔子休乎杏壇之上，弟子讀書，夫子鼓瑟奏曲。」

增註　籙，籍也，又圖籙也。○《黄帝陰符經》三卷。鍾离註：「陰者，性之宗。符者，命之本。」《鬼谷子》下篇有《陰符七術》。

備考　賦也。歸題格。第一、二句言情，第三、四句別業之實象，末四句虛也。

自笑　杜甫詩：「自笑狂夫老更狂。」

註　**《資暇集》云云**　李匡乂著，凡三卷。○《資暇集》卷上曰：「藥欄，今園廷中藥欄，欄即藥，藥即欄，猶言圍援，非花藥之欄也。有不悟者，以爲藤架蔬圃，堪作切對，是不知其由，乖之矣。按漢宣帝詔曰：『池藥未御幸者，假與貧民。』蘇林註云：『以竹繩連綿爲禁藥，使人不得往來爾。』《漢書》「闌入宮禁」字，多作「草」下「闌」。』則『藥欄』作『藥蘭』[三]，尤分明易悟也。」

天師　《綱目》二十四曰：「魏泰帝八年，魏立天師道場。初，嵩山道士寇謙之修道陵之術，自言嘗遇老子降命，繼道陵爲天師，授以辟穀、輕身之術。又遇神人李譜父，曰老子之玄孫也，授以《圖籙真經》，使之輔佐北方太平真君。帝使謁者迎致，謙之弟子崇奉天師，起天師道場於平城東南。」《集覽》：「《圖籙真經》，道家仙籍之書也。」

蘇秦云云 《史記》列傳第九曰：「蘇秦者，東周雒陽人也，東事師於齊，而習之於鬼谷先生。」〇《索隱》云：「蘇秦，字季子。」

太公 《史記·齊世家》曰：「太公望呂尚者，東海上人。」《索隱》曰：「譙周曰：『姓姜，名牙。炎帝之裔，伯夷之後，掌四嶽有功，封之於呂，子孫從其封姓，呂尚其後。』」

《**語**》**春云云** 《論語·先進篇》曰：「暮春者，春服既成，冠者五六人，童子六七人，浴乎沂，風乎舞雩，咏而歸。」朱註：「春服，單袷之衣。」

《**莊子**》**云云** 《莊子·雜篇·漁父篇》曰：「孔子遊乎緇帷之林，休坐乎杏壇之上。弟子讀書，孔子弦歌，鼓琴奏曲。」

增註 《**陰符經**》 《性理大全》十二《皇極經世書》曰[四]：「《素問》《陰符》，七國時書也。」

陰者性云云 季昌本註曰：「陰者，性之宗。符者，命之本。此《陰符》之旨。內修身，外以治國家云云。」

《**鬼谷子**》凡二卷，皇甫謐註，傳見絶句。

【校勘記】

［一］石門春暮：《全唐詩》卷二百三十九作《幽居春暮書懷》。

［二］禁籞：底本訛作「棠藥」，據元刻本和箋註本改。

［三］則「藥欄」作「藥蘭」：底本誤作「作藥欄則藥欄」，據《資暇集》卷上改。

［四］《性理大全》十二《皇極經世書》：底本誤作「性理大全皇極經世書十一」，據《性理大全書》卷十二改。

酬慈恩文郁上人

賈島

備考　文上人欲歸南嶽，寄島以詩，島和其韻也。

上人　《釋氏要覽》曰：「内有智德，外有勝行，在人之上，名上人。」○《增一經》云：「夫人處世，有過能自改者，名上人。」

賈島　見前。

袈裟影入禁池清，猶憶鄉山近赤城。孔靈符《會稽記》曰：「赤城山色赤，狀似雲霞，今在天台縣北六里。」**籬落罅間寒蟹過，莓苔石上晚蛩行。期登野閣閑應甚，阻宿幽房疾未平。聞説又尋南嶽去，無端詩思忽然生。**

增註 袈裟，梵音迦羅沙。本作「迦沙」，至梁葛洪撰《字苑》，字方添「衣」。一名袈裟，一名無垢衣，又名忍辱鎧，又名消瘦衣，又名離塵服。

備考 賦而興也。一意格。第一、二句虚，第三、四句實事，末二句虚也。○《律髓》四十七載此詩，注：「第三句好。」

袈裟 《釋氏要覽》曰：「袈裟者，蓋從色彰稱也。梵音具云迦羅沙曳，此云不正色。」○「《四分律》云：『一切上色衣不得畜，當壞作迦沙色。今略梵語也，又名壞色。』《業疏》云：『本作「迦沙」，至梁葛洪撰《字苑》，下方添「衣」，言道服也。』」○「《大集經》云：『袈裟，名離染服。』」○「《賢愚經》云：『出世服。』」○「《如幻三昧經》云：『無垢衣，又名忍辱鎧，又名蓮華衣，謂不爲欲泥染故。又名幢相，謂不爲邪所傾故。又名田相衣，謂不爲見者生惡故。又名消瘦衣，謂著此衣煩惱消瘦故。又離塵服、去穢衣，又名振越。』」

赤城 《文選》十一《遊天台山賦》云：「赤城霞起以建標。」註：「《天台山圖》曰：『赤城山，天台之南門也。』」

籬落 《讕言長語》曰：「詩詞中有院落、籬落、村落、部落。落，居也。唐宮中巷有野狐落，落亦居也，又有碧落。」○杜牧《樊川集》卷一《阿房宮賦》曰：「矗不知其幾千萬落。」注：「《選》云：『千村萬落生荆棘。』落，居也，巷屋之謂也。」

蟹《字彙》曰：「《爾雅翼》：『八足折而容俯，故謂之跪；兩螯倨而容仰，故謂之螯。字從解者，以隨潮解甲也。』」

野閣 閣，《韻會》曰：「俗呼小舍皆曰閣。」

無端 陸機詩云：「禍集非無端。」

江亭秋霽[一]　李郢

備考 舊解曰：「此詩，郢到長安，未及第時寓居江邊民居，作此詩也。」

李郢

備考《才子傳》曰：「李郢，字楚望，大中十年進士及第。初居餘杭，出有山水之興，入有琴書之娛，疏於馳競，歷爲藩鎮從事云云。」

碧天涼冷雁來疏，閑看江雲思有餘。秋館池亭荷葉後，「後」或作「歇」者，非。今從本集。**野人籬落荳華初**[二]。**無愁自得山翁術**[三]**，多病能忘太史書。**太史公作《史記》。**聞說故園香稻熟，片帆歸去就鱸魚。**

增註 葛洪自號抱朴子，從祖玄，吳時學道得仙，號葛仙翁，以其鍊丹秘術授弟子鄭隱，而洪乃就隱更學其術。○太史公，司馬遷也。武帝獲麟，遷因作《史記》，上紀黃帝，下至麟趾，猶孔子作《春秋》止於獲麟也。

備考 賦而比也。外圍裏奪格。第一、二句伸情，第三、四句江亭所見之實象，「荷葉」比君子，「豆花」比小人，末四句虛也。此詩起頭二句與合處二句述鄉思，中間之四句有放擲世緣之事，故評爲外圍裏奪格也。

荳花初 《韻府》曰：「八月雨曰豆花雨。」

註 **太史公** 新安陳曰：「司馬談爲太史令，子遷尊其父，故謂之公。遷繼其職，仍稱太史公。西漢龍門人也。」

增註 **葛洪云云** 《抱朴子》内篇二十卷，外篇三十八卷，晋葛洪著。○《要玄》卷五《南京路應天府》下：「葛仙翁，名玄，句容人，有仙術，後白日昇舉。從孫洪，亦好神仙導養之術，晋元時求勾漏令曰：『非欲爲榮，以有丹耳。』乃止於羅浮山，著内、外傳百餘篇，皆丹術，號抱朴子，後尸解。」

武帝云云 《史記·太史公自序》傳註：「張晏曰：『武帝獲麟，遷以爲述事之端。上紀黃帝，下麟趾，猶《春秋》止於獲麟也。』《索隱》曰：『服虔云：「武帝至雍，獲白麟，而鑄金作麟足形，故曰麟趾。」』」○《武帝本紀》曰：「郊雍，獲一角獸，若麃然。有司曰：『陛下肅祇郊祀，上帝報享，錫一角獸，蓋麟云。』」《索隱》

曰：「體若麇而一角，《春秋》所謂『有麇而角』是也。楚人謂麇爲麃。」

孔子云云 《左傳・哀公十四年》曰：「春，西狩於大野，叔孫氏之車子鉏商獲麟，以爲不祥，以賜虞人。仲尼觀之，曰：『麟也。』然後取之。」〇《十八史・周紀》曰：「平王之四十九年，即魯隱公之元年，其後孔子修《春秋》始此。」

麟 《文苑彙雋》二十四曰：「麒麟，牡曰麒，牝曰麟，麇身而牛尾，狼項而一角，黄色而馬足，含仁而戴義，音中鍾呂，步中規矩，不踐生虫，不折生草，不食不義，不飲洿池，不入坑阱，不行羅網，明王動静，有儀則見。故毛蟲三百六十，麟爲之長。」

【校勘記】

[一]江亭秋霽：《全唐詩》卷五百九十作《江亭晚望》。

[二]荳：《全唐詩》卷五百九十作「豆」。

[三]山翁：《全唐詩》卷五百九十作「仙人」。

漢南春望　　薛能

增註 漢南本楚地，秦兼天下，自漢以南爲南郡，即荆州；自漢以北爲南陽，即鄧州。唐山南道江陵府江陵郡，本荆州。

備考 此詩，薛能歷徐州節度徙鎮忠武時作也。○季昌本註曰：「按史，《僖宗紀》：『上年少，政在臣下，南牙北司互相矛盾[一]。自懿宗以來，奢侈日甚，用兵不息，賦斂愈急。關東連年水旱，州縣不以實聞，上下相蒙，百姓流殍，相聚爲盜。乾符二年，浙西狼山鎮遏使王郢等有戰功[二]，節度使趙隱賞以職名，不給衣粮，郢等劫庫兵作亂。王仙芝及其黨尚君長亦攻陷曹、濮。寃句人黄巢聚衆應仙芝[三]，衆至數萬。六年，自嶺南北趣襄陽，節度使劉巨容等逐至江陵。』又按《唐書》：『是年十一月，陷江陵。巨容及巢戰于荆門。』即此詩所指漢南地。『廣明元年，陷東京，遂入長安。車駕幸蜀。四年，李克用擊破賊。至光啓元年二月，車駕還京師云云。』」

薛能

備考 《才子傳》曰：「能，字大拙，汾州人。咸通中攝嘉州刺史，俄爲同州刺史、京兆大尹，復節度徐州，徙鎮忠武。廣明元年，徐軍戍溵水，經許，能以軍多懷舊，惠館待於城中。許軍懼見襲，大將周岌乘衆疑怒，因爲亂，逐能據城，自稱留後。數日，殺能並屠其家云云。」

獨尋春色上高臺，三月皇州駕未回。僖宗之亂，凡再幸蜀也。**幾處松筠燒後死，誰家桃李亂中開。姦邪用法元非法，**謂田令孜輩。**唱和求才不是才。**唐末年進士皆尚浮薄之文，無實用，至謂「挽二石弓，不如識一丁字」，天下遂亂。**自古浮雲蔽白日，**苻堅宦者曰：「不見雀來入燕室，但見浮雲蔽白日。」**洗天風雨幾時來**？：武王伐紂，大雨，太公謂之洗兵雨。

增註 此詩以薛能之時考之，第一、二句言僖宗幸蜀，第三、第四句言黄巢之亂，第五、第六句言臣下矛盾意，末二句言上下相蒙意。

備考 賦也。交股格。第一、二句虚，第三、四句漢南春望之實景，末四句虚也。○《鼓吹》註曰：「桃李先凋，生不如死；松筠無改，死勝如生也。蓋桃李止一時之榮，松筠有後凋之節，故以松筠比忠烈，桃李喻小人。時中原擾攘，天子蒙塵，斯誠判蕩識忠良之時，故忠烈則見危授命，小人偷生苟免，此詩中微意也。」

駕 《字彙》曰：「唐制，天子居曰衙，行曰駕。又車乘也。又具車馬曰駕。」

浮雲云云 李白詩：「自古浮雲蔽白日，長安不見使人愁。」○漢陸賈《新語》云：「邪臣之蔽賢，猶浮雲之蔽白日也。」

白日 謝朓詩云：「寒霧開白日。」○《楚詞》云：「願及白日之未暮。」○吕温詩云：「馬嘶白日暮。」

註　僖宗云云《綱鑑・僖宗紀》曰：「庚子廣明元年，黄巢入長安，上走興元。」○「辛丑中和元年春正月，幸成都。二年，李克用破黄巢，收復長安。」○「乙巳光啓元年，車駕至京師。」○「丙午二年春正月，克用表罪狀田令孜，請誅之，令孜劫上幸寶鷄。三月，車駕至興元。」○此註「蜀元」二字，唐本作「興元」，《綱鑑》作「走興元」。愚按「元」字，「也」字誤歟？

挽二石云云《要玄・人集》十曰：「筆記：《唐書》：『挽二石弓，不如識一丁字。』按《續世説》書此乃『个』字，蓋『丁』與『个』相似，誤傳寫也。苻堅享群臣，賦詩。姜平子詩有『丁』字，直而不曲[四]，堅問其故，平子曰：『臣丁至剛，不可以曲，且曲下者不直之物[五]，未足獻。』遂擢上第。唐張弘靖節度盧龍，參佐韋雍輩詬責將士曰：『天下無事，尔輩挽兩石弓，不如識一丁字。』銜之，後遂殺雍。『丁』字一也，或以擢第，或以殺身。」○石，《字彙》曰：「三斤爲鈞，四鈞爲石，重百斤。」

苻堅云云《訓解》曰：「秦苻堅幸慕容垂夫人，宦者趙整曰：『不見雀來入燕室，但見浮雲蔽白日。』」

洗兵《西溪叢語》曰：「左太冲《魏都賦》云：『洗兵海島，刷馬江州。』《六韜》：『武王問太公：「雨輜車至軫何也[六]？」』云：「洗甲兵也。」』《魏武兵要[七]》曰：『大將將行[八]，雨濡衣冠，是謂洗兵。』」○《説苑》曰：「武王伐紂，風霽而乘以大雨。散宜生曰：『此非妖與？』王曰：『非也，天洗兵也。』」○梁簡文帝詩：「洗兵逢驟雨。」

增註　**矛盾**《丹鉛録》卷八曰：「今人謂言不相副曰『自相矛盾』，然用之不差，問之不知也。按《尸子》云：『楚人有鬻矛與盾者，譽之曰：「吾盾之堅，莫能陷也。」又譽其矛曰：「吾矛之利，於物無不陷也。」或曰：「以子矛陷子之盾，何如？」其人弗能應也。』今之稱自相矛盾，本此。」

【校勘記】

[一]牙：底本訛作「司」，據《資治通鑑・僖宗紀》改。

〔二〕郢：底本訛作「鄉」，據《資治通鑒·僖宗紀》改。

〔三〕「宛句人黄巢聚衆應仙芝」前底本衍「叡州」，據《資治通鑒·僖宗紀》删。宛句：底本訛作「宛司」，據《資治通鑒·僖宗紀》改。

〔四〕而：底本脱，據《晋書·苻堅載記》補。

〔五〕者：底本脱，據《晋書·苻堅載記》補。

〔六〕車：底本訛作「重」，據《西溪叢語》卷上改。

〔七〕魏武：底本脱，據《西溪叢語》卷上補。

〔八〕將：底本脱，據《西溪叢語》卷上補。

春夕旅懷　崔塗

備考　舊解曰：「此詩遊隴山時之作歟？」

崔塗

備考　《才子傳》曰：「崔塗，字禮山。窮年羈旅，壯歲上巴蜀，老大遊隴山。家寄江南，每多離怨之作。《巫山》詩云：『江山非舊主，雲雨是前身。』《隴上》詩云：『三聲戍角邊城暮，萬里歸心塞草春。』《過峽》詩云：『五千里外三年客，十二峰前一望秋。』云云。」

水流華謝兩無情，送盡東風過楚城。蝴蝶夢中家萬里，蝶夢，見前注。**杜鵑枝上月三更。故園書動經年別**[一]**，華髮春惟兩鬢生。自是不歸歸便得，五湖煙景有誰爭？**

備考 賦也。一意格。第一、二句，述行路之恨。第三、四句，春夕之實象。第五、六句虛，第七、八句虛，引歸身生上也。

謝 《字彙》曰：「彫落也。」

煙景 李白《春夜宴桃李園序》云：「召我以煙景。」

【校勘記】

[一]別：底本訛作「到」，據元刻本和箋註本改。

長陵 唐彥謙

《三輔黃圖》云：「長陵在渭北，去長安城三十五里，高祖所葬。長陵山東西廣一百二十步，高一十三丈。長陵城周十里八十步。」

備考 舊解曰：「漢高祖墓地也。」〇《律髓》二十八載此詩。

唐彦謙 見前。

長陵高闕此安劉，高祖曰：「安劉氏者必勃也。」此借用。**附葬纍纍盡列侯**。**豐上舊居無故里**，高祖生於豐，秦爲泗水郡，今徐州豐縣。「無故里」者，蓋高祖嘗徙豐民於驪邑。**沛中原廟對荒丘**。高祖起兵於沛。《漢書》：「叔孫通願爲原廟。」注：「原，重也。先有廟，更重立也。」**耳聞英主提三尺**，高祖曰：「吾以布衣持三尺劍取天下。」**眼見愚民盜一抔**。張釋之曰：「他日有愚民盜長陵一抔土，將何以罪之？」**千載豎儒騎瘦馬**，**渭城斜日重回頭**。高祖罵酈食其曰：「豎儒，幾敗乃翁事！」詩意謂帝昔慢儒，今日陵寢廢掘，使豎儒千載見之。

增註 列侯，《高祖紀》：「漢興，功臣封列侯者百有餘邑。」列，通也，亦作「通侯」。〇高祖，本沛豐邑中陽里人，及即皇帝位，擊黥布，還過沛。故人父老子弟置酒，酣，上擊筑歌舞，謂沛父子曰：「吾雖都關中，萬歲後魂魄猶思沛也。」〇豎儒，詩人借以自喻也。豎，童僕未冠者，亦作「豎」。

備考 賦也。節節生意格。第一、二句言其地形，第三、四句高祖實事，末二句虚。豎儒，彦謙自謂也。〇《律髓》註云：「此漢高帝陵也。『耳聞』『眼看』，或以爲病。然『提三尺』『盜一抔』，屬對親切，詩體如李義山。彦謙又有警句云：『煙横博望乘槎水，月上文王避雨陵。』」

纍纍 《字彙》曰：「盧回切，音雷，聯絡貌。《樂記》：『纍纍乎端如貫珠。』」

故里 里，《博雅》曰：「八家爲鄰，三鄰爲朋，三朋爲里，五里爲邑。」〇顔延之詩：「去國還故里。」

英主 英，《禮記》曰：「三代之英。」註疏云：「倍人曰茂，十人曰選，倍選曰俊，千人曰英。」

提三尺 《鼓吹》註云：「《石林詩話》曰：『黄魯直讀此詩，嘆賞不已。但「三尺」對「一抔」未安，蓋有「三尺律」「三尺喙」，豈獨劍可言乎？東坡詩：「買牛但肯捐三尺，射鼠何勞挽六鈞。」「三尺」言劍，「六鈞」言弓。歇後「劍」「弓」，理不安，「一抔」對「三尺」亦未妙。』」

一抔 《字彙》曰：「《史・張釋之傳》：『長陵一抔土。』謂手掬之土也。」〇《野客叢書》卷七曰：「駱賓王《代李敬業檄》斥武后云：『一抔之土未乾，六尺之孤安在？』『一抔』字，正用前漢張釋之所謂『盜長陵一抔土』事。註步侯切，乃『裒』字。今人不曉者讀爲『杯盞』之『杯』。余觀《歐陽行周集》有『或掬一杯土焉，或翦一枝材焉』。劉禹錫詩：『血污城西一杯土。』歐陽詢《藝文類聚》爲『杯盞』字用矣。又考古詞中，有以『酒杯』字作『抔土』字押者，如《隴西行》是也，因知古人嘗以此二字通用。」

注 **高祖曰云云** 《高祖本紀》：「高祖曰：『周勃重厚少文，然安劉氏者，必勃也，可令爲太尉。』」八年，高后崩，呂祿、呂産秉漢權，欲危劉氏，於是勃與平謀，卒誅諸呂，而立孝文皇帝。」

《漢書》叔云云 《史記・叔孫通傳》：「孝惠帝爲東朝長樂宮，及間往來[一]，數蹕煩人[二]，迺築複道武庫南。叔孫生諫曰：『高寢衣冠月出游高廟。高廟，漢太祖，奈何令後世子孫乘宗廟道上行哉？願陛下爲原廟渭北，衣冠月出游之，益廣多宗廟，大孝之本也。』上迺詔有司立原廟。原廟起以複道故[三]。」應劭曰：「月出高帝衣冠，備法駕，名曰游衣冠。高寢在高廟西，高祖衣冠藏在高寢，月出遊於高廟，其道值所作複道，故言乘宗廟道上行。」

張釋之云云 季昌本註曰：「文帝時，張釋之爲廷尉。有人犯蹕，釋之奏：『當罰金。』帝怒，欲致之死。後有人盜高祖玉環，釋之奏：『當棄市。』帝欲之族。釋之免冠謝曰[四]：『法如此足矣。今盜此而族之，假令愚民取長陵一抔土，陛下何以加其法乎？』」○《漢書·張釋之傳》註：「師古曰：『抔，謂手掬之也。』」

高祖駡云云 《綱鑒·高祖紀》曰：「三年，楚數侵奪漢甬道，漢軍乏食。酈食其曰：『陛下誠能立六國後，其君臣、百姓必皆戴德慕義，願爲臣妾。』王曰：『善！趣刻印，先生因行佩之矣。』未行，張良來謁。王具以告良，良曰：『天下遊士，離親戚，棄墳墓，從大王遊者，徒欲望尺寸之地。今復立六國後，遊士各歸事其主，大王誰與取天下乎？』漢王駡曰：『豎儒，幾敗乃公事！』」○師古曰：「豎儒，言其賤劣無智，若童豎者也。公，漢王自謂也。」○《丹鉛録》曰：「高祖時有酈食其、審食其，武帝時有趙食其，師古皆讀作『異基』。」

增註

通侯 《漢書·高祖紀》曰：「通侯。」應劭曰：「舊曰徹侯，避武帝諱，曰通侯。通亦徹也，言其功德通於王室也。」張晏曰：「後改列侯。列者，見序列也。」

佐酒 同《高祖紀》曰：「十二年，上破布還，過沛，留。置酒沛宮，悉召故人父老子弟佐酒。」注：「應劭曰：『助行酒。』」

擊筑《史記·高祖本紀》曰：「酒酣，高祖擊筑。」注：「韋昭曰：『筑，古樂，有弦，擊之不鼓。』《正義》：『音竹。應劭曰：「狀似瑟而大，頭安弦，以竹擊之，故名曰筑。」』」

【校勘記】

[一]往：底本脱，據《史記·叔孫通傳》補。

[二]「數蹕煩」後底本衍「一」，據《史記·叔孫通傳》删。

[三]道：底本脱，據《史記·叔孫通傳》補。

[四]冠：底本訛作「官」，據《史記·張釋之傳》和《漢書·張釋之傳》改。

咸陽[一]　韋莊

備考《一統志》曰：「西安府咸陽縣在府城西北五十里，本秦舊縣，孝公徙都此。其地在山南水北，山水皆陽，故名咸陽。」〇按咸陽，秦宫名。韋莊，僖宗時人。此時黃巢亂長安，以亂後之景比秦皇咸陽宫。

韋莊

備考《才子傳》曰：「莊，字端己，京兆杜陵人也。少孤貧力學，才敏過人。莊應舉時，正黃巢犯闕，兵火交作，遂著《秦婦吟》，有云：『内庫燒爲錦綉灰，天街踏盡却重回。』亂定，公卿多訝之，號爲『秦婦吟秀才』云云。」

城邊人倚夕陽樓，樓上雲凝萬古愁[二]。**山色不知秦苑廢，水聲空傍漢宫流。李斯不向倉中悟，徐福應無物外遊**。李斯少爲小吏，見厠鼠食不潔，近人犬數驚，觀倉中鼠食粟，居大廡下不憂，嘆曰：「人之賢不肖，亦猶是矣。」乃從荀卿學。後相秦。《仙傳拾遺》及《廣異記》曰：「徐福，字君房。始皇遣福童男女三千人入海尋祖洲，不返。唐開元中，有於海中見之者。」**莫怪楚吟偏斷骨，野煙踪迹似東周**。言秦滅東周，今其故都與周俱爲亡國之迹。

增註　楚屈原行吟澤畔。○成王、周公雖營洛邑，尚都鎬京。至幽王爲犬戎所攻，平王乃始東遷洛邑，是爲東周。

備考　賦而興也。兩重格。第一、二句虚，「城邊人」，莊自稱。第三、四句，咸陽所見聞之實事。末四句虚也。○《鼓吹》註曰：「此詩傷秦、漢之廢興也。首言夕陽時倚樓興思，見城上之雲凝結萬古之愁也。何愁也？蓋秦苑已廢而山色不磨，漢宫代興而水聲還在云云。」

夕陽樓《訓解》五王維詩曰：「秦川一半夕陽開。」注：「夕陽樓在驪山。」

物外《文選》張平子《歸田賦》曰：「苟縱心於物外。」

野煙 梁簡文詩：「荒郊多野煙。」

註　**李斯少云云**《史記》列傳二十七曰：「李斯者，楚上蔡人也。年少時爲郡小吏，見吏舍厠中鼠食不潔，近人犬，數驚恐之。斯入倉，觀倉中鼠食積粟，居大廡之下，不見人犬之憂。於是李斯乃嘆曰：『人之賢不肖譬如鼠矣，在所自處耳！』乃從荀卿學帝王之術。學已成。」

大廡《字彙》曰：「堂下周廊，即大屋四邊重簷也。」

《仙傳拾遺》 杜光庭著，凡四十卷。

徐福云云《鼓吹》註曰：「按徐福乃漢宣帝時人，今謂秦始皇時，則必徐市也。」

尋祖洲《書言故事》曰：「《十洲記》：『漢武帝既見西王母，言四海之中有祖洲、瀛洲、玄洲、長洲、元洲、流洲、生洲、鳳麟洲、聚窟洲、炎洲，並是人路稀處。』」○按唐本「祖洲」作「神仙」，又一本作「仙洲」。

唐開元云云《廣列仙傳》曰：「唐開元中，有士人患半身枯黑，御醫張尚容等俱不能治[三]，因謂曰：『聞大海中有藥，盍求之？』士人乃從登州上海，隨風行十有餘日，近一孤島，島上有數百人。須臾，至岸之邊，有婦人洗藥，問彼皆何人，指曰：『中心坐鬢髮白者，徐君也。』又問徐君是誰。婦人曰：『君知秦始皇時徐福否？』曰：『知之。』曰：『此即是也。』士人遂登岸謁求治云云。翌日，以黑藥數丸與食，痢黑汁數升[四]，其疾輒愈。復與黃藥一袋，治一切疾，持歸救人。士人還，數日至登州，以藥奏聞。玄宗令有疾者服之[五]，即愈。」

楚屈原云云 屈原《漁父辭》云：「屈原既放，游於江潭，行吟澤畔云云。」

增註　**至幽王云云**《十八史·周紀》曰：「宣王子幽王宫湦立時，褒人有罪，入女於王，是爲褒姒，王嬖之。褒姒不好笑，王欲其笑，萬方故不笑。王與諸侯約，有寇至則舉烽火，召其兵來援。乃無故舉火，諸侯悉至而無寇，褒姒大笑。王廢申后及太子宜臼，以褒姒爲后，其子伯服爲太子。宜臼奔申，王求殺之，弗得，伐申。申侯召犬戎攻王，王舉烽火，徵兵不至，犬戎殺王麗山下，諸侯立宜臼，是爲平王。以西都逼於戎，徙居東都王城。時周室衰微，諸侯强并弱，齊、楚、秦、晋始大。」

【校勘記】

［一］咸陽：《全唐詩》卷七百作《咸陽懷古》。

［二］樓：《全唐詩》卷七百作「城」。

［三］尚容：底本誤作「上客」，據《太平廣記》卷四改。

［四］痾：底本訛作「利」，據《太平廣記》卷四改。升：底本脱，據《太平廣記》卷四補。

［五］令：底本誤作「會」，據《太平廣記》卷四改。

已前共九首

備考 舊解曰：「到落句設新意，結前六句者也。」○愚按三、四句述實景，其中含情思，五、六句專言情也。

結句 周弼曰：「其説在五言，所以異者，皆取平妥婉順，意盡而止，非奇健比也。王貞白末句稍振作矣。」

過九原飲馬泉[一]　李益

九原郡，今豐州。

增註《前漢書》：「五原屬并州。」《後漢志》：「漢五原本秦九原。」武帝改爲五原，屬并州。唐太原府本并州，屬河南道。又鹽州五原郡屬關内道。《十道志》：「五原屬鹽州，即漢五原郡地。」按李益本集云：「君虞長始八歲，燕戎亂華。出身二十年，從事十八載。五在兵間，巡行朔野、上郡、五原。」

備考《唐詩解》四十四載，詩中「客鬢」作「容鬢」。又《唐詩訓解》卷五載此，題作《鹽州過胡兒飲馬泉》，題注：「《唐志》：『鹽州五原郡，本鹽川。貞觀二年置州。豐州城北有鸊鵜泉，胡人飲馬於此。』鹽、豐并屬關内道，今山西大同宣府地。此詩，益自胡國歸時，過九原飲馬泉作也。」

增註 《**前漢書**》見《地理志》。

五原 《要玄》曰：「山西路大同府，古冀、并城，戰國屬趙。府城西有廢五原郡，本秦上郡，漢爲五原郡，治九原縣，隋初置豐州。又山西路有太原府。」○又曰：「陝西路延安府，古金明、上郡，神木縣有五原城，唐歐陽詹詩：『五原東北晉，千里西南秦。』」

河南道 又曰：「河南一名也，有中土之河南，有邊境之河南。」註：「三代以前，河南之稱止在中土。秦、漢而下，奪匈奴南牧之地，州爲郡縣，亦名之曰河南。」

亂華 《字彙》曰：「中夏曰華。」

朔野 朔，又曰：「朔方，北方也。又州名，古雁門地，後魏置朔州。」

李益 見前。

緑楊著水草如煙，舊是胡兒飲馬泉。鸊鵜泉在豐州城北，胡人飲馬於此。**幾處吹笳明月夜，**晉劉琨爲胡騎所圍，乃乘月登樓奏胡笳，賊流涕棄圍去。**何人倚劍白雲天。**宋玉《大言》曰：「長劍耿耿倚天外。」**從來凍合關山道，今日分流漢使前。莫遣行人照客鬢**[二]**，恐驚憔悴入新年。**

備考 賦而興也。一意格。前四句虛。第五、六句景物之中含情思，「漢使」，益自謂。第七、八句虛也。○《訓解》曰：「此奉使巡邊道經泉水而賦也。言此緑楊芳草之水嘗爲胡人飲馬矣，今聞吹笳之聲而不睹倚劍之士，何其無備若是乎？又言我始來之時，水尚含凍，今已分流，則經春矣，而憔悴風塵，是以不敢照其容鬢耳。」

緑楊　蕭子雲詩：「緑楊垂長溪。」

吹笳　《要玄》曰：「《天中記》：『笳，有胡人卷蘆葉吹之作樂也，故云胡笳。』」〇《紀原》卷二曰：「杜摯《笳賦序》曰：『昔伯陽避亂入戎，懷土，遂建斯樂。』又胡笳，漢舊録有其物，不記所出本末，云胡人卷蘆葉吹之，故曰胡笳，亦云李伯陽入西戎所造。」

明月夜　梁簡文帝詩：「何如明月夜。」

倚劍　《呂氏春秋》曰：「倚劍而寢其下。」

白雲天　《穆天子傳》曰：「白雲在天，山陵自出。」

關山道　《樂府・相和歌》有《度關山》。〇江淹《恨賦》：「關山無極。」

分流　謝靈運詩：「石橫水分流。」

行人　李陵詩：「行人難久留。」

憔悴　《楚辭・漁父詞》云：「顏色憔悴，形容枯槁。」

註　**鷺鷀泉**　鷺，《字彙》曰：「水鳥，似鳧而小。」〇鷀，又曰：「洿澤水鳥，俗所謂淘河也。」

晉劉琨云　《晉書》曰：「劉琨在晉陽，嘗爲胡騎所圍數重，城中窘迫無計，琨乃乘月登樓清嘯，賊聞之，皆悽然長嘆。中夜奏胡笳，賊又流涕歔欷，有懷土之切。向曉復吹，賊並棄圍而走。」

大言《韻府》曰：「襄王謂宋玉曰：『汝能大言乎？』曰：『彎弓掛扶桑。』」○宋玉《大言》曰：「方地爲輿，圓天爲蓋。彎弓掛扶桑，長劍倚天外。」

耿耿耿，《字彙》曰：「光也。錢氏曰：『耿耿，小明，心有所存不能忘之貌。』」

【校勘記】

［一］過九原飲馬泉：《全唐詩》卷二百八十三作《鹽州過胡兒飲馬泉》。

［二］客：附訓本同此，然元刻本和箋註本作「容」。

欲到西陵寄王行周　李紳

增註　西陵屬越州。

李紳　見前。

西陵沙岸回流急，西陵渡在蕭山縣西二十里，錢王以陵非吉語，改曰西興。**船底黏沙去岸遥。驛吏遞呼催下纜，棹郎閑立道齊橈。猶瞻伍相青山廟，**盧文輔《伍子胥祠銘》曰：「漢史胥山，今名青山，謬也。」**未見雙童白鶴橋。欲責舟人無次第，自知貪酒過春潮。**

增註《國語》：「伍員，字子胥，自楚奔吳，吳封之申地，又稱申胥，爲吳相。」《方輿勝覽》：「子胥廟在杭州吳山，嘗封英烈。按史：狄仁傑奏吳楚淫祠，伍員祠不在焚毀之數。」○《會稽志》：「白鶴橋在蕭山縣東三十五里。又白鶴橋在餘姚縣西二里。」

備考 賦而興也。交股格。前四句虛，「驛吏」，津吏也。第五、六句實而含虛。第七、八句平妥婉順，盡意之句也。

纜《字彙》曰：「維舟索。」

橈 又曰：「櫂之短者曰橈。」

白鶴橋《太平廣記》曰：「桓闓事陶弘景，爲執役士，辛勤十餘年。一旦，有二青童白鶴自空下，集庭中，弘景臨軒接之，童曰：『太上命桓耳。』於是桓服天衣，駕白鶴昇天去。」其地去蕭縣三十五里，有橋名白鶴橋。

增註 **《國語》伍員云云**《史記》曰：「楚殺伍奢，子伍胥奔吳。破楚，掘平王墓，鞭其尸。後吳敗越，越請和，子胥諫曰：『今不滅，後悔。』吳不聽。吳太宰嚭既與子胥有隙，因讒吳王，乃使賜伍子胥屬鏤之劍，曰：『子以此死。』伍子胥乃告其舍人曰：『抉吾眼縣吳東門上，以觀越寇之入滅吳也。』乃自剄死。吳王聞之大怒，乃取胥尸，盛以鴟夷革，浮之江中，吳人憐之，爲立祠於江上[一]，因命曰胥山。」《正義》曰：「《吳地記》云：『胥山，太湖邊胥湖東岸山，西臨胥湖。山有古丞、胥二王廟[二]。』按其廟不干子胥事，太史誤矣。」〇《要玄》曰：「浙江路杭州府治東有吴山，立子胥祠其上。《一統志》：『吴人名胥山。』」

狄仁傑云云 《唐書》列傳四十曰：「狄仁傑，字懷英，高宗時拜冬官侍郎，持節江南巡撫使。吴、楚俗多淫祠，仁傑一禁止，凡毁千七百房，止留夏禹、吴泰伯、季札、伍員四祠而已。」

【校勘記】

［一］上：底本脱，據《史記·伍子胥傳》補。

［二］丞：底本訛作「葬」，據《史記·伍子胥傳》改。二：底本訛作「三」，據《史記·伍子胥傳》改。

洗竹　　王貞白

備考 此詩，信州永豐之作也。

王貞白

備考 《才子傳》曰：「貞白，字有道，信州永豐人也，乾寧二年登第。後值天王狩于岐，迺退居著書，不復干禄，當時大獲芳譽。性恬和，明《易》象。手編所爲詩三百篇及賦、文等爲《雲溪集》七卷，傳于世。卒，葬家山。」

道院竹繁教略洗，洗，芟也。**鳴琴酌酒看扶疏。不圖結實來雙鳳，且要長竿釣巨魚。錦籜裁冠添散逸**，漢祖以竹皮爲冠。**玉芽修饌稱清虛。有時記得三天事，自向琅玕節下書。**謂以竹爲簡也。

增註 《韓詩外傳》：「黄帝時，鳳凰上帝東園，集帝梧桐，食帝竹實。」〇《莊子》：「任公子爲大鈎，蹲會稽，投竿東海，得大魚，離而腊之。」〇漢高祖嘗以竹皮爲冠，及貴猶冠。〇道家三天，清微天、禹餘天、大赤天。〇《禹貢》「琅玕」注：「石似珠。《本草》：『琅玕是琉璃之類，數種，青者爲勝。』」此詩「琅玕」，指竹如琅玕也。

備考 賦而興也。節節生意格。第一、二句，言其地道院，貞白所居也。第三、四句虛，白自謂我不欲接貴介公子，只成釣魚之謀而已。第五、六句，暗諷世人爲衣食求利欲。第七、八句，奇健而振起之句也。

扶疏 楊雄《解嘲》曰：「枝葉扶疏。」師古曰：「扶疏，分布也。」

籜 《字彙》曰：「音託，笋皮。」

玉芽 《事文玉屑》二十一曰：「《笋譜》：『笋，一名竹胎，一名芽，一名萌。』」

註 **漢祖云云** 《史記・高祖本紀》曰：「高祖爲亭長，乃以竹皮爲冠，時時冠之。及貴，常冠。所謂劉氏冠乃是。」註：「以竹始生皮作冠，今鵲尾冠是也。」

增註 **竹實** 《升庵文集》八十：「李畋《該聞集》云：『舊稱竹實爲鸞鳳所食。今近道竹間，時見花開如棗，結實如麥，江淮號爲竹米，以荒年之兆，其竹即死，信非鸞鳳之所食也。近有餘干人來言，彼有竹實大如鷄子，竹葉層層包裹，味甘勝蜜，食之令人心肺清凉，生深竹林茂密处，頃因得之，雖日久枯乾，而味常存，乃知鸞鳳所食必非常物也。』」

《莊子》云云 《莊子·外物篇》曰：「任公子爲大鈎巨緇，五十犗以爲餌，蹲乎會稽，投竿東海，旦旦而釣，期年不得魚。已而大魚食之，牽巨鈎錎没而下，騖揚而奮鬐，白波若山，海水震蕩，聲侔鬼神，憚赫千里。任公子得若魚，離而腊之。」

腊之 腊，《字彙》曰：「乾肉。《周禮》：『腊人，掌乾肉。』疏：『腊之言夕也。朝曝，於夕乃乾也。』」

道家三天云云 《要玄·天集》卷一曰：「《雲笈七籤》：『自玄都玉京以下，合有三十六天。其二十八天在欲、色、無色三界中。三界外曰四人天、常融天等。四人天外曰三清境，玉清、太清、上清，亦名三天，曰清微天、禹餘天、大赤天，最上大羅天，合三十六天。大羅天在玄都玉京之上。紫微金闕，七寶騫樹，麒麟、獅子化生其中，三世天尊治在其内矣。』」

《禹貢》琅云云 《書·禹貢》曰：「厥貢惟球琳琅玕。」○《總龜》曰：「琅玕生于南海石崖間，如筍，質如玉。」○《珍玩考》曰：「琅玕樹生海底，丹柯碧葉，與珊瑚略同。出水紅潤，旋變爲青。」○陳仁錫《潛確類書》九十四曰：「秘書中有異魚載琅玕，青色，生海底云。海人以網得之。初出水紅色，久而青黑。枝柯似珊瑚，而上有孔竅如蟲蛀。擊之有金石之聲。』按《尚書·禹貢》：『雍州，厥貢惟璆琳琅玕。』」

惜華　韓偓

備考 韓偓謫濮州時作也。此詩託惜花，實豫傷朱全忠欲弑昭宗之幾也。

韓偓

備考《才子傳》曰：「偓，字致堯，京兆人。龍紀元年擢第。天復中，王溥薦爲翰林學士，遷中書舍人。從昭宗幸鳳翔，進兵部侍郎、翰林承旨。嘗與崔胤定策誅劉季述。昭宗反正，論爲功臣。帝疾宦人驕横，欲去之，偓畫策稱旨，帝前膝曰：『此一事終始以屬卿。』李彦弼倨甚，因譖偓漏禁省語，帝怒曰：『卿有官屬，日夕議事，奈何不欲我見韓學士耶！』帝勵精政事，偓處可機密，率與上意合，欲相者三四，讓不敢當。偓喜侵侮有位，朱全忠亦惡之，乃構禍貶濮州司馬，帝流涕曰：『我左右無人矣！』天祐二年[二]，復召爲學士，偓不敢入朝，挈其族南依王審知而卒云云。」

皺白離情高處切，膩紅愁態静中深。眼隨片片沿流去，恨滿枝枝被雨淋。總得苔遮猶慰意，若教泥污更傷心。臨階一盞悲春酒，明日池塘是緑陰。

備考 賦而比也。互換格也。第一句，比偓別君。第二句，比君悲偓，赴濮州之意。第三句，比昭宗從朱全忠之謀，移都鳳翔。第四句，比朱全忠誇威權，謾王子。此二句，實象之中含情思。末四句虛也。

○《鼓吹》註曰：「此詩惜花落以寓意也。有言花白而皺者，雖別乎在樹之情，正在高處悲切；紅而潤者，見其愁謝之容態，靜中方覺其深焉。况見片片隨流去，枝枝被雨所侵，安得不令人悲傷哉？」

片片 杜甫詩：「風吹花片片。」

沿 《字彙》曰：「夷然切，音延。從流而下也。又循也。」

【校勘記】

［一］二：底本訛作「六」，據《唐才子傳》卷九改。

已前共四首

備考 結句奇健者也。

咏物體 説在五言。至唐末忽成一體，不拘所咏物［二］，別入外意而不失模寫之巧，有足喜者。然特前聯用意頗密，後聯未能稱。

備考　註　前聯 芻對也。

後聯 腰聯也。

【校勘記】

〔一〕拘：底本訛作「抱」，據元刻本、箋註本、附訓本和增註本改。

崔少府池鷺　雍陶

增註 鷺鷀，一名屬玉，一名舂鉏。

備考《律髓》二十七載此詩，題作《崔少府池塘鷺鷀》。

少府《要玄·人集》卷六曰：「少府監考工，少皇氏五雉爲五工正，唐虞共工，周官考工，皆其職也。秦有將作少府，掌治宮室。又別有少府，掌山海池澤之稅以給共養。唐武德分將作爲少府監，龍朔改內府監，光宅改尚方監，開元初分甲鎧弓弩，別置軍器監。」

鷺《禽經》曰：「鷺飛則露，其名以此。步于淺水，好自低昂，如舂如鋤之狀，故曰舂鋤。」〇陸機《詩疏》云：「青、齊之間，謂之舂鋤。遼東、吳、楊，皆云白鷺。」〇《文苑彙雋》二十四曰：「鷺，水鳥。毛白潔，喙長三寸許。頂上有長毛十數莖，毿毿然。欲取魚，則弭之。頸細而長，脚高尺餘，尾短。」

雍陶 見前。

雙鷺應憐水滿池，風飄不動頂絲垂。立當青草人先見，行傍白蓮魚未知。一足獨拳寒雨裏，數聲相叫早秋時。林塘得爾須增價，况與詩家物色宜。

備考 賦也。一意格。○《律髓》云：「議者謂『行傍白蓮魚未知』此句最佳，上一句未稱。然著題詩難句句好也，第二句亦未可忽。」○顧非熊《雙鷺》一聯云：「刷羽競生堪畫意，依泉各有取魚心。」亦工，今附此。

拳 《字彙》曰：「屈手也。」

鷓鴣　鄭谷

增註 《交州志》：「鷓鴣象雌雉，其志懷南不思北。《古今注》：『南山有鷓鴣，自呼名。』」

備考 《要玄·物集》二曰：「《異物志》：『鷓鴣形似雌鷄，臆前有白圓點，背上間紫色。雖復東西迴翔，命翮之始必先南。其志懷南，不北徂也。』又《古今注》：『南方有鳥曰鷓古，其鳴自呼。』」○《詩學》二十二《格物論》曰：「鷓鴣小，野雉大，竹鷄比之差小。竹鷄，毛羽褐多班，赤文彩也。《異物志》：『一曰，鷓鴣聲若云「行不得哥哥」。』」○《律髓》二十七載此詩，注云：「鄭都官谷因此詩，俗遂稱之曰『鄭鷓鴣』。」

鄭谷 見前。

暖戲煙蕪錦翼齊，品流應得近山鷄。雨昏青草湖邊過，華落黃陵廟裏啼。遊子乍聞征袖濕，佳人纔唱翠眉低。樂府有《鷓鴣詞》。**相呼相喚湘江曲，苦竹叢深春日西。**

增註 山鷄，即小雉也。山谷詩：「山鷄之弟竹鷄兄。」○鄭谷又詩云：「坐中亦有江南客，莫向春風唱《鷓鴣》。」蓋詞中有《瑞鷓鴣》及《鷓鴣天》等調。

備考 賦而興也。前體後用格。前四句實事，後四句虛也。

佳人 《長門賦》曰：「夫何一佳人兮，步逍遥以自娱。」○宋南平王《白紵曲》：「佳人舉袖曜青蛾。」○楊方詩[一]：「不睹佳人來。」○《漢書・外戚傳》曰：「李延年性知音，侍上起舞，歌曰：『北方有佳人，絶世而獨立。』」○江淹詩：「佳人殊未來。」

苦竹 《本草綱目》三十七《苞木部》「竹」條下曰：「苦竹葉，氣味苦冷[二]，無毒。頌曰：『竹處處有之。其類甚多，而入藥惟用篁竹[三]、淡竹、苦竹三種云云。苦竹有白有紫。』」

註　樂府 《紀原》卷二曰：「《通典》曰：『漢武立樂府。』蓋始置之也。樂府之名當起於此。」

【校勘記】

[一]楊：底本誤作「張」，據《玉臺新咏》卷三和《樂府詩集》卷七十六改。

[二]苦：底本脱，據《本草綱目》卷三十七補。

［三］篁：底本訛作「筆」，據《本草綱目》卷三十七改。

緋桃　唐彥謙

備考　緋，《字彙》曰：「芳微切，音非，絳色也。一曰赤練。」○《才子傳》曰：「彥謙爲閬州刺史，卒。」○按此詩閬州作歟？

唐彥謙　見前。

短墻荒圃四無鄰，烈火緋桃照地春。坐久好風休掩袂，夜來微雨已沾巾。敢同俗態期青眼，似有微詞動絳唇。盡日更無鄉井念，此時何必見秦人。桃源事。

增註　晉阮籍字嗣宗，能作青白眼，見禮俗之士，以白眼待之。母終，嵇喜來吊，籍作白眼，喜不懌而退。喜弟康聞之，賫酒造焉，籍悅，乃見青眼。由是士疾之。

備考　賦也。一意格。

微詞　《文選》十九宋玉《好色賦》曰：「大夫登徒子侍於楚襄王，短宋玉曰：『玉爲人體貌閑麗，口多微詞。』」○按微婉之詞也。

增註　**賫**　《字彙》曰：「俗『齎』字。」又「齎」字註曰：「送也。」

牡丹　羅鄴

增註　按《本草》：「一名鹿韭，一名鼠姑。」〇《事類》云：「論者以其華富貴，故爲華王。」

備考　《書言故事》注曰：「牡丹之奇，春色繁鮮，多在富貴之家，雕檻丹楹之中，故曰花之富貴者也。」〇《五雜俎》十曰：「牡丹自唐以前無有稱賞，僅謝康樂集中有『竹間水際多牡丹』之語，此是花王第一知己也。楊子華有畫『牡丹處極分明』。子華，北齊人，與靈運稍相後。段成式謂隋朝《種植法》七十卷中初不説牡丹，而《海山記》迺言煬帝闢地爲西苑，易州進二十相牡丹，有赭紅、飛來紅等名，何其妄也！自唐高宗後苑賞雙頭牡丹，至開元始漸貴重矣。然牡丹原止呼木芍藥，芍藥之名著於風人吟咏，而牡丹以其相類，依之得名，亦猶木芙蓉之依芙蓉爲名耳。蓋古之重芍藥亦初不賞其花，但以爲調和滋味之具，而牡丹不適於口，故無稱耳。今藥中有牡丹皮，然惟山中單瓣赤色、五月結子者堪用，場圃所植不入藥也。」〇《鶴林玉露》卷四曰：「牡丹自唐以前未有聞。至武后時，樵夫探山乃得之。國色天香，高掩群花，於是舒元輿爲之賦，李太白爲之詩，固已奇矣。至宋朝，紫、黄、丹、白，標目尤盛。至於近時，則翻騰百種，愈出愈奇。」〇《野客叢書》卷五曰：「歐公謂牡丹初不載文字，自則天已後始盛。唐人如沈、宋、元、白之流，皆善咏花，寂無傳焉，惟劉夢得有《咏魚朝恩宅牡丹》一詩，初不言其異。《苕谿漁隱》引劉夢得、元微之、白樂天數詩以證歐公之誤，且引開元時牡丹事以證歐公所謂『則天已後始盛』爲信然。近時《容齋隨筆》亦引元、白數詩以證歐公之誤，且謂元、白未嘗無詩，唐人未嘗不重此花。容齋蓋不見漁隱所言故爾。僕嘗取《唐六十家詩集》觀之，其爲牡丹作者幾半。僕不暇縷數，且以劉禹錫集觀之，有數篇，渾侍中宅看牡丹、唐郎中宅看牡丹、自賞牡丹皆有作，豈得謂惟有一篇？歐公不應如是鹵莽，得非或者假歐公之説乎？二公引元、白數詩以證歐公之誤，要未廣也。《龍城録》載：『高宗宴群臣，賞雙頭牡丹。』舒元輿序：『西河精舍有牡丹，天后命移植焉，由是京國日盛。』則知牡丹至唐已見於高宗之時，又不可引開元事爲證也。閲李綽《尚書故實》，言北齊楊子華畫牡丹，謝康樂集言『水際竹間多牡丹』。陸農師作《埤雅》，拾歐公之説，亦謂：『牡丹不載文字，自則天已後始盛，如沈、宋、元、白之流，寂無篇什，惟劉夢得一篇。』亦不深考耳。」○《律髓》二十七載此詩，「春紅」作「深紅」。

增註　**按《本草》云云**《本草綱目》十四《芳草部》曰：「牡丹，一名鼠姑，一名鹿韭，一名百兩金，一名木芍藥，一名花王。時珍曰：牡丹，以色丹者爲上，雖結子而根上生苗，故謂之牡丹。唐人謂之木芍藥，以其花似芍藥，而宿幹似木也。群花品中，以牡丹第一，芍藥第二，故世謂牡丹爲花王，芍藥爲花相。歐陽修《花譜》所載，凡三十餘種。其名或以人，或以色，或以異云云。」

羅鄴

備考《才子傳》曰：「羅鄴，餘杭人也。家貲鉅萬。咸通中，數下第。崔安潛侍郎廉問江西，鄴適飄蓬湘、浦間，崔素賞其作，志在弓旌，竟爲幕吏所沮。既而俯就督郵，不得志，踉蹌北征，赴職單于牙帳。鄴去家愈遠，萬里沙漠，滿目誰親，因茲舉事，闌珊無成，於邑而卒。」

落盡春紅始見花，花時比屋事豪奢。買栽池館恐無地，看到子孫能幾家？門倚長衢攢繡軛，幄籠輕日護香霞。歌鐘滿坐争歡賞，肯信流年鬢有華。

備考 賦也。一意格。○《律髓》云：「唐人牡丹花七言律四首，韓昌黎、李義山各一。羅隱有云：『若教解語應傾國，任是無情也動人。』《國史補》記曹唐語，以爲咏女子障，故不取。此詩三、四絶好。」

比屋 《前漢書》九十九《王莽傳》曰：「莽上書曰：『明聖之世，國多賢人，故唐虞之時，可比屋而封。』」《周禮·地官》云：「五家爲比。」

軛 《字彙》曰：「轅耑横木，駕馬領者。」

歌鐘 鮑照詩云：「庭下列歌鐘。」○《國語》曰：「公賜魏絳歌鐘一肆。」註：「歌時所奏。肆，列也。」

又

羅隱 見前。

似共東風別有因，絳羅高捲不勝春。若教解語應傾國，李延年曰：「一顧傾城，再顧傾國。」**任是無情也動人。芍藥與君爲近侍，**《埤雅》曰：「世稱牡丹華王，芍藥華相。」**芙蓉何處避芳塵？可**

憐韓令功成後，辜負穠華過此身。《藝苑雌黄》曰：「韓弘罷宣武，始至長安，第中有牡丹，命斸之，曰：『吾豈效兒女輩耶！』」

備考　賦也。一意格。

芍藥《文苑彙雋》二十三曰：「芍藥有二種，草芍藥、木芍藥。木者花大色深，俗呼爲牡丹，非也。然牡丹亦有木芍藥之名，其花可愛如芍藥，宿枝如木，故得是名云云。花至千葉者，俗爲小牡丹，其色以黄者爲貴。」○《本草綱目》十四《芳草部》曰：「白者名金芍藥，赤者名木芍藥。時珍曰：芍藥，猶婥約也。婥約，美好貌。此草花容婥約，故以爲名。時珍曰：昔人言洛陽牡丹、揚州芍藥甲天下。今藥中所用亦多取揚州者。十月生芽，至春乃長，三月開花，其品凡三十餘種，有千葉、單葉、樓子之異。入藥宜單葉之根，氣味全厚。根之赤白，隨花之色也。」

芙蓉《詩學》曰：「《格物叢話》：『芙蓉之名二，出於水者，謂之草芙蓉，荷花是也；出於陸者，謂之木芙蓉，此花是也。八九月有拒霜之名，又曰木蓮。』」

芳塵《鼓吹》註：「《拾遺記》：『石崇起樓四十丈，以異香爲屑[一]，風作則揚之，名曰芳塵。』陸機《大暮賦[二]》曰：『播芳塵之馥馥[三]。』」

辜負《緗素雜記》曰：「世之學者，多以『臯辜』之『辜』爲『孤負』之字，殊乖禮意。蓋公正衆所附，私反而孤焉。衆所附則有相向之意，故不孤；私反而孤，則有相背之意，非向之也。『孤負』云者，言其背負而已。」

註 **《藝苑》云云** 《國史補》曰：「長安貴遊尚牡丹三十餘年矣。一本有數萬者。元和末，韓弘至長安，私第有之，遽命劚去，曰：『吾豈效兒女子也！』」○《事文類聚》後集三十引《藝苑雌黄》曰：「羅隱《牡丹》詩云：『自從韓令功成後，辜負穠華過一生。』余考之唐元和中，韓弘罷宣武節制，始至長安，私第有花，命劚之，曰：『吾豈效兒女輩耶！』當時爲牡丹包羞之不暇，故隱有『辜負穠華』之語。」

【校勘記】

[一]香：底本誤作「卿」，據《拾遺記》卷九、《能改齋漫録》卷六和《唐詩鼓吹》卷八改。

[二]大暮：底本誤作「芙蓉」，據《文選註》卷三十改。

[三]播：底本訛作「指」，據《文選註》卷三十改。

梅華　羅隱

備考 舊解曰：「《才子傳》：『隱，字昭諫，錢塘人也。乾符初，舉進士不第。廣明中，遇亂歸鄉里云云。』」此詩杭州作歟？

吴王醉處十餘里，照野拂衣今正繁。經雨不隨山鳥散，倚風如共路人言。愁憐粉艷飄歌席，静愛寒香撲酒樽。欲寄所思無好信，爲君惆悵又黄昏。

增註 越使者登執梅枝遺梁王，梁臣韓子曰：「烏有以一枝梅遺列國之君者乎？」梅華寄信起於此[一]。

備考 賦而比也。一意格。前四句虚，第五、六句實，第七句比己不遇時，第八句「黄昏」比唐室漸衰也。

拂衣 《世説》曰：「王獻之，字子敬，爲人高邁不羈。年幼，視門生樗蒲，曰：『南風不競。』門生曰：『此郎於管中窺豹，時見一班。』獻之怒，拂衣而去。」○謝靈運詩：「拂衣遵沙垣。」○《左傳》曰：「叔向拂衣從之。」

路人 杜甫詩：「路人紛雨泣。」

粉艷 粉，《五車韻瑞·吻韻》曰：「《説文》：『傅面者也。』又米粉也。又燒鉛爲粉。又設采潤色謂之粉澤。」

所思 《楚詞》曰：「折芳馨兮遺所思。」

黄昏 《名物法言》曰：「日入後曰黄昏。」

增註　**越使云云** 《初學記》引劉向《説苑》曰：「越使諸發執一枝梅遺梁王云云。」愚按此註「者登」二字當作「諸發」也。

【校勘記】

［一］此：底本訛作「充」，據附訓本和增註本改。

已前共六首

備考 舊解曰：「此咏物不拘所咏物，别入外意，不失模寫之巧者也。」

三體詩七言備考卷之六終